紅樓夢

脂評匯校本

典藏版

壹

曹雪芹 著

脂硯齋 評

吴銘恩 匯校

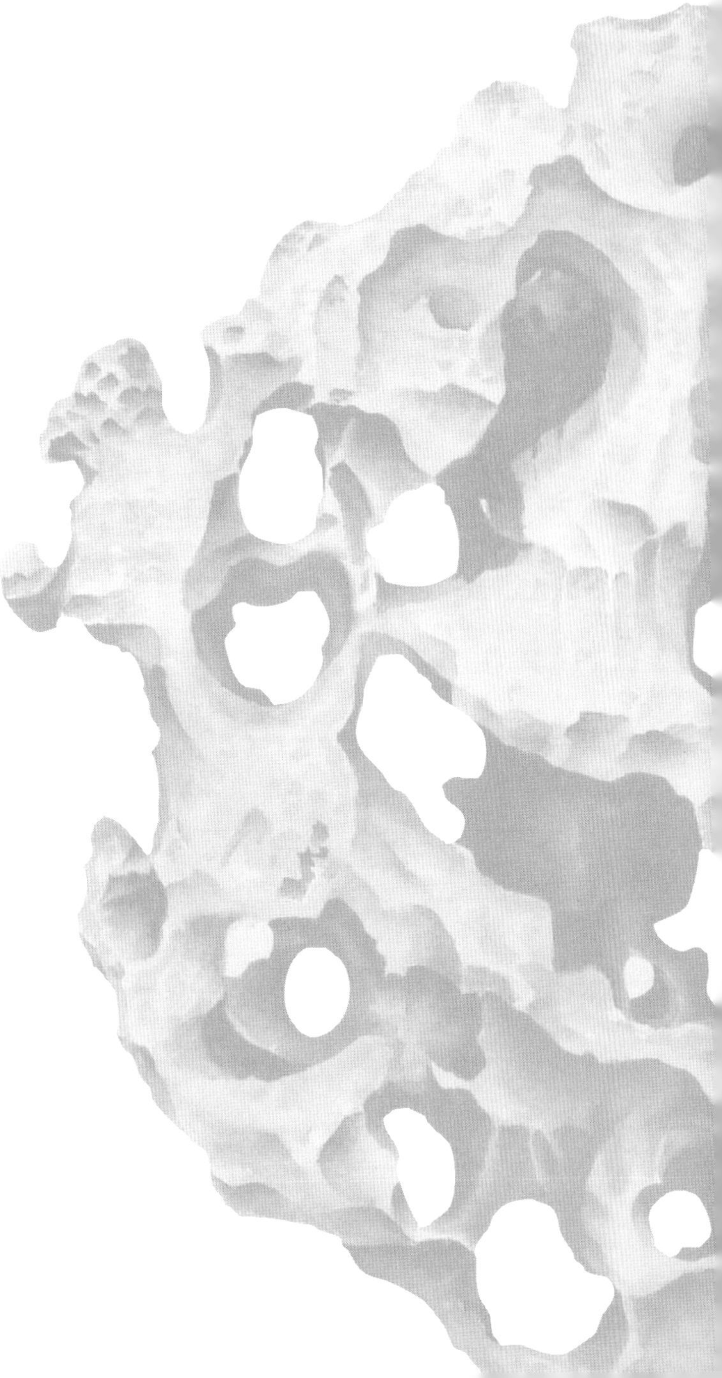

上海古籍出版社

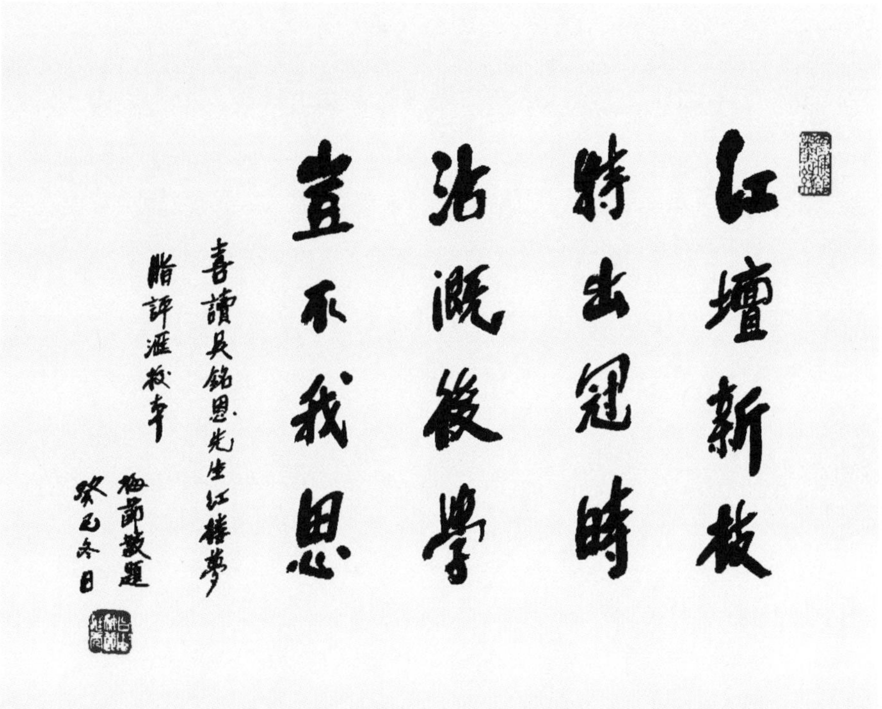
紅壇新枝
特出冠時
沾溉後學
豈不我思
喜讀吳銘恩先生紅樓夢
脂評滙校本
梅節敬題
癸巳冬日

著名紅學家、金學家梅節題詞

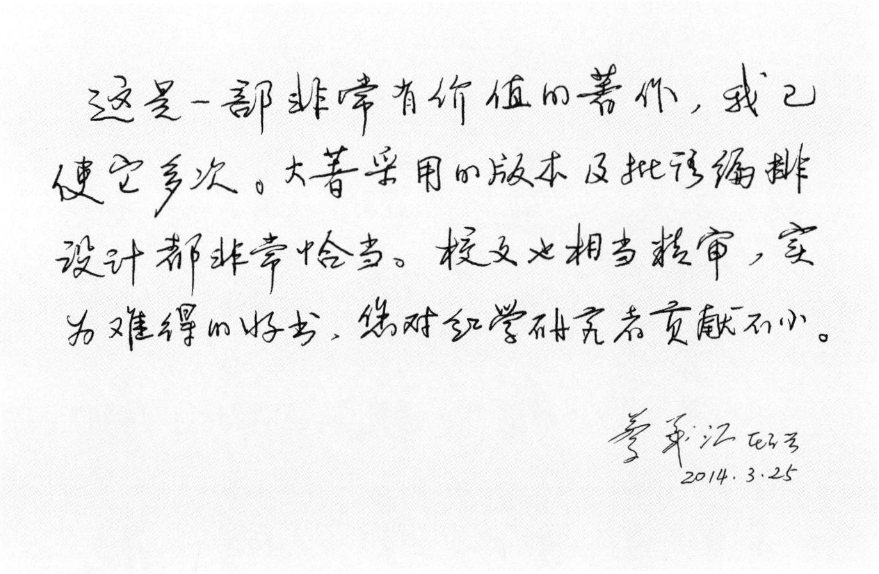

这是一部非常有价值的著作，我已使它多次。本书采用的版本及批语编排设计都非常恰当。校文也相当精审，实为难得的好书，将对红学研究者贡献不小。

蔡义江 [illegible]
2014.3.25

著名紅學家蔡義江評價

前言

《紅樓夢》，又名《石頭記》，是誕生於清代乾隆時期的一部白話長篇小説。

《紅樓夢》的作者曹雪芹，生年不詳，卒於一七六三或一七六四年，大概活了四十來歲。曹雪芹的家世，如書中所寫賈氏家族一樣，經歷了從極盛到極衰的過程。據考證，曹雪芹的先祖曹振彦自明末歸附滿清後，曹氏家族開始發跡。其後，他的曾祖父、祖父和父輩先後累計任江寧織造五十餘年，祖父曹寅尤得康熙皇帝的信任和賞識，曾奉旨纂刻《全唐詩》，康熙南巡時更曾主持接駕四次，享盡恩寵殊榮。到雍正初年，他父親曹頫（一説是叔父）因事獲罪被抄家，於一七二七年舉家遷回北京居住。當家族鼎盛時，曹雪芹尚年幼，對烈火烹油的生活體驗不深。當他漸漸長大時，家道已敗落，樹倒猢猻散，從長輩口中聽到的巨大落差，應對他的心理産生不小的衝擊。他利用聽到的家族故事作素材，加上藝術的虛構、天才的創造，經過十年辛苦，終於創作出我們現在看到的這部偉大作品。

今天，我們之所以説《紅樓夢》「偉大」，是因爲其在思想内容、情節結構、人物塑造、語言運用等方面都取得重大突破，整部作品達到了思想性和藝術性的高度統一。同時，因其對詩詞歌賦、音樂戲曲、節慶禮俗、服飾器用、飲食醫藥、園林建築等都有細緻的描繪，又被稱爲「中國傳統文化的百科全書」。

曹雪芹創作的《紅樓夢》，最初在家族親戚朋友小範圍内傳閲，一些親友（包括棠村、松齋、梅溪、脂硯齋等）即興在書稿上留下了批語。其中脂硯齋（真實身份不詳，當爲曹雪芹兄弟輩）在乾隆甲戌年（一七五四）協助曹雪芹整理謄清了書稿（下稱「雪芹自存本」），並抄録一份副本，作爲自己的閲評「工作本」（下稱「脂硯閲評本」）。脂硯齋對《紅樓夢》的批評工作，到己卯—庚辰年（一七五九至一七六〇），經「四閲評過」，告一段落。

曹雪芹英年早逝，脂硯齋也在其前後不久謝世，壬午年（一七六二）春，脂硯閲評本轉到畸笏叟（一般認爲是曹雪芹的父親曹頫）手裏，畸笏叟睹物思人，也在書上留下一些批語。後來，他把脂硯齋後加的批語和自己新加的批語移録到了雪芹自存本上。雪芹自存本後來傳抄出來，傳到現在就是「甲戌本」。而脂硯閲評本更早在社會上傳播開來。不但上層人士傳抄，民間也出現了抄寫售賣的熱潮，以至「好事者每傳抄一部，置廟市中，昂其值，得數十金，可謂不脛而走者矣」（程偉元序）。此時的《紅樓夢》（《石頭記》）只有八十回，後面部分因故「迷失」了。我們今天見到的除甲戌本之外的抄本，大致都是脂硯閲評本的子孫後代。

乾隆辛亥年（一七九一），程偉元看到商機，與友人高鶚一起，對手頭收集到的《紅樓夢》抄本進行整理加工，配以由不知名作者所續作的後四十回，用活字印刷出版（此本今稱「程甲本」）。後四十回的故事發展及結局與前八十回多有抵牾，思想性與藝術性也有較大差距。不過這樣一部首尾「完整」的作品仍然受到讀者歡迎，僅相隔七十天左右就印行了第二版（今稱「程乙本」）。其後各種翻刻本相繼問世，風行天下。

爲售賣而抄寫的本子，耗費人工巨大。往往由多人分頭抄寫，甚至爲提高效率，有一人念稿、多人聽寫的情況。這樣抄出來的本子，必定錯漏百出，如果經過多次傳抄，更是離原貌越來越遠。當程甲本一出來，即以其版面整齊美觀、價格低廉，很快取代抄本的市場，爲售賣而抄寫的情況至此結束。

但是，爲自藏而抄録的情況一直存在。這種抄本的抄寫（不論自己抄還是雇人抄）必會被認真對待，藏者如條件許可，會對錯訛處做些簡單的校改，如遇殘缺，也必會千方百計向其他藏家商借以抄配完整。這樣的抄本更受到藏家珍惜，更有可能流傳下來。現存十來個抄本，因其傳播鏈有長有短，有的本子比較純粹，如甲戌本；有的在流傳中經歷反復殘缺、拼配，變得面目難辨，如楊本；有的則經過有心人的系統修訂並增加批語，如蒙、戚本。從這十幾個抄本的特徵看，它們都是受藏家珍惜的抄藏本，其價值非粗製濫造之售賣本可比。

民國以來，人們開始以新式標點、現代印刷技術整理出版《紅樓夢》，最初採用的底本是程乙本，後來脂評本取代了程本前八十回，脂程混合本形式成爲《紅樓夢》出版的主流。但是，這些本子大都是白文本，不收批語。

如前所述，《紅樓夢》的批語與原稿幾乎是同時産生的，其批者脂硯齋、畸笏叟等人都是曹雪芹的親友，瞭解作者寫作《紅樓夢》的情況，甚至還參與創作，所以批語中揭示了不少有關《紅樓夢》寫作背景、與曹家家世的關係、八十回後的情節等内容，對讀者深刻理解小説内容有非常重要的意義。這些批語是脂本不可分割的一部分，理當一併整理出版。

本書在學習和借鑒前人成功校勘經驗的基礎上，力求在文本校勘與批語匯録方面都具有自己的特色。具體校勘思路參見《凡例》，兹不贅述。

紅學作爲一門專門的學問，熱度數十年不減，《紅樓夢》文本及作者的方方面面，事無巨細地被研究殆盡，但由於史料有限，許多問題衆説紛紜、莫衷一是。甚至有人爲了「石破天驚」，臆想出一百多個「新」的作者，或毫無根據地懷疑脂評抄本的真實性，嘩衆取寵，喧囂一時。《紅樓夢》抄本整理極其複雜，不少問題衆説紛紜，只能擇其善者而從之，不足之處，懇請方家批評指正。

凡　例

本書係以甲戌本、己卯本、庚辰本等早期脂評本爲底本，匯集了戚序本、蒙府本等其他脂評本的部分脂批，並參考、吸收若干新校點本及脂評輯本的校點成果整理而成。對前人意見有分歧的，略參己意而取捨，力求既不人云亦云，也不標新立異，整理成爲一個方便閱讀的脂評《紅樓夢》簡明讀本。

一、本書第一至八回、第十三至十六回、第二十五至二十八回以甲戌本爲底本，第六十四回、第六十七回以列藏本爲底本，其餘部分以庚辰本爲底本。在以上版本基礎上，或參校其他脂本，或參考學者意見，做了必要的校改。

二、原稿中的異體字、俗字，如「丫嬛」「老老」（或作「嫽嫽」），統一改爲「丫鬟」「姥姥」，使用現代規範用字，不一一出校。

三、本書輯録現存各脂評本上的固有批語，並剔除在抄本流傳過程中收藏者或讀者所加的批語。批語按以下順序輯録：甲戌本、己卯本、庚辰本、戚序本、蒙府本、列藏本、甲辰本。

爲節省篇幅，後出版本的批語與前面某本文字相同的，不再列出；有個别文字差異的，只據以参校，也不單獨列出。

四、原抄本批語有眉批（原抄在頁眉［正文上邊］的批語）、側批（原抄在正文右側的批語）、雙行夾批與回前回後批，有朱批和墨批，本書均盡可能保持原貌。爲節省篇幅，本書使用略字指示批語出處，具體如下：甲（甲戌本）、己（己卯本）、庚（庚辰本）、戚（戚序本）、蒙（蒙府本）、列（列藏本）、楊（楊藏本）、辰（甲辰本）。抄本中有些同一位置不止一條批語的，原以「○」或空格隔開，現統一以「◇」隔開。

五、本書使用圓括號（）和方括號［］作爲校改文字記號：（某）表示删字，［某］表示補字，（甲）［乙］表示改字。爲避免校改記號過多影響閲讀，對明顯錯字及前人意見比較一致的校改成果，徑改而不標記。

六、本書編寫有少量校注，附於每回正文之後。内容包括三方面：（一）校字記。僅針對可能引起争議的文字，並加按語説明；（二）指示相關抄本的版本信息；（三）一般工具書難以查檢到的生僻疑難詞彙解析。

目録

脂硯齋重評石頭記凡例〔一〕

《紅樓夢》旨義　是書題名極〔多，一曰《紅樓〕〔二〕夢》，是總其全部之名也；又曰《風月寶鑑》，是戒妄動風月之情；又曰《石頭記》，是自譬石頭所記之事也。此三名皆書中曾已點睛矣。如寶玉作夢，夢中有曲，名曰《紅樓夢十二支》，此則《紅樓夢》之點睛。又如賈瑞病，跛道人持一鏡來，上面即鏨「風月寶鑑」四字，此則《風月寶鑑》之點睛。又如道人親眼見石上大書一篇故事，則係石頭所記之往來，此則《石頭記》之點睛處。然此書又名曰《金陵十二釵》，審其名，則必係金陵十二女子也；然通部細搜檢去，上中下女子豈止十二人哉！若云其中自有十二個，則又未嘗指明白係某某，及至「紅樓夢」一回中，亦曾翻出金陵十二釵之簿籍，又有十二支曲可考。

書中凡寫長安，在文人筆墨之間，則從古之稱；凡愚夫婦、兒女子家常口角，則曰「中京」，是不欲着跡於方向也。蓋天子之邦，亦當以中爲尊，特避其東南西北四字樣也。

此書只是着意於閨中，故叙閨中之事切，略涉於外事者則簡，不得謂其不均也。

此書不敢干涉朝廷，凡有不得不用朝政者，只略用一筆帶出，蓋實不敢以寫兒女之筆墨唐突朝廷之上也，又不得謂其不備。

此書開卷第一回也，作者自云：因曾歷過一番夢幻之後，故將真事隱去，而撰此《石頭記》一書也。故曰「甄士隱夢幻識通靈」。但書中所記何事？又因何而撰是書哉？自云：今風塵碌碌，一事無成，忽念及當日所有之女子，一一細推了去，覺其行止見識皆出於我之上，何堂堂之鬚眉誠不若彼一干裙釵？實愧則有餘、悔則無益之大無可奈何之日也。當此時，則自欲將已往所賴——上賴天恩，下承祖德，錦衣紈袴之時，飫甘饜美之日，背父母教育之恩，負師兄規訓之德，以致今日一事無成、半生潦倒之罪，編述一記，以告普天下人。雖我之罪固不能免，然閨閣中本自歷歷有人，萬不可因我不肖，則一併使其泯滅也。雖今日之茅椽蓬牖，瓦竈繩床，其風晨月夕，堦柳庭花，亦未有傷於我之襟懷筆墨者。何爲不用假語村言敷演出一段故事來，以悦人之耳目哉？故曰「［賈雨村］風塵懷閨秀」，乃是第一回題綱正義也。開卷即云「風塵懷閨秀」，則知作者本意原爲記述當日閨友閨情，並非怨世駡時之書矣。雖一時有涉於世態，然亦不得不叙者，但非其本旨耳。閲者切記之。

詩曰：

浮生着甚苦奔忙，盛席華筵終散場。

悲喜千般同幻渺，古今一夢盡荒唐。
謾言紅袖啼痕重，更有情痴抱恨長。
字字看來皆是血，十年辛苦不尋常。

〔一〕此凡例五條及題詩僅見於甲戌本卷首，退二格抄寫。其他各本均無凡例，且均截取第五條「此開卷第一回也」併入第一回作爲正文開始。

〔二〕此處原被撕去一角，缺五字。胡適補書「多」「紅樓」三字，另兩字吴恩裕《考稗小記》認爲當作「如曰」或「一曰」，今人多認同爲「一曰」。

通靈寶石
絳珠仙草

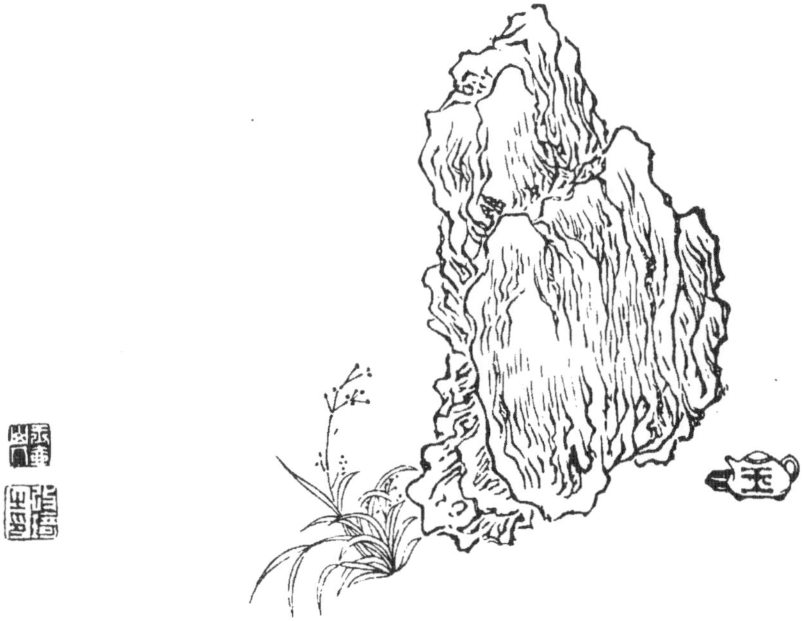

第一回　甄士隱夢幻識通靈　賈雨村風塵懷閨秀

庚此開卷第一回也。作者自云：因曾歷過一番夢幻之後，故將真事隱去，而借通靈之說，撰此《石頭記》一書也，故曰「甄士隱」云云。但書中所記何事何人？自又云：「今風塵碌碌，一事無成，忽念及當日所有之女子，一一細考較去，覺其行止見識皆出於我之上。何我堂堂鬚眉，蒙何非夢幻，何不通靈？作者託言，原當有自。受氣清濁，本無男女［之］別。誠不若此裙釵哉？實愧則有餘、悔又無益之大無可如何之日也！當此，則自欲將已往所賴天恩祖德，錦衣紈袴之時，飫甘饜肥之日，背父兄教育之恩，負師友規談之德，以至今日一技無成、半生潦倒之罪，蒙明告看者。編述一集，以告天下人：我之罪固不免，然閨閣中本自歷歷有人，萬不可因我之不肖，自護己短，一併使其泯滅也。（【蒙】因爲傳他，並可傳我。）雖今日之茅椽蓬牖，瓦竈繩床，其晨夕風露，堦柳庭花，亦未有妨我之襟懷筆墨。雖我未學，下筆無文，又何妨用假語村言敷演出一段故事來？亦可使閨閣昭傳，復可悅世之目，破人愁悶，不亦宜乎？」故曰「賈雨村」云云。

此回中凡用「夢」用「幻」等字，是提醒閱者眼目，亦是此書立意本旨。〔一〕

列位看官，你道此書從何而來〔二〕？說起根由雖近荒唐，（【甲】自占地步。◇自首荒唐，妙！）細諳則深有趣味。待在下將此來歷註明，方使閱者了然不惑。

原來，女媧氏煉石補天之時，（【甲】補天濟世，勿認真用常言。）於大荒山（【甲】荒唐也。）無稽崖（【甲】無稽也。）煉成高經十二丈、（【甲】總應十二釵。）方經二十四丈（【甲】照應副十二釵。）頑石三萬六千五百零一塊。（【甲】合週天之數。）（【蒙】【甲】數足，偏遺我。「不堪入選」句中透出心眼。）媧皇氏只用了三萬六千五百塊，只單單的剩了一塊未用，（【甲】剩了這一塊便生出這許多故事。使當日雖不以此補天，就該去補地之坑陷，使地平坦，而不得有此一部鬼話。）便棄在此山青埂峰下。誰知此石自經煆煉之後，（【甲】煆煉後性方通。甚哉，人生不能學也！）靈性已通，因見衆石俱得補天，獨自己無材不堪入選，遂自怨

（【甲】妙！自謂落墮情根，故無補天之用。）

自嘆，日夜悲號慚愧。

一日，正當嗟悼之際，俄見一僧一道遠遠而來，生得骨格不凡，丰神迥別，〔戚〕這是真像，非幻像也。說說笑笑來至峰下，坐於石邊，高談快論。先是說些雲山霧海、神仙玄幻之事，後便說到紅塵中榮華富貴。此石聽了，不覺打動凡心，也想要到人間去享一享這榮華富貴，但自恨粗蠢，不得已，便口吐人言，〔甲〕竟有人問：「口生於何處？」其無心肝，可笑可恨之極！向那僧道說道：「大師，弟子蠢物，〔甲〕豈敢豈敢。不能見禮了。適聞二位談那人世間榮耀繁華，心切慕之。弟子質雖粗蠢，〔甲〕豈敢豈敢。性却稍通，況見二師仙形道體，定非凡品，必有補天濟世之材，利物濟人之德。如蒙發一點慈心，攜帶弟子得入紅塵，在那富貴場中、温柔鄉裏受享幾年，自當永佩洪恩，萬劫不忘也。」二仙師聽畢，齊憨笑道：「善哉，善哉！那紅塵中有却有些樂事，但不能永遠依恃，況又有『美中不足，好事多魔』八個字緊相連屬，瞬息間則又樂極悲生、人非物换，究竟是到頭一夢、萬境歸空。〔甲〕四句乃一部之總綱。倒〔三〕不如不去的好。」

這石凡心已熾，那裏聽得進這話去，乃復苦求再四。二仙知不可强制，乃嘆道：「此亦静極思動，無中生有之數也。既如此，我們便携你去受享受享，只是到不得意時，切莫後悔。」石道：「自然，自然。」那僧又道：「若説你性靈，却又如此質蠢，並更無奇貴之處，如此也只好踮脚而已。〔甲〕煅煉過尚與人踮脚，不學者又當如何？〔甲〕妙！佛法亦須償還，況世人之債乎？近之賴債者來看此句。所謂遊戲筆墨也。也罷，我如今大施佛法助你助，待劫終之日，復還本質，以了此案。你道好否？」石頭聽了，感謝不盡。那僧便念咒書符，大展幻術，〔甲〕明點「幻」字。好！將一塊大石登時變成〔四〕一塊鮮明瑩潔的美玉，且又縮成扇墜大小的可佩可拿。〔甲〕奇詭險怪之文，有如髯蘇《石鐘》《赤壁》用幻處。那僧托於掌上，笑道：「形體倒也是個寶物了！〔甲〕自愧之語。〔蒙〕世上人原自據看得見處爲憑。〔甲〕妙極！今之金玉其外敗絮其中者，見此大不歡喜。還只没有實在的好處，須得再鐫上數字，使人一見便知是奇物方妙。〔甲〕世上原宜假，不宜真也。諺云：「一日賣了三千假，三日賣不出一個真。」信哉！然後好携你到那昌明隆盛之邦，〔甲〕伏長安大都。詩禮簪纓之族，〔甲〕伏榮國府。花柳繁華地，〔甲〕伏大觀園。温柔富貴鄉〔甲〕伏紫芸軒。去安身樂業。」〔甲〕何不再添一句云「擇個絶世情痴作主人」？石頭聽了，喜不能禁，乃問：「不知賜了弟子那幾件奇處，〔甲〕可知若果有奇貴之處，自己亦不知者。若自以奇貴而居，究竟是無真奇貴之人。又不知携了弟子到何地方？望乞明示，使弟子不惑。」那僧笑道：「你且莫問，日後自然明白的。」説着，便袖了這石，同那道人飄然而去，竟不知投奔何方何舍。〔甲〕昔子房後謁黄石公，惟見一石。子房當時恨不隨此石去。余亦恨不能隨此石而去也。聊供閲者一笑。

後來，不知又過了幾世幾劫，因有個空空道人訪道求仙，忽從這大荒山無稽崖青埂峰下經過，忽見一大石上字跡分明，編述歷歷。空空道人乃從頭一看，原來就是無材補天、幻形入世，〔甲〕八字便是作者一生慚恨。蒙茫茫大士、渺渺真人攜入紅塵，歷盡離合悲歡、炎涼世態的一段故事。後面又有一首偈云：

無材可去補蒼天，〔甲〕書之本旨。枉入紅塵若許年。〔甲〕慚愧之言，嗚咽如聞。

此係身前身後事，倩誰記去作奇傳？

詩後便是此石墮落之鄉，投胎之處，親自經歷的一段陳跡故事。其中家庭閨閣瑣事，以及閒情詩詞倒還全備，〔甲〕「或」字謙得好。或可適趣解悶，〔甲〕若用此套者，胸中必無好文字，手中斷無新筆墨。然朝代年紀，地輿邦國，〔甲〕〔蒙〕據余說，却大有考證。妙在「無考」。却反失落無考。

空空道人遂向石頭説道：「石兄，你這一段故事，據你自己説有些趣味，故編寫在此，意欲問世傳奇。據我看來：第一件，〔甲〕先駁得妙。無朝代年紀可考，第二件，並無大賢大忠理朝廷、治風〔甲〕將世人欲駁之腐言，預先代人駁盡。妙！俗的善政，其中只不過幾個異樣的女子，或情或痴，或小才微善，亦無班姑、蔡女之德能。我縱抄去，恐世人不愛看呢。」

石頭笑答道：「我師何太痴也！若云無朝代可考，今我師竟假借漢唐等年紀添綴，又有何難？甲所以答得好。但我想，歷來野史，皆蹈一轍，莫如我這不借此套者，反倒新奇别致，不過只取其事體情理罷了，又何必拘拘於朝代年紀哉！再者，市井俗人喜看理治之書者甚少，愛看適趣閑文者特多。歷代野史，或訕謗君相，甲先批其大端。或貶人妻女，姦淫兇惡，不可勝數。更有一種風月筆墨，其淫穢污臭，塗毒筆墨，壞人子弟，又不可勝數。至若佳人才子等書，則又千部共出一套，且其中終不能不涉於淫濫，以致滿紙潘安子建、西子文君，不過作者要寫出自己的那兩首情詩艷賦來，蒙放筆以情趣世人，並評倒多少傳奇。文氣淋漓，字句切實。故假擬出男女二人名姓，又必旁出一小人其間撥亂，亦如劇中之小丑然。且鬟婢開口即者也之乎，非文即理。故逐一看去，悉皆自相矛盾，大不近情理之話。竟不如我半世親睹親聞的這幾個女子，雖不敢説强似前代書中所有之人，但事跡原委，亦可以消愁破悶，也有幾首歪詩熟話，可以噴飯供酒。至若離合悲歡，興衰際遇，則又追踪躡跡，不敢稍加穿鑿，徒爲供人之目而反失其真傳者。今之人，貧者日爲衣食所累，富者又懷不足之心，縱一

甲事則實事，然亦叙得有間架、有曲折、有順逆、有映帶、有隱有見、有正有閏，以至草蛇灰綫、空谷傳聲、一擊兩鳴、明修棧道、暗渡陳倉、雲龍霧雨、兩山對峙、烘雲托月、背面傅粉、千皴萬染諸奇。書中之秘法，亦不復少。余亦於逐回中搜剔刳剖，明白註釋，以待高明，再批示誤謬。

甲 開卷一篇立意，真打破歷來小説窠臼。閲其筆則是《莊子》《離騷》之亞。◇斯亦太過。

甲 雪芹舊有《風月寶鑑》之書，乃其弟棠村序也。今棠村已逝，余睹新懷舊，故仍因之。

時稍閒，又有貪淫戀色、好貨尋愁之事，那裏有工夫去看那理治之書？所以，我這一段故事，也不願世人稱奇道妙，也不定要世人喜悅檢讀，（甲 轉得更好。）只願他們當那醉餘飽臥之時，或避世去愁之際，把此一玩，豈不省了些壽命筋力？就比那謀虛逐妄去，也省了口舌是非之害、腿脚奔忙之苦。再者，亦令世人换新眼目，不比那些胡牽亂扯，忽離忽遇，滿紙才人淑女、子建文君、紅娘小玉等通共熟套之舊稿。我師意爲何如？」（甲 余代空空道人答曰：「不獨破愁醒盹，且有大益。」）

空空道人聽如此説，思忖半晌，將這《石頭記》（甲 本名。）再檢閲一遍，（甲 這空空道人也太小心了，想亦世之一腐儒耳。）因見上面雖有些指奸責佞、（甲 亦斷不可少。）貶惡誅邪之語，亦非傷時罵世之旨，（甲 要緊句。）及至君仁臣良、父慈子孝，凡倫常所關之處，皆是稱功頌德，眷眷無窮，實非别書之可比。雖其中大旨談情，亦不過實録其事，又非假擬妄稱，（甲 要緊句。）一味淫邀艷約、私訂偷盟之可比。因毫不干涉時世，（甲 要緊句。）方從頭至尾抄録回來，問世傳奇。因空見色，由色生情，傳情入色，自色悟空，遂易名爲情僧，改《石頭記》爲《情僧録》。至吴玉峰題曰《紅樓夢》。東魯孔梅溪則題曰《風月寶鑑》。後因曹雪芹於悼紅軒中，披閲十載，增删

【甲】若云雪芹披閲增删，然（後）［則］開卷至此這一篇楔子又係誰撰？足見作者之筆，狡猾之甚。後文如此處者不少。這正是作者用畫家煙雲模糊處，觀者萬不可被作者瞞弊了去，方是巨眼。

【甲】能解者方有辛酸之淚，哭成此書。壬午除夕。書未成，芹爲淚盡而逝。余嘗哭芹，淚亦待盡。每意覓青埂峰再問石兄，奈不遇癩頭和尚何！悵悵！〔六〕◇今而後，惟願造化主再出一芹一脂，是書何幸，余二人亦大快遂心於九泉矣。甲午八（日）［月］淚筆。〔七〕

【甲】真。◇後之甄寶玉亦借此音，後不註。

五次，纂成目録，分出章回，則題曰《金陵十二釵》。並題一絶云：

滿紙荒唐言，一把辛酸淚！

都云作者痴，誰解其中味？【甲】此是第一首標題詩。〔五〕

至脂硯齋甲戌抄閲再評，仍用《石頭記》。

出則〔八〕既明，且看石上是何故事。【甲】以［下係］石上所記之文。按那石上書云：

當日地陷東南，這東南一隅有處曰姑蘇，【甲】是金陵。有城曰閶門者，最是紅塵中一二等富貴風流之地。【甲】妙極！是石頭口氣，惜米顛不遇此石。【甲】開口先云勢利，是伏甄、封二姓之事。這閶門外有個十里街，【甲】又言人情，總爲士隱火後伏筆。街內有個仁清巷，巷內有個古廟，【甲】世路寬平者甚少。◇亦鑿。因地方窄狹，【蒙】畫的雖不依樣，却是葫蘆。人皆呼作葫蘆廟。【甲】糊塗也，故假語從此（具）［興］焉。廟旁住着一家鄉宦，【甲】不出榮國大族，先寫鄉宦小家，從小至大，是此書章法。姓甄，名費，【甲】廢。字士隱。【甲】託言將真事隱去也。嫡妻封氏，【甲】風。因風俗來。情性賢淑，深明禮義。【甲】八字正是寫日後之香菱，見其根源不凡。家中雖無甚富貴，然本地便也推他爲望族了。【甲】本地推爲望族，寧、榮則天下推爲望族，叙事有層落。因這甄士隱禀性恬淡，【甲】自是義皇上人，便可作是書之朝代年紀矣。總寫香菱根基，原與正十二釵無異。【蒙】伏筆。不以功名爲念，每日只以觀花修竹，酌酒吟詩爲樂，倒是神仙一流人品。只是一件不足：如今年已半百，【甲】所謂「美中不足」也。膝下無兒，只有一女，乳名

甲 全用幻。情之至，莫如此。今採來壓卷，其後可知。

甲 按「瑕」字本註：「玉小赤也，又玉有病也。」以此命名恰極。

甲 設云「應憐」也。

英蓮，年方三歲。

一日，炎夏永晝。甲 熱日無多。士隱於書房閒坐，至手倦拋書，伏几少憩，不覺朦朧睡去。夢至一處，不辨是何地方。甲 是方從青埂峰袖石而來也，接得無痕。忽見那廂來了一僧一道，且行且談。

只聽道人問道：「你攜了這蠢物，意欲何往？」那僧笑道：「你放心，如今現有一段風流公案正該了結，這一干風流冤家，尚未投胎入世。趁此機會，就將此蠢物夾帶於中，使他去經歷經歷。」那道人道：蒙 苦惱是「造劫歷世」，又不能不「造劫歷世」，悲夫！「原來近日風流冤孽又將造劫歷世去不成？但不知落於何方何處？」

那僧笑道：「此事説來好笑，竟是千古未聞的罕事。甲 妙！所謂「三生石上舊精魂」也。只因西方靈河岸上三生石畔，甲 點「紅」字。有絳甲 細思「絳珠」二字豈非血淚乎。珠草一株，甲 點「紅」字「玉」字二。時有赤瑕宮神瑛侍者，甲 單點「玉」字二。日以甘露灌溉，這絳珠草便得久延歲月。後來既受天地精華，復得雨露滋養，遂得脱却草胎木質，得換人形，僅修成個女體，終日遊於離恨天外，甲 飲食之名奇甚，出身履歷更奇甚。寫黛玉來歷自與別個不同。飢則食密青果爲膳，渴則飲灌愁海水爲湯。只因甲 妙極！恩怨不清，西方尚如此，况世之人乎？趣甚警甚！尚未酬報灌溉之德，故其五衷便鬱結着一段

【甲】以頑石草木爲偶，實歷盡風月波瀾，嘗遍情緣滋味，至無可如何，始結此木石因果，以泄胸中悒鬱。古人之「一花一石如有意，不語不笑能留人」，此之謂耶？

【甲】知眼淚還債，大都作者一人耳。余亦知此意，但不能説得出。

纏綿不盡之意。【蒙】點題處，清雅。恰近日神瑛侍者凡心偶熾，【甲】總悔輕舉妄動之意。乘此昌明太平朝世，意欲下凡造歷幻緣，【甲】點「幻」字。已在警幻【甲】又出一警幻，皆大關鍵處。仙子案前掛了號。警幻亦曾問及，灌溉之情未償，趁此倒可了結的。那絳珠仙子道：『他是甘露之惠，我並無此水可還。他既下世爲人，我也去下世爲人，但把我一生所有的眼淚【甲】觀者至此，請掩卷思想，歷來小説可曾有此句？千古未聞之奇文。【蒙】恩情山海（償）［債］，惟有淚堪還。還他，也償還得過他了。』因此一事，就勾出多少風流冤家來，陪他們去了結此案。」【甲】餘不及一人者，蓋全部之主惟二玉二人也。

那道人道：「果是罕聞，實未聞有還淚之説。【蒙】作想得奇！想來這一段故事，比歷來風月事故更加瑣碎細膩了。」那僧道：「歷來幾個風流人物，不過傳其大概以及詩詞篇章而已，至家庭閨閣中一飲一食，總未述記。再者，大半風月故事，不過偷香竊玉、暗約私奔而已，並不曾將兒女之真情發泄一二。【蒙】所以別致。想這一干人入世，其情痴色鬼，賢愚不肖者，悉與前人傳述不同矣。」

那道人道：「趁此你我何不也去下世度脱幾個，【蒙】「度脱」，請問是幻不是幻？豈不是一場功德？」那僧道：「正合吾意，你且同我到警幻仙子宮中，將這蠢物交割清楚，待這一干風流孽鬼下世已完，【蒙】幻中幻，何不可幻？情中情，誰又無情？不覺僧道亦入幻中矣。你我再去。【甲】若從頭逐個寫去，成何文字？《石頭記》得力處在此。丁亥春。如今雖已有一半落塵，然猶未全集。」道人道：「既如此，便隨你去來。」

却説甄士隱俱聽得明白，但不知所云「蠢物」係何東西。遂不禁上前施禮，笑問道：「二仙師請了。」那僧道也忙答禮相問。士隱因説道：「適聞仙師所談因果，實人世罕聞者。但弟子愚濁，不能洞悉明白，若蒙大開痴頑，備細一聞，弟子則洗耳諦聽，稍能警省，亦可免沉淪之苦。」二仙笑道：「此乃玄機不可預泄者。到那時只不要忘了我二人，便可跳出火坑矣。」士隱聽了，不便再問，因笑道：「玄機不可預泄，但適云『蠢物』，不知爲何，或可一見否？」那僧道：「若問此物，倒有一面之緣。」説着，取出遞與士隱。士隱接了看時，原來是塊鮮明美玉，上面字跡分明，〔甲〕凡三四次始出明玉形，隱屈之至。鐫着「通靈寶玉」四字，後面還有幾行小字。正欲細看時，〔甲〕又點「幻」字，云書已入幻境矣。〔蒙〕幻中言幻，何等法門。那僧便説已到幻境，便强從手中奪了去，與道人竟過一大石牌坊，那牌坊上大書四字，乃是〔甲〕四字可思。「太虛幻境」。兩邊又有一副對聯，道是：〔戚〕無極太極之輪轉，色空之相生，四季之隨行，皆不過如此。

假作真時真亦假，無爲有處有還無。〔甲〕疊用「真假」「有無」字，妙！

士隱意欲也跟了過去，方舉步時，忽聽一聲霹靂，有若山崩地陷。士隱大叫一聲，〔蒙〕真是大警覺大轉身。定睛一看，

〔甲〕醒得無痕，不落舊套。只見烈日炎炎，芭蕉冉冉，夢中之事便忘了對半。〔甲〕妙極！若記得，便是俗筆了。又見奶姆正抱了英蓮走來。士隱見女兒越發生得粉妝玉琢，乖覺可喜，便伸手接來，抱在懷中，鬪他頑耍一回，又帶至街前，看那過會的熱鬧。方欲進來時，只見從那邊來了一僧一道，〔甲〕所謂「萬境都如夢境看」也。那僧則癩頭跣足，那道則跛足蓬頭，〔甲〕此則是幻像。瘋瘋顛顛，揮霍談笑而至。及到了他門前，看見士隱抱着英蓮，〔甲〕奇怪！所謂情僧也。那僧便哭起來，又向士隱道：「施主，你把這有命無運，累及爹娘之物，抱在懷内作甚？」士隱聽了，知是瘋話，也不去睬他。那僧還說：「捨我罷，捨我罷！」士隱不耐煩，〔蒙〕如果捨出，則不成幻境矣。行文至此，又不得不有此一語。便抱着女兒撤身進去，那僧乃指着他大笑，口内念了四句言詞，道是：

慣養嬌生笑你痴，〔甲〕爲天下父母痴心一哭。
菱花空對雪澌澌。〔甲〕生不遇時。遇又非偶。
好防佳節元宵後，〔甲〕前後一樣，不直云前而云後，是諱知者。
便是煙消火滅時。〔甲〕伏後文。

〔甲〕八個字屈死多少英雄，屈死多少忠臣孝子，屈死多少仁人志士，屈死多少詞客騷人！今又被作者將此一把眼淚洒與閨閣之中，見得裙釵尚遭逢此數，況天下之男子乎？

〔甲〕看他所寫開卷之第一個女子便用此二語以訂終身，則知託言寓意之旨，誰謂獨寄興於一「情」字耶！

〔甲〕武侯之三分，武穆之二帝，二賢之恨，及今不盡，況今之草芥乎？家國君父，事有大小之殊，其理其運其數則略無差異。知運知數者，則必諒而後嘆也。

甲 佛以世謂劫，凡三十年爲一世。三劫者，想以九十春光寓言也。

士隱聽得明白，心下猶豫，意欲問他們來歷。只聽道人説道：「你我不必同行，就此分手，各幹營生去罷。三劫後，我在北邙山等你，會齊了同往太虛幻境銷號。」那僧道：「妙，妙，妙！」説畢，二人一去，再不見個踪影了。士隱心中此時自忖：這兩個人必有來歷，該試一問，如今悔却晚也。

這士隱正痴想，忽見隔壁 甲「隔壁」二字極細極險，記清。 葫蘆廟内寄居的一個窮儒，姓賈名化，甲 假話。妙！ 表字 甲 實非。妙！ 〔九〕時飛，別號雨村 甲 雨村者，村言粗語也。言以村粗之言演出一段假話也。 者走了出來。這賈雨村原係胡州人氏，甲 胡謅也。 原係詩書仕宦之族，因他生於末世，甲 又寫一末世男子。 父母祖宗根基一盡，人口衰喪，只剩得他一身一口，蒙 形容落（破）〔魄〕詩書子弟，逼真。 在家鄉無益。因進京求取功名，再整基業。自前歲來此，又淹蹇住了，暫寄廟中安身，每日賣字作文爲生，蒙「廟中安身」「賣字爲生」，想是過午不食的了。 故士隱常與他交接。甲 又夾寫士隱實是翰林文苑，非守錢虜也，直灌入「慕雅女雅集苦吟詩」一回。 當下雨村見了士隱，施禮陪笑道：「老先生倚門佇望，敢街市上有甚新聞否？」士隱笑道：「非也，適因小女啼哭，引他出來作耍，正是無聊之甚，兄來得正妙，請入小齋一談，彼此皆可消此永晝。」説着，便令人送女兒進去，自携了雨村來至書房中。小童獻茶。方談得三五句話，忽家人飛報：「嚴老爺來拜。」（甲「炎」也。炎既來，火將至矣。）士隱忙的起身謝罪道：「恕誑駕之罪，略坐，即來陪。」雨村忙起身亦讓道：「老先生請便。晚生乃常造之客，（蒙 世態人情，如聞其聲。）稍候何妨。」説着，士隱已出前廳去了。

這裏雨村且翻弄書籍解悶。忽聽得窗外有女子嗽聲，雨村遂起身往窗外一看，原來是一個丫鬟，在那裏擷花，生得儀容不俗，眉目清朗，（甲 八字足矣。）雖無十分姿色，却亦有動人之處。雨村不覺看得呆了。（甲 今古窮酸色心最重。）那甄家丫鬟擷了花，方欲走時，猛抬頭見窗内有人，敝巾舊服，雖是貧窮，然生得腰圓背厚，面闊口方，更兼劍眉星眼，（甲 是莽、操遺容。）直鼻權腮。這丫鬟忙轉身迴避，心下乃想：「這人生得這樣雄壯，却又這樣襤褸，想他定是我家主人常説的什麽賈雨村了，每有意幫助週濟，只是没甚機會。我家並無這樣貧窮親友，想定係此人無疑了。怪道又説他必非久困之人。」如此想，（蒙 如此忖度，豈得爲無情？）不免又回頭兩次。雨村見他回了頭，（甲 今古窮酸皆會替女婦心中取中自己。）便自爲這女子心中有意於他，便狂喜不禁，自爲此女子必是個巨眼英豪，（蒙 在此處已把種點出。）風塵中之知己也。一時小童進來，雨村打聽得前面留飯，不可久待，遂從夾道中自便出門去了。士隱待客既散，知雨村自便，也不去再邀。

（甲 更好。這便是真正情理之文。可笑近之小説中滿紙「羞花閉月」等字。這是雨村目中，又不與後之人相似。）

（甲 最可笑世之小説中，凡寫奸人則用「鼠耳鷹腮」等語。）

（甲 這方是女兒心中意中正文。又最恨近之小説中滿紙紅拂紫煙。）

一日，早又中秋佳節。士隱家宴已畢，乃又另具一席於書房，却自己步月至廟中來邀雨村。〔甲〕寫士隱愛才好客。原來雨村自那日見了甄家之婢曾回頭顧他兩次，〔蒙〕也是不得不留心。不獨因好色，多半感知音。自爲是個知己，便時刻放在心上。今又正值中秋，不免對月有懷，因而口占五言一律云：〔甲〕這是第一首詩。後文香奩閨情皆不落空。余謂雪芹撰此書，中亦（爲）［有］〔一〇〕傳詩之意。

未卜三生願，頻添一段愁。

悶來時斂額，行去幾回頭。

自顧風前影，誰堪月下儔？

蟾光如有意，先上玉人樓。

雨村吟罷，因又思及平生抱負，苦未逢時，乃又搔首對天長嘆，復高吟一聯云：〔甲〕表過黛玉，則緊接上寶釵。◇前用二玉合傳，今用二寶合傳，自是書中正眼。

玉在匱中求善價，釵於奩内待時飛。〔蒙〕偏有些脂氣。

恰值士隱走來聽見，笑道：「雨村兄真抱負不淺也！」雨村忙笑道：「豈敢！不過偶吟前人之句，何敢狂誕至此。」因問：「老先生何興至此？」士隱笑道：「今夜中秋，俗謂『團圓之節』，想尊兄旅寄僧房，不無寂寞之感，故特具小酌，邀兄到敝齋一飲，不知可納芹意否？」〔蒙〕「不推辭」語，便不入故套。雨村聽了，並不推辭，便笑道：「既蒙謬愛，〔甲〕寫雨村豁達，氣象不俗。何敢拂此盛情。」説着，便同了士隱復過這邊書院中來。

須臾茶畢，早已設下杯盤，那美酒佳餚自不必説。二人歸坐，先是款斟漫飲，次漸談至興濃，不覺飛觥限斝起來。當時街坊上家家簫管，户户絃歌，當頭一輪明月，飛彩凝輝，二人愈添豪興，酒到杯乾。雨村此時已有七八分酒意，狂興不禁，乃對月寓懷，口號一絶云：〔甲〕是將發之機。〔甲〕奸雄心事，不覺露出。

時逢三五便團圓，滿把晴光護玉欄。

天上一輪纔捧出，人間萬姓仰頭看。

士隱聽了，大叫：「妙哉！吾每謂兄必非久居人下者，今所吟之句，飛騰之兆已見，不日可接履於雲霓之上矣。可賀，可賀！」〔甲〕這個「斗」字莫作升斗之斗看。◇可笑。〔蒙〕伏筆，作巨眼語。妙！乃親斟一斗爲賀。雨村因乾過，嘆道：「非晚生酒後狂言，若論時尚之學，〔甲〕四字新而含蓄最廣，若必指明，則又落套矣。晚生也或可去充數沽名，只是目今行囊、路費一概無措，神京路遠，非

〔甲〕這首詩非本旨，不過欲出雨村，不得不有者。用中秋詩起，用中秋詩收，又用起詩社於秋日。所嘆者三春也，却用三秋作關鍵。

〔甲〕寫士隱如此豪爽，又全無一些黏皮帶骨之氣相，愧殺近之讀書假道學矣。

賴賣字撰文可能到者。」士隱不待説完，便道：「兄何不早言。愚每有此心，但每遇兄時，兄並未談及，愚故未敢唐突。今既及此，愚雖不才，〔蒙〕「義利」二字，時人故自不識。『義利』二字却還識得。且喜明歲正當大比，兄宜作速入都，春闈一戰，方不負兄之所學也。其盤費餘事，弟自代爲處置，亦不枉兄之謬識矣！」當下即命小童進去，速封五十兩白銀，並兩套冬衣。又云：「十九日乃黃道之期，兄可即買舟西上，待雄飛高舉，明冬再晤，豈非大快之事耶！」雨村收了銀、衣，不過略謝一語，〔蒙〕〔甲〕寫雨村真是個英雄。托大處，即遇此等人，又不得太瑣細。並不介意，仍是吃酒談笑。那天已交三鼓，二人方散。

士隱送雨村去後，回房一覺，直至紅日三竿方醒。〔甲〕是宿酒。因思昨夜之事，意欲再寫兩封薦書，與雨村帶至神京，使雨村投謁個仕宦之家，爲寄足之地。〔甲〕又週到如此。因使人過去請時，那家人去了回來説：「和尚説，賈爺今日五鼓已進京去了，也曾留下話與和尚轉達老爺，説：『讀書人不在黃道黑道，總以事理爲要，〔甲〕寫雨村真令人爽快。不及面辭了。』」士隱聽了，也只得罷了。

真是閒處光陰易過，倏忽又是元宵佳節矣。士隱命家人霍啓〔甲〕妙！禍起也。此因事而命名。抱了英蓮去看社火花燈，半夜中，霍啓因要小解，便將英蓮放在一家門檻上坐着。待他小解完了來抱時，那有英蓮的踪影？急得霍啓直尋了半夜，至天明不見，那霍啓也就不敢回來見主人，便逃往他鄉去了。那士隱夫婦，見女兒一夜不歸，便知有些不妥，再使幾個人去尋找，回來皆云連音響皆無。夫妻二人，半世只生此女，一旦失落，豈不思想，因此晝夜啼哭，〔蒙〕天下作子弟的，看了想去。幾乎不曾尋死。看看一月，士隱先就得了一病，當時封氏孺人也因思女構疾，日日請醫療病。

〔甲〕喝醒天下父母之痴心。

不想這日三月十五，葫蘆廟中炸供，那些和尚不加小心，致使油鍋火逸，便燒着窗紙。此方人家多用竹籬木壁者，〔甲〕〔蒙〕土俗人風。交竹滑溜婉轉。大抵也因劫數，於是接二連三，牽五掛四，將一條街燒得如火焰山一般。彼時雖有軍民來救，那火已成了勢，如何救得下去？直燒了一夜，方漸漸熄去，也不知燒了幾家。只可憐甄家在隔壁，早已燒成一片瓦礫場了。只有他夫婦並幾個家人的性命不曾傷了。急得士隱惟跌足長嘆而已。只得與妻子商議，且到田莊上去安身。偏值近年水旱

〔甲〕寫出南直召禍之實病。

（甲）託言大概如此之風俗也。

不收，鼠盜蜂起，無非搶糧奪食，鼠竊狗偷，民不安生，因此官兵剿捕，難以安身。士隱只得將田莊都折變了，便携了妻子與兩個丫鬟投他岳丈家去。

他岳丈名唤封肅，（甲）風俗。〔一一〕本貫大如州人氏，雖是務農，家中都還殷實。今見女婿這等狼狽而來，（甲）所以大概之人情如是，風俗如是也。（蒙）大都不過如此。心中便有些不樂。幸而士隱還有折變田地的銀子未曾用完，（蒙）若非「幸而」，則有不留之意。拿出來託他隨分就價薄置些須房地，爲後日衣食之計。那封肅便半哄半賺，些須與他些薄田朽屋。士隱乃讀書之人，不慣生理稼穡等事，勉强支持了一二年，越覺窮了下去。封肅每見面時，便説些現成話，且人前人後又怨他們不善過活，（甲）此等人何多之極！只一味好吃懶作等語。士隱知投人不着，心中未免悔恨，再兼上年驚唬，急忿悲痛，已有積傷，（蒙）幾幾乎。世人則不能止於幾幾乎，可悲！觀至此不……（下缺）暮年之人，貧病交攻，竟漸漸露出那下世的光景來。

可巧這日，拄了拐掙挫在街前散散心時，忽見那邊來了一個跛足道人，瘋狂落脱，麻屣鶉衣，口内念着幾句言詞，道是：

世人都曉神仙好，惟有功名忘不了！

古今將相在何方？荒塚一堆草沒了。
世人都曉神仙好，只有金銀忘不了！
終朝只恨聚無多，及到多時眼閉了。
世人都曉神仙好，只有姣妻忘不了！
君生日日説恩情，君死又隨人去了。
世人都曉神仙好，只有兒孫忘不了！
痴心父母古來多，孝順兒孫誰見了？

士隱聽了，便迎上來道：「你滿口説些什麼？只聽見些『好』『了』『好』『了』。」那道人笑道：「你若果聽見『好』『了』二字，還算你明白。可知世上萬般，好便是了，了便是好。若不了，便不好，若要好，須是了。我這歌兒，便名《好了歌》。」士隱本是有宿慧的，一聞此言，心中早已徹悟，因笑道：「且住！待我將你這《好了歌》解註出來何如？」道人笑道：「你解，你解。」士隱乃說道：【戚】要寫情要寫幻境，偏先寫出一篇奇人奇境來。

陋室空堂，【甲】寧、榮未有之先。當年笏滿床，

衰草枯楊，【甲】寧、榮既敗之後。曾爲歌舞場。

蛛絲兒結滿雕梁，【甲】瀟湘館、紫芸軒等處。

緑紗今又糊在蓬窗上。【甲】雨村等一干新榮暴發之家。

說什麽脂正濃，粉正香，【甲】寶釵、湘雲一干人。如何兩鬢又成霜？【甲】黛玉、晴雯一干人。

昨日黄土隴頭送白骨，今宵紅燈帳底卧鴛鴦。【甲】熙鳳一干人。

金滿箱，銀滿箱，【甲】甄玉、賈玉一干人。展眼乞丐人皆謗。

正嘆他人命不長，那知自己歸來喪！

訓有方，【甲】言父母死後之日。【甲】柳湘蓮一干人。保不定日後作强梁。

擇膏粱，誰承望流落在煙花巷！

【甲】先說場面，忽新忽敗，忽麗忽朽，已見得反覆不了。

【甲】一段妻妾迎新送死，倏恩倏愛，倏痛倏悲，纏綿不了。

【甲】一段石火光陰，悲喜不了。風露草霜，富貴嗜慾，貪婪不了。

【甲】一段兒女死後無憑，生前空爲籌畫計算，痴心不了。

[甲] 一段功名陞黜無時，强奪苦爭，喜懼不了。

[甲] 總收古今億兆痴人，共歷幻場，此幻事擾擾紛紛，無日可了。

[甲] 此等歌謠原不宜太雅，恐其不能通俗，故只此便妙極。其説得痛切處，又非一味俗語可到。

[甲]「走罷」二字，真懸崖撒手，若個能行？

因嫌紗帽小，[甲] 賈赦、雨村一干人。致使鎖枷扛，
昨憐破襖寒，[甲] 賈蘭、賈菌一干人。今嫌紫蟒長。
亂烘烘你方唱罷我登場，[甲] 總收。
反認他鄉是故鄉。[甲] 太虛幻境、青埂峰一併結住。
甚荒唐，[甲] 語雖舊句，用於此妥極是極。◇苟能如此，便能了得。到頭來都是爲他人作嫁衣裳〔一二〕！[戚] 誰不解得世事如此，有龍象力者方能放得下。

那瘋跛道人聽了，拍掌笑道：「解得切，解得切！」士隱便笑一聲「走罷！」[甲] 如聞如見。[蒙] 一轉念間登彼岸。將道人肩上褡褳搶了過來背着，竟不回家，同了瘋道人飄飄而去。

當下烘動街坊，衆人當作一件新聞傳説。封氏聞得此信，哭個死去活來，只得與父親商議，遣人各處訪尋，那討音信？無奈何，少不得依靠着他父母度日。幸而身邊還有兩個舊日的丫鬟伏侍，主僕三人，日夜做些個針綫發賣，幫着父親用度。那封肅雖然日日抱怨，也無可奈何了。

甲 所謂「亂烘烘你方唱罷我登場」是也。

這日，那甄家的大丫鬟在門前買綫，忽聽得街上喝道之聲，衆人都説新太爺到任。丫鬟於是隱在門内看時，只見軍牢快手，一對一對的過去，俄而大轎内抬着一個烏帽猩袍的官府過去。（甲 雨村别來無恙否？可賀可賀。）丫鬟倒發了個怔，自思這官好面善，倒像在那裏見過的。於是進入房中，（蒙甲 是無兒女之情，故有夫人之分。起初到底有心乎？無心乎？）也就丟過，不在心上。至晚間，正該歇息之時，忽聽一片聲打的門響，許多人亂嚷，説：「本府太爺差人來傳人問話。」（蒙 不忘情的先寫出頭一位來了。）封肅聽了，唬得目瞪口呆，不知有何禍事。

戚 總評：出口神奇，幻中不幻。文勢跳躍，情裏生情。借幻説法，而幻中更自多情；因情捉筆，而情裏偏成痴幻。試問君家識得否，色空空色兩無干。

〔一〕以上文字見於庚、戚、蒙、列、辰、舒、楊諸本，其中甲辰本爲回前批，餘本均爲正文。按：此段與甲戌本凡例第五條略同，翫其文意應非正文，現作爲回前批處理。

〔二〕底本正文從此開始。

〔三〕作爲副詞的「倒」字，底本中均寫作「到」，係舊戲曲小説的通例。現按現代習慣校改爲「倒」。

〔四〕「説説笑笑……將一塊大石登時變成」四百二十餘字爲底本獨有，其餘各本皆缺，補以「來至石下，席地而坐長談，見」數語連接下文。

〔五〕甲戌本第一至五回的夾批，全部爲針對詩歌、聯語的句後批。由於這些詩、聯是分行排列，句與句之間又留有空格，這五回的夾批就批在行末和句間空隙處。這與其他各回夾在正文中間連抄的雙行批有所不同，因此也有人認爲應視爲側批。

〔六〕著名批語。以往著作引録此批多將「壬午除夕」斷歸下句，作「書未成，芹爲淚盡而逝」的時間定語，並因此成爲曹雪芹卒年「壬午説」的主要證據，但「壬午説」並不能解決現存文獻資料中的矛盾。香港梅節先生《曹雪芹卒年新考》認爲此處應係兩批連抄，「壬午除夕」是前一條批語的作批時間，而不是芹逝時間，並因此提出「甲申説」。

按：「能解者」一段和「書未成」一段意思不相連屬，應拆分爲兩批當無疑義。准此，則「壬午除夕」應斷歸上句或下句，就處於兩可之間，這使「壬午説」的主要證據存在不確定性。

〔七〕此批和前批「書未成」一段意思連貫，似應爲同一條批語誤拆。也就是説，此處兩條批語重新劃分爲兩條帶署時的批語比較合理。

〔八〕「出則」，甲辰本作「出處」，餘本均同底本。吴恩裕《考稗小記》認爲「則」字係「處」字的草書形訛，近是。

〔九〕原作「字表」，雖也可通，但不如「表字」常用，且書中別處也作「表字」，故予統一。下文第四回「字表文龍」仿此。

〔一〇〕「爲」字，吴恩裕認爲應係「有」字之形訛，今人多從之。也有人認爲「爲」字即含「有」

義，不誤。按：上古「爲」可通「有」，如《孟子·滕文公上》「將爲君子焉，將爲野人焉」，然此用法後世罕見。本書批語多爲淺近文言或白話，此條也不應例外。批者如要表達「有」義，不大可能使用易生歧義的「爲」字生僻古義，原字當以抄錯可能性大些，只是歪打正着罷了。

〔一一〕此批甲戌本影印本漏印，據沈治鈞《甲戌本縮微膠卷校讀記》（載《紅樓夢學刊》二〇一七年第二輯）補。

〔一二〕這篇「好了歌解注」的側批，其中有幾條所指似乎與書中情節不相吻合，常遭研究者質疑。楊光漢《關於甲戌本〈好了歌解〉的側批》一文（見《紅樓夢學刊》一九八〇年第四辑）認爲「黛玉、晴雯一干人」，應爲「昨日黃土隴頭送白骨」的注文；「熙鳳一干人」，應爲「金滿箱，銀滿箱」的注文；「甄玉、賈玉一干人」，應爲「展眼乞丐人皆謗」的注文。致誤的原因是：甲戌本較原底本每行少兩個字，正文位置較原底本同一正文位置移後，而抄手抄批時仍照原批位置抄録，没注意正文位置的更變，造成了正文在後批語在前的情況。此説得到後來許多研究者的認同。按：「好了歌解注」揭示的是一種普遍社會現象，未必能够每句都確切對應書中人物情節。故批語所指，不一定都貼合作者原意。讀者也不必太在意哪句批語確切不確切，聊資參考即可。

甄寶玉
玉壺山人改琦寫

第二回　賈夫人仙逝揚州城　冷子興演説榮國府

甲此回亦非正文，本旨只在冷子興一人，即俗謂「冷中出熱，無中生有」也。其演説榮府一篇者，蓋因族大人多，若從作者筆下一一叙出，盡一二回不能得明，則成何文字？故借用冷子一人，略出其大半，使閲者心中，已有一榮府隱隱在心，然後用黛玉、寶釵等兩三次皴染，則耀然於心中眼中矣。此即畫家三染法也。

未寫榮府正人，先寫外戚，是由遠及近、由小至大也。若使先叙出榮府，然後一一叙及外戚，又一一至朋友、至奴僕，其死板拮据之筆，豈作「十二釵」人手中之物也？今先寫外戚者，正是寫榮國一府也。故又怕閒文贅累，開筆即寫賈夫人已死，是特使黛玉入榮之速也。通靈寶玉於士隱夢中一出，今於子興口中一出，閱者已洞然矣。然後於黛玉、寶釵二人目中極精極細一描，則是文章鎖合處。蓋不肯一筆直下，有若放閘之水、燃信之爆，使其精華一泄而無餘也。究竟此玉原應出自釵、黛目中，方有照應。今預從子興口中說出，實雖寫而却未寫。觀其後文可知。此一回［文］則是虛敲旁擊之文，筆則是反逆隱回之筆。

戚 以百回之大文，先以此回作兩大筆以冒之，誠是大觀。世態人情，盡盤旋於其間，而一絲不亂，非具龍象力者，其孰能哉？

詩云：甲 只此一詩便妙極！此等才情，自是雪芹平生所長，余自謂評書，非關評詩也。

一局輸贏料不真，香銷茶盡尚逡巡。
欲知目下興衰兆，須問旁觀冷眼人。

甲 故用冷子興演說。

却説封肅因聽見公差傳喚，忙出來陪笑啓問。那些人只嚷：「快請出甄爺來！」（甲 一絲不亂。）封肅忙陪笑道：「小人姓封，並不姓甄。只有當日小婿姓甄，今已出家一二年了，不知可是問他？」那些公人道：「我們也不知什麽『真』（甲 點睛妙筆。）『假』，因奉太爺之命來問。他既是你女婿，便帶了你去親見太爺面禀，省得亂跑。」説着，不容封肅多言，大家推擁他去了。封家人各各驚慌，不知何兆。

那天約有二更時分，（甲 出自封肅口内，便省却多少閒文。）只見封肅方回來，歡天喜地。衆人忙問端的。他乃説道：「原來本府新陞的太爺，姓賈名化，本胡州人氏，（蒙 世態精神，叠露於數語間。）曾與女婿舊日相交。方纔在咱門前過去，因看見嬌杏那（甲 僥倖也。）◇託言當日丫頭回顧，故有今日，亦不過偶然僥倖耳，非真實得塵中英傑也。非近日小説中滿紙紅拂紫煙之可比。丫頭買綫，所以他只當女婿移住於此。我一一將原故回明，那太爺倒傷感嘆息了一回。又問外孫女兒，（甲 細。）我説看燈丢了。太爺説：『不妨，我自使番役務必採訪回來。』（甲 爲葫蘆案伏綫。）説了一回話，臨走倒送了我二兩銀子。」（蒙 此事最要緊。）甄家娘子聽了，不免心中傷感。（甲 所謂「舊事淒凉不可聞」也。）一宿無話。

（甲 余批重出。余閲此書，偶有所得，即筆録之。非從首至尾閱過復從首加批者，故偶有複處。且諸公之批，自是諸公眼界；脂齋之批，亦有脂齋取樂處。後每一閱，亦必有一語半言，重加批評於側，故又有於前後照應之説等批。

【甲】好極！與英蓮「有命無運」四字遥遥相映射。蓮，主也；杏，僕也。今蓮反無運，而杏則兩全，可知世人原在運數，不在眼下之高低也。此則大有深意存焉。

【甲】從來只見集古、集唐等句，未見集俗語者。此又更奇之至！

至次日，早有雨村遣人送兩封銀子、四匹錦緞，【甲】雨村已是下流人物，看此，今之如雨村者亦未有矣。答謝甄家娘子，又寄一封密書與封肅，轉託他向甄家娘子要那嬌杏作二房。【甲】謝禮却爲此。險哉，人之心也！封肅喜的屁滚尿流，巴不得去奉承，便在女兒前一力攛掇成了，【甲】一語道盡。乘夜只用一乘小轎，便把嬌杏送進去了。【蒙】知己相逢，得遂平生，一大快事。雨村歡喜自不必説。乃封百金贈封肅，外又謝甄家娘子許多物事，令其好生養贍，【甲】找前伏後。【甲】士隱家一段小榮枯至此結住，所謂「真不去，假焉來」也！以待尋訪女兒下落。封肅回家無話。

却説嬌杏這丫鬟，便是那年回顧雨村者。因偶然一顧，便弄出這段事來，亦是自己意料不到之奇緣。【甲】註明一筆，更妥當。【蒙】點出情事。誰想他命運兩濟，不承望自到雨村身邊，只一年便生了一子，又半載，雨村嫡妻忽染疾下世，雨村便將他扶册作正室夫人了。正是：

偶因一着錯，【甲】妙極！蓋女兒原不應私顧外人之謂。

便爲人上人。【甲】更妙！可知守禮俟命者終爲餓莩。其調侃寓意不小。

原來，雨村因那年士隱贈銀之後，他於十六日便起身入都。至大比之期，不料他十分得

甲 官制半遵古名亦好。余最喜此等半有半無，半古半今，事之所無，理之必有，極玄極幻，荒唐不經之處。

甲 可笑近時小說中，無故極力稱揚浪子淫女，臨收結時，還必致感動朝廷，使君父同入其情慾之界，明遂其意，何無人心之至！不知彼作者有何好處，有何謝報到朝廷廊廟之上，直將半生淫朽，穢瀆睿聰，又苦拉君父作一干證護身符，强媒硬保，得遂其淫慾哉！

意，已會了進士，選入外班，今已陞了本府知府。雖才幹優長，未免有些貪酷之弊，且又恃才侮上，那些官員皆側目而視。甲 此亦奸雄必有之理。不上一年，便被上司尋了個空隙，作成一本，參他「生情狡猾，擅纂禮儀，且沽清正之名，而暗結虎狼之屬，致使地方多事，民命不堪」甲 此亦奸雄必有之事。等語。龍顏大怒，蒙 罪重而法輕，何其幸也。即批革職。該部文書一到，本府官員無不喜悅。那雨村心中雖十分慚恨，却面上全無一點怨色，甲 此亦奸雄必有之態。仍是喜悅自若。交代過公事，將歷年做官積的些資本並家小人屬送至原籍，甲 先云「根基已盡」，故今用此四字，細甚！安插妥協，却又自己擔風袖月，甲 已伏下至金陵一節矣。遊覽天下勝跡。

那日，偶又遊至維揚地面，因聞得今歲鹺政點的是林如海。甲 蓋云「學海文林」也。總是暗寫黛玉。這林如海姓林名海，表字如海。乃是前科的探花，今已陞至蘭臺寺大夫，本貫姑蘇人氏，甲 十二釵正出之地，故用真。今欽點出爲巡鹽御史，到任方一月有餘。

原來這林如海之祖，曾襲過列侯，今到如海，業經五世。起初時，只封襲三世，因當今隆恩盛德，遠邁前代，額外加恩，至如海之父，又襲了一代；至如海，便從科第出身。雖係

【甲】要緊二字，蓋鐘鼎亦必有書香方至美。鐘鼎之家，却亦是書香之族。只可惜這林家支庶不盛，子孫有限，雖有幾門，却與如海俱是堂族而已，【甲】總爲黛玉極力一寫。没甚親支嫡派的。今如海年已四十，只有一個三歲之子，偏又於去歲死了。雖有【甲】帶寫賢妻。幾房姬妾，奈他命中無子，亦無可如何之事。今只有嫡妻賈氏，生得一女，【蒙】絳珠初見。乳名黛玉，年方五歲。夫妻無子，故愛女如珍，【甲】看他寫黛玉，只用此四字。可笑近來小説中，滿紙「天下無二」「古今無雙」等字。且又見他聰明清秀，便也欲使他讀書識得幾個字，不過假充養子之意，聊解膝下荒凉之嘆。

雨村正值偶感風寒，病在旅店，將一月光景方漸愈。一因身體勞倦，二因盤費不繼，也正欲尋個合式之處，暫且歇下。【甲】寫雨村自得意後之交識也。◇又爲冷子興作引。幸有兩個舊友，亦在此境居住，因聞得鹺政欲聘一西賓，雨村便相託友力，謀了進去，且作安身之計。妙在只一個女學生，並兩個伴讀丫鬟，這女學生年又極小，身體又極怯弱，工課不限多寡，故十分省力。

堪堪又是一載的光陰，誰知女學生之母賈氏夫人一疾而終。女學生侍湯奉藥，【蒙】先要使黛玉哭起。守喪盡哀，遂又將要辭館別圖。林如海意欲令女守制讀書，故又將他留下。近因女學生哀痛過傷，本自

【甲】如此叙法，方是至情至理之妙文。最可笑者，近小説中滿紙班昭蔡琰、文君道韞。

【甲】上半回已終，寫「仙逝」正爲黛玉也。故一句帶過，恐閒文有妨正筆。

怯弱多病的，【甲 又一染。】觸犯舊症，遂連日不曾上學。

雨村閒居無聊，每當風日晴和，飯後便出來閒步。這日，偶至郭外，意欲賞鑑那村野風光。忽信步至一山環水旋、茂林深竹之處，隱隱有座廟宇，門巷傾頽，墻垣朽敗，門前有額，【甲 誰爲智者？又誰能通？一嘆。】題着「智通寺」三字，門旁又有一副舊破的對聯，曰：

身後有餘忘縮手，眼前無路想回頭。【甲 先爲寧、榮諸人當頭一喝，却是爲余一喝。】

雨村看了，因想到：「這兩句話，文雖淺，【甲 一部書之總批。】其意則深。也曾遊過些名山大刹，倒不曾見過這話頭，其中【甲 隨筆帶出禪機，又爲後文多少語録不落空。】想必有個翻過筋斗來的也未可知，何不進去試試？」想着，走入看時，只有一個聾腫〔一〕老僧在那裏煮粥。【甲 是雨村火氣。】雨村見了，便不在意。【甲 火氣。】及至問他兩句話，【蒙 欲寫冷子興，偏閒閒有許多着力語。】那老僧既聾且昏，【甲 是翻過來的。】【甲 是翻過來的。】齒落舌鈍，所答非所問。

雨村不耐煩，便仍出來，意欲到那村肆中沽酒三杯，以助野趣。於是款步行來，剛入肆門，只見座上吃酒之客有一人起身大笑，接了出來，口内說：「奇遇，奇遇！」雨村忙看時，

【甲 大都世人意料此，終不能此；不及彼者，而反及彼。故特書意在村野風光，却忽遇見子興，一篇榮國繁華氣象。】

【甲 畢竟雨村還是俗眼，只能識得阿鳳、寶玉、黛玉等未覺之先，却不識得既證之後。◇未出寧、榮繁華盛處，却先寫一荒涼小境；未寫通部入世迷人，却先寫一出世醒人。回風舞雪，倒峽逆波，别小說中所無之法。】

此人是都中古董行中貿易的號冷子興者，〔甲〕此人不過借爲引繩，不必細寫。舊日在都相識。雨村最讚這冷子興是個有作爲大本領的人，〔戚〕不讚出則文不靈活，而冷子興之談吐似覺唐突矣。這子興又借雨村斯文之名，故二人説話投機，最相契合。雨村忙亦笑問：「老兄何日到此？弟竟不知。今日偶遇，真奇緣也。」子興道：「去年歲底到家，今因還要入都，從此順路找個敝友説一句話，承他之情，留我多住兩日。我也無甚緊事，且盤桓兩日，待月半時也就起身了。今日敝友有事，我因閒步至此，且歇歇脚。不期這樣巧遇！」一面説，一面讓雨村同席坐了，另整上酒餚來。二人閒談慢飲，〔甲〕〔蒙〕好！若多談則累贅。又抛一筆。叙此別後之事。

雨村因問：「近日都中可有新聞没有？」〔甲〕不突然，亦常問常答之言。子興道：「倒没有什麼新聞，倒是老先生你貴同宗家，〔甲〕雨村已無族中矣，何及此耶？看他下文。出了一件小小的異事。」雨村笑道：「弟族中無人在都，何談及此？」子興笑道：「你們同姓，豈非同宗一族？」雨村問是誰家。

子興道：「榮國府賈府中，〔甲〕剉小人之心肺，聞小人之口角。可也不玷辱了先生的門楣了？」雨村笑道：「原來是他家。若論起來，寒族人丁却不少，〔甲〕〔蒙〕此話縱真，亦必謂是雨村欺人語。如聞其聲。自東漢賈復以來，支派繁盛，各省皆有，誰能逐細考查？若論榮國一支，却是同譜。但他那等榮耀，我們不便去攀扯，至今越發生踈難認了。」【甲】嘆得怪。子興嘆道：「老先生休如此説。如今這榮國兩門，【甲】記清此句。可知書中之榮府已是末世了。也都消踈了，不比先時的光景。」雨村道：「當日寧榮兩宅的人口極多，如何就消踈了？」【甲】作者之意原只寫末世，此已是賈府之末世了。冷子興道：「正是，説來也話長。」雨村道：「去歲我到金陵地界，因欲遊覽六朝遺跡，那日進了石頭城，【甲】點睛，神妙。從他老宅門前經過。街東是寧國府，街西是榮國府，二宅相連，竟將大半條街佔了。大門前雖冷落無人，【甲】好！寫出空宅。隔着圍墻一望，裏面廳殿樓閣，也還都崢嶸軒峻，就是後一帶花園子裏，【甲】「後」字何不直用「西」字？◇恐先生墮淚，故不敢用「西」字。樹木山石，也都還有蓊蔚洇潤之氣，那裏像個衰敗之家？」

冷子興笑道：「虧你是個進士出身，原來不通！古人有云：『百足之蟲，死而不僵。』如今雖説不似先年那樣興盛，較之平常仕宦之家，到底氣象不同。如今生齒日繁，事務日盛，主僕上下，安富尊榮者儘多，【甲】二語乃今古富貴世家之大病。運籌謀畫者無一，其日用排場費用，又不能將就省儉，如今外面的架子雖未甚倒，【甲】「甚」字好！蓋已半倒矣。内囊却也盡上來了。【蒙】世家興敗，寄口與人，誠可悲夫。這還是小事，更有一件大事：誰知這樣鐘鳴鼎食之

甲 文是極好之文，理是必有之理，話則極痛極悲之話。

家，翰墨詩書之族，[甲 兩句寫出榮府。]如今的兒孫，竟一代不如一代了！」雨村聽了，也納罕道：「這樣詩書之家，豈有不善教育之理？別家不知，只說這寧、榮兩宅，是最教子有方的。[甲 一轉有力。]」

子興嘆道：「正說的是這兩門呢。待我告訴你。當日寧國公[甲 演。]與榮國公[甲 源。]是一母同胞弟兄兩個。寧公居長，生了四個兒子。[甲 賈薔、賈菌之祖，不言可知矣。]寧公死後，長子賈代化[甲 第二代。]襲了官，也養了兩個兒子。長子賈敷，至八九歲上便死了，只剩了次子賈敬[甲 第三代。]襲了官，如今一味好道，[甲蒙 亦是大族末世常有之事。嘆嘆！偏先從好神仙的苦處說來。]只愛燒丹煉汞，餘者一概不在心上。幸而早年留下一子，名喚賈珍，[甲 第四代。]因他父親一心想作神仙，把官倒讓他襲了。他父親又不肯回原籍來，只在都中城外和道士們胡羼。這位珍爺也倒生了一個兒子，今年纔十六歲，名叫賈蓉。[甲 至蓉五代。]如今敬老爹一概不管。這珍爺那肯讀書，只是一味高樂不已，把寧國府竟翻了過來，也沒有人敢來管他。[甲 伏後文。]再說榮府你聽，方纔所說異事，就出在這裏。自榮公死後，長子賈代善[甲 第二代。]襲了官，娶的金陵世勳史侯家的小姐爲妻，[甲 因湘雲，故及之。]生了兩個兒子：長子賈赦，次子賈政。[甲 第三代。]如今代善早已去世，[甲 記真，湘雲祖姑史氏太君也。]太夫人尚在。長子賈赦襲着官。次子賈政，自幼酷喜讀書，祖父最疼。原欲

〔甲〕略可望者即死，嘆嘆！

〔甲〕一部書中第一人卻如此淡淡帶出，故不見後來玉兄文字繁難。

以科甲出身的，不料代善臨終時遺本一上，皇上因恤先臣，即時令長子襲官外，問還有幾子，立刻引見，遂額外賜了這政老爹一個主事之銜，〔甲〕嫡真實事，非妄擬也〔二〕。令其入部習學，如今現已陞了員外郎了。〔甲〕總是稱功頌德。這政老爹的夫人王氏，〔甲〕記清。頭胎生的公子，名喚賈珠，十四歲進學，不到二十歲就娶了妻生了子，〔甲〕此即賈蘭也。至蘭第五代。一病死了。第二胎生了一位小姐，生在大年初一，這就奇了；不想次年〔三〕又生了一位公子，說來更奇：一落胎胞，嘴裏便啣下一塊五彩晶瑩的玉來，〔甲〕青埂頑石已得下落。上面還有許多字跡，就取名叫作寶玉。你道是新奇異事不是？」〔辰〕正是寧、榮二處支譜。

雨村笑道：「果然奇異。只怕這人來歷不小。」子興冷笑道：「萬人皆如此說，因而乃祖母便先愛如珍寶。那年週歲時，政老爹便要試他將來的志向，便將那世上所有之物擺了無數，與他抓取。誰知他一概不取，伸手只把些脂粉釵環抓來。政老爹便大怒了，說：『將來酒色之徒耳！』因此便大不喜悅。獨那史老太君還是命根一樣。說來又奇，如今長了七八歲，雖然淘氣異常，但其聰明乖覺處，百個不及他一個。說起孩子話來也奇怪，他說：『女兒是水作的骨肉，男人是泥作的骨肉。甲真千古奇文奇情。我見了女兒，我便清爽；見了男人，便覺濁臭逼人。』你道好笑不好笑？甲沒有這一句，雨村如何罕然厲色，並後奇奇怪怪之論？將來色鬼無疑了！」雨村罕然厲色忙止道：「非也！可惜你們不知道這人來歷。大約政老前輩也錯以淫魔色鬼看待了。若非多讀書識事，加以致知格物之功，悟道參玄之力者，不能知也。」

子興見他説得這樣重大，忙請教其端。雨村道：「天地生人，除大仁大惡兩種，餘者皆無大異。若大仁者，則應運而生，大惡者，則應劫而生。運生世治，劫生世危。堯、舜、禹、湯、文、武、周、召、孔、孟、董、韓、周、程、張、朱，皆應運而生者。蚩尤、共工、桀、紂、始皇、王莽、曹操、桓温、安禄山、秦檜等，甲此亦略舉大概幾人而言。皆應劫而生者。大仁者，修治天下；大惡者，擾亂天下。清明靈秀，天地之正氣，仁者之所秉也；殘忍乖僻，天地之邪氣，惡者之所秉也。今當運隆祚永之朝，太平無爲之世，清明靈秀之氣所秉者，上至朝廷，下至草野，比比皆是。所餘之秀氣，漫無所歸，遂爲甘露，爲和風，洽然溉及四海。彼殘忍乖僻之邪氣，不能蕩溢於光天化日之中，遂凝結充塞於深溝大壑之内，偶因風蕩，或被雲摧，略有摇動感發之意，一絲半縷誤而泄出者，偶值靈秀之氣適過，正不容邪，邪復妒正，〔甲〕譬得好。兩不相下，亦如風水雷電，地中既遇，既不能消，又不能讓，必至搏擊掀發後始盡。故其氣亦必賦人，發泄一盡始散。使男女偶秉此氣而生者，在上則不能成仁人君子，下亦不能爲大兇大惡。〔甲〕恰極，是確論。置之於萬萬人之中，其聰俊靈秀之氣，則在萬萬人之上，其乖僻邪謬、不近人情之態，又在萬萬人之下。若生於公侯富貴之家，則爲情痴情種，〔蒙〕巧筆奇言，另開［生］面。但此數語，恐誤盡聰明後生者。若生於詩書清貧之族，則爲逸士高人，縱再偶生於薄祚寒門，斷不能爲走卒健僕，甘遭庸人驅制駕馭，亦必爲奇優名娼。如前代之許由、陶潛、阮籍、嵇康、劉伶、王謝二族、顧虎頭、陳後主、唐明皇、宋徽宗、劉庭芝、温飛卿、米南宫、石曼卿、柳耆卿、秦少游，近日之倪雲林、唐伯虎、祝枝山，再如李龜年、黄幡綽、敬新磨、卓文君、紅拂、薛濤、崔鶯、朝雲之流。此皆易地則同之人也。」〔甲〕《女仙外史》中論魔道已奇，此又非《外史》之立意，故覺愈奇。

子興道：「依你説，『成則王侯敗則賊』了。」雨村道：「正是這意。你還不知，我自革職以來，這兩年遍遊名省，也曾遇見兩個異樣孩子。【甲】先虛陪一個。所以，方纔你一説這寶玉，我就猜着了八九亦是這一派人物。不用遠説，只金陵城内，【甲】此銜無考，亦因寓懷而設，置而勿論。欽差金陵省體仁院總裁甄家，你可知麽？」子興道：「誰人不知！這甄府和賈府就是老親，又係世交。兩家來往，極其親熱的。便在下也和他家來往非止一日了。」【甲】説大話之走狗，畢真。雨村笑道：「去年我在金陵，也曾有人薦我到甄家處館。我進去看其光景，誰知他家那等顯貴，却是富而好禮之家，【甲】如聞其聲。倒是個難得之館。但這一個學生，雖是啓蒙，却比一個舉業的還勞神。説起來更可笑，他説：【甲】甄家之寶玉乃上半部不寫者，故此處極力表明，以遥照賈家之寶玉。凡寫賈寶玉之文，則正爲真寶玉傳影。『必得兩個女兒伴着我讀書，我方能認得字，心裏也明白，不然我自己心裏糊塗。』又常對跟他的小厮們説：『這女兒兩個字，極尊貴，極清淨的，比那阿彌陀佛、元始天尊的這兩個寶號還更尊榮無對的呢！你們這濁口臭舌，【蒙】（固）［故］作險筆，以爲後文之伏綫。萬不可唐突了這兩個字，要緊！但凡要説時，必須先用清水香茶漱了口纔可，設若失錯，便要鑿牙穿腮等事。』其暴虐浮躁，頑劣憨痴，種種異常。只一放了學，進去見了那些女兒們，其溫厚和平，【甲】與前八個字嫡對。聰敏文雅，竟又變了一個。因此，他令尊也曾下死笞楚過幾次，無奈竟不

【甲】又一個真正之家，特與假家遥對，故寫假則知真。

【甲】只一句便是一篇家傳，與子興口中是兩樣。

【甲】如何只以釋、老二號爲譬，略不敢及我先師儒聖等人？余則不敢以頑劣目之。

〔甲〕以自古未聞之奇語，故寫成自古未有之奇文。此是一部書中大調侃寓意處。蓋作者實因鶺鴒之悲、棠棣之威，故撰此閨閣庭幃之傳。

能改。每打的吃疼不過時，他便『姐姐』『妹妹』亂叫起來。後來聽得裏面女兒們拿他取笑：『因何打急了只管唤姐妹做甚？莫不是求姐妹去討情討饒？你豈不愧些！』他回答的最妙。他說：『急疼之時，只叫姐姐、妹妹字樣，或可解疼也未可知，因叫了一聲，便果覺不疼了，遂得了秘方。每疼痛之極，〔蒙〕閒閒逗出無窮奇語，都只爲下文。便連叫姐妹起來了。』你說可笑不可笑？也因祖母溺愛不明，每因孫辱師責子，因此我就辭了館出來。如今在巡鹽御史林家坐館了。你看，這等子弟，必不能守祖父之根基，從師友之規諫的。只可惜他家幾個好姊妹，〔甲〕實點一筆，余謂作者必有。都是少有的。』

子興道：「便是賈府中，現有三個亦不錯。政老爹之長女，名元春，〔甲〕「原」也。現因賢孝才德，選入宮中作女史去了。〔甲〕因漢以前例，妙！二小姐乃赦老爹前妻所出，名迎春，〔甲〕「應」也。三小姐乃政老爹之庶出，名探春，〔甲〕「嘆」也。四小姐乃寧府珍爺之胞妹，名喚惜春。〔甲〕「息」也。〔辰〕賈敬之女。因史老夫人極愛孫女，都跟在祖母這邊一處讀書，聽得個個不錯。」〔辰〕復續前文未及，正詞源三疊。雨村道：「更妙在甄家之風俗，女兒之名，亦皆從男子之名命字，不似別家另外用這些『春』『紅』『香』『玉』等艷字的，何得賈府亦落此俗套？」

子興道：「不然，只因現今大小姐是正月初一日所生，故名元春，餘者方從了『春』字。上一輩的，却也是從兄弟而來的。現有對證：目今你貴東家林公之夫人，即榮府中赦、政二公之胞妹，在家時名喚賈敏。[蒙]黛玉之入（寧）〔榮〕國府的根源，却藉他二人之口，下文便不費力。不信時，你回去細訪可知。」雨村拍案笑道：「怪道這女學生讀至凡書中有『敏』字，他皆念作『密』字，每每如是；寫字時遇着『敏』字，又減一二筆，我心中就有些疑惑。今聽你説，是爲此無疑矣。怪道我這女學生言語舉止另是一樣，不與近日女子相同，度其母必不凡，方得其女，今知爲榮府之孫，又不足罕矣。可傷上月竟亡故了。」子興嘆道：「老姊妹四個，這一個是極小的，又没了。長一輩的姊妹，一個也没了。只看這小一輩的，將來之東床如何呢。」

[蒙]靈玉却只一塊，而寶玉有兩個。情性如一，亦如六耳悟空之意耶？

雨村道：「正是，方纔説這政公，已有了一個啣玉之兒，又有長子所遺一個弱孫。這赦老竟無一個不成？」子興道：「政公既有玉兒之後，其妾後又生了一個，[甲]帶出賈環。倒不知其好歹。只眼前現有二子一孫，却不知將來如何。[蒙]本家族譜記不清者甚多，偏是旁人説來，一絲不亂。若問那赦公，也有二子。長名賈璉，今已二十來往了。

親上作親，娶的就是政老爹夫人王氏之内侄女，（甲 另出熙鳳一人。）今已娶了二年。這位璉爺身上現捐的是個同知，也是不喜讀書，於世路上好機變言談去的，所以如今只在乃叔政老爺家住着，幫着料理些家務。誰知自娶了他令夫人之後，倒上下無一人不稱頌他夫人的，璉爺倒退了一射之地。（甲 非警幻案下而來爲誰？）説模樣又極標緻，言談又爽利，心機又極深細，竟是個男人萬不及一的。」（甲 未見其人，先已有照。）

雨村聽了，笑道：「可知我前言不謬。（甲 略一總住。）你方纔所説的這幾個人，都只怕是那正邪兩賦而來一路之人，未可知也。」子興道：「邪也罷，正也罷，只顧算別人家的賬，你也吃一杯酒纔好。」（蒙 筆轉如流，毫無沾滯。）雨村道：「正是，只顧説話，竟多吃了幾杯。」子興笑道：「説着別人家的閒話，正好下酒，（甲 蓋云此一段話，亦爲世人茶酒之笑談耳。）即多幾杯何妨。」雨村向窗外看（甲 畫。）道：「天也晚了，仔細關了城。我們慢慢進城再談，未爲不可。」（甲 不得謂此處收得索然，蓋原非正文也。）於是，二人起身，算還酒賬。

方欲走時，又聽得後面有人叫道：「雨村兄，恭喜了！（甲 此等套頭，亦不得不用。）特來報個喜信的。」雨村忙回頭看時——（己 語言太煩，令人不耐。古人云「惜墨如金」，看此則視墨如土矣。雖演至千萬回亦可也。）

戚總評：先自寫幸遇之情於前，而叙藉口談幻境之情於後。世上不平事，道路口如碑。雖作者之苦心，亦人情之必有。

雨村之遇嬌杏，是此文之總冒，故在前。冷子興之談，是事跡之總冒，故叙寫於後。冷暖世情，比比如畫。

有情原比無情苦，生死相關總在心。也是前緣天作合，何妨黛玉淚淋淋。

〔一〕「聾腫」，諸本用字略有不同，現代整理本多依庚、舒本改作「龍鍾」。按：此處對老僧的描寫是針對雨村看了對聯後的想法作一反跌，有諷刺意味，似以帶貶義的「聾腫」爲是。

〔二〕此批的「嫡」字，作「確實」解，一般均校爲「的」字。但此意義的「嫡」字，在批語中多次出現，似又不是筆誤。按：《康熙字典》謂「嫡」「别作的」，則二字或可通用，故本匯校本「嫡」字一律不改爲「的」字。

〔三〕「次年」，除戚、舒本作「後來」外，諸本均同。從後文看，元春和寶玉的年齡相差顯然不止一歲。

黛玉

第三回　金陵城起復賈雨村　榮國府收養林黛玉〔一〕

甲 二字觸目淒涼之至！

戚 我爲你持戒，我爲你吃齋；我爲你百行百計不舒懷，我爲你淚眼愁眉難解。無人處，自疑猜，生怕那慧性靈心偷改。

寶玉通靈可愛，天生有眼堪穿。萬年幸一遇仙緣，從此春光美滿。隨時喜怒哀樂，遠却離合悲歡。地久天長香影連，可意方舒心眼。

寶玉唧來，是補天之餘，落地已久，得地氣收藏，因人而現。其性質内陽外陰，其形體光白温潤，天生有眼可穿，故名曰寶玉，將欲得者盡皆寶愛此玉之意也。

天地循環秋復春，生生死死舊重新。君家着筆描風月，寶玉顰顰解愛人。

却説雨村忙回頭看時，不是別人，乃是當日同僚一案參革的號張如圭者。【甲】蓋言「如鬼如蜮」也，亦非正人正言。他本係此地人，革職後家居，今打聽得都中奏准起復舊員之信，他便四下裏尋情找門路，忽遇見雨村，故忙道喜。【蒙】（此）［仕］途宦境，描寫的當。二人見了禮，張如圭便將此信告訴雨村，雨村自是歡喜，忙忙的叙了兩句，【甲】畫出心事。遂作別各自回家。冷子興聽得此言，【甲】畢肖趕熱竈者。便忙獻計，令雨村央煩林如海，轉向都中去央煩賈政。雨村領其意，作別回至館中，忙尋邸報看真確了。【甲】細！

次日，面謀之如海。如海道：「天緣凑巧，因賤荆去世，都中家岳母念及小女無人依傍教育，前已遣了男女船隻來接，因小女未曾大痊，故未及行。此刻正思向蒙訓教之恩未經酬報，遇此機會，豈有不盡心圖報之理〔二〕。但請放心，弟已預爲籌畫至此，已修下薦書一封，轉託内兄務爲週全協佐，方可稍盡弟之鄙誠，【蒙】要説正文故以此作引，且黛玉路中實無可託之人。文筆逼切得宜。即有所費用之例，弟於内兄信中已註明白，亦不勞尊兄多慮矣。」雨村一面打躬，謝不釋口，一面又問：「不知令親大人現居何職？〔甲〕奸險小人欺人語。只怕晚生草率，不敢驟然入都干瀆。」〔甲〕全是假，全是詐。〔蒙〕借雨村細密心思之語，容容易易轉入正文，亦是宦途人之口頭心頭。最妙！如海笑道：「若論舍親，與尊兄猶係同譜，乃榮公之孫。大內兄現襲一等將軍之職，名赦，字恩侯；二內兄名政，字存周，〔甲〕二名二字皆頌德而來，與子興口中作證。現任工部員外郎，其爲人謙恭厚道，大有祖父遺風，非膏粱輕薄仕宦之流，故弟方致書煩託。否則不但有污尊兄之清操，即弟亦不屑爲矣。」〔甲〕寫如海實寫政老。所謂此書有「不寫之寫」是也。〔蒙〕作弊者每每偏能如此說。雨村聽了，心下方信了昨日子興之言，於是又謝林如海。如海乃說：「已擇了出月初二日小女入都，尊兄即同路而往，豈不兩便？」雨村唯唯聽命，心中十分得意。如海遂打點禮物並餞行之事，雨村一一領了。

那女學生黛玉，身體大愈，原不忍棄父而往，無奈他外祖母致意務去，且兼如海說：「汝父年將半百，再無續室之意，且汝多病，年又極小，上無親母教養，下無姊妹兄弟扶持，〔甲〕可憐！一句一滴血，一句一滴血之文。今依傍外祖母及舅氏姊妹去，正好減我顧盼之憂，何云不往？」〔甲〕實寫黛玉。〔蒙〕此一段是不肯使黛玉作棄父樂爲遠遊者。以此可見作者之心實愛黛玉如己。黛玉聽了，方洒淚拜別，遂同奶娘及榮府中幾個老婦人登舟而去。雨村另有一隻船，帶兩個小童，依附黛玉而行。〔甲〕老師依附門生，怪道今時以收納門生爲幸。〔蒙〕細密如此，是大家風範。

有日到了都中，〔甲 繁中減筆。〕進入神京，〔甲 且按下黛玉以待細寫。今故先將雨村安置過一邊，方起榮府中之正文也。〕雨村先整了衣冠，帶了小童，〔甲 至此漸漸好看起來也。〕拿着宗侄的名帖，〔甲 此帖妙極，可知雨村的品行矣。〕至榮府門前投了。彼時賈政已看了妹丈之書，即忙請入相會。見雨村相貌魁偉，言談不俗，且這賈政最喜讀書人，禮賢下士，〔甲 君子可欺［以］其方也，況雨村正在王莽謙恭下士之時，雖政老亦爲所惑，在作者係指東説西也。〕拯溺濟危，大有祖風，況又係妹丈致意，因此優待雨村，更又不同，便竭力内中協助。題奏之日，輕輕謀了一個復職候缺，〔甲《春秋》字法。〕不上兩個月，金陵應天府缺出，便謀補了此缺，〔甲《春秋》字法。〕拜辭了賈政，〔甲 因寶釵故及之，一語過至下回。〕擇日到任去了。〔蒙 了結雨村。〕不在話下。

〔甲 這方是正文起頭處。此後筆墨，與前兩回不同。〕且説黛玉自那日棄舟登岸時，便有榮國府打發了轎子並拉行李的車輛久候了。這黛玉常聽得〔甲 三字細。〕〔蒙 以「常聽見」等字，省下多少筆墨。〕母親説過，他外祖母家與別家不同。他近日所見的這幾個三等的僕婦，已是不凡了，何況今至其家。因此步步留心，時時在意，不肯輕意多説一句話，〔蒙 顰顰故自不凡。〕多行一步路，生恐被人恥笑了他去。〔甲 寫黛玉自幼之心機。〕〔辰 黛玉自忖之語。〕自上了轎，進入城中，便從紗窗向外瞧了一瞧，其街市之繁華，人煙之阜盛，自與別處不同。〔甲 先從街市寫來。〕又行了半日，忽見街北蹲着兩個大石獅子，三間獸頭大門，門前列坐着十來個華冠麗服之人。正門却不開，只有東西兩角門有人出入。正門之上有一匾，匾上大書「敕造寧國府」【甲】先寫寧府，這是由東向西而來。五個大字。黛玉想道：「這是外祖母之長房了。」想着，又往西行，不多遠，照樣也是三間大門，方是榮國府了。【蒙】以下寫（寧）［榮］國府第，總借黛玉一雙俊眼中傳來。非黛玉之眼，也不得如此細密週詳。却不進正門，只進了西邊角門。那轎夫抬進去，走了一射之地，將轉彎時，便歇下退出去了。後面婆子們已都下了轎，趕上前來。另換了三四個衣帽週全的十七八歲的小廝上來，復抬起轎子。衆婆子步下圍隨，至一垂花門前落下。衆小廝退出，衆婆子上來打起轎簾，扶黛玉下轎。【蒙】以上寫款項。林黛玉扶着婆子的手，進了垂花門，兩邊是超手遊廊，當中是穿堂，當地放着一個紫檀架子大理石的大插屏。轉過插屏，小小三間內廳，廳後就是後面的正房大院。正面五間上房，皆是雕梁畫棟，兩邊穿山遊廊廂房，掛着各色鸚鵡、畫眉等鳥雀。臺磯之上，坐着幾個穿紅着綠的丫鬟，一見他們來了，【甲】如見如聞，活現於紙上之筆。好看煞！便忙都笑迎上來，說：「纔剛老太太還念呢，可巧就來了。」【甲】真有是事，真有是事！於是三四人争着打起簾櫳，一面聽得人回話：「林姑娘到了。」

黛玉方進入房時，只見兩個人攙着一位鬢髮如銀的老母迎上來，黛玉便知是他外祖母。

【甲】此書得力處，全是此等地方，所謂「頰上三毫」也。

方欲拜見時，早被他外祖母一把摟入懷中，〔蒙〕此一段文字是天性中流出，我讀時不覺淚盈雙袖。「心肝兒肉」〔戚〕寫盡天下疼女兒的神理。叫着大哭起來。〔甲〕幾千斤力量寫此一筆。當下地下侍立之人，無不掩面涕泣，〔甲〕旁寫一筆，更妙！黛玉也哭個不住。〔甲〕自然順寫一筆。〔蒙〕逼真。一時衆人慢慢的解勸住了，黛玉方拜見了外祖母。此即冷子興所云之史氏太君，〔甲〕書中人目太繁，故明註一筆，使觀者省眼。賈赦、賈政之母也。當下賈母一一指與黛玉：「這是你大舅母，〔辰〕邢氏。這是你二舅母，〔辰〕王氏。這是你先珠大哥的媳婦珠大嫂。〔辰〕李紈。」黛玉一一拜見過。賈母又說：「請姑娘們來。今日遠客纔來，可以不必上學去了。」衆人答應了一聲，便去了兩個。

〔甲〕書中正文之人，却如此寫出，却是天生地設章法，不見一絲勉强。

不一時，只見三個奶嬤嬤並五六個丫鬟，〔甲〕聲勢如現紙上。擁着三個姊妹來了。第一個肌膚微豐，〔甲〕不犯寶釵。合中身材，腮凝新荔，鼻膩鵝脂，温柔沉默，〔甲〕爲迎春寫照。觀之可親。〔甲〕《洛神賦》中云「肩若削成」是也。第二個削肩細腰，長挑身材，鴨蛋臉面，俊眼修眉，顧盼神飛，文彩精華，〔甲〕爲探春寫照。見之忘俗。第三個身量未足，形容尚小。〔甲〕是極。其釵環裙襖，三人皆是一樣的妝飾。〔蒙〕欲畫天尊，先畫（縱）[衆]神。如此，其天尊自當另有一番高山世外的景象。〔甲〕畢肖。〔甲〕此筆亦不可少。黛玉忙起身迎上來見禮，互相廝認過，大家歸坐。丫鬟們斟上茶來。不過說些黛玉之母如何得病，如何請醫服藥，如何送死發喪。不免賈母又傷感起來，〔甲〕妙！〔蒙〕層層不露，週密之至。因說：

〔甲〕從黛玉眼中寫三人。

〔甲〕渾寫一筆更妙！必個個寫去則板矣。可笑近之小説中有一百個女子，皆是如花似玉一副臉面。

【甲】從衆人目中寫黛玉。◇草胎卉質，豈能勝物耶？想其衣裙皆不得不勉强支持者也。

【甲】奇奇怪怪一至於此。通部中假借癩僧、跛道二人點明迷情幻海中有數之人也。非襲《西遊》中一味無稽，至不能處便用觀世音可比。

【甲】甄英蓮乃副十二釵之首，却明寫癩僧一點。今黛玉爲正十二釵之冠，反用暗筆。蓋正十二釵人或洞悉可知，副十二釵或恐觀者忽略，故寫極力一提，使觀者萬勿稍加玩忽之意耳。

「我這些兒女，所疼者惟有你母，今日一旦先捨我去了，連面也不能一見，今見了你，我怎麽不傷心！」說着，摟了黛玉在懷，【蒙】不禁我也跟他哭起。又嗚咽起來。衆人忙都寬慰解釋，【甲】總爲黛玉自此不能別往。方略略止住。

衆人見黛玉年紀雖小，【甲】寫美人是如此筆仗，看官怎得不叫絕稱賞！其舉止言談不俗，身體面龐雖怯弱不勝，【甲】爲黛玉寫照。衆人目中，只此一句足矣。却有一段自然風流態度，便知他有不足之症。因問：「常服何藥，如何不急爲療治？」黛玉笑道：「我自來是如此，從會吃飲食時便吃藥，到今未斷，請了多少名醫修方配藥，皆不見效。那一年我纔三歲時，【甲】文字細如牛毛。聽得說來了一個癩頭和尚，說要化我去出家，我父母固是不從。他又說：『既捨不得他，只怕他的病一生也不能好的了。【蒙】作者既以黛玉爲絳珠化生，是要哭的了，反要使人先叫他不許哭。妙！若要好時，除非從此以後總不許見哭聲，【戚】愛哭的偏寫出有人不教哭。除父母之外，凡有外姓親友之人，一概不見，方可平安了此一世。』瘋瘋顛顛，說了這些不經之談，【甲】是作書者自註。也沒人理他。如今還是吃人參養榮丸。」【甲】人生自當自養榮衛。賈母道：「這正好，我這裏正配丸藥呢。【甲】爲後菖、菱伏脉。叫他們多配一料就是了。」【甲】懦筆庸筆何能及此！

一語未了，只聽得後院中有人笑聲說：【甲】第一筆，阿鳳三魂六魄已被作者拘定了，後文焉得不活跳紙上？此等文字非仙助「我來遲了，不曾迎接遠客！」黛玉納罕道：

甲 另磨新墨，搦鋭筆，特獨出熙鳳一人。未寫其形，先使聞聲，所謂「繡幡開，遥見英雄俺」也。

甲 試問諸公：從來小説中可有寫形追像至此者？

甲「真有這樣標緻人物」出自鳳口，黛玉丰姿可知。宜作史筆看。

(即)[亦] 非神助，從何而得此機括耶？「這些人個個皆斂聲屏氣，恭肅嚴整如此，這來者係誰，這樣放誕無禮？」甲 原有此一想。蒙 天下事不可一概而論。心下想時，只見一群媳婦丫鬟圍擁着一個人從後房門進來。這個人打扮與衆姊妹不同，彩繡輝煌，恍如神妃仙子：頭上戴着金絲八寶攢珠髻，甲 頭。綰着朝陽五鳳掛珠釵，項上帶着赤金盤螭瓔珞圈，甲 頸。裙邊繫着豆緑宮縧、雙衡比目玫瑰珮，甲 腰。蒙 大凡能事者，多是尚奇好異，不肯泛泛同流。身上穿着縷金百蝶穿花大紅洋緞窄褙襖，外罩五彩刻絲石青銀鼠褂，下着翡翠撒花洋縐裙。蒙 非如此眼，非如此眉，不得爲熙鳳。作者讀過《麻衣相法》。一雙丹鳳三角眼，兩彎柳葉吊梢眉，身量苗條，體格風騷，粉蒙 英豪本等。面含春威不露，丹唇未啓笑先聞。甲 爲阿鳳寫照。黛玉連忙起身接見。賈母笑道：甲 阿鳳一至，賈母方笑，與後文多少「笑」字作偶。「你不認得他，他是我們這裏有名的一個潑皮破落户兒，南省俗謂作『辣子』，你只叫他『鳳辣子』就是。」甲 阿鳳笑聲進來，老太君打諢，雖是空口傳聲，却是補出一向晨昏起居，阿鳳於太君處承歡應候一刻不可少之人，看官勿以閒文淡文也。黛玉正不知以何稱呼，蒙 想黛玉此時神情，含渾可愛。只見衆姊妹都忙告訴他道：「這是璉嫂子。」黛玉雖不識，亦曾聽見母親説過，大舅賈赦之子賈璉，娶的就是二舅母王氏之内侄女，自幼假充男兒教養的，學名叫王熙鳳。甲 奇想奇文。以女子曰「學名」固奇，然此偏有學名的反倒不識字，不曰學名者反若假。黛玉忙陪笑見禮，以「嫂」呼之。這熙鳳携着黛玉的手，上下細細的打量了一回，甲 寫阿鳳全部傳神第一筆也。便仍送至賈母身邊坐下，因笑道：甲 這方是阿鳳言語。若一味浮詞套語，豈復爲阿鳳哉！「天下真有這樣標緻人物，我今兒纔算見了！況且這通身的氣派，竟

（甲：仍歸太君，方不失《石頭記》文字，且是阿鳳身心之至文。）不像老祖宗的外孫女兒，（甲：却是極淡之語，偏能恰投賈母之意。）竟是個嫡親的孫女，（蒙：以「真有」「怨不得」五字，寫熙鳳之口頭，真是機巧異常，「怨不得」三字，愚弄了多少聰明特達者。）怨不得老祖宗天天口頭心頭，一時不忘。只（甲：這是阿鳳見黛玉正文。）可憐我這妹妹這樣命苦，（甲：若無這幾句，便不是賈府媳婦。）怎麽姑媽偏就去世了！」説着，便用帕拭淚。賈母笑道：「我纔好了，（甲：文字好看之極。）你倒來招我。你妹妹遠路纔來，身子又弱，（甲：反用賈母勸，看阿鳳之術亦甚矣。）也纔勸住了，快再休提前話！」這熙鳳聽了，忙轉悲爲喜道：「正是呢！我一見了妹妹，一心都在他身上了，又是歡喜，又是傷心，竟忘記了老祖宗。該打，該打！」又忙携黛玉之手，問：「妹妹幾歲了？可也上過學？現吃什麽藥？在這裏不要想家，想要什麽吃的、什麽頑的，只管告訴我，丫頭老婆們不好了，也只管告訴我。」一面又問婆子們：（甲：當家的人本如此，畢肖！）「林姑娘的行李東西可搬進來了？（蒙：三句話不離本行，職任在兹也。）帶了幾個人來？你們趕早打掃兩間下房，讓他們去歇歇。」

説話時，（甲：總爲黛玉眼中寫出。）（蒙：熙鳳後到，爲有事，寫其勞能，先爲籌畫，寫其機巧。摇前映後之筆。）已擺了茶果上來，熙鳳親爲捧茶捧果。又見二舅母問他：（甲：不見後文，不見此筆之妙。）「月錢放完了不曾？」熙鳳道：「月錢已放完了。纔剛帶着人到後樓上找緞子，（甲：接閒文，是本意避繁也。）找了這半日，（甲：却是日用家常實事。）也並沒有見昨日太太説的那樣，（蒙：陪筆。用得靈活，兼能形容熙鳳之爲人。妙心妙手，故有妙文妙口。）想是太太記錯了？」王夫人道：「有没有，什麽要緊。」因又説道：「該隨手拿出

【甲】余知此緞阿鳳並未拿出，此借王夫人之語機變欺人處耳。若信彼果拿出預備，不獨被阿鳳瞞過，亦且被石頭瞞過了。

兩個來，給你這妹妹去裁衣裳的，【甲】仍歸前文。妙妙！等晚上想着叫人再去拿罷，可別忘了。」熙鳳道：「倒是我先料着了，知道妹妹不過這兩日到的，我已預備下了，等太太回去過了目好送來。」【甲】試看他心機。王夫人一笑，點頭不語。【甲】深取之意。【辰】很漏鳳姐是個當家人。

當下茶果已撤，賈母命兩個老嬤嬤帶了黛玉去見兩個母舅。時賈赦之妻邢氏忙亦起身，笑道：【蒙】以黛玉之來去候安之便，便將榮寧二府的勢排描寫盡矣。「我帶了外甥女過去，倒也便宜。」賈母笑道：「正是呢，你也去罷，不必過來了。」邢夫人答應一個「是」字，遂帶了黛玉與王夫人作辭，大家送至穿堂前。出了垂花門，早有衆小廝們拉過一輛翠幄青綢車來。邢夫人携了黛玉坐上，【辰】未識黛卿能乘此否。衆婆娘放下車簾，方命小廝們抬起，拉至寬處，方駕上馴騾，亦出了西角門，往東過了榮府正門，便入一黑油大門中，至儀門前方下來。衆小廝退出，方打起車簾，邢夫人攙了黛玉的手，進入院中。黛玉度其房屋院宇，必是榮府中之花園隔斷過來的。【甲】黛玉之心機眼力。進入三層儀門，果見正房廂廡遊廊，悉皆小巧別致，不似方纔那邊軒峻壯麗，【蒙】分別得歷歷，可想如見。【甲】爲大觀園伏脉。試思榮府園今在西，後之大觀園偏寫在東，何不畏難之若此？且院中隨處之樹木山石皆有。一時進入正室，早有許多盛妝

【甲】余久不作此語矣，見此語未免一醒。

麗服之姬妾丫鬟迎着。【甲】這一句都是寫賈赦，妙在全是指東擊西，打草驚蛇之筆。若看其寫一人即作此一人看，先生便呆了。邢夫人讓黛玉坐了，一面命人到外面書房中請賈赦。一時人來回說：「老爺說了：【甲】追魂攝魄。【蒙】作者繡口錦心，見有見的親切，不見有不見的親切，直說橫講，一毫不爽。『連日身上不好，見了姑娘彼此倒傷心，【甲】若一見時，不獨死板，且亦大失情理，亦不能有此等妙文矣。暫且不忍相見。勸姑娘不要傷心想家，【蒙】亦在情理之內。跟着老太太和舅母，即同家裏一樣。姊妹們雖拙，大家一處伴着，亦可以解些煩悶。【甲】赦老亦能作此語，嘆嘆！或有委屈之處，只管說得，不要外道纔是。』」黛玉忙站起來，一一聽了。再坐一刻，便告辭。邢夫人苦留吃過晚飯去，黛玉笑回道：「舅母愛恤賜飯，原不應辭，只是還要過去拜見二舅舅，恐領了賜去不恭，【甲】得體。【蒙】黛玉之爲人，必當有如此身分。異日再領，未爲不可。望舅母容諒。」邢夫人聽說，笑道：「這倒是了。」遂命兩三個嬤嬤，用方纔的車好生送了過去，於是黛玉告辭。邢夫人送至儀門前，又囑咐眾人幾句，【蒙】又囑咐了幾句，方是舅母的本等。眼看着車去了方回來。

一時黛玉進入榮府，下了車。眾嬤嬤引着，便往東轉彎，穿過一個東西的穿堂，【甲】這一個穿堂是賈母正房之南者，鳳姐處所通者則是賈母正房之北。向南大廳之後，儀門內大院落，上面五間大正房，兩邊廂房鹿頂耳房鑽山，四通八達，軒昂壯麗，比賈母處不同。黛玉便知這方是正經正內室，一條大甬路，直接出大門的。進入堂屋中，抬頭迎面先看見一個赤金九龍青地大匾，匾上寫着斗大三個字，是「榮禧堂」，〔蒙〕真是榮國府。後有一行小字：「某年月日，書賜榮國公賈源。」又有「萬幾宸翰之寶」。大紫檀雕螭案上，設着三尺來高青綠古銅鼎，懸着待漏隨朝墨龍大畫，〔甲〕蜼，音壘。周器也。一邊是金蜼彝，〔甲〕盒，音海。盛酒之大器也。一邊是玻璃盒。地下兩溜十六張楠木交椅。又有一副對聯，乃是烏木聯牌，鑲着鏨銀的字跡，〔甲〕雅而麗，富而文。道是：

座上珠璣昭日月，堂前黼黻煥煙霞。〔甲〕實貼。

下面一行小字，道是：同鄉世教弟勳襲東安郡王穆蒔拜手書。〔甲〕先虛陪一筆。

〔甲〕黛玉由正室一段而來，是爲拜見政老耳，故進東房。

原來王夫人時常居坐宴息，亦不在這正室，〔甲〕若見王夫人，直寫引至東廊小正室內矣。只在這正室東邊的三間耳房內。於是老嬤嬤引黛玉進東房門來。臨窗大炕上鋪着猩紅洋罽，正面設着大紅金錢蟒靠背，石青金錢蟒引枕，秋香色金錢蟒大條褥。兩邊設一對梅花式洋漆小几。左邊几上文王鼎、匙箸、香盒，右邊几上汝窑美人觚——內插着時鮮花卉，並茗碗、唾壺等物。地下面西一溜四張椅上，都搭着銀紅撒花椅搭，底下四副脚踏。椅子兩邊，也有一對高几，〔甲〕此不過略敘榮府家常之禮數，特使黛玉一識階級座次耳，餘則繁。几上茗碗花瓶俱備。其餘陳設，自不必細說。

甲近聞一俗笑語云：一莊農人進京回家，衆人問曰：「你進京去可見些個世面否？」莊人曰：「連皇帝老爺都見了。」衆罕然問曰：「皇帝如何景況？」莊人曰：「皇帝左手拿一金元寶，右手拿一銀元寶，馬上捎着一口袋人參，行動人參不離口。一時要屙屎了，連擦屁股都用的是鵝黃緞子，所以京中掏茅厠的人都富貴無比。」試思凡稗官寫富貴字眼者，悉皆莊農進京之一流也。蓋此時彼實未身經目睹，所言皆在情理之外焉。

甲又如人嘲作詩者亦往往愛説富麗話，故有「脛骨變成金玳瑁，眼睛嵌作碧琉璃」之誚。余自是評《石頭記》，非鄙薄前人也。

老嬤嬤們讓黛玉炕上坐，炕沿上却也有兩個錦褥對設，黛玉度其位次，便不上炕，只向東邊椅子上坐了。甲寫黛玉心意。本房内的丫鬟忙捧上茶來。黛玉一面吃茶，一面打量這些丫鬟們，蒙借黛玉眼寫三等使婢。妝飾衣裙，舉止行動，果亦與别家不同。

茶未吃了，只見一個穿紅綾襖、青緞掐牙背心的丫鬟甲金乎？玉乎？走來笑説道：「太太説，請姑娘到那邊坐罷。」蒙喚去見，方是舅母，方是大家風範。老嬤嬤聽了，於是又引黛玉出來，到了東廊三間小正房内。正面炕上横設一張炕桌，桌上磊着書籍茶具，甲傷心筆，墮淚筆。靠東壁面西設着半舊青緞靠背引枕。王夫人却坐在西邊下首，亦是半舊青緞靠背坐褥。見黛玉來了，便往東讓。黛玉心中料定這是賈政之位。甲寫黛玉心到眼到，傖夫但云爲賈府敘坐位，豈不可笑？因見挨炕一溜三張椅子上，也搭着半舊的甲三字有神。◇此處則一色舊的，可知前正室中亦非家常之用度也。可笑近之小説中，不論何處，則曰商彝周鼎、繡幕珠簾、孔雀屏、芙蓉褥等樣字眼。彈墨椅袱，黛玉便向椅上坐了。王夫人再四携他上炕，他方挨王夫人坐了。王夫人因説：「你舅舅今日齋戒去了，甲點綴官途。再見罷。甲赦老不見，又寫政老。政老又不能見，是重不見重，犯不見犯。作者慣用此等章法。只是有一句話囑咐你：蒙王夫人囑咐與邢夫人囑咐，似同（的）［而］迥異。兒女累心，我欲代伊哭訴一面愁苦。你三個姊妹倒都極好，以後一處念書認字學針綫，或是偶一頑笑，都有儘讓的。但我不放心的最是一件：我有一個孽根禍胎，甲四字是血淚盈面，不得已無奈何而下。四字是作者痛哭。是這家裏的『混世魔王』，甲與「絳洞花王」爲對看。今日因廟裏還願去了，甲是富貴公子。尚未回來，晚間你看見

【甲】這是一段反襯章法。［與］黛玉心（用）［内］猜度「蠢物」等句對（着）［看］去，方不失作者本旨。

【甲】不寫黛玉眼中之寶玉，却先寫黛玉心中已早有一寶玉矣，幻妙之至！自冷子興口中之後，余已極思欲一見，狡猾之至！

便知。你只以後不用睬他，你這些姊妹都不敢沾惹他的。」

黛玉亦常聽見母親説過，二舅母生的有個表兄，乃啣玉而誕，【甲】與甄家子恰對。頑劣異常，極惡讀書，【甲】是極惡每日「詩云」「子曰」的讀書。最喜在内幃厮混，外祖母又極溺愛，無人敢管。今見王夫人如此説，便知説的是這表兄了。因陪笑道：「舅母説的，可是啣玉所生的這位哥哥？【蒙】有曾聽得，所以聞言便知，不必用心搜求了。在家時亦曾聽見母親常説，這位哥哥比我大一歲，【甲】以黛玉道寶玉名，方不失正文。小名就喚寶玉，【甲】「雖」字是有情字，宿根而發，勿得泛泛看過。雖極憨頑，説在姊妹情中極好的。【蒙】黛玉口中心中早中此。況我來了，自然只和姊妹同處，兄弟們自是别院另室的，豈得去沾惹之理？」【甲】又登開一筆，妙妙！【蒙】用黛玉反襯一句，更有深味。王夫人笑道：「你不知道原故。他與别人不同，自幼因老太太疼愛，原係同姊妹一處嬌養慣了的。【甲】此一筆收回，是明通部同處原委也。若姊妹們有日不理他，他倒還安静些，縱然他没趣，不過出了二門，背地裏拿着他的兩三個小幺兒出氣，【甲】這可是寶玉本性真情，前四十九字迴異之批今始方知。蓋小人口碑累累如是。是是非非任爾口角，大都皆然。咕唧一會子就完了。若這一日姊妹們和他多説一句話，他心裏一樂，便生出多少事來。所以囑咐你别睬他。他嘴裏一時甜言蜜語，一時有天無日，一時又瘋瘋傻傻，只休信他。」

黛玉一一的都答應着。【蒙】客居之苦，在有意無意中寫來。只見一個丫鬟來回：「老太太那裏傳晚飯了。」王夫人忙携了黛玉

（【甲】這正是賈母正室後之穿堂也，與前穿堂是一帶之屋，中一帶乃賈母之下室也。記清。）

（【甲】後房門。）從後房門由後廊往西，（【甲】是正房後廊也。）出了角門，（【甲】這是正房後西界墻角門。）是一條南北寬夾道。南邊是倒座三間小小的抱厦廳，北邊立着一個粉油大影壁，後有一半大門，小小一所房宇。王夫人笑指向黛玉道：「這是你鳳姐姐的屋子，回來你好往這裏找他來，（【蒙】靈活。無一漏空。）少什麽東西，你只管和他説就是了。」這院門上也有四五（【甲】二字是他處不寫之寫也。）個纔總角的小廝，都垂手侍立。王夫人遂携黛玉穿過一個東西穿堂，便是賈母的後院了。（【甲】寫得清，一絲不錯。）於是，進入後房門，已有多人在此伺候，（【甲】不是待王夫人用膳，是恐使王夫人有失侍膳之禮耳。）見王夫人來了，方安設桌椅。賈珠之妻李氏捧飯，熙鳳安箸，（【蒙】大人家規矩禮法。）王夫人進羹。賈母正面榻上獨坐，兩邊四張空椅，熙鳳忙拉了黛玉在左邊第一張椅上坐了，黛玉十分推讓。賈母笑道：「你舅母和嫂子們不在這裏吃飯。你是客，原應如此坐的。」黛玉方告了座，坐了。賈母命王夫人坐了。迎春姊妹三個告了座，方上來。迎春便坐右手第一，探春左第二，惜春右第二。旁邊丫鬟執着拂塵、漱盂、巾帕。李、鳳二人立於案旁佈讓。外間伺候之媳婦丫鬟雖多，却連一聲咳嗽不聞。（【蒙】作者非身履其境過，不能如此細密完足。）寂然飯畢，各有丫鬟用小茶盤捧上茶來。當日林如海教女以惜福養身，云飯後務待飯粒咽盡，過一時再吃茶，（【甲】夾寫如海一派書氣，最妙！）方不傷脾胃。今黛玉見了這裏

【甲】余看至此，故想日前所閱「王敦初尚公主，登厠時不知塞鼻用棗，敦輒取而啖之，早爲宮人鄙誚多矣」。今黛玉若不漱此茶，或飲一口，不爲榮婢所誚乎？觀此則知黛玉平生之心思過人。

【甲】此非套「滿月」，蓋人生有面扁而青白色者，則皆可謂之秋月

許多事情不合家中之式，【蒙】幼而學，壯而行者常情。有不得已，行權達變，多至於失守者，亦千古同慨，誠可悲夫！不得不隨的，少不得一一的改過來，因而接了茶。早有人捧過漱盂來，黛玉也照樣漱了口。【甲】總寫黛玉以後之事，故只以此一件小事略爲一表也。然後盥手畢，又捧上茶來，方是吃的茶。賈母便説：「你們去罷，讓我們自在説話兒。」王夫人聽了，忙起身，又説了兩句閒話，方引李、鳳二人去了。賈母因問黛玉念何書。黛玉道：【甲】好極！稗官專用「腹隱五車書」者來看。「只剛念了《四書》。」黛玉又問姊妹們讀何書。賈母道：「讀的是什麼書！不過是認得兩個字，不是睜眼的瞎子罷了。」【蒙】過文，不覺沾滯也。

一語未了，【甲】與阿鳳之來相映而不相犯。只聽院外一陣脚步響，丫鬟進來笑道：【甲】余爲一樂。【蒙】形容出姣養，神。「寶玉來了！」黛玉心中正疑惑着：【甲】文字不反，不見正文之妙，似此應從《國策》得來。【蒙】從黛玉口中故反一句，則下文更覺生色。「這個寶玉，不知是怎生個憊懶人物、懵懂頑劣之童？倒不見那蠢物也罷了〔三〕。」【甲】這蠢物不是那蠢物，却有個極蠢之物相待。妙極！心中正想着，忽見丫鬟話未報完，已進來了一個年輕〔四〕公子：頭上戴着束髮嵌寶紫金冠，齊眉勒着二龍搶珠金抹額，穿一件二色金百蝶穿花大紅箭袖，束着五彩絲攢花結長穗宮縧，外罩石青起花八團倭緞排穗褂，登着青緞粉底小朝靴。面若中秋之月，色如春曉之花。鬢如刀裁，眉如墨畫，眼似桃瓣，睛若秋波。雖怒時而若笑，即瞋視而有情。【甲】真真寫殺。項上金螭瓔珞，又有一根五色絲縧，

也。用「滿月」者不知此意。

〔甲〕「少年色嫩不堅牢」，以及「非夭即貧」之語，余猶在心。今閱至此，放聲一哭。

〔甲〕二詞更妙。最可厭野史「貌如潘安」「才如子建」等語。

繫着一塊美玉。黛玉一見，〔戚〕寫寶玉只是寶玉，寫黛玉只是黛玉，從中用黛玉一驚寶玉之面善等字，文氣自然籠就，要分開不得了。便吃一大驚，〔甲〕怪甚。〔蒙〕此一驚，方下文之留連纏綿，不爲孟浪，不是淫邪。心下想道：「好生奇怪，倒像在那裏見過的一般，何等眼熟到如此！」〔甲〕正是。想必在靈河岸上三生石畔曾見過。

只見這寶玉向賈母請了安，賈母便命：「去見你娘來。」寶玉即轉身去了。一時回來，再看，已換了冠帶：頭上週圍一轉的短髮，都結成了小辮，紅絲結束，共攢至頂中胎髮，總編一根大辮，黑亮如漆，從頂至梢，一串四顆大珠，用金八寶墜角，上穿着銀紅撒花半舊大襖，仍舊帶着項圈、寶玉、寄名鎖、護身符等物，下面半露松花撒花綾褲腿，錦邊彈墨襪，厚底大紅鞋。越顯得面如敷粉，唇似施脂；轉盼多情，語言常笑。天然一段風騷，全在眉梢；〔蒙〕總是寫寶玉，總是爲下文留地步。平生萬種情思，悉堆眼角。看其外貌最是極好，却難知其底細。後人有《西江月》二詞，批這寶玉極恰，其詞曰：

無故尋愁覓恨，有時似傻如狂。縱然生得好皮囊，腹内原來草莽。潦倒不通世務，愚頑怕讀文章。行爲偏僻性乖張，那管世人誹謗！

【甲】末二語最要緊。只是紈袴膏粱，亦未必不見笑我玉卿。可知能效一二者，亦必不是蠢然紈袴矣。

【甲】又從寶玉目中細寫一黛玉，直畫一美人圖。

【甲】更奇妙之至！多一竅固是好事，然未免偏僻了，所謂「過猶不及」也。

【甲】不寫衣裙妝飾，正是寶玉眼中不屑之物，故不曾看見。黛玉之舉止容貌，亦是寶玉眼中看、心中評。若不是寶玉，斷不能知黛玉終是何等品貌。

【甲】黛玉見寶玉寫一「驚」字，寶玉見黛玉寫一「笑」字，一存於中，一發乎外，可見文於下筆必推敲的準穩，方纔用字。

富貴不知樂業，貧窮難耐淒涼。可憐辜負好韶光，於國於家無望。天下無能第一，古今不肖無雙。寄言紈袴與膏粱：莫效此兒形狀！【戚】紈袴膏粱，此兒形狀有意思。當設想其像，合寶玉之來歷同看，方不被作者愚弄。

賈母因笑道：「外客未見，就脱了衣裳，還不去見你妹妹！」寶玉早已看見多了一個姊妹，便料定是林姑母之女，忙來作揖。厮見畢歸坐，細看形容，與衆各別：兩彎似蹙非蹙罥煙眉，【甲】奇眉妙眉，奇想妙想。一雙似泣非泣含露目〔五〕。【甲】奇目妙目，奇想妙想。態生兩靨之愁，嬌襲一身之病。淚光點點，嬌喘微微。閒静時如嬌花照水，行動處似弱柳扶風。【甲】至此八句是寶玉眼中。心較比干多一竅，【蒙】寫黛玉，也是爲下文留地步。【甲】此一句是寶玉心中。病如西子勝三分。【甲】此十句定評，直抵一賦。寶玉看罷，因笑道：【甲】看他第一句是何話。「這個妹妹我曾見過的。」【甲】瘋話。與黛玉同心，却是兩樣筆墨。觀此則知玉卿心中有則説出，一毫宿滯皆無。賈母笑道：「可又是胡説，你又何曾見過他？」寶玉笑道：「雖然未曾見過他，【甲】一見便作如是語，宜乎王夫人謂之瘋瘋傻傻也。【蒙】世人得遇相好者，每曰一見如故，與此一意。然我看着面善，心裏就算是舊相識，今日只作遠別重逢，未爲不可。」【甲】妙極奇語。全作如是等語，〔焉〕怪人謂曰痴狂。【甲】作小兒語瞞過世人亦可。賈母笑道：「更好，更好。若如此，更相和睦了。」【甲】亦是真話。寶玉便走近黛玉身邊坐下，又細細打量一番，【蒙】姣慣處如畫。如此親近，而黛玉之靈心巧性，能不被其縛住，反不是性理。文從寬緩中寫來，妙！【甲】與黛玉兩次打量一對。因問：「妹妹可曾讀書？」【甲】自己不讀書，却問别人，妙！黛玉道：「不曾讀書，只上了一年學，些須認得幾個字。」寶玉又道：「妹妹尊名是那兩個字？」黛玉便説了名。寶玉又問表字，黛玉道：「無字。」寶玉笑道：「我送妹妹

甲 奇之至，怪之至，又忽將黛玉亦寫成一極痴女子，觀此初會二人之心，則可知以後之事矣。

甲「不是冤家不聚頭」第一場也。

一個妙字，莫若『顰顰』二字極好。」蒙 借問難說探春，以足後文。甲 寫探春。探春便問何出。寶玉道：「《古今人物通考》上說：『西方有石名黛，可代畫眉之墨。』況這林妹妹眉尖若蹙，蒙 黛玉淚因寶玉，而寶玉贈曰顰顰，初見時亦定盟矣。用取這兩個字，豈不兩妙！」探春笑道：「只恐又是你的杜撰。」寶玉笑道：「除《四書》外，甲 如此等語，焉得怪彼世人謂之怪？只瞞不過批書者。杜撰的太多，偏只我是杜撰不成？」〔六〕甲 奇極怪極，痴極愚極，焉得怪人目爲痴哉？又問黛玉：「可也有玉沒有？」衆人不解其語，黛玉便忖度着：「因他有玉，故問我也有無。」因答道：「我沒有那個。想來那玉亦是一件罕物，豈能人人有的。」寶玉聽了，登時發作起痴狂病來，摘下那玉，甲 試問石兄：此一摔，比在青埂峰下蕭然坦卧何如？就狠命摔去，罵道：「什麼罕物，連人之高低不擇，還說『通靈』不『通靈』呢！我也不要這勞什子了！」嚇的地下衆人一擁爭去拾玉。賈母急的摟了寶玉道：甲 如聞其聲，恨極語却是疼極語。「孽障！你生氣，要打罵人容易，甲 一字一千斤重。何苦摔那個命根子！」甲 千奇百怪，不寫黛玉泣，却反先寫寶玉泣。寶玉滿面淚痕泣道：「家裏姐姐妹妹都沒有，蒙 不是寫寶玉狂，（下）〔亦〕不是寫賈母疼，總是要下種在黛玉心裏，則下文寫黛玉之近寶玉之由，作者苦心，妙妙。單我有，我就沒趣，如今來了這麼一個神仙似的妹妹也沒有，可知這不是個好東西！」賈母忙哄他道：「你這妹妹原有這個來的，因你姑媽去世時，捨不得你妹妹，無法可處，遂將他的玉帶了去了。一則全殉葬之禮，盡你妹妹之孝心，二則你姑媽之靈，亦可權作見了女兒之意。因此他只說沒有這個，〔蒙〕不如此說則不爲姣養，文靈活之至。不便自己誇張之意。你如今怎比得他？還不好生慎重帶上，仔細你娘知道了。」說着，便向丫鬟手中接來，親與他帶上。寶玉聽如此說，想一想竟大有情理，〔甲〕所謂小兒易哄，余則謂「君子可欺以其方」云。也就不生別論了。

當下，奶娘來請問黛玉之房舍。賈母便說：「今將寶玉挪出來，同我在套間暖閣兒裏面，把你林姑娘暫安置碧紗櫥裏。〔蒙〕女死外孫女來，不得不令其近己，移疼女之心疼外孫女者當然。等過了殘冬，春天再與他們收拾房屋，另作一番安置罷。」寶玉道：〔甲〕跳出一小兒。「好祖宗，我就在碧紗櫥外的床上很妥當，何必又出來鬧的老祖宗不得安靜。」賈母想了一想說：「也罷了。」〔蒙〕小兒不禁，情事無違，下筆運用有法。每人一個奶娘並一個丫頭照管，餘者在外間上夜聽喚。一面早有熙鳳命人送了一頂藕合色花帳，並幾件錦被緞褥之類。

黛玉只帶了兩個人來：一個是自幼奶娘王嬤嬤，一個是十歲的小丫頭，亦是自幼隨身的，名喚雪雁。〔甲〕新雅不落套，是黛玉之文章也。賈母見雪雁甚小，一團孩氣，王嬤嬤又極老，料黛玉皆不遂心省力的，便將自己身邊一個二等的丫頭，名喚鸚哥者與了黛玉。外亦如迎春等例，每人除自幼乳母外，另有四

〔甲〕妙極！此等名號方

是賈母之文章。最厭近之小説中，不論何處，滿紙皆是紅娘、小玉、嫣紅、香翠等俗字。

個教引嬤嬤，除貼身掌管釵釧盥沐兩個丫鬟外，另有五六個洒掃房屋來往使役的小丫頭。當下，王嬤嬤與鸚哥陪侍黛玉在碧紗幮内。寶玉之乳母李嬤嬤，並大丫鬟名喚襲人者，〔甲〕奇名新名，必有所出。陪侍在外面大床上。〔甲〕亦是賈母之文章。前鸚哥已伏下一鴛鴦，今珍珠又伏下一琥珀矣。以下乃寶玉之文章。〔蒙〕襲人之情性，不得不點染明白者，爲後日舊案。

原來這襲人亦是賈母之婢，本名珍珠。賈母因溺愛寶玉，生恐寶玉之婢無竭力盡忠之人，〔蒙〕賈母愛孫，錫以善人，此誠爲能愛人者，非世俗之愛也。素喜襲人心地純良，克盡職任，遂與了寶玉。寶玉因知他本姓花，又曾見舊人詩句上有「花氣襲人」之句，〔甲〕只如此寫又好極！最厭近之小説中，滿紙「千伶百俐」「這妮子亦通文墨」等語。遂回明賈母，即更名襲人。這襲人亦有些痴處：〔蒙〕世人有職任的，能如襲人，則天下幸甚。伏侍賈母時，心中眼中只有一個賈母，今與了寶玉，心中眼中又只有個寶玉。只因寶玉性情乖僻，每每規諫，寶玉不聽，心中着實憂鬱。〔蒙〕我讀至此，不覺放聲大哭。

是晚，寶玉、李嬤嬤已睡了，他見裏面黛玉和鸚哥猶未安歇，他自卸了妝，悄悄進來，笑問：「姑娘怎麽還不安歇？」黛玉忙笑讓：「姐姐請坐。」襲人在床沿上坐了。鸚哥笑道：〔甲〕可知前批不謬。「林姑娘正在這裏傷心，〔甲〕黛玉第一次哭，却如此寫來。自己淌眼抹淚的説：『今兒纔來了，就惹出你家哥兒的狂病來，倘或

〔甲〕前文反明寫寶玉之哭，今却反如此寫黛玉，幾被作者瞞過。◇這是第一次算還，不知下剩還該多少？

摔壞那玉，〔甲〕所謂寶玉知己，全用體貼工夫。〔蒙〕我也心疼，豈獨顰顰！豈不是因我之過！』因此便傷心，我好容易勸好了。」襲人道：「姑娘快休如此，將來只怕比這個更奇怪的笑話兒還有呢！〔蒙〕後百十回黛玉之淚，總不能出此二語。◇「月上窗紗人到堦，窗上影兒先進來」，筆未到而境先到矣。若爲他這種行止，你多心傷感，只怕你傷感不了呢。快別多心！」〔辰〕應知此非傷感，來還甘露水也。黛玉道：「姐姐們說的，我記着就是了。究竟不知那玉是怎麽個來歷？上頭還有字跡？」襲人道：「連一家也不知來歷。聽得說，落草時從他口裏掏出，上頭有現成的穿眼。〔甲〕癩僧幻術亦太奇矣。〔蒙〕天生帶來美玉，有現成可穿之眼，豈不可愛，豈不可惜！讓我拿來你看便知。」黛玉忙止道：「罷了，此刻夜深，明日再看不遲。」〔甲〕總是體貼，不肯多事。〔蒙〕他天生帶來的美玉，他自己不愛惜，遇知己替他愛惜，連我看書的人也着實心疼不了，不覺背人一哭，以謝作者。大家又叙了一回，方纔安歇。

次日起來，省過賈母，因往王夫人處來，正值王夫人與熙鳳在一處拆金陵來的書信看，又有王夫人之兄嫂處遣了兩個媳婦來説話的。黛玉雖不知原委，探春等却都曉得是議論金陵城中所居的薛家姨母之子、姨表兄薛蟠，倚財仗勢，打死人命，〔蒙〕作者每用牽前摇後之筆。現在應天府案下審理。如今母舅王子騰得了信息，故遣人來告訴這邊，意欲喚取進京之意。〔蒙〕撊下文。

戚總評：補不完的是離恨天，所餘之石豈非離恨石乎。而絳珠之淚偏不因離恨而落，爲惜其石而落。可見惜其石必惜其人，其人不自惜，而知己能不千方百計爲之惜乎？所以絳珠之淚至死不乾，萬苦不怨。所謂「求仁而得仁，又何怨」，悲夫！

〔一〕回目，己、庚、楊本作「賈雨村夤緣復舊職　林黛玉抛父進京都」，蒙、戚、列、舒、甲辰本作「託内兄如海酬訓教　接外孫賈母惜孤女」，個別文字小異。

〔二〕「理」，原作「禮」，己、列、楊、辰本同，據其餘諸本改。按：諸抄本中，「禮」「理」常常混用，後文凡出現此種情況，皆依文意逕改，不再注。

〔三〕「倒不見那蠢物也罷了」，此句疑非正文。「蠢物」是叙述者的口氣，用在此處有調侃的意味；黛玉從未見過寶玉就不想見他也不合情理。但此句後已有批語，則它可能是早期批語甚或作者自批而混入正文的。

〔四〕原作「輕年」，他本或作「年輕」。按：「輕年」與「年輕」義同，而書中他處多作「年輕」，故予統一。後文仿此。

〔五〕原作「兩彎似蹙非蹙眉煙眉，一雙似空非空目□□」，第一個「眉」字被後筆塗改爲「籠」，「空……空目□□」則被改爲「喜……喜含情目」，又有硃筆加上方框。此兩句諸本異文較多，情況複雜，兹據列本。從底本缺文及己本、楊本原抄後句僅作「一雙似目」看，或是作者原稿就没有最後擬定。列本此語雖公認較佳，當也非作者原擬。後文第二十三回寫黛玉「豎起兩道似蹙非蹙的眉，瞪了兩隻似睁非睁的眼」，庶幾近之。

〔六〕此段三處「肚撰」，蒙府本同，餘本均作「杜撰」。按：「肚撰」與「杜撰」同義，而「肚撰」的語源或更早些。

第四回　薄命女偏逢薄命郎　葫蘆僧亂判葫蘆案

戚 陰陽交結變無倫，幻境生時即是真。秋月春花誰不見，朝晴暮雨自何因。心肝一點勞牽戀，可意偏長遇喜嗔。我愛世緣隨分定，至誠相感作痴人。

請君着眼護官符，把筆悲傷説世途。作者淚痕同我淚，燕山仍舊竇公無。

題曰：

捐軀報君恩，未報軀猶在。眼底物多情，君恩或可待〔一〕。

却說黛玉同姊妹們至王夫人處，見王夫人與兄嫂處的來使計議家務，又説姨母家遭人命官司等語。[蒙]又來一位，寶釵將出現矣。因見王夫人事情冗雜，姊妹們遂出來，至寡嫂李氏房中來了。[蒙]慢慢度入法。

[甲]起筆寫薛家事，他偏寫宮裁，是結黛玉，明李紈本末，又在人意料之外。原來這李氏即賈珠之妻。珠雖夭亡，幸存一子，取名賈蘭，今已五歲，已入學攻書。這李氏亦係金陵名宦之女，[甲]妙！蓋云人能以理自守，安得爲情所陷哉！父名李守中，曾爲國子監祭酒，族中男女無有不誦詩讀書者。[甲]未出李紈，先伏下李紋、李綺。至李守中承繼以來，便說「女兒無才便有德」，[甲]「有」字改得好。[蒙]確論。故生了李氏時，便不十分令其讀書，只不過將些《女四書》《列女傳》《賢媛集》等三四種書，使他認得幾個字、記得這前朝幾個賢女便罷了，却只以紡績井臼爲要，因取名爲李紈，字宮裁。[甲]一洗小説窠臼俱盡，且命名字，亦不見紅香翠玉惡俗。因此這李紈雖青春喪偶，且居處於膏粱錦繡之中，[甲]此時處此境，最能越禮生事，彼竟不然，實罕見者。[蒙]反有此等文章。竟如槁木死灰一般，一概無見無聞，唯知侍親養子，[甲]一段敘出李紈，不犯熙鳳。[蒙]此中不得不有如此人。天地覆載，何物不有？而才子手中，亦何物不有？外則陪侍小姑等針黹誦讀而已。今黛玉雖客寄於斯，日有這般姐妹相伴，除老父外，[甲]仍是從黛玉身上寫來，以上了結住黛玉，復找前文。餘者也就無庸慮及了。

如今且說賈雨村，因補授了應天府，一下馬，[蒙]非雨村難以了結此案。就有一件人命官司詳至案下，乃是兩家爭買一婢，各不相讓，以致毆傷人命。彼時雨村即問原告。那原告道：「彼毆死者乃小人之主人。因那日買了一個丫頭，不想係拐子所拐來賣的。這拐子先已得了我家銀子，我家小爺原【甲】所謂「遲則有變」，往往世人因不經之談誤却大事。説第三日方是好日子，再接入門。這拐子便又悄悄的賣與了薛家，被我們知道了，去找那賣主奪取丫頭。無奈薛家原係金陵一霸，倚財仗勢，衆豪奴將我主人竟打死了。【蒙】一派世境惡習活現。兇身主僕已皆逃走，無影無踪，只剩了幾個局外之人。小人告了一年的狀，竟無人作主。【蒙】悲夫！千古世情，不過如此。望大老爺拘拿兇犯，剪惡除兇，以救孤寡，死者感戴天恩不盡！」

【蒙】偏能用反跌法。雨村聽了大怒道：「豈有這樣放屁的事！打死人命就白白的走了，再拿不來的？」因發籤差公人立刻將兇犯族中人拿來拷問，令他們實供藏在何處，一面再動海捕文書。未發籤時，只見案邊立着一個門子，使眼色兒不令他發籤之意。【甲】原可疑怪，余亦疑怪。【蒙】請看文字遮出遮轉，鬧中皆是要筆。雨村心中甚是疑怪，只得停了手。即時退堂，至密室，使從皆退去，只留下門子一人伏侍。這門子忙上來請安，笑問：「老爺一向加官進祿，八九年來就忘了我了？」【甲】語氣傲慢，怪甚！【蒙】似閒語，是要人。雨村道：「却十分面善得緊，只是一時想不起來。」那門子笑道：「老爺真是貴人多忘事，（【甲】刹心語。自招其禍，亦因誇能恃才也。）把出身之地竟忘了，不記當年葫蘆廟裏之事了？」雨村聽了，（【甲】余亦一驚，但不知門子何知，尤爲怪甚。）如雷震一驚，方想起往事。原來這門子本是葫蘆廟内一個小沙彌，因被火之後，無處安身，欲投别廟去修行，又耐不得清涼景況，因想這件生意倒還輕省熱鬧，（【甲】新鮮字眼。）遂趁年紀蓄了髮，充了門子。（【甲】一路奇奇怪怪，調侃世人，總在人意臆之外。）雨村那裏料得是他，便忙攜手笑道：「原來是故人。（【甲】妙稱！全是假態。）」又讓坐了好談。（【甲】假極！）這門子不敢坐。雨村笑道：（【甲】全是奸險小人態度，活現活跳。）「貧賤之交不可忘，你我故人也，（【蒙】如此親近，其先必有故事。）二則此係私室，既欲長談，豈有不坐之理？」這門子聽説，方告了座，斜簽着坐了。

雨村因問方纔何故不令發籤。這門子道：「老爺既榮任到這一省，難道就没抄一張『護官符』來不成？」（【甲】可對「聚寶盆」，一笑。◇三字從來未見，奇之至！）雨村忙問：（【甲】余亦欲問。）「何爲『護官符』？我竟不知。」門子道：「這還了得！連這不知，（【甲】罵得爽快！【蒙】真是警世之言。使我看之，不知要哭要笑。）怎能作得長遠！如今凡作地方官者，皆有一個私單，上面寫的是本省最有權有勢、極富極貴的大鄉紳名姓，各省皆然。倘若不知，一時觸犯了這樣的人家，不但官爵，只怕連性命還保不成呢！（【甲】可憐可嘆，可恨可氣，變作一把眼淚也。【蒙】快論。請問其言是乎否乎？）所以綽號叫作『護官符』。（【甲】奇甚趣甚，如何想來？）方纔所説的這薛家，老爺如何惹得他！他這一件官司並無難斷之處，皆因都礙着情分臉面，所以如此。」一面說，一面從順袋中取出一張抄寫的「護官符」來，遞與雨村，看時，上面皆是本地大族名宦之家的諺俗口碑。其口碑排寫得明白，下面皆註着始祖官爵並房次。【蒙】可憐伊等始祖。【戚】此等人家，豈必欺霸方始成名耶？總因子弟不肖，招接匪人，一朝生事則百計營求，父爲子隱，群小迎合，雖暫時不罷禍綱，而從此放膽，必破家滅族不已，哀哉！石頭亦曾照樣抄寫一張，【甲】忙中閑筆，用得好。今據石上所抄云：

【甲】寧國、榮國二公之後，共二十房分，除寧、榮親派八房在都外，現原籍住者十二房。

賈不假，白玉爲堂金作馬。

【甲】保齡侯尚書令史公之後，房分共十八。都中現住者十房，原籍現居八房。

阿房宮，三百里，住不下金陵一個史。

【甲】紫微舍人薛公之後，現領内府帑銀行商，共八房分。

豐年好大雪，【甲】隱「薛」字。珍珠如土金如鐵。

【甲】都太尉統制縣伯王公之後，共十二房。都中二房，餘皆在籍。〔二〕

東海缺少白玉床，龍王來請金陵王。

【甲】橫雲斷嶺法，是板定大章法。

【甲】妙極！若只有此四家，則死板不活，若再有兩家，又覺累贅，故如此斷法。

雨村猶未看完，忽聞傳點人報：「王老爺來拜。」雨村聽說，忙具衣冠出去迎接。有頓飯工夫，方回來細問。這門子道：【甲】早爲下半部伏根。【蒙】此四家不相爲結親，則無門當户對者，亦理勢之必然。既結親之後，豈不照應，又人情之不可無。「這四家皆連絡有親，一損皆損，一榮皆榮，扶持遮飾，皆有照應的。今告打死人之薛，就係『豐年大雪』之薛也。不單靠這三家，他的世交親友在都在外者，本亦不少。老爺如今拿誰去？」雨村聽如此說，便笑問門子道：「如你這樣說來，却怎麼了結此案？你大約也深知這兇犯躲的方向了？」

門子笑道：「不瞞老爺說，不但這兇犯躲的方向我知道，一併這拐賣之人〔甲〕斯何人也。我也知道，死鬼買主也深知道。待我細說與老爺聽：〔蒙〕放膽一說，毫無避忌。世態人情被門子參透了。這個被打之死鬼，乃是本地一個小鄉宦之子，名喚馮淵，〔甲〕真真是冤孽相逢。自幼父母早亡，又無兄弟，只他一個人守着些薄産過日。〔蒙〕我爲幼而失父母者一哭。長到十八九歲上，酷愛男風，最厭女子。〔甲〕最厭女子，仍爲女子喪生，是何等大筆！不是寫馮淵，正是寫英蓮。這也是前生冤孽，可巧遇見這拐子賣丫頭，〔甲〕善善惡惡，多從可巧而來，可畏可怕。他便一眼看上了這丫頭，立意買來作妾，〔甲〕諺云：「人若改常，非病即亡。」信有之乎？立誓再不交接男子，〔甲〕虛寫一個情種。〔蒙〕也是幻中情魔。也再不娶第二個了，所以三日後方過門。〔蒙〕一定情即了結，請問是幻不是？點醒幻字，人皆不醒。我今日看了、批了，仍也是不醒。誰曉這拐子又偷賣與了薛家，他意欲捲了兩家銀子，再逃往他省。誰知道又不曾走脱，兩家拿住，打了個臭死，都不肯收銀，只要領人。那薛家公子豈是讓人的，便喝着手下人一打，將馮公子打了個稀爛，〔蒙〕有情反是無情。抬回家去，三日死了。薛家原是早已擇定日子上京去的，頭起身兩日前，就偶然遇見了這丫頭，意欲買了就進京的，誰知鬧出這事來。既打了馮公子，奪了丫頭，他便没事人一般，只管帶了家眷走他的路。他這裏自有兄弟奴僕在此料理，〔甲〕妙極！人命視爲「些些小事」，總是刻畫阿獃耳。並不爲此些些小事值得他一逃走的。這且別說，老爺你當被賣之丫頭是誰？〔甲〕問得又怪。」雨村道：「我如何得知？」門子冷笑道：「這人算來還是老爺的大恩人呢！他就是葫蘆廟旁住的甄老爺的小姐，名喚英蓮的。〔甲〕至此一醒。」雨村罕然道：「原來就是他！〔蒙〕當心一脚。請看後文，並無蹴動。聞得養至五歲被人拐去，却如今纔來賣呢？」〔蒙〕「聞得」只說一層，並無言及要嬌杏自道（子）［之］語。非作者忘懷，欲寫世態，故作幻筆。

門子道：「這一種拐子單管偷拐五六歲的兒女，養在一個僻静之處，到十一二歲時，度其容貌，帶至他鄉轉賣。當日這英蓮我們天天哄他頑耍，雖隔了七八年，如今十二三歲的光景，其模樣雖然出脱得齊整好些，然大概相貌，自是不改，熟人易認。況且他眉心中原有米粒大小〔甲〕寶釵之熱，黛玉之怯，悉從胎中帶來。今英蓮有痞，其人可知矣。的一點胭脂痞，從胎裏帶來的，所以我却認得。偏生這拐子又租了我的房舍居住，〔戚〕作者要說容貌勢力，要說情，要說幻，又要說小人之居心，豪强之托大，了結前文舊案，鋪設後文根基。點明英蓮，收叙寶釵等項諸事：只借先之沙彌、今日門子之口層層叙來，真是大悲菩薩，千手千眼一時轉動，毫無遺露。可見具大光明者，故無難事，誠然。那日拐子不在家，我也曾問他。〔甲〕可憐！〔蒙〕世家子女至此。可想見其先世亦必有如薛公子者。他是被拐子打怕了的，萬不敢說，只說拐子係他親爹，因無錢償債，故賣他。我又哄之再四，〔蒙〕寫其心機，總爲後文。他又哭了，只說：『我原不記得小時之事！』這可無疑了。那日馮公子相看了，兑了銀子，〔蒙〕天下英雄，失足匪人，偶得機會可以跳出者，與英蓮同聲一哭！拐子醉了，他自嘆道：『我今日罪孽可滿了！』後又聽得馮公子三日後纔娶過門，他又轉有憂愁之態。我又不忍其形景，等拐子出去，又命内人去解釋他：『這馮公子必待好日期來接，可知必不以丫鬟相看。況他是個絶風流人品，家裏頗過得，素習又最厭惡堂客，今竟破價買你，後事不言可知。只耐得三兩日，〔蒙〕良人者所望而終身也。何必憂悶！』他聽如此說，方纔略解憂悶，自爲從此得所。〔甲〕可憐真可憐！◇一篇《薄命賦》，特出英蓮。〔蒙〕天下同患難者同來一哭！誰料天下竟有這等不如意事，第二日，他偏又賣與了薛家。若賣與第二個人還好，這薛公子的混名人稱『獃霸王』，最是天下第一個弄性尚氣的人，而且使錢如土，〔甲〕〔蒙〕世路難行錢作馬。「使錢如土」，方能稱霸王。遂打了個落花流水，生拖死拽，把個英蓮拖去，如今也不知死活。〔甲〕爲英蓮留後步。這馮公子空喜一場，一念未遂，反花了錢，送了命，豈不可嘆！」

雨村聽了，亦嘆道：「這也是他們的孽障遭遇，亦非偶然。不然這馮淵如何偏只看準了這英蓮？這英蓮受了拐子這幾年折磨，纔得了個頭路，且又是個多情的，若能聚合了，倒是

〔甲〕又一首《薄命嘆》。英、馮二人一段小悲歡幻景從葫蘆僧口中補出，省却閒文之法也。所謂「美中不足，好事多魔」，先用馮淵作一開路之人。

（甲）使雨村一評，方補足上半回之題目。所謂此書有繁處愈繁，省中愈省；又有不怕繁中繁，只要繁中虛；不畏省中省，只要省中實。此則省中實也。

（蒙：馮淵之事之人，是英蓮之幻景中之痴情人。）一件美事，偏又生出這段事來。這薛家縱比馮家富貴，想其爲人，自然姬妾衆多，淫佚無度，未必及馮淵定情於一人者。（蒙：點明白了，直入本題。）這正是夢幻情緣，恰遇見一對薄命兒女。且不要議論他，只目今這官司，如何剖斷纔好？」門子笑道：「老爺當年何等明決，今日何翻成個没主意的人了！（蒙：利慾熏心，必致如此。）小的聞得老爺補陞此任，亦係賈府、王府之力，此薛蟠即賈府之老親，老爺何不順水行舟，做個整人情，將此案了結，日後也好見賈、王二公的。」（甲：可發一長嘆。這一句已見奸雄，全是假。）雨村道：「你説的何嘗不是。（甲：奸雄。）（蒙：良明不昧勢難當。）但事關人命，蒙皇上隆恩，起復委用，（甲：奸雄。）實是重生再造，正當殫心竭力圖報之時，（甲：奸雄。）豈可因私而廢法？是我實不能忍爲者。」（甲：全是假。）門子聽了，冷笑道：「老爺説的何嘗不是大道理，但只是如今世上是行不去的。豈不聞古人有云『大丈夫相時而動』，（蒙：誤盡多少蒼生！）又曰『趨吉避凶者爲君子』。（甲：近時錯會書意者多多如此。）依老爺這一説，不但不能報效朝廷，（蒙：説了來也是一團道理。）亦且自身不保，還要三思爲妥。」

雨村低了半日頭，（甲：奸雄欺人。）方説道：「依你怎麼樣？」門子道：「小人已想了個極好的主意在此：老爺明日坐堂，只管虛張聲勢，動文書發籤拿人。原兇自然是拿不來的，原告固是定要將

甲 蓋寶釵一家不得不細寫者。若另起頭緒，則文字死板，故仍只借雨村一人穿插出阿獃兄人命一事，且又帶叙出英蓮一向之行踪，並以後之歸結，是以故意戲用「葫蘆僧亂判」等字樣，撰成半回，略一解頤，略一嘆世，蓋非有意譏刺仕途，實亦出人之閒文耳。◇又註馮家一筆，更妥。可見馮家正不爲人命，實賴此獲利耳。故用「亂判」二字爲題，雖曰不涉世事，或亦有微辭耳。但其意實欲出寶釵，不得不做此穿插，故云此等皆非《石頭記》之正文。

薛家族中及奴僕人等拿幾個來拷問。小的在暗中調停，令他們報個暴病身亡，合族中及地方上共遞一張保呈，老爺只説善能扶鸞請仙，堂上設下乩壇，令軍民人等只管來看。老爺就説：『乩仙批了，死者馮淵與薛蟠原因夙孽相逢，今狹路既遇，原應了結。薛蟠今已得無名之症，【甲「無名之症」却是病之名，而反曰「無」，妙極！】被馮魂追索已死。其禍皆由拐子某人而起，拐之人原係某鄉某姓人氏，按法處治，餘不略及』等語。小人暗中囑託拐子，令其實招。衆人見乩仙批語與拐子相符，餘者自然也都不虛了。薛家有的是錢，老爺斷一千也可，五百也可，與馮家作燒埋之費。那馮家也無甚要緊的人，不過爲的是錢，見有了這個銀子，想也就無話了。老爺細想此計如何？」雨村笑道：「不妥，不妥。【甲 奸雄欺人。】等我再斟酌斟酌，或可壓服口聲。」【蒙 一張口就是了結，真腐臭。以「再斟酌」收結，真是不凡之筆。】二人計議，天色已晚，別無話説。

至次日坐堂，勾取一應有名人犯，雨村詳加審問，果見馮家人口稀踈，不過賴此欲多得些燒埋之費，薛家仗勢倚情，偏不相讓，故致顛倒未決。【甲 因此三四語收住，極妙！此則重重寫來，輕輕抹去也。】雨村便徇情枉法，胡亂判斷了此案。【甲 實註一筆，更好。不過是如此等事，又何用細寫。可謂「此書不敢干涉廊廟」者，即此等處也，莫謂寫之不到。蓋作者立意寫閨閣尚不暇，何能又及此等哉！】馮家得了許多燒埋銀子，也就無甚話説了。雨村斷了此案，急忙作書信二封，與賈政並京營

甲 隨筆帶出王家。節度使王子騰，不過説「令甥之事已完，不必過慮」等語。此事皆由葫蘆廟内之沙彌新門子所出，雨村又恐他對人説出當日貧賤時的事來，甲 瞧他寫雨村如此，可知雨村終不是大英雄。因此心中大不樂業。蒙 口如懸河者，當於出言時小心。後來到底尋了個不是，遠遠的充發了纔罷。甲 至此了結葫蘆廟文字。◇又伏下千里伏綫。◇起用「葫蘆」字樣，收用「葫蘆」字樣，蓋云一部書皆係葫蘆提之意也，此亦係寓意處。

當下言不着雨村。甲 本是立意寫此，却不肯特起頭緒，故意設出「亂判」一段戲文，其中穿插，至此却淡淡寫來。且説那買了英蓮、打死馮淵的那薛公子，亦係金陵人氏，本是書香繼世之家。蒙 爲書香人家一嘆。只是如今這薛公子幼年喪父，寡母又憐他是個獨根孤種，蒙 受病處。富而且孤，自多溺愛。孟母三遷，故難再見。未免溺愛縱容些，遂致老大無成，且家中有百萬之富，現領着内帑錢糧，採辦雜料。這薛公子學名薛蟠，表字文龍，今年方十有五歲，性情奢侈，言語傲慢。雖也上過學，甲 這句加於老兄，却是實寫。不過略識幾字，終日惟有鬬鷄走馬，遊山玩景而已。雖是皇商，一應經紀世事，全然不知，不過賴祖父舊日的情分，户部掛虛名，支領錢糧，其餘事體，自有夥計老家人等措辦。寡母王氏，乃現任京營節度使王子騰之妹，與榮國府賈政的夫人王氏，是一母所生的姊妹，蒙 非母溺愛，非家道殷實，非節度、榮國之至親，則不能到如此强霸。富貴者其思之。今年方四十上下年紀，只有薛蟠一子。還有一女，比薛蟠小兩歲，乳名寶釵，【戚】初見。生得肌骨瑩潤，【甲】寫寶釵只如此，更妙！舉止嫻雅。當日有他父親在日，酷愛此女，令其讀書識字，較之乃兄竟高過十倍。【甲】又只如此寫來，更妙！自父親死後，見哥哥不能體貼母懷，他便不以書字爲事，只留心針黹家計等事，好爲母親分憂解勞。近因今上崇詩尚禮，徵採才能，降不世出之隆恩，除聘選妃嬪外，凡世宦名家之女，皆報名達部，以備選擇爲公主、郡主入學陪侍，充爲才人、讚善之職。【甲】一段稱功頌德，千古小説中所無。二則自薛蟠父親死後，各省中所有的買賣承局、總管、夥計人等，見薛蟠年輕不識世事，【蒙】我爲創家立業者一哭。便趁時拐騙起來，京都中幾處生意，【蒙】「有治人，無治法。〔三〕」漸亦消耗。薛蟠素聞得都中乃第一繁華之地，正思一遊，便趁此機會，一爲送妹待選，二爲望親，三因親自入部銷算舊賬目，再計新支，其實則爲遊覽上國風景之意。因此早已打點下行裝細軟，以及饋送親友各色土物人情等類，正擇日已定，不想偏遇見了那拐子重賣英蓮。【甲】阿獃兄亦知不俗，英蓮人品可知矣。薛蟠見英蓮生得不俗，立意買了，又遇馮家來奪人，因恃强喝令手下豪奴將馮淵打死。他便將家中事務囑了族中人並幾個老家人，【蒙】破甑不顧。〔四〕業已之事，業已如此，倒是走的妙。他便同了母妹等竟自起身長行去了。人命官司一事，他却視爲兒戲，自爲花上幾個臭錢，没有不了的。[甲]是極！人謂薛蟠爲獃，余則謂是大徹悟。

在路不計其日。[甲]更妙！必云程限，則又有落套，豈暇又記路程單哉？那日已將入都時，却又聞得母舅王子騰陞了九省統制，[蒙]天下之母舅再無不教外甥以正途者。必使其陞任出京，亦是留下文地步。奉旨出都查邊。薛蟠心中暗喜道：「我正愁進京去有個嫡親的母舅管轄着，不能任意揮霍揮霍，偏如今又陞出去了，可知天從人願。」[甲]寫盡五陵心意。[蒙]寫不肖子弟如畫。因和母親商議道：「咱們京中雖有幾處房舍，只是這十來年没人進京居住，那看守的人未免偷着租賃與人，須得先着幾人去打掃收拾纔好。」他母親道：「何必如此招摇！咱們這一進京，原是先拜望親友，或是在你舅舅家，[甲]陪筆。或是你姨爹家。[甲]正筆。他兩家的房舍極是方便的，咱們先能着住下，再慢慢的着人去收拾，豈不消停些。」薛蟠道：「如今舅舅正陞了外省去，家裏自然忙亂起身。[蒙]好遊蕩不要管束的子弟每，[五]慣會説此等話。咱們這工夫反一窩一拖的奔了去，豈不没眼色些？」他母親道：「你舅舅家雖陞了去，還有你姨爹家。况這幾年來，你舅舅、姨娘兩處，每每帶信捎書，接咱們來。[甲]閒語中補出許多前文，此畫家之雲罩峰尖法也。如今既來了，你舅舅雖忙着起身，你賈家的姨娘未必不苦留我們。咱們且忙忙收拾房舍，豈不使人見怪？你的意思我却知道，[甲]知子莫如父。守着舅舅、姨爹住着，未免拘緊了你，不如你各自住着，〔甲蒙〕寡母孤兒一段，寫得畢肖畢真。〔蒙〕用爲子不得放蕩一逼，再收入本意。好任意施爲的。你既如此，你自己去挑所宅子去住。我和你姨娘，姊妹們別了這幾年，却要厮守幾日，我帶了你妹子去投你姨娘家去，你道好不好？」〔甲〕薛母亦善訓子。薛蟠見母親如此説，情知扭不過的，〔蒙〕情理如真。只得吩咐人夫一路奔榮國府來。

那時王夫人已知薛蟠官司一事，虧賈雨村就中維持了結，纔放了心。又見哥哥陞了邊缺，正愁又少了娘家親戚來往，〔甲〕大家尚義，人情大都是也。略加寂寞。過了幾日，忽家人傳報：「姨太太帶了哥兒姐兒，合家進京，正在門外下車。」〔蒙〕開留住之根。喜的王夫人忙帶了媳婦、女兒人等，接出大廳，將薛姨媽等接了進來。姊妹們暮年相見，自不必説悲喜交集，泣笑叙闊一番。忙又引了拜見賈母，將人情土物各種酬獻了，合家俱厮見了，忙又治席接風。

薛蟠已拜見過賈政，賈璉又引着拜見了賈赦、賈珍等。賈政便使人上來對王夫人説：「姨太太已有了春秋，外甥年輕不知世路，在外住着恐有人生事。咱們東北角上梨香院一所十〔甲〕好香色。來問白空閒，趕着打掃了，請姨太太和哥兒姐兒住了甚好。」王夫人未及留，賈母也就遣人來

〔甲〕用政老一段，不但王夫人得體，且薛母亦免靠親之嫌。

[甲]老太君口氣，得情。◇偏不寫王夫人留，方不死板。

説「請姨太太就在這裏住下，大家親密些」等語。薛姨媽正欲同居一處，方可拘緊些兒子，若另住在外，[蒙]父母爲子弟處每每如此。又恐他縱性惹禍，遂忙道謝應允。又私與王夫人説明：[甲]作者題清，猶恐看官誤認今之靠親投友者一例。「一應日費供給一概免却，[蒙]補足。真是一絲不漏。方是處常之法。」王夫人知他家不難於此，遂任從其願。從此後，薛家母子就在梨香院中住了。

原來這梨香院乃當日榮公暮年養静之所，小小巧巧，約有十餘間房舍，前廳後舍俱全。另有一門通街，薛蟠家人就走此門出入。西南有一角門，通一夾道，出了夾道便是王夫人正房的東院了。每日或飯後，或晚間，薛姨媽便過來，或與賈母閒談，或和王夫人相叙。寶釵日與黛玉、迎春姊妹等一處，[甲]這一句襯出後文黛玉之不能樂業，細甚妙甚！或看書着棋，或做針黹，倒也十分樂業。只是薛蟠起初之心，原不欲在賈宅中居住者，生恐姨父管約拘禁，料必不自在的，無奈母親執意在此，且賈宅中又十分殷勤苦留，只得暫且住下，一面使人打掃出自家的房屋，再移居過去的。[甲]交代結構，曲曲折折，筆墨盡矣。誰知自在此間住了不上一月的日期，賈宅族中凡有的子侄，俱已認熟了一半，凡是那些紈袴氣習者，莫不喜與他

[甲]金玉初見，却如此寫，虛虛實實，總不相犯。

來往，今日會酒，明日觀花，甚至聚賭嫖娼，漸漸無所不至，引誘着薛蟠比當日更壞了十倍。【甲】雖說爲紈袴設鑑，其意原只罪賈宅，故用此等句法寫來。【蒙】膏粱子弟每習成的風化。處處皆然，誠爲可嘆！

【甲】八字特洗出政老來〔六〕，又是作者隱意。

雖說賈政訓子有方，治家有法，一則族大人多，照管不到這些；二則現任族長乃是賈珍，彼乃寧府長孫，又現襲職，凡族中〔七〕事，自有他掌管；三則公私冗雜，且素性瀟洒，不以俗務爲要，每公暇之時，不過看書着棋而已，【戚】其用筆墨何等靈活，能足前搖後，即境生文，真到不期然而然，所謂水到渠成，不勞着力者也。餘事多不介意。【蒙】既爲作姨父的開一條生路。若無此段，則姨父非木偶即不仁，則不成爲姨父矣。況且這梨香院相隔兩層房舍，又有街門另開，任意可以出入，所以這些子弟們竟可以放意暢懷的鬧，因此，遂將移居之念漸漸打滅了。

【戚】總評：看他寫一寶釵之來，先以英蓮事逼其進京，及以舅氏官出，惟姨可倚。輾轉相逼來，且加以世態人情，隱躍其間，如人飲醇酒，不期然而已醉矣。

〔一〕底本無此回前詩，列、楊本有，文字小異，據兩本互校補録。

〔二〕「護官符」小註，己、庚、舒本無，戚、蒙、列、甲辰本爲文後雙行小字，楊本爲文後單行小字。

〔三〕「治」，原誤作「制」。按：「有治人，無治法。」語出《荀子·君道》。

〔四〕「甑」原誤作「銷」。本書初版失校，承紅友蘭良永指正。按：「甑」是古代蒸飯的一種瓦器。「破甑不顧」是成語，意爲甑落地即破，不必再看它。比喻既成事實，不再追悔。《後漢書・郭泰傳》：「客居太原，荷甑墮地，不顧而去。林宗見而問其意，對曰：『甑已破矣，視之何益。』」

〔五〕按：在舊戲曲、小説中，「每」可表示複數，相當於「們」。但《紅樓夢》書中，用「們」不用「每」。所以像本條批語，「每」可以歸上句表示子弟的多數，也可以歸下句作「往往，經常」解，我們會習慣的判歸後者。但考察蒙府本這位批書人的同類批語，如「膏粱子弟每習成的風化」「富家子弟每多有如是語」，則「每」只能作「們」解，可以判斷此批者在這些地方是把「每」作爲「們」使用的。準此，此處我們也把「每」判歸上句。

〔六〕「洗」，琢磨、提煉的意思。《水滸傳》第十九回：「大義既明，非比往日苟且。」金聖歎批：「十字洗出梁山泊來。」

〔七〕底本下缺半頁。胡適據庚辰本抄補九十四字。

警幻

第五回　開生面夢演紅樓夢　立新場情傳幻境情〔一〕

戚 萬種豪華原是幻，何嘗造孽，何是風流？曲終人散有誰留，爲甚營求？只愛蠅頭！一番遭遇幾多愁，點水根由，泉湧難酬！

題曰：

春困葳蕤擁繡衾，恍隨仙子別紅塵。
問誰幻入華胥境？千古風流造孽人。〔二〕

却説薛家母子在榮府中寄居等事略已表明，【甲】此等處實又非別部小説之熟套起法。此回則暫不能寫矣。

如今且説林黛玉自在榮府以來，賈母萬般憐愛，【甲】妙極！所謂一擊兩鳴法，寶玉身分可知。寢食起居，一如寶玉，迎春、探春、惜春三個親孫女倒且靠後。【甲】此句寫賈母。便是寶玉和黛玉二人之親密友愛，亦自較別個不同，【甲】此句妙，細思有多少文章。日則同行同坐，夜則同息同止，真是言和意順，略無參商。不想如今忽然來了一個薛寶釵，【甲】總是奇峻之筆，寫來健拔，似新出之一人耳。年歲雖大不多，【甲】此句定評，想世人目中各有所取也。按黛玉寶釵二人，一如姣花，一如纖柳，各極其妙者，然世人性分甘苦不同之故耳。然品格端方，容貌豐美，人多謂黛玉所不及。而且寶釵行爲豁達，隨分從時，不比黛玉孤高【甲】將兩個行止攝總一寫，實是難寫，亦實係千部小説中未敢寫者。自許，目無下塵。故比黛玉大得下人之心。便是那些小丫頭子們，亦多喜與寶釵去頑笑。因此【甲】此一句是今古才人同病，如人人皆如我黛玉之爲人，方許他妒。◇此是黛玉缺處。黛玉心中便有些悒鬱不忿之意，寶釵却渾然不覺。【甲】這還是天性，後文中則是又加學力了。那寶玉亦在孩提之間，况自天性所禀來的一【甲】四字是極不好，却是極妙。只不要被作者瞞過。片愚拙偏僻，【甲】如此反謂「愚痴」，正從世人意中寫也。視姊妹弟兄皆出一體，並無親踈遠近之別。其中因與黛玉同隨賈母一處坐卧，故略比別個姊妹熟慣些。既熟慣，則更覺親密，既親密，則不免一時有求全之毁、不虞之隙。【甲】八字定評，有趣。不獨黛玉、寶玉二人，亦可爲古今天下親密人當頭一喝。這日不知爲何，他二人言語有些不合起來，黛玉又氣的獨在房中垂淚，【甲】「又」字妙極！補出近日無限垂淚之事矣，此仍淡淡寫來，使後文來得不突然。寶玉又自悔語言冒撞，【甲】「又」字妙極！凡用二「又」字，如雙峰對峙，總補二玉正文。前去俯就，那黛玉方漸漸的回轉來。

【甲】不叙寶釵，反仍叙黛玉。蓋前回只不過欲出寶釵，非實寫之文耳，此回若仍續寫，則將二玉高擱矣，故急轉筆仍歸至黛玉，使榮府正文方不至於冷落也。◇今寫黛玉，神妙之至，何也？因寫黛玉實是寫寶釵，非真有意去寫黛玉，幾乎又被作者瞞過。◇此處如此寫寶釵，前回中略不一寫，可知前回迥非十二釵之正文也。◇欲出寶釵，便不肯從寶釵身上寫來，却先款款叙出二玉，陡然轉出寶釵，三人方可鼎立。行文之法又一變體。

【甲】八字爲二玉一生文字之綱。

因東邊寧府中花園內梅花盛開，【甲】元春消息動矣。賈珍之妻尤氏乃治酒請賈母、邢夫人、王夫人等賞花。是日，先携了賈蓉之妻二人來面請。賈母等於早飯後過來，【甲】隨筆帶出，妙！字義可思。就在會芳園遊玩。先茶後酒，不過皆是寧榮二府女眷家宴小集，並無別樣新文趣事可記。【甲】這是第一家宴，偏如此草草寫。此如晉人倒食甘蔗，漸入佳境一樣。

一時寶玉倦怠，欲睡中覺，賈母命人好生哄着，歇息一回再來。賈蓉之妻秦氏便忙笑回道：「我們這裏有給寶叔收拾下的屋子，老祖宗放心，只管交與我就是了。」又向寶玉的奶娘丫鬟等道：「嬤嬤姐姐們，請寶叔隨我這裏來。」賈母素知秦氏是個極妥當的人，生得裊娜纖巧，行事又温柔和平，乃重孫媳中第一個得意之人，【甲】借賈母心中定評，又夾寫出秦氏來。見他去安置寶玉，自是安穩的。

當下秦氏引了一簇人來至上房內間。寶玉抬頭看見一幅畫貼在上面，畫的人物固好，其故事乃是《燃藜圖》，也不看係何人所畫，心中便有些不快。又有一幅對聯，寫的是：

世事洞明皆學問，人情練達即文章。【甲】看此聯極俗，用於此則極妙。蓋作者正爲古今王孫公子，劈頭先下金針。

【甲】如此畫、聯，焉能入夢？

既看了這兩句，縱然室宇精美，鋪陳華麗，亦斷斷不肯在這裏了，忙說：「快出去！快出

【甲】伏下秦鍾，妙！

去！」秦氏聽了笑道：「這裏還不好，可往那裏去呢？不然往我屋裏去吧。」寶玉點頭微笑。有一個嬤嬤説道：「那裏有個叔叔往侄兒的房裏睡覺的禮？」秦氏笑道：「嗳喲喲！不怕他惱。他能多大了，就忌諱這些個！上月你没看見我那個兄弟來了，雖然和寶叔同年，兩個【甲】又伏下一人，隨筆便出，得隙便入，精細之極。人若站在一處，只怕那一個還高些呢。」寶玉道：「我怎麽没見過？【甲】侯門少年紈袴活跳下來。你帶他來我瞧瞧。」衆人笑道：「隔着二三十里，那裏帶去？見的日子有呢。」説着，大家來至秦氏房中。剛至房門，【甲】此香名「引夢香」。便有一股細細的甜香襲了人來。【甲】刻骨吸髓之情景，如何想得來，又如何寫得出？寶玉便愈覺得眼餳骨軟，連説：「好香！」【辰】進房如夢境。入房向壁上看時，有唐伯虎畫的《海棠春睡圖》，【甲】妙圖。兩邊有宋學士秦太虛寫的一副對聯，其聯云：

嫩寒鎖夢因春冷，【甲】艷極，淫極！芳氣籠人是酒香。【甲】已入夢境矣。

【甲】設譬調侃耳，若真以爲然，則又被作者瞞過。案上設着武則天當日鏡室中設的寶鏡，一邊擺着飛燕立着舞過的金盤，盤內盛着安禄山擲過傷了太真乳的木瓜。上面設着壽（昌）［陽］公主於含章殿下卧的榻，懸的是同昌公主製的聯珠帳。寶玉含笑連説：「這裏好！」【辰】擺設就合着他的意。秦氏笑道：「我這屋子，大約神仙也可以住

〔甲〕文至此不知從何處想來。

得了。」説着，親自展開了西子浣過的紗衾，〔甲〕一路設譬之文，迥非《石頭記》大筆所屑，別有他屬，余所不知。移了紅娘抱過的鴛枕。於是衆奶母伏侍寶玉臥好，款款散去，只留下襲人、〔甲〕一個再見。媚人、〔甲〕二新出。晴雯、〔甲〕三新出，名妙而文。麝月〔甲〕四新出，尤妙。◇看此四婢之名，則知歷來小説難與並肩。四個丫鬟爲伴。秦氏便吩咐小丫鬟們，好生在廊檐下看着猫兒狗兒打架。〔甲〕細極。

那寶玉剛合上眼，便惚惚睡去，〔甲〕此夢文情固佳，然必用秦氏引夢，又用秦氏出夢，竟不知立意何屬？◇惟批書人知之。猶似秦氏在前，遂悠悠蕩蕩，隨了秦氏，至一所在。但見朱欄白石，緑樹清溪，真是人跡希逢，飛塵不到。〔甲〕一篇《蓬萊賦》。寶玉在夢中歡喜，想道：「這個去處有趣！我就在這裏過一生，縱然〔三〕失了家也願意，强如天天被父母、師傅打去。」〔甲〕（一句）〔百〕忙裏點出小兒心性。正胡思之間，忽聽山後有人作歌曰：

春夢隨雲散，〔甲〕開口拿「春」字，最緊要！飛花逐水流。〔甲〕二句比也。

寄言衆兒女，何必覓閒愁。〔甲〕將通部人一喝。

寶玉聽了，〔甲〕寫出終日與女兒廝混最熟。是女子的聲音。歌音未息，早見那邊走出一個人來，蹁躚裊娜，端的與人不同。有賦爲證：

甲按此書凡例，本無讚賦閒文，前有寶玉二詞，今復見此一賦，何也？蓋此二人乃通部大綱，不得不用此套。前詞却是作者別有深意，故見其妙。此賦則不見長，然亦不可無者也。

方離柳塢，乍出花房。但行處，鳥驚庭樹；將到時，影度迴廊。仙袂乍飄兮，聞麝蘭之馥郁；荷衣欲動兮，聽環珮之鏗鏘。靨笑春桃兮，雲堆翠髻；唇綻櫻顆兮，榴齒含香。纖腰之楚楚兮，回風舞雪；珠翠之輝輝兮，滿額鵝黃。出沒花間兮，宜嗔宜喜；徘徊池上兮，若飛若揚。蛾眉顰笑兮，將言而未語；蓮步乍移兮，欲止而欲行。羨彼之良質兮，冰清玉潤；慕彼之華服兮，烱灼文章；愛彼之貌容兮，香培玉琢；美彼之態度兮，鳳翥龍翔。其素若何？春梅綻雪。其潔若何？秋菊披霜。其靜若何？松生空谷。其艷若何？霞映澄塘。其文若何？龍游曲沼。其神若何？月射寒江。應慚西子，實愧王嬙。吁！奇矣哉，生於孰地，來自何方？信矣乎，瑤池不二，紫府無雙。果何人哉？如斯之美也！

寶玉見是一個仙姑，喜的忙上來作揖，笑問道：甲千古未聞之奇稱，寫來竟成千古未聞之奇語。故是千古未有之奇文。「神仙姐姐，不知從那裏來，如今要往那裏去？我也不知這裏是何處，望乞携帶携帶。」那仙姑笑道：「吾居離恨天之上，灌愁海之中，乃放春山遣香洞太虛幻境警幻仙姑是也。【甲】與首回中甄士隱夢境一照。司人間之風情月債，掌塵世之女怨男痴。因近來風流冤孽，【甲】四字可畏。綿纏於此處，是以前來訪察機會，佈散相思。今忽與爾相逢，亦非偶然。此離吾境不遠，別無他物，僅有自採仙茗一盞，親釀美酒一甕，素練魔舞歌姬數人，新填《紅樓夢》【甲】點題。蓋作者自云所歷不過紅樓一夢耳。仙曲十二支，試隨吾一遊否？」寶玉聽了，喜躍非常，便忘了秦氏在何處，【甲】細極。竟隨了仙姑，至一所在，【辰】士隱曾見此匾對，而僧道不能領入，留此回警幻邀寶玉後文。有石牌橫建，上書「太虛幻境」四個大字，兩邊一副對聯，乃是：

假作真時真亦假，無爲有處有還無。【甲】正恐觀者忘却首回，故特將甄士隱夢景重一滃染。

轉過牌坊，便是一座宮門，也橫書四個大字，道是「孽海情天」。又有一副對聯，大書云：

厚地高天，堪嘆古今情不盡；
痴男怨女，可憐風月債難償。

[甲] 菩薩天尊皆因僧道而有，以點俗人，獨不許幻造太虛幻境以警情者乎？觀者惡其荒唐，余則喜其新鮮。◇有修廟造塔祈福者，余今意欲起太虛幻境，（以）［似］較修七十二司更有功德。

寶玉看了，心下自思道：「原來如此。但不知何爲『古今之情』，又何爲『風月之債』？從今倒要領略領略。」寶玉只顧如此一想，不料早把些邪魔招入膏肓了。[甲] 奇極，妙文！當下隨了仙姑進入二層門內，只見兩邊配殿，皆有匾額、對聯，一時看不盡許多，惟見有幾處寫的是：「痴情司」「結怨司」「朝啼司」「夜哭司」「春感司」「秋悲司」。[甲] 虛陪六個。看了，因向仙姑道：「敢煩仙姑引我到那各司中遊玩遊玩，不知可使得？」仙姑道：「此各司中皆貯的是普天之下所有的女子過去未來的簿册。爾凡眼塵軀，未便先知的。」寶玉聽了，那裏肯依，復央之再四。仙姑無奈，說：「也罷，就在此司內略隨喜隨喜罷了。」寶玉喜不自勝，抬頭看這司的匾上，乃是「薄命司」[甲] 正文。三字，兩邊對聯寫道是：

春恨秋悲皆自惹，花容月貌爲誰妍？

寶玉看了，[甲]「便知」二字是字法，最爲緊要之至。便知感嘆。

進入門來，只見有十數個大厨，皆用封條封着。看那封條上，皆是各省地名。寶玉一心只揀自己的家鄉封條看，遂無心看别省的了。只見那邊厨上封條上大書七字云：「金陵十二釵正册」。甲正文，點題。寶玉因問：「何爲『金陵十二釵正册』？」警幻道：「即貴省中十二冠首女子之册，故爲『正册』。」寶玉道：「常聽人説，甲「常聽」二字，神理極妙。金陵極大，怎麽只十二個女子？如今單我們家裏，上上下下，就有幾百女孩兒呢。甲貴公子口聲。」警幻冷笑道：「貴省女子固多，不過擇其緊要者録之。下邊二厨則又次之。餘者庸常之輩，則無册可録矣。」寶玉聽説，再看下首二厨上，果然一個寫着「金陵十二釵副册」，又一個寫着「金陵十二釵又副册」。寶玉便伸手先將「又副册」厨門開了，拿出一本册來，揭開一看，只見這首頁上畫着一幅畫，又非人物，亦非山水，不過是水墨滃染的滿紙烏雲濁霧而已。後有幾行字跡，寫道是：

霽月〔四〕難逢，彩雲易散。
心比天高，身爲下賤。
風流靈巧招人怨。

　　壽夭多因誹謗生，多情公子空牽念。甲恰極之至！「病補雀金裘」回中與此合看。

寶玉看了，又見後面畫着一簇鮮花，一床破蓆。也有幾句言詞，寫道是：

　　枉自温柔和順，空云似桂如蘭。

　　堪羡優伶有福，誰知公子無緣。甲罵死寶玉，却是自悔。

寶玉看了不解。遂擲下這個，又去開了「副册」厨門，拿起一本册來，揭開看時，只見畫着一株桂花，下面有一池沼，其中水涸泥乾，蓮枯藕敗。後面書云：

　　根並荷花一莖香，甲却是咏菱妙句。平生遭際實堪傷。

　　自從兩地生孤木，甲拆字法。致使香魂返故鄉。

寶玉看了仍不解。便又擲下，再去取「正册」看。只見頭一頁上便畫着兩株枯木，木上懸着一圍玉帶；又有一堆雪，雪下一股金簪。也有四句言詞，道是：

　　可嘆停機德，甲此句薛。戚樂羊子妻事。堪憐咏絮才。甲此句林。

玉帶林中掛，金簪雪裏埋。〔甲〕寓意深遠，皆生非其地之意。

寶玉看了仍不解。待要問時，情知他必不肯泄漏，待要丢下，又不捨。遂又往後看時，只見畫着一張弓，弓上掛一香櫞。也有一首歌詞云：

二十年來辨是非，榴花開處照宫闈。
三春争及初春景，〔甲〕顯極。虎兕〔五〕相逢大夢歸。

後面又畫着兩人放風箏，一片大海，一隻大船，船中有一女子掩面泣涕之狀。也有四句寫云：

才自精明志自高，生於末世運偏消。〔甲〕感嘆句，自寓。
清明涕送江邊望，千里東風一夢遥。〔甲〕好句！

後面又畫幾縷飛雲，一灣逝水。其詞曰：

富貴又何爲？襁褓之間父母違。

〔甲〕世之好事者争傳《推背圖》之説，想前人斷不肯煽惑愚迷，即有此説，亦非常人供談之物。此回悉借其法，爲兒女子數運之機。無可以供茶酒之物，亦無干涉政事，真奇想奇筆。

展眼弔斜輝，湘江水逝楚雲飛。

後面又畫着一塊美玉，落在泥垢之中。其斷語云：

欲潔何曾潔，云空未必空。

可憐金玉質，終陷淖泥中。

後面忽畫一惡狼，追撲一美女，欲啖之意。其書云：

子系中山狼，得志便猖狂。甲 好句！

金閨花柳質，一載赴黄粱。

後面便是一所古廟，裏面有一美人在内看經獨坐。其判云：

勘破三春景不長，緇衣頓改昔年妝。

可憐繡户侯門女，獨卧青燈古佛旁。甲 好句！

後面便是一片冰山，上有一隻雌鳳。其判曰：

凡鳥偏從末世來，都知愛慕此生才。

一從二令三人木，甲拆字法。哭向金陵事更哀。

後面又有一座荒村野店，有一美人在那裏紡績。其判云：

勢敗休云貴，家亡莫論親。甲非經歷過者，此二句則云紙上談兵。過來人那得不哭！

偶因濟劉氏，巧得遇恩人。

詩後又畫一盆茂蘭，旁有一位鳳冠霞帔的美人。也有判云：

桃李春風結子完，到頭誰似一盆蘭。

如冰水好空相妒，枉與他人作笑談。甲真心實語。

後面又畫着高樓大廈，有一美人懸梁自縊。其判云：

情天情海幻情身，情既相逢必主淫。

漫言不肖皆榮出，造釁開端實在寧。

〔甲〕通部中筆筆貶寶玉，人人嘲寶玉，語語謗寶玉，今却於警幻意中忽寫出此八字來，真是意外之想。此法亦別書中所無。

寶玉還欲看時，那仙姑知他天分高明，性情穎慧，恐把仙機泄漏，遂掩了卷册，笑向寶玉道：「且隨我去遊玩奇景，〔甲〕是哄小兒語，細甚。何必在此打這悶葫蘆！」〔甲〕爲前文「葫蘆廟」一點。寶玉恍恍惚惚，〔甲〕是夢中景况，細極。不覺棄了卷册，又隨了警幻來至後面。但見珠簾繡幕，畫棟雕檐，說不盡那光摇朱户金鋪地，雪照瓊窗玉作宮。更見仙花馥郁，異草芬芳，真好個所在。〔甲〕已爲省親别墅畫下圖式矣。又聽警幻笑道：「你們快出來迎接貴客！」一語未了，只見房中又走出幾個仙子來，皆是荷袂蹁躚，羽衣飄舞，姣若春花，媚如秋月。一見了寶玉，都怨謗警幻道：「我們不知係何『貴客』，忙的接了出來！姐姐曾說今日今時必有絳珠妹子的生魂前來遊玩，〔甲〕絳珠爲誰氏？請觀者細思首回。故我等久待。何故反引這濁

〔甲〕奇筆攄奇文。作書者視女兒珍貴之至，不知今時女兒可知？余爲作者痴心一哭，又爲近之自棄自敗之女兒一恨。

物來污染這清淨女兒之境？」〔甲〕貴公子不怒而反退，却是寶玉天分中一段情痴。寶玉聽如此說，便唬得欲退不能退，〔戚〕貴公子豈容人如此厭棄，反不怒而反欲退，實實寫盡寶玉天分中一段情痴來。若是薛阿獃至此，鬧是語，則警幻之輩共成齏粉矣。一笑。果覺自形污穢不堪。〔甲〕妙！警幻自是個多情種子。警幻忙携住寶玉的手，向衆姊妹笑道：「你等不知原委：今日原欲往榮府去接絳珠，適從寧府所過，偶遇寧榮二公之靈，囑吾云：『吾

家自國朝定鼎以來，功名奕世，富貴傳流，雖歷百年，奈運終數盡，不可挽回者。故近之子孫雖多，甲 這是作者真正一把眼淚。竟無一可以繼業。其中惟嫡孫寶玉一人，禀性乖張，生情詭譎，雖聰明靈慧，略可望成，無奈吾家運數合終，恐無人規引入正。幸仙姑偶來，甲 二公真無可奈何，開一覺世覺人之路也。萬望先以情慾聲色等事警其痴頑，或能使彼跳出迷人圈子，然後入於正路，亦吾兄弟之幸矣。』如此囑吾，故發慈心，引彼至此。先以彼家上、中、下三等女子之終身册籍，令彼熟玩，尚未覺悟。故引彼再至此處，令其再歷飲饌聲色之幻，甲 一段叙出寧、榮二公，足見作者深意。或冀將來一悟，亦未可知也。」

説畢，携了寶玉入室。但聞一縷幽香，竟不知所焚何物。寶玉遂不禁相問，警幻冷笑道：「此香塵世中既無，爾何能知！此香乃係諸名山勝境内初生異卉之精，合各種寶林珠樹之油所製，名爲『群芳髓』。甲 好香！」寶玉聽了，自是羨慕。已而大家入座，小鬟捧上茶來。寶玉自覺清香味異，純美非常，因又問何名。警幻道：「此茶出在放春山遣香洞，又以仙花靈葉上所帶宿露而烹。此茶名曰『千紅一窟』。甲 隱「哭」字。」寶玉聽了，點頭稱賞。因看房内，瑶琴、寶鼎、古畫、新詩，無所不有，更喜窗下亦有唾絨，奩間時漬粉污。〔戚〕是寶玉心事。壁上亦有一副對聯，書云：

幽微靈秀地，〔甲〕女兒之心，女兒之境。

無可奈何天。〔甲〕兩句盡矣。撰通部大書不難，最難是此等處，可知皆從無可奈何而有。

寶玉看畢，無不羨慕。因又請問衆仙姑姓名：一名痴夢仙姑，一名鍾情大士，一名引愁金女，一名度恨菩提，各各道號不一。少刻，有小鬟上來調桌安椅，設擺酒饌。真是：瓊漿滿泛玻璃盞，玉液濃斟琥珀杯。更不用再説那餚饌之勝。寶玉因聞得此酒清香甘洌，異乎尋常，又不禁相問。警幻道：「此酒乃是百花之蕊，萬木之汁，加以麟髓之醅，鳳乳之麯釀成，因名爲〔甲〕與「千紅一窟」一對，隱「悲」字。『萬艷同杯』。」寶玉稱賞不迭。

飲酒間，又有十二個舞女上來，請問演何詞曲。警幻道：「就將新製《紅樓夢》十二支演上來。」舞女們答應了，便輕敲檀板，款按銀箏。聽他歌道是：

【甲】警幻是個極會看戲人。近之大老觀戲，必先翻閱角本。目睹其詞，耳聽彼歌，却從警幻處學來。

【甲】作者能處，慣於自站地步，又慣於陡起波瀾，又慣於故爲曲折，最是行文秘訣。

【甲】「懷金悼玉」，大有深意。

【甲】語句潑撒，不負自創北曲。

開闢鴻濛……【甲】故作頓挫搖擺。方歌了一句，警幻便說道：「此曲不比塵世中所填傳奇之曲，必有生旦淨末之别，又有南北九宮之限。此或咏嘆一人，或感懷一事，偶成一曲，即可譜入管絃。【甲】三字要緊。不知誰是個中人。若非個中人，不知其中寶玉即個中人乎？然則石頭亦個中人乎？作者亦係個中人乎？觀者亦個中人乎？之妙。料爾亦未必深明此調，若不先閱其稿，後聽其歌，翻成嚼蠟矣。」說畢，回頭命小鬟取了《紅樓夢》的原稿來，遞與寶玉。寶玉揭開，一面目視其文，一面耳聆其歌曰：

第一支　紅樓夢引子

【甲】非作者爲誰？余又曰：「亦非作者，乃石頭耳。」開闢鴻濛，誰爲情種？都只爲風月情濃。趁着這奈何天、傷懷日、寂寥時，試遣愚【甲】「愚」字自謙得妙！衷。因此上，演出這懷金悼玉的《紅樓夢》。【甲】讀此幾句，翻厭近之傳奇中必用開場副末等套，累贅太甚。

第二支　終身誤

都道是金玉良姻，俺只念木石前盟。空對着山中高士晶瑩雪，終不忘世外仙姝寂寞林。嘆人間，美中不足今方信。縱然是齊眉舉案，到底意難平。

第三支　枉凝眉

一個是閬苑仙葩，一個是美玉無瑕。若説没奇緣，今生偏又遇着他；若説有奇緣，如何心事終虚化？一個枉自嗟呀，一個空勞牽掛。一個是水中月，一個是鏡中花。想眼中能有多少淚珠兒，怎經得秋流到冬盡，春流到夏！

寶玉聽了此曲，散漫無稽，〔甲〕自批駁，妙極！不見得好處，但其聲韻悽惋，竟能銷魂醉魄。因此也不察其原委，問其來歷，就暫以此釋悶而已。因又看下面道：〔甲〕妙！設言世人亦應如此法看此《紅樓夢》一書，更不必追究其隱寓。

第四支　恨無常

喜榮華正好，恨無常又到。眼睜睜把萬事全抛，蕩悠悠把芳魂消耗。望家鄉，路遠山遥。故向爹娘夢裏相尋告：兒命已入黄泉，天倫呵，須要退步抽身早！〔甲〕悲險之至！

第五支　分骨肉

一帆風雨路三千，把骨肉家園齊來抛閃。恐哭損殘年，告爹娘，休把兒懸念。自古

〔甲〕悲壯之極，北曲中不能多得。

窮通皆有定，離合豈無緣？從今分兩地，各自保平安。奴去也，莫牽連！〔戚〕探卿聲口如聞。

第六支　樂中悲

〔甲〕意真辭切，過來人見之不免失聲。

襁褓中，父母嘆雙亡。縱居那綺羅叢，誰知嬌養？幸生來英豪闊大寬宏量，從未將兒女私情略縈心上。好一似霽月光風耀玉堂。〔戚〕堪與湘卿作照。廝配得才貌仙郎，博得個地久天長，準折得幼年時坎坷形狀。終久是雲散高唐，水涸湘江。這是塵寰中消長數應當，何必枉悲傷！

第七支　世難容

氣質美如蘭，〔甲〕妙卿實當得起。才華阜比仙。天生成孤僻人皆罕。〔甲〕絕妙！曲文填詞中不能多見。你道是啖肉食腥羶，視綺羅俗厭。却不知太高人愈妒，過潔世同嫌。〔甲〕至語。可嘆這青燈古殿人將老，辜負了紅粉朱樓春色闌。到頭來，依舊是風塵骯髒違心願。好一似無瑕白玉遭泥陷，又何須王孫公子嘆無緣。

第八支　喜冤家〔戚〕「冤家」上加一「喜」字，真新真奇！

中山狼，無情獸，全不念當日根由。一味的驕奢淫蕩貪還構。覷着那侯門艷質同蒲柳，作踐的公府千金似下流。嘆芳魂艷魄，一載蕩悠悠。甲題只十二釵，却無人不有，無事不備。

第九支　虚花悟

將那三春看破，桃紅柳綠待如何？把這韶華打滅，覓那清淡天和。説什麽天上夭桃盛，戚此休恰甚。雲中杏蕊多。到頭來誰見把秋捱過？則看那白楊村裏人嗚咽，青楓林下鬼吟哦。更兼着連天衰草遮墳墓。這的是昨貧今富人勞碌，春榮秋謝花折磨。似這般生關死劫誰能躲？聞説道西方寶樹唤婆娑，上結着長生果。甲末句開句收句。

第十支　聰明累

機關算盡太聰明，反算了卿卿性命。甲警拔之句。戚喝醒大衆，是極。生前心已碎，死後性空靈。家富人寧，終有個家亡人散各奔騰。枉費了意懸懸半世心，好一似蕩悠悠三更夢。忽喇喇似大厦傾，昏慘慘似燈將盡。呀！一場歡喜忽悲辛。嘆人世，終難定！甲見得到。

甲過來人睹此，寧不放聲一哭？

第十一支　留餘慶

留餘慶，留餘慶，忽遇恩人；幸娘親，幸娘親，積得陰功。勸人生，濟困扶窮，休似俺那愛銀錢、忘骨肉的狠舅奸兄！正是乘除加減，上有蒼穹。

第十二支　晚韶華

鏡裏恩情，〔甲〕起得妙！更那堪夢裏功名！那美韶華去之何迅！再休提繡帳鴛衾。只這帶珠冠、披鳳襖，也抵不了無常性命。雖説是、人生莫受老來貧，也須要陰騭積兒孫。氣昂昂頭戴簪纓，氣昂昂頭戴簪纓，光燦燦胸懸金印；威赫赫爵位高登，威赫赫爵位高登，昏慘慘黄泉路近。問古來將相可還存？也只是、虛名兒與後人欽敬。

第十三支　好事終

畫梁春盡落香塵。〔甲〕六朝妙句。擅風情，秉月貌，便是敗家的根本。〔甲〕深意，他人不解。箕裘頽墮皆從敬〔六〕，家事消亡首罪寧。宿孽總因情。〔甲〕是作者具菩薩之心，秉刀斧之筆，撰成此書，一字不可更，一語不可少。

第十四支收尾　飛鳥各投林〔甲〕收尾愈覺悲慘可畏。

爲官的家業凋零，富貴的金銀散盡。〔甲〕二句先總寧榮。有恩的死裏逃生，無情的分明報應。欠命的命已還，欠淚的淚已盡。冤冤相報豈非輕，分離聚合皆前定。欲知命短問前生，老來富貴也真僥倖。看破的遁入空門，痴迷的枉送了性命。〔甲〕將通部女子一總。好一似食盡鳥投林，落了片白茫茫大地真乾净！〔甲〕又照看「葫蘆廟」。與「樹倒猢猻散」反照。〔甲〕是極！香菱、晴雯輩豈可無，亦不必再。

歌畢，還要歌副曲。警幻見寶玉甚無趣味，〔戚〕自站地步。因嘆：「痴兒竟尚未悟！」那寶玉忙止歌姬不必再唱，自覺朦朧恍惚，告醉求卧。警幻便命撤去殘席，送寶玉至一香閨繡閣之中，其間鋪陳之盛，乃素所未見之物。更可駭者，早有一位女子在內，其鮮艷嫵媚，有似乎寶釵，風流裊娜，〔甲〕難得雙兼，妙極！則又如黛玉。正不知何意，忽警幻道：「塵世中多少富貴之家，那些緑窗風月，繡閣煙霞，皆被淫污紈袴與那些流蕩女子悉皆玷辱。〔甲〕真極！更可恨者，自古來多少輕薄浪子，皆以『好色不淫』爲飾，又以『情而不淫』作案，〔戚〕「色而不淫」四字已濫熟於各小說中，今却特貶其說，批駁出矯飾之非，可謂至切至當，亦可以喚醒衆人，勿爲前

甲 絳芸軒中諸事情景由此而生。

人之矯詞所惑也。此皆飾非掩醜之語也。好色即淫，知情更淫。是以巫山之會，雲雨之歡，皆由既悅其色，甲「色而不淫」，今翻案，奇甚！復戀其情所致也。吾所愛汝者，乃天下古今第一淫人也！」甲 多大膽量敢作如此之文！戚 不見下文，使人一驚。多大膽量，敢如此作文。

寶玉聽了，唬的忙答道：「仙姑錯了。我因懶於讀書，家父母尚每垂訓飭，豈敢再冒『淫』字？況且年紀尚小，不知『淫』字爲何物。」警幻道：「非也。淫雖一理，意則有別。如世之好淫者，不過悅容貌，喜歌舞，調笑無厭，雲雨無時，恨不能盡天下之美女供我片時之趣興，甲 說得懇切，恰當之至！此皆皮膚濫淫之蠢物耳。如爾則天分中生成一段痴情，吾輩推之爲『意淫』。甲 二字新雅。『意淫』二字，甲 按寶玉一生心性，只不過是「體貼」二字，故曰「意淫」。惟心會而不可口傳，可神通而不能語達。汝今獨得此二字，在閨閣中固可爲良友，然於世道中未免迂闊怪詭，百口嘲謗，萬目睚眦。今既遇令祖寧榮二公剖腹深囑，吾不忍君獨爲我閨閣增光，見棄於世道，是以特引前來，醉以靈酒，沁以仙茗，警以妙曲，再將吾妹一人，甲 妙！蓋指薛、林而言也。乳名兼美字可卿者，許配與汝。今夕良時，即可成姻。不過令汝領略此仙閨幻境之風光尚然如此，何況塵境之情景哉？而今後萬萬解釋，改悟前情，將謹勤有用的工夫，置身於經濟之道〔七〕。」〔戚〕說出此二句，警幻亦腐矣，然亦不得不然耳。說畢，便秘授以雲雨之事，〔戚〕這是情之未了一着，不得不說破。推寶玉入帳。那寶玉恍恍惚惚，依警幻所囑之言，未免有陽臺、巫峽之會。〔戚〕如此方免累贅。數日來〔八〕，柔情繾綣，軟語温存，與可卿難解難分。

那日，警幻携寶玉、可卿閒遊。至一個所在，但見荆榛遍地，〔戚〕略露心跡。狼虎同群。〔戚〕凶極！試問觀者此係何處。忽爾大河阻路，黑水淌洋，〔甲〕若有橋梁可通，則世路人情猶不算艱難。又無橋梁可通。寶玉正自徬徨，只聽警幻道：「寶玉再休前進，作速回頭要緊！〔甲〕機鋒。」寶玉忙止步問道：「此係何處？」警幻道：「此即迷津也。深有萬丈，遥亘千里，中無舟楫可通，〔戚〕可思。只有一個木筏，乃木居士掌舵，灰侍者撑篙，〔戚〕特用「形如槁木，心如死灰」句以消其念，可謂善於讀矣。不受金銀之謝，但遇有緣者渡之。爾今偶遊至此，如墮落其中，則深負我從前一番以情悟道、守理衷情之言矣。」〔戚〕看他忽轉筆作此語，則知此後皆是自悔。寶玉方欲回言，只聽迷津內水響如雷，竟有一夜叉般怪物竄出，直撲而來〔九〕。唬得寶玉汗下如雨，一面失聲喊叫：「可卿救我！可卿救我！」慌得襲人、媚人等上來扶起，拉手說：「寶玉別怕，我們在這裏！」戚接得無痕跡。歷來小説中之夢未見此一醒。

秦氏在外聽見，連忙進來，一面説丫鬟們，好生看着猫兒狗兒打架。戚細，又是照應前文。又聞寶玉口中連叫「可卿救我」，甲雲龍作雨，不知何爲龍，何爲雲，何爲雨。戚奇奇怪怪之文，令人摸頭不着。雲龍作雨，不知何爲龍，何爲雲，又何爲雨矣。因納悶道：「我的小名這裏没人知道，他如何從夢裏叫出來？」正是：

一場幽夢同誰近，千古情人獨我痴。〔一〇〕

戚總評：將一部全盤點出幾個，以陪襯寶玉。使寶玉從此倍偏倍痴，倍聰明倍瀟洒，亦非突如其來。作者真妙心妙口，妙筆妙人。

〔一〕回目，己、庚、楊本作「遊幻境指迷十二釵　飲仙醪曲演紅樓夢」，蒙、戚、列、舒本作「靈石迷性難解仙機　警幻多情秘垂淫訓」，甲辰本作「賈寶玉神遊太虚境　警幻仙曲演紅樓夢」。

〔二〕底本無此回前詩，己本（貼條）、戚本、蒙本、楊本、舒本等有，據補。

〔三〕「縱然」，原作「總然」，庚本同。己、楊、辰本作「雖然」，舒本作「就」，據蒙、戚本改。按：古語「總」通「縱」，「總然」即「縱然」。在甲戌本中，「縱然」出現四處，有三處庚本作「總然」，可見兩詞的使用當是抄手隨意所爲，未必反映原稿面貌，故予統一。

〔四〕「霽月」，原作「霽日」，據諸本改。按：霽日即晴日，並不「難逢」。霽月則指雨後天清月朗的美好景象。又成語有「光風霽月」（下文「樂中悲」曲中作「霽月光風」），比喻人的品格高尚、襟懷坦白。

〔五〕「虎兔」，己本、楊本作「虎兕」。有人據此認爲此句暗示元春死於兩派政治勢力的惡鬥之中。

〔六〕「從敬」，庚、戚、蒙、舒、甲辰諸本同。惟己本作「榮玉」，楊本作「瑩玉」。按：前文可卿判詞末兩句以「榮」「寧」對舉，則此己本之獨異文字就值得注意，以「皆榮玉」對「首罪寧」，似較「皆從敬」稍勝。

〔七〕〔八〕〔九〕按：第五回結尾部分，各本與底本間有一些異文，常引起研究者的注意。現據己本擇要對照如下（他本個別文字有出入）：

「將謹勤有用的工夫，置身於經濟之道」：「留意於孔孟之間，委身於經濟之道」。

「未免有陽臺、巫峽之會。數日來，」：「未免有兒女之事，難以盡述。至次日，便」。

「那日，警幻攜寶玉」一段：「因二人攜手出去遊玩之時，忽至一個所在，但見荆榛遍地，狼虎同群，迎面一道黑溪阻路，並無橋梁可通。正在猶豫之間，忽見警幻從後追來，告道：『快休前進，作速回頭要緊！』寶玉忙止步問道：『此係何處？』警幻道：『此即迷津也。……爾今偶遊至此，設如墮落其中，則深負我從前諄諄警戒之語矣。』話猶未了，只聽迷津内水響如雷，竟有許多夜叉海鬼將寶玉拖將下去。」

〔一〇〕「正是……」原無，據庚、戚、蒙、舒等本補。己、楊本聯語作：「夢同誰訴離愁恨，千古情人獨我知。」

寶玉

第六回　賈寶玉初試雲雨情　劉姥姥一進榮國府

甲 寶玉、襲人亦大家常事耳，寫得是已全領警幻意淫之訓。此回借劉嫗，却是寫阿鳳正傳，並非泛文，且伏「二進」「三進」及巧姐之歸着。

此回劉嫗一進榮國府，用周瑞家的，又過下回無痕，是無一筆寫一人文字之筆。

戚 風流真假一般看，借貸親疎觸眼酸。總是幻情無了處，銀燈挑盡淚漫漫。

題曰：

朝叩富兒門，富兒猶未足。雖無千金酬，嗟彼勝骨肉。

却説秦氏因聽見寶玉從夢中喚他的乳名，心中自是納悶，又不好細問。彼時寶玉迷迷惑惑，若有所失。衆人忙端上桂圓湯來，呷了兩口，遂起身整衣。襲人伸手與他繫褲帶時，不覺伸手至大腿處，只覺冰涼一片黏濕。唬的忙退出手來，問是怎麽了。寶玉紅漲了臉，把他手一捻。襲人本是個聰明女子，年紀本又比寶玉大兩歲，近來也漸通人事，今見寶玉如此光景，心中便覺察了一半，[蒙]存身分。不覺也羞的紅漲了臉面，[蒙]既少通人事，無心者則再不復問矣；既問，則無限幽思，皆在於伏身之一笑，所以必當有偷試之一番。行文輕巧，皆出於自然，毫無一些勉强。妙極！遂不敢再問。仍舊理好衣裳，遂至賈母處來，胡亂吃畢晚飯，過這邊來。

襲人忙趁衆奶娘丫鬟不在旁時，另取出一件中衣來與寶玉換上。寶玉含羞央告道：「好姐姐，千萬別告訴別人，要緊！」襲人亦含羞笑問道：[蒙]是必當問者。若不問則下文涉於唐突。「你夢見什麽故事了？是那裏流出來的些髒東西？」寶玉道：「一言難盡。」説着，便把夢中之事細説與襲人聽了，然後説至警幻所授雲雨之情，羞的襲人掩面伏身而笑。〔蒙〕試想。寶玉亦素喜襲人柔媚姣俏，遂强襲人同領警幻所訓雲雨之事。〔甲〕數句文，完一回提綱文字。襲人素知賈母已將自己與了寶玉的，今便如此，亦不爲越禮，〔甲〕寫出襲人身分。遂和寶玉偷試一番，幸得無人撞見。自此寶玉視襲人更與別個不同，〔甲〕伏下晴雯。襲人侍寶玉更爲盡職。〔甲〕一段小兒女之態，可謂追魂攝魄之筆。暫且別無話説。〔甲〕一句接住上回「紅樓夢」大篇文字，另起本回正文。

按榮府中一宅中合算起來，人口雖不多，從上至下也有三四百丁；事雖不多，一天也有一二十件，竟如亂麻一般，並沒個頭緒可作綱領。正尋思從那一件事、自那一個人寫起方妙，恰好忽從千里之外、芥豆之微、小小一個人家，〔甲〕「略有些瓜葛」，是數十回後之正脉也。真千里伏綫。因與榮府略有些瓜葛，這日正往榮府中來，因此便就此一家説來，倒還是頭緒。你道這一家姓甚名誰，又與榮府有甚瓜葛？諸公若嫌瑣碎粗鄙呢，則快擲下此書，另覓好書去醒目；〔蒙〕加雜世態，巧伏下文。若謂聊可破悶時，待蠢物〔甲〕妙謙，是石頭口角。逐細言來。

方纔所説的這小小一家，姓王，乃本地人氏，祖上曾作過小小的一個京官，昔年曾與鳳姐之祖、王夫人之父識認，因貪王家的勢利，便連了宗，認作侄兒。〔蒙〕可憐。〔甲〕與賈雨村遥遥相對。那時只有王夫人之大兄、鳳姐之父〔甲〕兩呼兩起，不過欲觀者自醒。與王夫人隨在京中的，知有此一門遠族，〔蒙〕强認親的榜樣。餘者皆不識認。目今其祖已故，只有一個兒子，名喚王成。因家業蕭條，仍搬出城外原鄉中住去了。王成新近亦因病故，只有其子，小名狗兒，亦生一子，小名板兒，嫡妻劉氏，又生一女，名喚青兒。〔甲〕《石頭記》中公勳世宦之家以及草莽庸俗之族，無所不有，自能各得其妙。一家四口，仍以務農爲業，因狗兒白日間又作些生計，劉氏又操井臼等事，青板姊妹〔一〕兩個無人看管，狗兒遂將岳母劉姥姥〔甲〕音老，出《諧聲字箋》。稱呼畢肖。〔蒙〕總是用（過）［逼］近法。接來一處過活。這劉姥姥乃是個久經世代的老寡婦，膝下又無兒女，只靠兩畝薄田地度日。如今女婿接來養活，豈不願意，遂一心一計幫趁着女兒女婿過活起來。

因這年秋盡冬初，天氣冷將上來，家中冬事未辦，狗兒未免心中煩慮，吃了幾杯悶酒，〔蒙〕貧苦人多有此等景象。在家閒尋氣惱，〔甲〕病此病人不少，請來看狗兒。劉氏不敢頂撞。因此劉姥姥看不過，乃勸道：「姑夫，你別嗔着我多嘴。咱們村莊人，那一個不是老老誠誠的，〔甲〕能兩畝薄田度日，方説的出來。多大碗吃多大的飯？你皆因年小時，託

〔甲〕自「紅樓夢」一回至此，則珍饈中之虀耳，好看煞！

着你那老家〔二〕的福，【甲】妙稱，何肖之至！吃喝慣了，如今所以把持不住。有了錢就顧頭不顧尾，沒了錢就瞎生氣，【甲】此口氣自何處得來？【蒙】英雄失足，千古同慨。笑煞天下一切。成個什麼男子漢大丈夫了！【甲】爲紈袴下針，却先從此等小處寫來。如今咱們雖離城住着，終是天子脚下。這長安城中，遍地都是錢，只可惜沒人會拿去罷了。在家跳蹋也沒中用的。」狗兒聽說，便急道：「你老只會炕頭兒上混說，【蒙】古人有錯用盜字之説，的是此句章本。難道叫我打劫偷去不成？」劉姥姥道：「誰叫你偷去呢。到底大家想方法兒裁度，不然，那銀子錢自己跑到咱家來不成？」狗兒冷笑道：「有法兒還等到這會子呢！我又沒有收税的親戚，【甲】罵死。作官的朋友，【甲】罵死。有什麼法子可想的？便有，也只怕他們未必來理我們呢！」

劉姥姥道：「這倒不然。謀事在人，成事在天。咱們謀到了，靠菩薩的保佑，有些機會，也未可知。我倒替你們想出一個機會來。當日你們原是和金陵王家【甲】四字便抵一篇世家傳。連過宗的，二十年前，他們看承你們還好，【蒙】天下事無有不可爲者。總因打不破，若打破時何事不能？請看劉姥姥一篇議論，便應解得些個纔是。如今自然是你們拉硬屎，不肯去俯就他，故疎遠起來。想當初，我和女兒還去過一遭。【甲】補前文之未到處。他家的二小姐着實響快會待人的，倒不拿大。如今現是榮國府賈二老爺的夫人。聽得説，如今上了年紀，越發憐貧恤老，最愛齋僧敬道，捨米捨錢的。如今王府雖陞了邊任，只怕這二姑太太還認得咱們。你何不去走動走動，或者他念舊，有些好處，也未可定。只要他發一點好心，拔一根寒毛比咱們的腰還粗呢！」劉氏一旁接口道：「你老雖説得是，但只你我這樣個嘴臉，怎麼好到他門上去的？先不先，他們那些門上人也未必肯去通報。沒的去打嘴現世。」【蒙】「打嘴現世」等字，誤盡多少蒼生，也能成全多少事體。

誰知狗兒名利心甚重，【甲】調侃語。聽如此一説，心下便有些活動起來。又聽他妻子這番話，便笑接道：「姥姥既如此説，況且當年你又見過這姑太太一次，何不你老人家明日就走一趟〔三〕，先試試風頭再説。」劉姥姥道：【甲】口聲如聞。「噯喲喲！可是説的，『侯門深似海』，我是個什麼東西，他家人又不認得我，我去了也是白去的。」狗兒笑道：「不妨，我教你老一個法子。你竟帶了外孫子小板兒，先去找陪房周瑞，若見了他，就有些意思了。這周瑞先時曾和我父親交過一椿事，【蒙】畫出當日品行。我們極好的。」【甲】欲赴豪門，必先交其僕。寫來一嘆。劉姥姥道：「我也知道他的。只是許多時不走動，知道他如今是怎麽樣？這也説不得了，你又是個男人，又這樣個嘴臉，自然去不得。我們姑娘年輕媳婦子，也難賣頭賣脚去，倒還是捨着我這付老臉去碰一碰。果然有些好處，大家都有益，便是没銀子來，我也到那公府侯門見一見世面，也不枉我一生。」説畢，大家笑了一回。當晚計議已定。

次日天未明，劉姥姥便起來梳洗了，又將板兒教訓幾句。那板兒纔亦五六歲的孩子，一無所知，聽見帶他進城逛〔四〕【甲】音光，去聲。遊也。出《諧聲字箋》。去，便喜的無不應承。於是劉姥姥帶他進城，找至寧榮街。【甲】街名。本地風光，妙！來至榮府大門石獅子前，只見簇簇的轎馬，劉姥姥便不敢過去，且彈彈衣服，又教了板兒幾句話，然後偵【甲】「偵」字神理。到角門前。只見幾個挺胸叠肚、指手畫脚的人，坐在【蒙】世家奴僕個個皆然，形容逼真。大凳上説東談西呢。【甲】不知如何想來，又爲侯門三等豪奴寫照。劉姥姥只得偵上來問：「太爺們納福。」衆人打量了他一會，便問是那裏來的。劉姥姥陪笑道：「我找太太的陪房周大爺的，煩那位太爺替我請他出來。」那些人聽了，都不瞅睬，半日方説道：「你遠遠的那墻角下等着，【蒙】故套。一會子他們家有人就出來的。」内中有一年老的説道：「不要誤他的事，何苦耍他。」因向劉姥姥道：「那周大爺已往南邊去了。【蒙】轉换法。寫門上豪奴不能盡是規矩，故用轉换法則不强硬，而筆氣自順。他在後一帶住着，他娘子却在家。你要找時，從這邊繞到後街上後門上問就是了。」【甲】有年紀人誠厚，亦是自然之理。

劉姥姥聽了謝過，遂携了板兒，繞到後門上。只見門前歇着些生意擔子，也有賣吃的，也有賣頑意物件的，鬧烘烘三二十個孩子在那裏厮鬧。【甲】如何想來？合眼如見。劉姥姥便拉住了一個道：「我問哥兒一聲，有個周大娘可在家麽？」孩子道：「那個周大娘？我們這裏周大娘有三個呢，還有兩個周奶奶，不知是那一行當上的？」劉姥姥道：「是太太的陪房周瑞。」孩子道：「這個容易，你跟我來。」説着，跳跳躥躥的引着劉姥姥進了後門，【甲】因女眷，又是後門，故容易引入。至一院墻邊，指與劉姥姥道：「這就是他家。」又叫道：「周大娘，有個老奶奶來找你呢。」

周瑞家的在内聽説，忙迎了出來，問：「是那位？」劉姥姥忙迎上來問道：「好呀，周嫂子！」周瑞家的認了半日，方笑道：「劉姥姥，你好呀！你説説，能幾年，【甲】如此口角，從何處出來？我就忘了。請家裏來坐罷。」劉姥姥一壁走，一壁笑説道：「你老是貴人多忘事，那裏還記得我們了。」説着，來至房中。周瑞家的命僱的小丫頭倒上茶來吃着，【蒙】劉姥姥此時一團要緊事在心，有問不得不答，遮轉遮進，不敢陟然看之，令人可憐。而大英雄亦有若此者，所謂：「欲圖大事，不拘小節。」周瑞家的又問板兒「長的這麽大了」，又問些別後閒語，再問劉姥姥：【甲】問的有情理。「今日還是路過，還是特來的？」劉姥姥便説：「原是特來瞧瞧你嫂子，二則也請請姑太太的安。若可以領我見一見更好，若不能，便借重嫂子轉致意罷了。」【甲】劉婆亦善於權變應酬矣。

周瑞家的聽了，便猜着幾分意思。只因昔年他丈夫周瑞爭買田地一事，其中多得狗兒之力，今見劉姥姥如此而來，心中難却其意，【甲】在今世，周瑞婦算是個懷情不忘的正人。二則也要顯弄自己體面。【蒙】實有此等情理。聽如此説，便笑説：【甲】自是有寵人聲口。「姥姥你放心，大遠的誠心誠意的來了，豈有個不教你見個真佛去的？【甲】好口角。論理，人來客至回話，却不與我們相干。我們這裏都是各佔一枝兒：【甲】略將榮府中帶一帶。我們男的只管春秋兩季地租子，閒時只帶着小爺們出門就完了，我只管跟太太奶奶們出門的事。皆因你原是太太的親戚，又拿我當個人，投奔了我來，我竟破個例，給你通個信去。但只一件，姥姥有所不知，

【甲】「也要顯弄」句爲後文作地步也。陪房本心本意實事。

我們這裏又比不得五年前了。如今太太竟不大管事了，都是璉二奶奶當家。你道這璉二奶奶是誰？就是太太的内侄女，當日大舅爺的女兒，小名鳳哥的。」劉姥姥聽了，罕問道：「原來是他！怪道呢，我當日就說他不錯呢。甲我亦說不錯。這等說來，我今兒還得見他了。」周瑞家的道：「這個自然的。如今太太事多心煩，有客來了，略可推得去的，也就推過去了，都是這鳳姑娘周旋迎待。今兒寧可不見太太，倒要見他一面，蒙理勢必然。纔不枉這裏來一遭。」劉姥姥道：「阿彌陀佛！這全仗嫂子方便了。」周瑞家的道：「說那裏話。俗語說的：『與人方便，自己方便。』不過用我說一句話罷了，害着我什麽。」說着，便唤小丫頭子到倒廳上甲一絲不亂。悄悄的打聽打聽，老太太屋裏擺了飯了没有。小丫頭去了。

蒙急忙中偏不就進去，又添一番議論，從中又伏下多少綫索，方見得大家勢派，出入不易，方見得周瑞家的處事詳細，即至後文，放筆寫鳳姐，亦不唐突。仍用冷子興說榮、寧舊筆法。

這裏二人又說些閒話。劉姥姥因說：「這位鳳姑娘今年大不過二十歲罷了，就這等有本事，當這樣的家，可是難得的。」周瑞家的聽了道：「嗐！我的姥姥，告訴不得你呢。這位鳳姑娘年紀雖小，行事却比世人都大呢。如今出挑的美人一樣的模樣兒，少說些有一萬個心眼子。

【甲】寫阿鳳勤勞等事，然却是虛筆，故於後文不犯。

再要賭口齒，十個會説話的男人也説他不過。回來你見了就信了。就只一件，待下人未免太嚴了些。」【甲】略點一句，伏下後文。説着，只見小丫頭回來説：「老太太屋裏已擺完了飯，二奶奶在太太屋裏呢。」周瑞家的聽了，連忙起身，催着劉姥姥説：「快走，快走！這一下來，他吃飯是一個空子，【蒙】非身臨其境者不知。咱們先等着去。若遲一步，回事的人也多了，難説話。再歇了中覺，越發没了時候了。」【蒙】有曰：富貴不還鄉，如衣錦夜行。今日周瑞家的得遇劉姥姥，實可謂錦衣不夜行者。【甲】寫出阿鳳勤勞冗雜，並驕矜珍貴等事來。説着一齊下了炕，打掃打掃衣服，又教了板兒幾句話，隨着周瑞家的，逶迤往賈璉的住宅來。

先到了倒廳，周瑞家的將劉姥姥安插在那裏略等一等。自己先過影壁，進了院門，知鳳姐未下來，先找着了鳳姐的一個心腹通房大丫頭，【甲】着眼。這也是書中一要緊人。《紅樓夢》内雖未見有名，想亦在副册内者也。名喚平兒的。【蒙】三等奴僕，第次不亂。【甲】名字真極，文雅則假。周瑞家的先將劉姥姥起初來歷説明，【甲】細！蓋平兒原不知有此一人耳。又説：「今日大遠的特來請安。當日太太是常會的，今兒不可不見，所以我帶了他進來了。等奶奶下來，我細細回明，奶奶想也不責備我莽撞的。」平兒聽了，【蒙】各（自）[有]各自的身分。便作了主意：「叫他們進來，先在這裏坐着就是了。」

（甲 暗透平兒身分。）周瑞家的聽了，忙出去領他兩個進入院來。上了正房臺磯，小丫頭子打起了猩紅毡簾，（甲 是冬日。）纔入堂屋，只聞一陣香撲了臉來，（甲 是劉姥姥鼻中。）竟不辨是何香味，身子如在雲端裏一般。（蒙 是寫府第奢華，還是寫劉姥姥粗夯？大抵村舍人家見此等氣象，未有不破膽驚心，迷魄醉魂者。劉姥姥猶能念佛，已自出人頭地矣。）（甲 是劉姥姥身子。）滿屋裏之物都是耀眼争光，使人頭懸目眩。（甲 是劉姥姥頭目。）劉姥姥斯時惟點頭咂嘴念佛而已。（甲 六字盡矣，如何想來。）於是來至東邊這間屋内，乃是賈璉的女兒大姐兒睡覺之所。（蒙 不知不覺先到大姐寢室，豈非有緣？）（甲 記清。）平兒站在炕沿邊，打量了劉姥姥兩眼，（甲 寫豪門侍兒。）只得（甲 字法。）問個好讓坐。劉姥姥見平兒遍身綾羅，插金帶銀，花容玉貌的，（甲 從劉姥姥心中目中略一寫，非平兒正傳。）便當是鳳姐兒了。（蒙 的真有是情理。）（甲 畢肖。）纔要稱姑奶奶，忽聽周瑞家的稱他是平姑娘，又見平兒趕着周瑞家的稱周大娘〔五〕，方知不過是個有些體面的丫頭。於是讓劉姥姥和板兒上了炕，平兒和周瑞家的對面坐在炕沿上，小丫頭子斟上茶來吃茶。

劉姥姥只聽見「咯噹」「咯噹」的響聲，大有似乎打籮櫃篩麪的一般，（甲 從劉姥姥心中意中幻擬出奇怪文字。）（楊 小家氣象。）不免東瞧西望的。忽見堂屋中柱子上掛着一個匣子，底下又墜着一個秤砣般的一物，却不住的亂晃。（甲 從劉姥姥心中目中設譬擬想，真是鏡花水月。）劉姥姥心中想着：「這是個什麽愛物兒？有煞用呢？」正猷時，〔甲 三字有勁。〕陡聽得「噹」的一聲，又若金鐘銅磬一般，不防倒唬的一展眼。接着又是一連八九下。〔甲 寫得出。〕〔甲 細！是巳時。〕方欲問時，〔蒙 劉姥姥不認得，偏不令問明，即以「奶奶下來了」結局，是畫雲龍妙手。〕只見小丫頭子們一齊亂跑，説：「奶奶下來了。」平兒與周瑞家的忙起身，命劉姥姥：「只管坐着等，是時候我們來請你呢。」説着，都迎出去了。

劉姥姥屏聲側耳默候。只聽遠遠有人笑聲，〔甲 寫的侍僕婦。〕約有一二十婦人，衣裙悉率，漸入堂屋，往那邊屋内去了。又見兩三個婦人，都捧着大漆捧盒，進這東邊來等候。聽見那邊説了一聲「擺飯」，漸漸人纔都散出，只有伺候端菜的幾個人。半日鴉雀不聞之後，忽見二個人抬了一張炕桌來，放在這邊炕上，桌上碗盤森列，仍是滿滿的魚肉在内，不過略動了幾樣。〔蒙 白描入神。〕板兒一見了，便吵着要肉吃，劉姥姥一巴掌打下他去。忽見周瑞家的笑嘻嘻走過來，招手兒叫他。劉姥姥會意，於是携了板兒，下炕至堂屋中，周瑞家的又和他唧咕了一會，方偵到這邊屋裏來。

只見門外鏨銅鈎上懸着大紅撒花軟簾，[甲]從門外寫來。南窗下是炕，炕上大紅毡條，靠東邊板壁立着一個鎖子錦靠背與一個引枕，鋪着金心緑閃緞大坐褥，旁邊有銀唾沫盒。那鳳姐兒家常帶着紫貂昭君套，圍着攢珠勒子，穿着桃紅撒花襖，石青刻絲灰鼠披風，大紅洋縐銀鼠皮裙，粉光脂艷，端端正正坐在那裏，[甲]一段阿鳳房室起居器皿家常正傳，奢侈珍貴好奇貨註脚，寫來真是好看。手内拿着小銅火箸兒撥手爐内的灰。[甲]至平，實至奇，稗官中未見此筆。[甲]這一句是天然地設，非別文杜撰妄擬者。平兒站在炕沿邊，捧着一個小小的填漆茶盤，盤内一小蓋鍾。鳳姐兒也不接茶，[甲]神情宛肖。也不抬頭，[甲]此等筆墨，真可謂追魂攝魄。只管撥手爐内的灰，慢慢的問道：[蒙]「還不請進來」五字，寫盡天下富貴人待窮親戚的態度。「怎麽還不請進來？」一面説，一面抬身要茶時，只見周瑞家的已帶了兩個人在地下站着了。這纔忙欲起身，猶未起身，滿面春風的問好，又嗔周瑞家的不早説。劉姥姥在地下已是拜了數拜，問姑奶奶安。鳳姐忙説：「周姐姐，快攙住，不拜罷，請坐。我年輕，不大認得，可也不知是什麽輩數，不敢稱呼。」周瑞家的忙回道：[甲]鳳姐云「不敢稱呼」，周瑞家的云「那個姥姥」。凡三四句一氣讀下，方是鳳姐聲口。「這就是我纔回的那個姥姥了。」鳳姐點頭。劉姥姥已在炕沿上坐下，板兒便躲在背後，百般的哄他出來作揖，他死也不肯。

〔甲〕二笑。

鳳姐笑道：「親戚們不大走動，都疎遠了。知道的呢，說你們棄厭我們，〔甲〕阿鳳真真可畏可惡。不肯常來；不知道的那起小人，〔蒙〕偏會如此寫來，教人愛煞！還只當我們眼裏没人似的。」劉姥姥忙念佛道：〔甲〕如聞。「我們家道艱難，走不起，來了這裏，没的給姑奶奶打嘴，就是管家爺們看着也不像。」〔甲〕三笑。鳳姐笑道：「這話叫人没的噁心。不過借賴着祖父虛名，作個窮官兒罷了，誰家有什麽，不過是個舊日的空架子。俗語說，『朝廷還有三門子窮親』〔蒙〕點醒多少勢利鬼。呢，何况你我。」說着，又問周瑞家的回了太太了没有。〔甲〕一筆不肯落空，的是阿鳳。周瑞家的道：「如今等奶奶的示下。」鳳姐兒道：「你去瞧瞧，要是有人有事就罷，得閒呢就回，看〔蒙〕「看」之一字細極。怎麽說。」周瑞家的答應着去了。

這裏鳳姐叫人抓些果子與板兒吃，剛問些閒話時，〔甲〕不落空家務事，却不實寫。妙極！妙極！就有家下許多媳婦管事的來回話。平兒回了，鳳姐道：「我這裏陪客呢，晚上再回。若有很要緊的，你就帶進來現辦。」平兒出去一會，進來說：「我都問了，没有什麽緊事，〔蒙〕能事者故自不凡。我就叫他們散了。」鳳姐兒點頭。只見周瑞家的回來，向鳳姐道：「太太說了，今日不得閒，二奶奶陪着便是一樣。多謝費心想着。白來逛

甲 老嫗有忍恥之心，故後有招大姐之事。作者並非泛寫，且爲求親靠友下一棒喝。

逛呢，便罷，若有甚説的，只管告訴二奶奶，都是一樣。」劉姥姥道：「也没甚説的，不過是來瞧姑太太、姑奶奶，也是親戚們的情分。」周瑞家的道：「没甚説的便罷，若有話，回二奶奶，是和太太一樣的。」〔甲 周婦係真心爲老嫗也，可謂得方便。〕一面説，一面遞眼色兒與劉姥姥。〔甲 何如？余批不謬。〕劉姥姥會意，未語先飛紅的臉，〔蒙 開口告人難。〕欲待不説，今日又所爲何來？只得忍恥説道：「論理今兒初次見姑奶奶，却不該説的，只是大遠的奔了你老這裏來，也少不的説了。」剛説到這裏，只聽得二門上小廝們回説：「東府裏小大爺進來了。」鳳姐忙止劉姥姥：「不必説了。」一面便問：〔甲 慣用此等橫雲斷山法。〕「你蓉大爺在那裏呢？」只聽一路靴子脚響，進來了一個十七八歲的少年，面目清秀，身材夭嬌，〔甲 (如)[爲]紈袴寫照。〕輕裘寶帶，美服華冠。劉姥姥此時坐不是，立不是，藏没處藏。鳳姐笑道：「你只管坐着，這是我侄兒。」劉姥姥方扭扭捏捏在炕沿上坐了。

賈蓉笑道：「我父親打發我來求嬸子，説上回老舅太太給嬸子的那架玻璃炕屏，明日請一個要緊的客，借了略擺一擺就送過來的。」〔甲 夾寫鳳姐，好獎譽。〕鳳姐道：「説遲了一日，昨兒已經給了人了。」

【甲】傳神之筆，寫阿鳳躍躍紙上。

賈蓉聽説，嘻嘻的笑着，在炕沿下半跪道：「嬸子若不借，又説我不會説話了，又挨一頓好打呢。嬸子只當可憐侄兒罷。」【甲】又一笑，凡五。鳳姐笑道：「也没見我們王家的東西都是好的不成？一般你們那裏放着那些東西，只是看不見我的纔罷。」賈蓉笑道：「那裏如這個好呢！只求開恩罷。」鳳姐道：「碰一點兒，你可仔細你的皮！」因命平兒拿了樓門鑰匙，傳幾個妥當人來抬去。賈蓉喜的眉開眼笑，忙説：「我親自帶了人拿去，别由他們亂碰。」説着便起身出去了。

這裏鳳姐忽又想起一事來，便向窗外叫：「蓉兒回來。」外面幾個人接聲説：「蓉大爺快回來。」賈蓉忙復身轉來，垂手侍立，聽何指示。那鳳姐只管慢慢的吃茶，出了半日神，方笑道：「罷了，【蒙】試想「且去」以前的丰態，其心思用意，作者無一筆不巧，無一事不麗。你且去罷。晚飯後你來再説罷。這會子有人，我也没精神了。」賈蓉應了，方慢慢的退去。【甲】妙！却是從劉姥姥身邊目中寫來。◇度至下回。

這裏劉姥姥心神方安，方又説道：「今日我帶了你侄兒來，也不爲别的，只因爲他老子娘在家裏，連吃的都没有。如今天又冷了，越想没個派頭兒，只得帶了你侄兒奔了你老來。」

説着，又推板兒道：「你那爹在家怎麼教你了？打發咱們作煞事來？只顧吃果子咧。」鳳姐早已明白了，聽他不會説話，因笑止道：［甲］又一笑，凡六。自劉姥姥來凡笑五次，寫得阿鳳乖滑伶俐，合眼如立在前。◇若會説話之人，便聽他説了，阿鳳厲害處正在此。◇問看官：常有將挪移借貸已説明白了，彼仍推聾裝啞，這人（爲）［比］阿鳳若何？呵呵，一嘆！「不必説了，我知道了。」因問周瑞家的道：「這劉姥姥不知可用過飯没有呢？」劉姥姥忙道：「一早就往這裏趕咧，那裏還有吃飯的工夫咧。」鳳姐聽説，忙命快傳飯來。一時周瑞家的傳了一桌客饌來，擺在東邊屋内，過來帶了劉姥姥和板兒過去吃飯。鳳姐説道：「周姐姐，好生讓着些兒，我不能陪了。」於是過東邊房裏來。鳳姐又叫過周瑞家的去，問他方纔回了太太，説了些什麼？周瑞家的道：「太太説，他們家原不是一家子，不過因出一姓，當年又與太老爺在一處作官，偶然連了宗的。這幾年來也不大走動。當時他們來一遭，却也没空了他們。今兒既來了瞧瞧我們，［甲］窮親戚來看「是好意思」，余又自《石頭記》中見了，嘆嘆！是他的好意思，也不可簡慢了。他便是有什麼説的，叫二奶奶裁度着就是了。」鳳姐聽了説道：「我説呢，既是一家子，我如何連影兒也不知道。」

［甲］王夫人數語令余幾哭出。

說話時，劉姥姥已吃畢飯，拉了板兒過來，舔唇抹嘴的道謝。鳳姐笑道：「且請坐下，聽我告訴你老人家。方纔意思我已知道了。若論親戚之間，原該不待上門來就該有照應纔是。〔甲〕點「不待上門就該有照應」數語，此亦於《石頭記》再見話頭。但如今家裏雜事太煩，太太漸上了年紀，一時想不到也是有的。況是我近來接着管些事，都不大知道這些個親戚們。二則外頭看着這裏烈烈轟轟的，殊不知大有大的艱難去處，說與人也未必信罷了。今兒你既老遠的來了，又是頭一次見我張口，〔甲〕也是《石頭記》再見了，嘆嘆！怎好叫你空回去呢。可巧昨兒太太給我的丫頭們作衣裳的二十兩銀子，〔蒙〕鳳姐能事，在能體王夫人的心，託故週全，無過不及之弊。我還沒動呢，你們不嫌少，就暫且拿了去罷。」那劉姥姥先聽見告艱難，只當是沒有，〔甲〕可憐可嘆！心裏便突突的，後來聽見給他二十兩，喜的渾身發癢起來，〔甲〕可憐可嘆！說道：「噯，我也是知道艱難的。但俗語說，『瘦死的駱駝比馬還大』，憑的怎麼樣，你老拔根寒毛比我們的腰還粗呢！」周瑞家的在旁聽他說的粗鄙，只管使眼色止他。鳳姐聽了，笑而不睬，只命平兒把昨兒那包銀子拿來，〔甲〕這樣常例亦再見。再拿一串錢來，都送至劉姥姥跟前。鳳姐乃道：「這是二十兩銀子，暫且給這孩子做件冬衣罷。若不拿着，可真是怪我了。這串錢僱了車子坐罷。

改日無事，只管來逛逛，方是親戚間的意思。天也晚了，也不虛留你們了，到家裏該問好的問個好兒罷。」一面說，一面就站起來了。

蒙 口角春風，如聞其聲。

劉姥姥只管千恩萬謝，拿了銀錢，隨周瑞家的出來。至外廂房，周瑞家的方道：「我的娘！你見了他怎麼倒不會說話了？開口就是『你侄兒』。我說句不怕你惱的話，便是親侄兒，也要說和柔些。那蓉大爺纔是他的正緊侄兒呢，他怎麼又跑出這麼個侄兒來了。」

蒙 不自量者每每有之，而能不露圭角，形諸無事，鳳姐亦可謂人豪矣。

甲 與前「眼色」針對，可見文章中無一個閑字。◇爲財勢一哭。

劉姥姥笑道：

甲 赧顏如見。

「我的嫂子，我見了他，心眼裏愛還愛不過來，那裏還說上話了。」二人說着，又至周瑞家。坐了片時，劉姥姥便要留下一塊銀，與周瑞家的兒女買果子吃，周瑞家的如何放在眼裏，執意不肯。劉姥姥感謝不盡，仍從後門去了。正是：

得意濃時易接濟，受恩深處勝親朋。

甲「一進榮府」一回，曲折頓挫，筆如游龍，且將豪華舉止令觀者已得大概，想作者應是心花欲開之候。

借劉嫗入阿鳳正文，「送宮花」寫「金玉初聚」爲引，作者真筆似游龍，變幻難測，非細究至再三再四不記數，那能領會也？嘆嘆！

戚 總評：夢裏風流，醒後風流，試問何真何假？劉姆乞謀，蓉兒借求，多少顛倒相酬。英雄反正用機籌，不是死生看守。

〔一〕原作「青板姊弟」，據己、庚本改。按：據前文，青兒、板兒並非姊弟關係，而「姊妹」則可泛指姐妹、兄妹、姐弟等關係。

〔二〕「家」字原缺，據己、庚本補。老家，指老父母。

〔三〕「趟」，原作「逿」，諸本則作「淌」。按：「趟」字古義並沒有量詞「（走動、動作）次數」的意思，明清小說中均以不同的音近字來表示，本書各抄本即用到「逿」「淌」「倘」「盪」等，程本試圖統一爲「𨂴」，但未被後世接受，至清末始統一爲「趟」字。鑑於「淌」「倘」在書中還被用來表示後起字「躺」的意思，保留原文易致混亂，故依現代校本通例分別校改爲「趟」和「躺」。

〔四〕「逛」，原作「徃」，他本還有「侹」「矌」等其他寫法，均爲記音。後文情況類似。現依甲辰本統一。按：《玉篇・辵部》：「逛，走貌。」

〔五〕原作「周大嫂」，參諸本改。書中他處平兒均稱周瑞家的爲「周大娘」。

第七回　送宫花周瑞嘆英蓮　談肄業秦鍾結寶玉〔一〕

戚 苦盡甘來遞轉，正强忽弱誰明？惺惺自古惜惺惺，世運文章操勁〔二〕。無縫機關難見，多才筆墨偏精。有情情處特無情，何是人人不醒？

題曰：

十二花容色最新，不知誰是惜花人？
相逢若問名何氏？家住江南姓本秦。

話說周瑞家的送了劉姥姥去後，便上來回王夫人話。甲 不回鳳姐，却回王夫人，不交代處，正交代得清楚。誰知王夫人不在上房，問丫鬟們時，方知往薛姨媽那邊閒話去了。甲 文章只是隨筆寫來，便有流離生動之妙。周瑞家的聽說，便轉東角門出至東院，往梨香院來。剛至院門前，只見王夫人的丫鬟名金釧兒者，甲 金釧、寶釵互相映射。妙！和一個纔留了頭的小女孩兒站立臺磯上頑。甲 蓮卿別來無恙否？見周瑞家的來了，便知有話回，因向內努嘴兒。甲 畫。周瑞家的輕輕掀簾進去，只見王夫人和薛姨媽長篇大套的說些家務人情等語。蒙 非此等事，不能長篇大套。

周瑞家的不敢驚動，遂進裏間來。甲 總用雙歧岔路之筆，令人估料不到之文。只見薛寶釵穿着家常衣服，甲 好！寫一人換一副筆墨，另出一花樣。頭上只散挽着鬢兒，坐在炕裏邊，伏在小炕几上，同丫鬟鶯兒正描花樣子呢。甲 一幅《繡窗仕女圖》，虧想得週到。見他進來，寶釵便放下筆，轉過身來，滿面堆笑讓：「周姐姐坐。」周瑞家的也忙陪笑問：「姑娘好？」一面炕沿邊坐了，因說：「這有兩三天也沒見姑娘到那邊逛逛去，只怕是你寶玉兄弟衝撞了你不成？」甲 一人不漏，一筆不板。寶釵笑道：「那裏的話。只因我那種病又發了兩天，所以且靜養兩日。」甲 得空便入。周

甲「家常愛着舊衣裳」是也。

甲「那種病」。「那」字與前二玉「不知因何」二「又」字，皆得天成地設之體；且省却多少閒文，所謂「惜墨如金」是也。

瑞家的道：「正是呢，姑娘到底有什麼病根兒，也該趁早兒請了大夫來，好生開個方子，認真吃幾劑藥，一勢除了根纔好。小小的年紀倒坐下個病根，也不是頑的。」寶釵聽說，便笑道：「再不要提吃藥，爲這病請大夫、吃藥，也不知白花了多少銀子錢呢。憑你什麼名醫仙藥，總不見一點兒效。〔甲〕奇奇怪怪，真如雲龍作雨，忽隱忽現，使人逆料不到。後來還虧了一個禿頭和尚，說專治無名之症，因請他看了。他說我這是從胎裏帶來的一股熱毒，〔甲〕凡心偶熾，是以孽火齊攻。〔戚〕「熱毒」二字畫出富家夫婦，圖一時遺害於子女，而可不謹慎！幸而我先天結壯，〔甲〕渾厚故也，假使顰、鳳輩，不知又何如治之。還不相干。若吃凡藥，是不中用的。他就說了一個海上方，又給了一包末藥作引，異香異氣的。不知是那裏弄來的。他說發了時吃一丸就好。倒也奇怪，這倒效驗些。」〔甲〕卿不知從那裏弄來，余則深知。是從放春山採來，以灌愁海水和成，煩廣寒玉兎搗碎，在太虛幻境空靈殿上炮製配合者也。

周瑞家的因問道：「不知是個什麼海上方兒？姑娘說了，我們也記着，說與人知道，倘遇見這樣的病，也是行好的事。」寶釵見問，乃笑道：「不問這方兒還好，若問起這方兒，真真把人瑣碎壞了。東西藥料一概都有，現易得的，只難得『可巧』二字。要春天開

【甲】凡用「十二」字樣，皆照應十二釵。【蒙】週歲十二月之象。的白牡丹花蕊十二兩，夏天開的白荷花蕊十二兩，秋天開的白芙蓉花蕊十二兩，冬天開的白梅花蕊十二兩。將這四樣花蕊，於次年春分這日曬乾，和在末藥一處，一齊研好。又要雨水這日的雨水十二錢……」周瑞家的忙道：「噯喲！這樣說來，這就得一二年的工夫。倘或雨水這日不下雨水，又怎處呢？」寶釵笑道：「所以了，那裏有這樣可巧的雨，便沒雨也只好再等罷了。白露這日的露水十二錢，霜降這日的霜十二錢，小雪這日的雪十二錢。把這四樣水調勻，和了丸藥，再加蜂蜜十二錢，白糖十二錢，丸了龍眼大的丸子，盛在舊磁罐內，埋在花根底下。若發了病時，拿出來吃一丸，用十二分黃柏【戚】歷着炎涼，知着甘苦，雖離別亦自能安，故名曰冷香丸。又以謂香可冷得，天下一切無不可冷者。煎湯送下。」【甲】末用黃柏更妙。可知「甘苦」二字，不獨十二釵，世皆同有者。

周瑞家的聽了，笑道：「阿彌陀佛，真坑死了人〔三〕！等十年未必都這樣巧呢。」寶釵道：「竟好，自他說了去後，一二年間可巧都得了，好容易配成一料。如今從南帶至北，現就埋在梨花樹下。」【甲】「梨香」二字有着落，並未白白虛設。周瑞家的又道：「這藥可有名字沒有呢？」寶釵道：【甲】一字句。「有。這也是癩和尚說下的，叫作『冷香丸』。【甲】新雅，奇甚。」周瑞家的聽了點頭兒，因又說：「這病發了時到底覺怎樣？」寶釵道：「也不覺什麼，只不過喘嗽些，吃一丸也就罷了。」【甲】以花爲藥，可是吃煙火人想得出者？諸公且不必問其事之有無，只據此新奇妙文悅我等心目，便當浮一大白。

周瑞家的還欲說話時，忽聽王夫人問：【蒙】了結得齊整。「是誰在裏頭？」周瑞家的忙出去答應了，趁便回了劉姥姥之事。略待半刻，見王夫人無話，方欲退出，【甲】行文原只在一二字，便有許多省力處。不得此竅者，便在窗下百般扭捏。薛姨媽忽又笑道：【甲】「忽」字「又」字與「方欲」二字對射。「你且站住。我有一宗東西，你帶了去罷。」說着便叫香菱。【甲】二字仍從「蓮」上起來。蓋「英蓮」者，「應憐」也，「香菱」者亦「相憐」之意。此是改名之「英蓮」也。簾櫳響處，方纔和金釧兒頑的那個小女孩子進來了，問：「奶奶叫我作什麼？」【甲】這是英蓮天生成的口氣，妙甚！薛姨媽道：「把那匣子裏的花兒拿來。」香菱答應了，向那邊捧了個小錦匣來。薛姨媽乃道：「這是宮裏頭作的新鮮樣法堆紗花十二枝。昨兒我想起來，白放着可惜舊了，何不給他們姊妹們戴去。昨兒要送去，偏又忘了。你今兒來的巧，就帶了去罷。你家的三位姑娘，每人兩枝，下剩六枝，送林姑娘兩枝，那四枝給了鳳哥兒罷。」（甲 妙文！今古小説中可有如此口吻者？）王夫人道：「留着給寶丫頭戴罷了，又想着他們。」薛姨媽道：「姨媽不知道，寶丫頭古怪呢，（甲「古怪」二字，正是寶卿身分。）他從來不愛這些花兒粉兒的。」（甲 可知周瑞一回，正爲寶、菱二人所有，正《石頭記》得力處也。）

説着，周瑞家的拿了匣子走出房門，見金釧兒仍在那裏曬日陽。周瑞家的因問他道：「那香菱小丫頭子，可就是時常説臨上京時買的、爲他打人命官司的那個小丫頭子？」（蒙 點醒從來。）金釧道：「可不就是。」（甲 出明英蓮。）正説着，只見香菱笑嘻嘻的走來。周瑞家的便拉了他的手，細細的看了一回，因向金釧兒笑道：「倒好個模樣兒，竟有些像咱們東府裏蓉大奶奶的品格。」（甲 一擊兩鳴法，二人之美，並可知矣。再忽然想到秦可卿，何玄幻之極。假使説像榮府中所有之人，則死板之至，故遠遠以可卿之貌爲譬，似極扯淡，然却是天下必有之情事。）金釧兒笑道：「我也是這麼説呢。」周瑞家的又問香菱：「你幾歲投身到這裏？」又問：「你父母今在何處？今年十幾歲了？本處是那裏人？」香菱聽問，搖頭説：「不記得了。」（蒙 西施心痛之態，其時自己也還耐得，倒是旁人替伊爲多少思慮，不禁無窮痛楚之香菱，其是乎，否乎？甲 傷痛之極，亦必如此收住方妙。不然，則又將作出香菱思鄉一段文字矣。）周瑞家的和金釧兒聽了，倒反爲他嘆息傷感一回。

一時，周瑞家的携花至王夫人正房後來。原來近日賈母説孫女們太多了，一處擠着倒不

【甲】間間一筆，却將後半部綫索提動。

便，只留寶玉、黛玉二人在這邊解悶，却將迎、探、惜三人移到王夫人這邊房後三間小抱厦內居住，令李紈陪伴照管。【甲】不作一筆逸安之（板）〔筆〕矣。如今周瑞家的故順路先往這裏來，只見幾個小丫頭子都在抱厦內聽呼喚默坐。迎春的丫頭司棋與探春的丫鬟待書〔四〕【甲】妙名。賈家四釵之鬟，暗以琴、棋、書、畫四字列名，省力之甚，醒目之甚，却是俗中不俗處。二人正掀簾出來，手裏都捧着茶盤茶鍾，周瑞家的便知他姊妹在一處坐着，遂進入內房，只見迎春、探春二人正在窗下圍棋。周瑞家的將花送上，說明原故。他二人忙住了棋，都欠身道謝，命丫鬟們收了。

周瑞家的答應了，因說：「四姑娘不在房裏？只怕在老太太那邊呢。」丫鬟們道：「在這屋裏不是？」【甲】用畫家三五聚散法寫來，方不死板。周瑞家的聽了，便往這邊屋內來。只見惜春正同水月庵【列】即饅頭庵。的小姑子智能兒，兩個一處頑笑，【甲】總是得空便入。百忙中又帶出王夫人喜施捨等事，可知一支筆作千百支用。◇又伏後文。見周瑞家的進來，惜春便問他何事。周瑞家的便將花匣打開，說明原故。惜春笑道：「我這裏正和智能兒說，我明兒也剃了頭同他作姑子去呢，可巧又送了花兒來。若剃了頭，把這花可戴在那裏？」【蒙】觸景生情，透漏身分。說着，大家取笑一回，惜春命丫鬟入畫來收了。甲曰司棋，曰待書，曰入畫，後文補抱琴。◇琴、棋、書、畫四字最俗，上添一虛字則覺新雅。

周瑞家的因問智能兒：「你是什麼時候來的？你師傅那秃歪刺往那裏去了？」智能兒道：「我們一早就來了，我師傅見過太太，就往于老爺府裏去了，叫我在這裏等他呢。」甲又虛貼一個「于老爺」，可知所尚僧尼者，悉愚人也。周瑞家的又道：「十五的月例香供銀子可得了沒有？」智能兒搖頭兒說：「不知道。」甲妙！年輕未任事也。一應騙佈施、哄齋供諸惡，皆是老秃賊設局。寫一種人，一種人活像。惜春聽了，便問周瑞家的：「如今各廟月例銀子是誰管着？」周瑞家的道：甲明點「愚性」二字。「是余信管着。」蒙寫家奴每相妒毒，人前有意傾陷。惜春聽了笑道：「這就是了。他師傅一來了，余信家的就趕上來，和他師傅咕唧了半日，想是就爲這事了。」甲一人不落，一事不忽，伏下多少後文，豈真爲送花哉！

那周瑞家的又和智能兒嘮叨了一回，便往鳳姐處來。穿夾道從李紈後窗下過，甲細極！李紈雖無花，豈可失而不寫者？故用此順筆便墨，間三帶四，使觀者不忽。越西花墻，出西角門，進入鳳姐院中。走至堂屋，只見小丫頭豐兒坐在鳳姐房門檻上，見周瑞家的來了，甲二字着緊。連忙擺手兒，叫他往東屋裏去。周瑞家的會意，慌的躡手躡脚的往東邊房裏來，甲總不重犯，寫一次有一次的新樣文法。只見奶子正拍着大姐兒睡覺呢。周瑞家的悄問奶子道：「奶

甲 余素所藏仇十洲《幽窗聽鶯暗春圖》，其心思筆墨，已是無雙，今見此阿鳳一傳，則覺畫工太板。

奶睡中覺呢？也該請醒了。」奶子搖頭兒。甲 有神理。正問着，只聽那邊一陣笑聲，却有賈璉的聲音。接着房門響處，平兒拿着大銅盆出來，叫豐兒舀水進去。甲 妙文奇想！阿鳳之爲人，豈有不着意於「風月」二字之理哉？若直以明筆寫之，不但唐突阿鳳聲價，亦且無妙文可賞。若不寫之，又萬萬不可。故只用「柳藏鸚鵡語方知」之法，略一皴染，不獨文字有隱微，亦且不至污瀆阿鳳之英風俊骨。所謂此書無一不妙。平兒便進這邊來，一見了周瑞家的便問：「你老人家又跑了來作什麽？」周瑞家的忙起身，拿匣子與他，説送花一事。平兒聽了，便打開匣子，拿出四枝，轉身去了。半刻工夫，手裏又拿出兩枝來，甲 攢花簇錦文字，故使人耳目眩亂。先叫彩明來，吩咐他「送到那邊府裏，給小蓉大奶奶戴去」。甲 忙中更忙，又曰「密處不容針」，此等處是也。次後方命周瑞家的回去道謝。

周瑞家的這纔往賈母這邊來。穿過了穿堂，頂頭忽見他女兒打扮着纔從他婆家來。周瑞家的忙問：「你這會子跑來作什麽？」他女兒笑道：「媽一向身上好？我在家裏等了這半日，媽竟不出去，什麽事情這樣忙的不回家？我等煩了，自己先到了老太太跟前請了安了，這會子請太太安去。媽還有什麽不了的差事？手裏是什麽東西？」周瑞家的笑道：「噯！今兒偏偏的來了個劉姥姥，我自己多事，爲他跑了半日，這會子又被姨太太看見了，送這幾枝花兒與姑娘奶奶們。這會子還没送清白呢。你這會子跑來，一定有什麼事情的。」他女兒笑道：「你老人家倒會猜。實對你老人家説，你女婿前兒因多吃了兩杯酒，和人分争起來，不知怎的被人放了一把邪火，説他來歷不明，告到衙門裏，要遞解還鄉。所以我來和你老人家商議商議，這個情分，求那一個可了事？」周瑞家的聽了道：「我就知道的。這有什麼大不了的！你且家去等我，我送林姑娘的花兒去了就回家來。此時太太、二奶奶都不得閒兒，你回去等我。這没有什麼忙的。」他女兒聽如此説，便回去了。還説：「媽，你好歹快來！」周瑞家的道：「是了。小人家没經過什麼事情，就急的你這樣子。」説着，便到黛玉房中去了。

[甲] 又生出一小段來，是榮、寧中常事，亦是阿鳳正文，若不如此穿插，直用一送花到底，亦太死板，不是《石頭記》筆墨矣。

誰知此時黛玉不在自己房中，却在寶玉房中，[甲] 妙極！又一花樣。此時二玉已隔房矣。 大家解九連環作戲。周瑞家的進來笑道：「林姑娘，姨太太着我送花來與姑娘戴。」寶玉聽説，便先説：「什麼花？拿來給我。」一面早[甲] 瞧他夾寫寶玉。 伸手接過來了。開匣看時，原來是兩枝宮製堆紗新巧的假花。[甲] 此處方一細寫花形。 黛玉只就寶玉手中看了一看，[甲] 妙！看他寫黛玉。

〔甲〕余（問）［閱］送花一回，薛姨媽云「寶丫頭不喜這些花兒粉兒的」，則謂是寶釵正傳；又至阿鳳（惜）［嬉］春［五］一段，則又知是阿鳳正傳；今又到顰兒一段，却又將阿顰之天性從骨中一寫，方知亦係顰兒正傳。小說中一筆作兩三筆者有之，一事啓兩事者有之，未有如此恒河沙數之筆也。

〔甲〕余觀「纔從學裏來」幾句，忽追思昔日形景，可嘆！想紈袴小兒，自開口云「學裏」，亦如市俗人開口便云「有些小事」，然何嘗真有事哉！此掩飾推託之詞耳。寶玉若不云「從學房裏來涼着」，然則便云「因憨頑時涼着」者哉？寫來一笑，繼之一嘆。

便問道：「還是單送我一個人的，還是別的姑娘們都有？」〔甲〕在黛玉心中，不知有何丘壑。周瑞家的道：「各位都有了，這兩枝是姑娘的了。」〔甲〕「再看一看」，傳神。黛玉再看了一看，冷笑道：「我就知道，別人不挑剩下的也不給我。」〔甲〕吾實不知黛卿胸中有何丘壑。替我道謝罷！」周瑞家的聽了，一聲兒不言語。寶玉便問道：「周姐姐，你作什麼到那邊去了？」周瑞家的因說：「太太在那裏，因回話去了，姨太太就順便叫我帶來了。」寶玉道：「寶姐姐在家作什麼呢？怎麼這幾日也不過來？」周瑞家的道：「身上不大好呢。」寶玉聽了，便和丫頭們說：「誰去瞧瞧？〔甲〕「和林姑娘」四字着眼。就說我和林姑娘打發來問姨娘、姐姐安，問姐姐是什麼病，吃什麼藥。論理我該親自來的，就說纔從學裏來的，也着了些涼，異日再親來。」說着，茜雪便答應去了。周瑞家的自去，無話。〔甲〕着眼。

原來這周瑞的女婿，便是雨村的好友冷子興，近因賣古董和人打官司，故遣女人來討情分。周瑞家的仗着主子的勢利，把這些事也不放在心上，晚間只求求鳳姐兒便完了。

至掌燈時分，鳳姐已卸了妝，來見王夫人回話：〔甲〕又提甄家。「今兒甄家送了來的東西，〔甲〕不必細說方妙。我已收了。

咱們送他的，趁着他家有年下進鮮的船回去，一併都交給他們帶去了。」王夫人點頭。鳳姐又道：「臨安伯老太太千秋的禮已經打點了，太太派誰送去？」【甲】阿鳳一生尖處〔六〕。王夫人道：「你瞧誰閒着，不管打發那兩個女人去就完了，【蒙】各自各自心計，在問答之間渺茫欲露。又來當什麼正緊事問我。」【甲】虛描二事，真真千頭萬緒，紙上雖一回兩回中或有不能寫到阿鳳之事，然亦有阿鳳在彼處手忙心忙矣，觀此回可知。鳳姐又笑道：「今兒珍大嫂子來，請我明兒過去逛逛，明兒倒沒有什麼事。」王夫人道：「有事沒事都害不着什麼。每常他來請，有我們，你自然不便意，他既不請我們，單請你，可知是他誠心叫你散淡散淡，別辜負了他的心，便是有事，【蒙】用人力者當有此段心想。也該過去纔是。」鳳姐答應了。當下李紈、迎春等姊妹們亦曾定省畢，各自歸房無話。

次日，鳳姐兒梳洗了，先回王夫人畢，方來辭賈母。寶玉聽了，也要逛去。鳳姐只得答應着，立等換了衣服，姐兒兩個坐了車，一時進入寧府。早有賈珍之妻尤氏與賈蓉之妻秦氏，婆媳兩個引了多少姬妾丫鬟媳婦等接出儀門。那尤氏一見了鳳姐，必先笑嘲一陣，一手攜了寶玉，入上房來歸坐。秦氏獻茶畢，鳳姐因說：「你們請我來作什麼？有什麼東西來孝敬就

（蒙）口頭心頭，惟恐人不知。

獻上來，我還有事呢。」尤氏秦氏未及答話，地下幾個姬妾先就笑說：「二奶奶今兒不來就罷，（蒙）非把世態熟於胸中者，不能有如此妙文。既來了，就依不得二奶奶了。」正說着，只見賈蓉進來請安。寶玉因問：「大哥哥今日不在家？」尤氏道：「出城請老爺安去了。」又道：「可是你怪悶的，也坐在這裏作什麼？何不去逛逛？」

（甲）欲出鯨卿，却先小妯娌閒閒一聚，隨筆帶出，不見一絲造作。

秦氏笑道：「今日巧，上回寶叔立刻要見見我兄弟，他今兒也在這裏，想在書房裏，寶叔何不去瞧一瞧？」寶玉聽了，即便下炕要走。尤氏、鳳姐都忙説：「好生着，忙什麼？」一面便吩咐人：「好生小心跟着，别委屈着他，倒比不得跟了老太太來，就罷了。」（甲）「委屈」二字極不通，却是至情，寫愚婦至矣！鳳姐兒道：「既這麼着，何不請進這秦小爺來，我也瞧瞧。難道我就見不得他不成？」尤氏笑道：「罷，罷！可以不必見他，比不得咱們家的孩子們，胡打海摔的慣了。（蒙）偏會反襯，方顯尊重。（甲）卿家「胡打海摔」，不知誰家方珍憐珠惜？此極相矛盾却極入情，蓋大家婦人口吻如此。人家的孩子都是斯斯文文慣了的，乍見了你這破落户，還被人笑話死了呢。」鳳姐笑道：「普天下的人，我不笑話就罷，（甲）自負得起。竟叫這小孩子笑話我不成？」賈蓉笑道：「不是這話，他生的靦腆，没見過大陣仗兒，嬸子見了，没的生氣。」鳳姐啐道：「他是哪吒，我也要見一見！别放你娘的屁了。再不帶去，看給你一頓好嘴巴子。」賈蓉笑嘻嘻的説：「我不敢强，就帶他來。」

説着，果然出去帶進一個小後生來，較寶玉略瘦巧些，清眉秀目，粉面朱唇，身材俊俏，舉止風流，似在寶玉之上，只是怯怯羞羞，有女兒之態，〔甲〕伏筆也，不可不知。靦腆含糊的向鳳姐作揖問好。鳳姐喜的先推寶玉，笑道：「比下去了！」〔甲〕不知從何處想來。便探身一把携了這孩子的手，就命他身旁坐下，慢慢〔甲〕分明寫寶玉，却先偏寫阿鳳。問他年紀、讀書等事，方知他學名唤秦鍾。〔甲〕設云「情種」。古詩云：「未嫁先名玉，來時本姓秦。」二語便是此書大綱目、大比托、大諷刺處。早有鳳姐的丫鬟媳婦們見鳳姐初會秦鍾，並未備得表禮來，遂忙過那邊去告訴平兒。平兒素知鳳姐與秦氏厚密，雖是小後生家，亦不可太儉，遂自作了主意，拿了一匹尺頭、兩個「狀元及第」的小金錁子，交付與來人送過去。鳳姐猶笑説「太簡薄」等語。秦氏等謝畢。一時吃過飯，尤氏、鳳姐、秦氏等抹骨牌，不在話下。〔甲〕一人不落，又帶出「强將手下無弱兵」。

〔甲〕此等處寫阿鳳之放縱，是爲後回伏綫。

寶玉、秦鍾二人隨便起坐説話。[甲]淡淡寫來。那寶玉只一見秦鍾人品，心中便有所失，痴了半日，自己心中又起了獃意，乃自思道：「天下竟有這等人物！如今看來，我竟成了泥豬癩狗了。可恨我爲什麼生在這侯門公府之家，若也生在寒儒薄宦之家，早得與他交結，也不枉生了一世。我雖如此比他尊貴，[甲]這一句不是寶玉本意中語，却是古今歷來膏粱紈袴之意。可知綾錦紗羅，也不過裹了我這根死木；美酒羊羔，也只不過填了我這糞窟泥溝。『富貴』二字，[蒙]此是作者一大發泄處。不料遭我塗毒了！」[甲]一段痴情，翻「賢賢易色」一句筋斗，使此後朋友中無復再敢假談道義，虛論情常。〔七〕

秦鍾自見了寶玉形容出衆，舉止不浮，[甲]「不浮」二字妙，秦卿目中所取正在此。更兼金冠繡服，驕婢侈童，[甲]這二句是貶，不是獎。此八字遮飾過多少魑魅紈袴，秦卿目中所鄙者。秦鍾心中亦自思道：「果然這寶玉怨不得人人溺愛他。可恨我偏生於清寒之家，不能與他耳鬢交結，可知『貧富』二字限人，亦世間之大不快事。」[蒙]總是作者大發泄處，借此以伸多少不樂。[甲]「貧富」二字中，失却多少英雄朋友！二人一樣的胡思亂想。[甲]作者又欲瞞過衆人。忽又[甲]二字寫小兒得神。有寶玉問他讀什麼書。[甲]寶玉問讀書，亦想不到之大奇事。秦鍾見問，便因實而答。[甲]四字普天下朋友來看。二人你言我語，十來句後，越覺親密起來。

一時，擺上茶果吃茶，寶玉便說：「我們兩個又不吃酒，把果子擺在裏間小炕上，我們那裏坐去，省得鬧你們。」【甲】眼見得二人一身一體矣。於是二人進裏間來吃茶。秦氏一面張羅與鳳姐擺酒果，一面忙進來囑寶玉道：「寶叔，你侄兒年小，倘或言語不防頭，你千萬看着我，不要理他。他雖靦腆，却性子左强，不大隨和此是有的。」【甲】【蒙】實寫秦鍾，雙映寶玉。伏後文。寶玉笑道：「你去罷，我知道了。」秦氏又囑了他兄弟一回，方去陪鳳姐。

一時，鳳姐、尤氏又打發人來問寶玉：「要吃什麽，外面有，只管要去。」寶玉只答應着，也無心在飲食，只問秦鍾近日家務等事。【甲】寶玉問讀書已奇，今又問家務，豈不更奇？秦鍾因說：「業師於去歲病故，家父又年紀老邁，賤疾在身，公務繁冗，因此尚未議及再延師一事，目下不過在家温習舊課而已。再，讀書一事，也必須有一二知己爲伴，【甲】眼。【蒙】伏綫。時常大家討論，纔能進益。」寶玉不待說完，便答道：「正是呢，我們家却有個家塾，合族中有不能延師的，便可入塾讀書，子弟們中亦有親戚在內，可以附讀。我因上年業師回家去了，也現荒廢着。家父之意，亦欲暫送我

【甲】真是可兒之弟。

〔甲〕真是可卿之弟。

去，且温習着舊書，待明年業師上來，再各自在家亦可。家祖母因說：一則家學裏子弟太多，生恐大家淘氣，反不好，二則也因我病了幾天，遂暫且耽擱着。如此說來，尊翁如今也爲此事懸心。今日回去何不稟明，就在我們這敝塾中來，我亦相伴，彼此有益，豈不是好事？」秦鍾笑道：「家父前日在家提及延師一事，也曾提起這裏的義學倒好，原要來和這裏的親翁商議引薦。因這裏事忙，不便爲這點小事來聒絮的。寶叔果然度小侄或可磨墨滌硯，何不速速作成，又彼此不致荒廢，又可以常相談聚，又可以慰父母之心，又可以得朋友之樂，〔蒙〕痛快淋漓，以至於此。豈不是美事？」寶玉笑道：「放心，放心。咱們回來先告訴你姐夫、姐姐和璉二嫂子。你今日回家就稟明令尊，我回去再回明家祖母，再無不速成之理的。」二人計議一定。那天氣已是掌燈時候，出來又看他們頑了一回牌。算賬時，却又是秦氏、尤氏二人輸了戲酒的東道，〔甲〕自然是二人輸。言定後日吃這東道，一面又說了回話。

晚飯畢，因天黑了，尤氏因說：「先派兩個小子送了這秦相公去。」媳婦們傳出去半日，秦鍾告辭起身。尤氏問：「派了誰送去？」媳婦們回說：〔蒙〕惡惡而不能去，善善而不能用，所以流毒無窮，可勝嘆哉。「外頭派了焦大，誰知焦大醉了，又罵呢。」〔甲〕可見罵非一次矣。尤氏、秦氏都說道：「偏又派他作什麽！放着這些小子們，那一個派不得？偏要惹他去。」〔甲〕便奇。鳳姐道：「我成日家說你太軟弱了，縱的家裏人這樣，還了得呢！」尤氏嘆道：「你難道不知這焦大的？連太爺都不理他的，你珍哥哥也不理他。只因他從小兒跟着太爺們出過三四回兵，〔蒙〕有此功勞，實不可輕易摧折，亦當處之以道，厚其贍養，尊其等次。送人回家，原非酬功之事。所謂漢之功臣不得保其首領者，我知之矣。從死人堆裏把太爺背了出來，得了命，自己挨着餓，却偷了東西來給主子吃。兩日沒得水，得了半碗水，給主子吃，他自喝馬溺。不過仗着這些功勞情分，有祖宗時都另眼相待，如今誰肯難爲他去？他自己又老了，又不顧體面，一味的吃酒，一吃醉了，無人不罵。我常說給管事的，不要派他事，全當一個死的就完了。今兒又派了他！」鳳姐道：「我何曾不知這焦大。倒是你們沒主意，有這樣，何不打發他遠遠的莊子上去就完了。」說着，因問：「我們的車可齊備了？」地下衆人都應：「伺候齊了。」

鳳姐亦起身告辭，和寶玉携手同行。尤氏等送至大廳，只見燈燭輝煌，衆小厮都在丹墀

〔甲〕這是爲後協理寧國[府]伏綫。

侍立。那焦大又恃賈珍不在家——即在家亦不好怎樣——更可以恣〔八〕意的洒落洒落。因趁着酒興，先罵大總管賴二，【甲】記清，榮府中則是賴大，又故意綜錯的妙。說他不公道，欺軟怕硬，「有了好差事就派別人，像這樣黑更半夜送人的事就派我。没良心的忘八羔子！瞎充管家！你也不想想，焦大太爺蹺起一隻脚，比你的頭還高呢。二十年頭裏的焦大太爺眼裏有誰？別說你們這把子的雜種忘八羔子們！」

正罵的興頭上，賈蓉送鳳姐的車出去，衆人喝他不聽，賈蓉忍不得，便罵了他兩句，使人「捆起來！等明日醒了酒，問他還尋死不尋死了！」【蒙】可憐！天下每每如此。那焦大那裏把賈蓉放在眼裏，反大叫起來，趕着賈蓉叫：「蓉哥兒，你別在焦大跟前使主子性兒。別說你這樣兒的，就是你爹、你爺爺，也不敢和焦大挺腰子呢！不是焦大一個人，你們做官兒，享榮華，受富貴？你祖宗九死一生掙下這個家業，【甲】忽接此焦大一段，真可驚心駭目，一字化一淚，一淚化一血珠。到如今不報我的恩，反和我充起主子來了。不和我說別的還可，若再說別的，咱們『白刀子進去紅刀子出來〔九〕』！」【甲】是醉人口中文法。◇一段借醉奴口角閒閒補出寧榮往事近故，特爲天下世家一（笑）［哭］。鳳姐在車上説與賈蓉：「以後還不早打發了這没王法的東西！留在這裏豈不是禍害？倘或親友知道了，豈不笑話咱們這樣的人家，連個王法規矩都没有。」賈蓉答應「是」。

衆小厮見他太撒野不堪了，只得上來幾個，揪翻捆倒，拖往馬圈裏去。焦大亦發〔一〇〕連賈珍都説出來，亂嚷亂叫：「我要往祠堂裏哭太爺去。那裏承望到如今生下這些畜牲來！每日家偷狗戲鷄，爬灰的爬灰，養小叔子的養小叔子，我什麽不知道？咱們『胳膊折了往袖子裏藏』！」蒙放筆痛駡一回，富貴之家，每罹此禍。衆小厮聽他説出這些没天日的話來，唬的魂飛魄散，也不顧别的了，便把他捆起來，用土和馬糞滿滿的填了他一嘴。

甲「不如意事常八九，可與人言無二三。」以二句批是段，聊慰石兄。

鳳姐和賈蓉等也遥遥的聞得，便都裝作聽不見。寶玉在車上見這般醉鬧，倒也有趣，因問鳳姐兒道：「姐姐，你聽他説『爬灰的爬灰』，什麽是『爬灰』？」蒙暗伏後來史湘雲之問。鳳姐聽了，連忙立眉嗔目斷喝道：「少胡説！那是醉漢嘴裏混唚。你是什麽樣的人，不説不聽見，還倒細問！等我回去回了太太，仔細捶你不捶你！」蒙熙鳳能事。唬的寶玉連忙央告：「好姐姐，我再不敢説這話了。」鳳姐亦忙回色哄道：「好兄弟，這纔是。等回去咱們回了老太太，打發人往家學裏説明白了，請了秦鍾家學裏念書去要緊。」説着，自回榮府而來。要知端的，且聽下回分解。正是：

不因俊俏難爲友，〔甲〕原來不讀書即蠢物矣。正爲風流始讀書。

〔戚〕總評：焦大之醉，伏可卿之病至死。周婦之談，勢利之害真兇。作者具菩提心，於世人説法。

〔一〕回目，舒本同。己、庚、甲辰本作「送宮花賈璉戲熙鳳　宴寧府寶玉會秦鍾」，蒙、戚、列本作「尤氏女獨請王熙鳳　賈寶玉初會秦鯨卿」，個別文字小異。

〔二〕「操勁」，蒙府本作「摇動」，當係後改（「動」字不叶韻）。但「操勁」二字確實費解，疑爲「峭勁」之音訛。

〔三〕原作「真巧死了人」，己、庚本作「真坑死人的事兒」，「巧」當係「坑」字之訛，據改。按此處口語以「坑死人」爲傳神，且下一句又有一個「巧」字，也以不重複爲佳。

〔四〕「待書」：己、戚、列、楊本同，庚、蒙、辰、舒本則作「侍書」（庚本的「侍」是「待」字描改）。或引《魏書·術藝》：「太和中，兗州人沈法會能隸書。世宗在東宮，敕法會侍書。」認爲「侍書」

有出典，應以「侍書」爲是。但這裏四大丫鬟的名字「抱琴」和「司棋」、「侍書」和「入畫」是兩兩成對的，而「侍書」則不與「入畫」成對。再則，此處諸本有批語稱這些名字爲「妙名」「俗中不俗」「新雅」，也是以新擬的未用典的「待書」更合適。

〔五〕此批列舉三「段」爲寶釵、鳳姐和黛玉三人的「正傳」，釵、黛的都寫明理由，鳳姐的未寫理由且作「阿鳳惜春一段」。鳳姐的「正傳」不當拉扯上惜春，此處「一段」當指鳳姐和賈璉白日風月嬉戲而言，酌改「惜」爲「嬉」字。

〔六〕「尖」，蒙、戚本作「奸」。按：「尖」字係方言，「精明」的意思，不誤。

〔七〕「虚論情常」，戚本作「虚話倫常矣」，當係不識「情常」二字之擅改。按：「情常」意爲情分、情誼，本書正文及批語均多處用到。

〔八〕「恣」原作「姿」，描改爲「恣」，後文也多寫作「姿」。按：「姿」通「恣」，明清小説中「恣意」多寫作「姿意」，意思完全一致，現予統一。

〔九〕「白刀子進去紅刀子出來」，己、庚、楊本作「紅刀子進去白刀子出來」，餘本同底本。因底本有「是醉人口中文法」一批，一般認爲，己庚諸本文字纔是醉人顛倒口吻。也有專家認爲焦大雖醉，其大篇罵人話文通理順，不當獨此句顛倒。按：此處情節與《金瓶梅詞話》第二十五回，來旺兒醉酒恨罵西門慶一段相似，連引用俗語也一字不差。考慮到批語中多次將本書與《金》書對舉，此批或可理解爲：來旺兒醉罵主子説這句俗語，焦大醉罵主子也説這句俗語，這是醉人通用的説話方法。

〔一〇〕「亦發」，也作「一發」「益發」，意爲「越發、更加」。

碧痕

第八回　薛寶釵小恙梨香院　賈寶玉大醉絳芸軒〔一〕

〔戚〕幻情濃處故多嗔，豈獨顰兒愛妒人。莫把心思勞展轉，百年事業總非真。

題曰：

古鼎新烹鳳髓香，那堪翠斝貯瓊漿。
莫言綺縠無風韻，試看金娃對玉郎。

話説鳳姐和寶玉回家，見過衆人。寶玉先便回明賈母，秦鍾要上家塾之事，自己也有了個伴讀的朋友，正好發奮，【甲】未必。又着實的稱讚秦鍾的人品行事，最使人憐愛。【蒙】「憐愛」二字寫出寶玉真神，若是别個斷不肯透露。鳳姐又在一旁幫着説【甲】止此便十成了，不必繁文再表，故妙。偷度金針法。【蒙】鳳姐幫話是爲秦氏，用意屈盡人情。「過日他還來拜老祖宗」等語，説的賈母喜悦起來。鳳姐又趁勢請賈母後日過去看戲。賈母雖年高，【甲】爲賈母寫傳。却極有興頭。至後日，又有尤氏來請，遂携了王夫人、林黛玉、寶玉等過去看戲。至晌午，賈母便回來歇息了。【甲】叙事有法，若只管寫看戲，便是一無見世面之暴發貧婆矣。寫「隨便」二字，興高則往，興敗則回，方是世代封君正傳。且「高興」二字，又可生出多少文章來。王夫人本是好清静的，【甲】偏與邢夫人相犯，然却是各有各傳。見賈母回來，也就回來了。然後鳳姐坐了首席，盡歡至晚無話。【甲】細甚，交代畢。

却説寶玉因送賈母回來，待賈母歇了中覺，意欲還去看戲取樂，又恐擾的秦氏等人不便，【甲】全是體貼功夫。因想起近日薛寶釵在家養病，未去親候，意欲去望他一望。若從上房後角門過去，又恐遇見【甲】本意正傳，實是曩時苦惱，嘆嘆！别事纏繞，再或可巧遇見他父親，更爲不妥，【甲】細甚。寧可繞遠路罷了。當下衆嬤嬤丫鬟伺候他換衣服，見他不換，仍出二門去了。衆嬤嬤丫鬟只得跟隨出來，還只當他去那府中看戲。誰知到了穿堂，便向東向北繞廳後而去。偏頂頭遇見了門下清客相公詹光、[甲] 妙！蓋沾光之意。單聘仁二人走來，[甲] 更妙！蓋善於騙人之意。一見了寶玉，便都笑着趕上來，一個抱住腰，一個携着手，都道：[甲] 没理没倫，口氣畢肖。「我的菩薩哥兒，我説作了好夢呢，好容易得遇見了你。」説着，請了安，又問好，嘮叨了半日，方纔走開。老嬷嬷叫住，因問：「你二位爺是從老爺跟前來的不是？」[甲] 爲玉兄一人，却人人俱有心事，細緻。他二人點頭道：[甲] 使人起遐思。◇妙！夢遇坡仙之處也。「老爺在夢坡齋小書房裏歇中覺呢，不妨事的。」[甲] 玉兄知己。一笑。一面説，一面走了。説的寶玉也笑了。

[甲] 一路用淡三色烘染、行雲流水之法，寫出貴公子家常不即不離氣致。經歷過者則喜其寫真，未經者恐不免嫌繁。

於是轉彎向北奔梨香院來。[蒙] 吃冷香丸，住梨香院。有趣。可巧銀庫房的總領名喚吴新登[甲] 妙！蓋云無星戥也。與倉上的頭目名戴良，[甲] 妙！蓋云大量也。還有幾個管事的頭目，共有七個人，從賬房裏出來，一見了寶玉，趕來都一齊垂手站住。獨有一個買辦名喚錢華的，[甲] 亦錢開花之意。隨事生情，因情得文。因他多日未見寶玉，忙上來打千兒請安，寶玉忙含笑携他起來。衆人都笑説：「前兒在一處看見二爺寫的斗方，字法越發好了，多早晚賞我們幾張貼貼。」寶玉笑道：「在那裏看見了？」衆人道：[蒙] 侍奉上人者，無此等見識、無此等迎奉者，難乎免於厭棄，嗚呼哀哉。「好幾處都有，都稱讚的了不得，還和我們尋呢。」寶玉笑道：「不值什麽，你們説給我的小幺兒們就是了。」一面説，一面前走，衆人待他過

[甲] 余亦受過此騙，今閲至此，赧然一笑。此時有三十年前向余作此語之人在側，觀其形已皓首駝腰矣，乃使彼亦細聽此數語，彼則潸然泣下，余亦爲之敗興。

去，方都各自散了。甲未入梨香院，先故作若許波瀾曲折。瞧他無意中又寫出寶玉寫字來，固是愚弄公子閒文，然亦是暗逗寶玉歷來文課事。不然，後文豈不太突？閒言少述，甲此處用此句最當。且説寶玉來至梨香院中，先入薛姨媽室中來，正見薛姨媽打點針黹與丫鬟們呢。寶玉忙請了安，薛姨媽忙一把拉了他，抱入懷内，笑説：「這麽冷天，我的兒，難爲你想着我，快上炕來坐着罷。」命人倒滚滚的茶來。寶玉因問：「哥哥不在家？」薛姨媽嘆道：「他是没籠頭的馬，天天逛不了，那裏肯在家一日。」寶玉道：「姐姐可大安了？」薛姨媽道：「可是呢，你前兒又想着打發人來瞧他。他在裏間不是，你去瞧他。裏間比這裏暖蒙作者何等筆法。和，那裏坐着，我收拾收拾就進去和你説話兒。」「裏間裏」三字，恐文氣不足，又貫之以「比這裏和暖」。其筆真是神龍雲中弄影，是必當進去的神理。

寶玉聽説，忙下了炕，來至裏間門前，甲從門外看起，有層次。只見吊着半舊的紅紬軟簾。寶玉掀簾一邁步進去，先就看見薛寶釵坐在炕上作針綫，頭上挽着漆黑油光的鬢兒，蜜合色棉襖，玫瑰紫二色金銀鼠比肩褂，葱黄綾棉裙，一色半新不舊，看來不覺奢華。唇不點而紅，眉不畫而翠；臉若銀盆，眼如水杏。罕言寡語，人謂藏愚；安分隨時，自云守拙。甲這方是寶卿正傳。與前寫黛玉之傳一齊参看，各極其妙，各不相犯，使其人難其左右於毫末。

甲畫神鬼易，畫人物難。寫寶卿正是寫人之筆，若與黛玉並寫更難。今作者寫得一毫難處不見，且得二人真體實傳，非神助而何？

寶玉一面看，一面口内問：「姐姐可大愈了？」【甲】與寶玉邁步針對。寶釵抬頭只見寶玉進來，【甲】此則神情盡在煙飛水逝之間，一展眼便失於千里矣。連忙起來含笑答說：「已經大好了，倒多謝記掛着。」説着，讓他在炕沿上坐了，即命鶯兒斟茶來。一面又問老太太、姨媽安，【甲】這是口中如此。別的姊妹們都好。【甲】「一面」二，口中眼中，神情俱到。一面看寶玉頭上戴着纍絲嵌寶紫金冠，額上勒着二龍搶珠金抹額，身上穿着秋香色立蟒白狐腋箭袖，繫着五色蝴蝶鸞絛〔二〕，項上掛着長命鎖、記名符，另外有那一塊落草時啣下來的寶玉。

寶釵因笑説道：「成日家説你的這玉，究竟未曾細細的賞鑑，我今兒倒要瞧瞧。」【甲】自首回至此，回回説有通靈玉一物，余亦未曾細細賞鑒，今亦欲一見。説着便挪近前來。寶玉亦凑了上去，從項上摘了下來，遞在寶釵手内。寶釵托於掌上，【甲】試問石兄：此一托，比在青埂峰下猿啼虎嘯之聲何如？只見大如雀卵，【甲】體。燦若明霞，【甲】色。瑩潤如酥，【甲】質。五色花紋纏護。【甲】文。這就是大荒山中青埂峰下的那塊頑石的幻相。【甲】註明。後人曾有詩嘲云：

女媧煉石已荒唐，又向荒唐演大荒。
失去幽靈真境界，【甲】二語可入道，故前引莊叟秘訣。幻來親就臭皮囊。

【甲】余代答曰：「遂心如意。」

好知運敗金無彩，（甲 又夾入寶釵，不是虛圖對的工。）堪嘆時乖玉不光。（甲 二語雖粗，本是真情，然此等詩只宜如此。爲天下兒女一哭。）

白骨如山忘姓氏，無非公子與紅妝。（甲 批得好。末二句似與題不切，然正是極貼切語。）

那頑石亦曾記下他這幻相並癩僧所鐫的篆文，今亦按圖畫於後。但其真體最小，方能從胎中小兒口中啣下。今若按其體畫，恐字跡過於微細，使觀者大廢眼光，亦非暢事。故今按其形式，無非略展放些規矩，使觀者便於燈下醉中可閱。今註明此故，方無「胎中之兒口有多大，怎得啣此狼犺蠢大之物」等語之謗。

（甲 又忽作此數語，以幻弄成真，以真弄成幻。真真假假，恣意遊戲於筆墨之中，可謂狡猾之至。◇作人要老誠，作文要狡猾。）

通靈寶玉正面圖式

音註云：通靈寶玉

莫失莫忘

仙壽恒昌

通靈寶玉反面圖式

音註云：一除邪祟

二療冤疾

三知禍福

寶釵看畢，［甲］余亦想見其物矣。前回中總用草蛇灰綫寫法，至此方細細寫出，正是大關節處。又從翻過正面來細看，［甲］可謂真奇之至。口內念道：「莫失莫忘，［甲］是心中沉吟，神理。仙壽恒昌。」念了兩遍，乃回頭向鶯兒笑道：「你不去倒茶，也在這裏發獃作什麼？」［甲］請諸公掩卷合目想其神理，想其坐立之勢，想寶釵面上口中。真妙！鶯兒嘻嘻笑道：「我聽這兩句話，倒像和姑娘的項圈上的兩句話是一對兒。」［甲］又引出一個金項圈來，鶯兒口中說出方妙。寶玉聽了，忙笑說道：「原來姐姐那項圈上也有八個字，［甲］補出素日眼中雖見而實未留心。我也賞鑑賞鑑！」寶釵道：「你別聽他的話，沒有什麼字。」寶玉笑央：「好姐姐，你怎麼瞧我的呢！」寶釵被他纏不過，因說道：［蒙］「也是個」等字移換得巧妙，其雅量尊重在不言之表。「是個人給了兩句吉利話兒，〔三〕所以鏨上了，叫天天帶着，不然，沉甸甸的有什麼趣兒。」［甲］一句罵死天下濃妝艷飾富貴中之脂妖粉怪。一面說，一面

［甲］《石頭記》立誓一筆不寫一家文字。

［甲］恨顰兒不早來聽此數語，若使彼聞之，不知又有何等妙論趣語以悅我等心臆。

解排扣，甲細。蒙打開，好看煞人。從裏面大紅襖上將那珠寶晶瑩黃金燦爛的瓔珞掏將出來。甲按，瓔珞者，頸飾也！想近俗即呼爲項圈者是矣。寶玉忙托了鎖看時，果然一面有四個篆字，兩面八個，共成兩句吉讖。亦曾按式畫下形相：

瓔珞正面式

音註云：不離不棄。

瓔珞反面式

音註云：芳齡永繼。甲合前讀之，豈非一對？

己「不離不棄」與「莫失莫忘」相對，所謂愈出愈奇。◇「芳齡永繼」又與「仙壽恒昌」一對。請合而讀之。問諸公歷來小説中，可有如此可巧奇妙之文，以換新眼目？

寶玉看了，也念兩遍，又念自己的兩遍，因笑問：「姐姐這八個字倒真與我的是一對。」甲余亦謂是一對，不知干支中四柱八字可與卿亦對否？鶯兒笑道：「是個癩頭和尚送的，蒙和尚在幻境中作如此勾當，亦屬多事。他説必須鏨在金器上……」寶釵不

甲花看半開，酒飲微醉，此文字是也。

待說完，〔蒙〕「嗔」字一截，截得妙。便嗔他不去倒茶，一面又問寶玉從那裏來。〔甲〕妙神妙理，請觀者自思。

寶玉與寶釵相近，只聞一陣陣涼森森甜絲絲的幽香，〔蒙〕這方是花香襲人正意。竟不知係何香氣，遂問：「姐姐熏的是什麽香？〔甲〕不知比「群芳髓」又何如？我竟從未聞見過這味兒。」寶釵笑道：「我最怕熏香，好好的衣服，熏的煙燎火氣的。」〔甲〕真真罵死一干濃妝艷飾鬼怪。寶玉道：「既如此，這是什麽香？」寶釵想了一想，笑道：「是了，是我早起吃了丸藥的香氣。」〔甲〕點「冷香丸」。寶玉笑道：「什麽丸藥這麽好聞？好姐姐，給我一丸嚐嚐。」〔甲〕仍是小兒語氣。究竟不知别個小兒，只寶玉如此。寶釵笑道：「又混鬧了，一個藥也是混吃的？」

一語未了，〔蒙〕每善用此等轉換法。忽聽外面人說：〔甲〕緊處愈緊，密不容針之文。「林姑娘來了。」話猶未了，林黛玉已搖搖的走了進來，〔甲〕二字畫出身。一見了寶玉，便笑道：〔甲〕奇文，我實不知顰兒心中是何丘壑。〔蒙〕怪急語。「噯喲，我來的不巧了！」寶玉等忙起身笑讓坐，寶釵因笑道：「這話怎麽說？」〔蒙〕不得不問。黛玉笑道：「早知他來，我就不來了。」〔蒙〕更叫人急煞。寶釵道：「我更不解這意。」黛玉笑道：「要來時一群都來，要不來一個也不來，今兒他來了，明兒我再來，如此間錯開了來着，豈不天天有人來了？〔甲〕强詞奪理。也不至於太冷落，也不至於太熱鬧了。甲 好點綴。姐姐如何反不解這意思？」甲 吾不知攣兒以何物爲心爲齒，爲口爲舌，實不知胸中有何丘壑。蒙甲 岔開文字，[避]繁章法，妙極妙極！又一轉換。若無此則必有寶玉之窮究，而寶釵之重複，加長無味。此等文章是《西遊記》的請觀世音菩薩，菩薩一到，無不掃地完結者。寶玉因見他外面罩着大紅羽緞對衿褂子，因問：「下雪了麽？」地下婆娘們道：「下了這半日雪珠兒了。」寶玉道：「取了我的斗篷來了不曾？」黛玉便道：「是不是？我來了甲 實不知有何丘壑。你就該去了。」寶玉笑道：「我多早晚説要去了？不過是拿來預備着。」寶玉的奶母李嬷嬷因説道：「天又下雪，也好早晚的了，就在這裏同姐姐妹妹一處頑頑罷。姨媽那裏擺茶果子呢。我叫丫頭去取了斗篷來，説給小幺兒們散了罷。」寶玉應允。李嬷嬷出去，命小廝們蒙 極力寫嬷嬷周旋，是反襯下文。都各散去，不提。

這裏薛姨媽已擺了幾樣細巧茶果，留他們吃茶。甲 是溺愛，非勢利。寶玉因誇前日在那府裏珍大嫂子的好鵝掌、鴨信。甲 爲前日秦鍾之事，恐觀者忘却，故忙中閒筆，重一渲染。薛姨媽聽了，忙也把自己糟的取了些來與他嘗。甲 是溺愛，非誇富。蒙 不寫酒先寫糟，將糟引酒。寶玉笑道：「這個須得就酒纔好。」薛姨媽便命人去灌了些上等的酒來。甲 愈見溺愛。李嬷嬷便上來道：「姨太太，酒倒罷了。」寶玉笑央道：「好媽媽，我只吃一鍾。」李嬷嬷道：「不中用！當着老太太、

甲 余最恨無調教之家，任其子侄肆行哺啜，觀此則知大家風範。

太太，那怕你吃一罈呢。想那日我眼錯不見一會，不知是那一個没調教的，只圖討你的好兒，不管别人死活，給了你一口酒吃，葬送的我挨了兩日駡。姨太太不知道，〔甲〕補出素日。他性子又可惡，吃了酒更弄性。有一日老太太高興了，又儘着他吃，什麽日子又不許他吃，〔甲〕浪酒閒茶，原不相宜。〔蒙〕嬤嬤口氣。何苦我白賠在裏面。」薛姨媽笑道：〔甲〕二字如聞。「老貨，你只放心吃你的去。我也不許他吃多了。便是老太太問，有我呢。」一面令小丫鬟：「來，讓你奶奶們去，也吃杯搪搪雪氣。」那李嬤嬤聽如此說，只得和衆人且去吃些酒水。這裏寶玉又說：「不必燙熱了，我只愛吃冷的。」薛姨媽忙道：「這可使不得，吃了冷酒，寫字手打颭兒。」〔甲〕酷肖。〔蒙〕點石成金。寶釵笑道：〔甲〕着眼。若不是寶卿說出，竟不知玉卿日就何業。「寶兄弟，虧你每日家雜學旁收的，難道就不知道酒性最熱，若熱吃下去，發散的就快，若冷吃下去，便凝結在内，以五臟去暖他，豈不受害？從此還不快不要吃那冷的呢。」〔甲〕知命知身，識理識性，博學不雜，庶可稱爲佳人。可笑别小説中一首歪詩，幾句淫曲，便自佳人相許，豈不醜殺？

〔甲〕在寶卿口中說出玉兄學業，是作微露卸春掛之萌耳，是書勿看正面爲幸。

寶玉聽這話有情理，〔甲〕寶玉亦聽的出有情理的話來，與前問讀書家務，並皆大奇之事。便放下冷的，命人暖來方飲。

〔甲〕實不知其丘壑，自何處設想而來？黛玉磕着瓜子兒，只抿着嘴笑。〔蒙〕笑的毒。〔甲〕又用此二字。可巧黛玉的小丫鬟雪雁走來，與黛玉送小手爐來，黛玉因含笑問他說：「誰叫你送來的？難爲他費心，〔甲〕吾實不知何爲心，何爲齒、口、舌。那裏就冷死了我！」雪雁道：「紫鵑〔甲〕鸚哥改名也。姐姐〔甲〕又順筆帶出一個妙名來，洗盡春花、臘梅等套。怕姑娘冷，使我送來的。」黛玉一面接了，抱在懷中，笑道：「也虧你倒聽他的話。我平日和你說的，全當耳旁風，怎麼他說了你就依，比聖旨還快呢！」〔蒙〕句句尖刺，可恨可愛，而句意毫無滯礙。〔甲〕要知尤物方如此，莫作世俗中一味酸妒獅吼輩看去。寶玉聽這話，知是黛玉借此奚落他，也無回復之詞，只嘻嘻的笑了兩陣罷了。〔甲〕這纔好，這纔是寶玉。寶釵素知黛玉是如此慣了的，〔甲〕渾厚天成，這纔是寶釵。也不去睬他。薛姨媽因道：「你素日身子弱，禁不得冷的，他們記掛着你倒不好？」黛玉笑道：「姨媽不知道。幸虧是姨媽這裏，倘或在別人家，人家豈不惱？〔蒙〕又轉出此等言語，令人疼煞黛玉，敬煞作者。好說就看的人家連個手爐也沒有，巴巴的從家裏送個來。不說丫頭們太小心過餘，還只當我素日是這等輕狂慣了呢。」〔甲〕用此一解，真可拍案叫絶，足見其以蘭爲心，以玉爲骨，以蓮爲舌，以冰爲神。真真絶倒天下之裙釵矣。薛姨媽道：「你是個多心的，有這樣想。我就没這樣心。」

說話時，寶玉已是三杯過去。李嬤嬤又上來攔阻。寶玉正在心甜意洽之時，和寶黛姊妹說說笑笑的，〔甲〕試問石兄：比當日青埂峰猿啼虎嘯之聲何如？那肯不吃。寶玉只得屈意央告：「好媽媽，我再吃兩鍾就不吃了。」李嬷嬷道：「你可仔細老爺今兒在家，隄防問你的書！」（甲：不入耳之言是也。）（甲：不合提此話。這是李嬷嬷激醉了的，無怪乎後文。一笑。）寶玉聽了此話，便心中大不自在，慢慢的放下酒，垂了頭。（甲：畫出小兒愁蹙之狀，楔緊後文。）黛玉先忙的說：「別掃大家的興！舅舅（甲：二字指賈政也。）若叫你，只說姨媽留着呢。這個媽媽，他吃了酒，又拿我們來醒脾了！」（甲：這方是阿顰真意對玉卿之文。）一面悄推寶玉，使他賭氣，一面悄悄的咕噥說：「別理那老貨，咱們只管樂咱們的。」那李嬷嬷也素知黛玉的，因說道：「林姐兒，（甲：如此之稱似不通，却是老嫗真心道出。）你不要助着他了。你倒勸勸他，只怕他還聽些。」林黛玉冷笑道：「我爲什麽助着他？我也犯不着勸他。你這個媽媽太小心了，往常老太太又給他酒吃，如今在姨媽這裏多吃一杯，料也不妨事。必定姨媽這裏是外人，不當在這裏的也未可知。」（甲：是認不得真，是不忍認真，是愛極顰兒、疼煞顰兒之意。）李嬷嬷聽了，又是急，又是笑，說道：「真真這林姑娘，說出一句話來，比刀子還尖。（甲：可知余前批不謬。）這算了什麽呢。」寶釵也忍不住笑着，把黛玉腮上一擰，（甲：我也欲擰。）說道：「真真這個顰丫頭的一張嘴，（甲蒙：恨不是，喜不是，寫盡一晌含容之量。）叫人恨又不是，喜歡又不是。」薛姨媽一面又說：（甲：是接前老爺問書之語。）「別怕，別怕，我的兒！來了這裏沒好的你吃，別把這點子東西嚇的存在心裏，倒叫我不安。只管放心吃，都有我呢。越發吃了晚飯去，便醉了，就跟着我睡罷。」因命：「再熱酒來！〔甲 二語不失長上之體，且收拾若干文〔字〕，千斤力量。〕姨媽陪你吃兩杯，可就吃飯罷。」寶玉聽了，方又鼓起興來。

李嬤嬤因吩咐小丫頭子們：「你們在這裏小心着，〔蒙 「家去換衣服」是含酸欲怒，「悄悄回」的光景是不露怒。〕我家去換了衣服就來，悄悄的回姨太太，別任他的性多給他吃。」説着便家去了。這裏雖還有三四個婆子，都是不關痛癢的，〔甲 寫得到。〕見李嬤嬤走了，也都悄悄的自尋方便去了。只剩了兩個小丫頭子，樂得討寶玉的歡喜。幸而薛姨媽千哄萬哄的，只容他吃了兩杯，就忙收過了。做了酸笋雞皮湯，寶玉痛喝了兩碗，吃了半碗飯碧粳粥。〔甲 美粥名。〕一時，薛、林二人也吃完了飯，又釅釅的潗〔四〕上茶來，每人吃了兩碗。薛姨媽方放下心。雪雁等三四個丫頭已吃了飯，進來伺候。黛玉因問寶玉道：〔甲 妙問。〕〔蒙 「走不走」，語言真是黛玉。〕「你走不走？」寶玉乜斜倦眼道：〔甲 醉意。〕〔甲 妙答。◇此等話，阿顰心中最樂。〕「你要走，我和你一同走。」黛玉聽説，遂起身道：「咱們來了這一日，也該回去了。還不知那邊怎麼找咱們呢。」説着，二人便告辭。

小丫頭忙捧過斗笠來，〔甲 不漏。〕寶玉便把頭略低一低，命他戴上。那丫頭便將這大紅猩毡斗笠一抖，纔往寶玉頭上一合，寶玉便說：「罷，罷！好蠢東西，你也輕些兒！難道沒見過別人【甲】「別人」者，襲人、晴雯之輩也。戴過的？讓我自己戴罷！」黛玉站在炕沿上道：「囉唆什麽，過來，我瞧瞧罷。」寶玉忙就近前來。黛玉用手整理，輕輕籠住束髮冠，將笠沿拽在抹額之上，將那一顆核桃大的絳絨【蒙】知己最難逢，相逢意自同。花新水上香，花下水含紅。簪纓扶起，顫巍巍露於笠外。整理已畢，端相了端相，說道：「好了，披上斗篷罷。」【甲】若使寶釵整理，顰卿又不知有多少文章。寶玉聽了，方接了斗篷披上。薛姨媽忙道：「跟你們的媽媽都還沒來呢，且略等等不是。」寶玉道：「我們倒去等他們，有丫頭們跟着也够了。」【蒙】伏筆。薛姨媽不放心，足的〔五〕命兩個婦女跟隨他兄妹方罷。他二人道了擾，一逕回至賈母房中。

賈母尚未用晚飯，知是薛姨媽處來，更加歡喜。【甲】收的好極，正是寫薛家母女。因見寶玉吃了酒，遂命他自回房去歇着，不許再出來了。因命人好生看侍着。忽想起跟寶玉的人來，遂問衆人：「李奶子怎麽不見？」【甲】細。【蒙】逼近。衆人不敢直說家去了，【甲】有是事，大有是事。只說：「纔進來的，想有事纔去了。」寶玉踉蹌回頭道：「他比老太太還受用呢，問他作什麽！沒有他只怕我還多活兩日。」一面說，一面來至自己臥室。只見筆墨在案，【甲】如此找前文最妙，且無逗榫之跡。

【甲】是不作開門見山文字。

晴雯先接出來，笑説道：「好，好，要我！研了那些墨，早起高興，只寫了三個字，丢下筆就走了，哄的我們等了一日。【甲】〔嬌〕憨活現，余雙圈不及。快來給我寫完這些墨纔罷！」【甲】補前文之未到。【蒙】嬌痴婉轉，自是不凡，引後文。寶玉忽然想起早起的事來，因笑道：「我寫的那三個字在那裏呢？」晴雯笑道：「這個人可醉了。你頭過那府裏去，囑咐我貼在這門斗上的，這會子又這麼問。我生怕別人貼壞了，【甲】全是體貼一人。我親自爬高上梯的貼上，【甲】可兒可兒。這會子還凍的手僵冷的呢。」【甲】可兒可兒。【甲】寫晴雯，是晴雯走下來，斷斷不是襲人、平兒、鶯兒等語氣。寶玉聽了，笑道：【甲】是醉笑。「我忘了。你的手冷，我替你渥〔六〕着。」説着便伸手携了晴雯的手，同仰首看門斗上新書的三個字。【甲】究竟不知是三個什麼字，妙！【蒙】何等景象，真是一幅教歌圖。

一時黛玉來了，寶玉便笑道：「好妹妹，你別撒謊，你看這三個字那一個字好？」黛玉仰頭看裏間門斗上，新貼了三個字，寫着「絳芸軒」。【甲】出題。妙！原來是這三字。【蒙】照應絳珠。黛玉笑道：「個個都好。怎麼寫的這麼好了？明兒也與我寫一個匾。」【甲】滑賊。寶玉嘻嘻的笑道：「又哄我呢。」説着又問：「襲人姐姐呢？」【甲】斷不可少。晴雯向裏間炕上努嘴。【甲】畫。寶玉一看，只見襲人和衣睡着在那裏。寶玉笑道：「好，太渥早了些。」【甲】絳芸軒中事。因又問晴雯道：「今兒我那府裏吃早飯，有一碟子豆腐皮的包子，我想着你愛吃，和珍大奶奶說了，只說我留着晚上吃，叫人送過來的，你可吃了？」晴雯道：「快別提。一送了來，我知道是我的，蒙 與蕈兒抿着嘴兒笑的文字一樣葫蘆。偏我纔吃了飯，就擱在那裏。後來李奶奶來了看見，說：『寶玉未必吃了，拿來給我孫子吃去罷。』他就叫人拿了家去了。」蒙 嬤嬤們托大處每每如此。甲 奶母之倚勢亦是常情，奶母之昏憒亦是常情。然特於此處細寫一回，與後文襲卿之酥酪遥遥一對，足見晴卿不及襲卿遠矣。余謂晴有林風，襲乃釵副，真真不錯。接着茜雪捧上茶來。寶玉因讓：「林妹妹吃茶。」衆人笑說：甲 三字是接上文口氣而來，非衆人之稱。◇醉態逼真。「林妹妹早走了，還讓呢。」

寶玉吃了半碗茶，忽又想起早起的茶來，甲 偏是醉人搜尋的出，細事，亦是真情。因問茜雪道：「早起潗了一碗楓露茶，甲 與「千紅一窟」遥映。我說過，那茶是三四次後纔出色的，甲 所謂閒茶是也，與前浪酒一般起落。這會子怎麼又潗了這個來？」茜雪道：「我原是留着的，那會子李奶奶來了，甲 又是李嬤，事有湊巧，如此類是。他要嚐嚐，就給他吃了。」寶玉聽了，將手中的茶杯只順手往甲 是醉後，故用二字，非有心動氣也。地下一擲，「豁啷」一聲，打個齏粉，潑了茜雪一裙子的茶。又跳起來問着茜雪道：「他是你那一門子的奶奶，你們這麼孝敬他？不過是仗着我小時候吃過他幾日奶罷了。甲 真醉了。如今逞的他比祖宗還大了。如今我又吃不着奶了，白白的養着祖宗作什麼！攆了出去，大家乾净！」甲 真真大醉了。說着

甲 寫蕈兒去，如此章法從何設想？奇筆奇文。

甲 按警幻情榜，寶玉係「情不情」。凡世間之無知無識，彼俱有一痴情去體貼。今加「大醉」二字於石兄，是因問包子、問茶、順手擲杯、問茜雪、攆李嬤，乃一部中未有第二次事也。襲人數語，無言而止，石兄真大醉也。◇余亦云實實大醉也。難辭醉鬧，非薛蟠紈袴輩可比！

立刻便要去回賈母，攆他乳母。

原來襲人實未睡着，不過故意裝睡，[蒙]「只許郎看不近郎」〔八〕，真是妙法。引寶玉來慪〔七〕他頑耍。先聞得説字、問包子等事，也還可不必起來，後來摔了茶鍾，動了氣，遂連忙起來解釋勸阻。早有賈母遣人來問是怎麼了。[甲]斷不可少之文。襲人忙道：[甲]現成之至，瞧他寫襲卿爲人。[蒙]襲人另有一段居心，一番行止。「我纔倒茶來，被雪滑倒了，失了手砸了鍾子。」一面又安慰寶玉道：「你立意要攆他也好，[蒙]先主取西川，方得立基業，而偏不肯取，大與此意同。[甲]二字奇，使人一驚。我們也都願意出去，不如趁勢連我們一齊攆了。我們也好，你也不愁再有好的來伏侍你。」寶玉聽了這話，方無了言語，被襲人等扶至炕上，脱換了衣服。不知寶玉口内還説些什麼，只覺口齒綿纏，[甲]二字帶出平素形象。眼眉愈加餳澀，忙伏侍他睡下。襲人伸手從他項上摘下那通靈玉來，用自己的手帕包好，塞在褥下，次日戴時便冰不着脖子。[甲]試問石兄：此一渥，比青埂峰下松風明月如何？那寶玉就枕便睡着了。彼時李嬤嬤等已進來了，聽見醉了，不敢前來再加觸犯，只悄悄的打聽睡了，方放心散去。[甲]交代清楚。「塞玉」一段，又爲「誤竊」一回伏綫。晴雯茜雪二婢，又爲後文先作一引。

次日醒來，[甲]以上已完正題，以下是後文引子，前文之餘波。此回收法與前數回不同矣。就有人回：「那邊小蓉大爺帶了秦相公來

[甲]偷度金針法，最巧。

【甲】作者今尚記金魁星之事乎？撫今思昔，腸斷心摧。

【甲】寫可兒出身自養生堂，是褒中貶。後死封龍禁尉，是貶中褒。靈巧一至於此。

拜。」寶玉忙接了出去，領了拜見賈母。賈母見秦鍾形容標緻，舉止温柔，（【甲】嬌養如此〔九〕，溺愛如此。）堪陪寶玉讀書，心中十分歡喜，便留茶留飯，又命人帶去見王夫人等。衆人因素愛秦氏，今見了秦鍾是這般人品，也都歡喜，臨去時都有表禮。賈母又與了一個荷包並一個金魁星，取「文星和合」（【蒙】雅致。）之意。又囑咐他道：「你家住的遠，一時寒熱飢飽不便，只管住在我這裏，不必限定了。只和你寶叔在一處，別跟着那起不長進的東西學。」（【甲】總伏後文。）秦鍾一一答應，回去稟知他父親秦業。

（【甲】妙名。業者，孽也，蓋云情因孽而生也。）

這秦業現任營繕郎，（【甲】官職更妙，設云因情孽而繕此一書之意。）年近七十，夫人早亡。因當年無兒女，便向養生堂抱了一個兒子並一個女兒。誰知兒子又死了，（【甲】一頓。）只剩女兒，小名喚可兒，（【甲】出名。秦氏究竟不知係出何氏，所謂寓褒貶、別善惡是也。秉刀斧之筆、具菩薩之心亦甚難矣。◇如此寫出可兒來歷亦甚苦矣。又知作者是欲天下人共來哭此情字。）長大時，生得形容裊娜，（【甲】四字便有隱意。《春秋》字法。）性格風流。因素與賈家有些瓜葛，故結了親，許與賈蓉爲妻。那秦業五旬之上方得了秦鍾。因去歲業師亡故，未暇延請高明之士，只暫在家温習舊課。正思要和親家（【甲】指賈珍。）去商議，送往他家塾中去，暫且不致荒廢，可巧遇見了寶玉這個機會。又知賈家塾中現今司塾的是賈代儒，〔甲〕隨筆命名，省事。乃當今之老儒，秦鍾此去，學業料必進益，成名可望，因此十分歡喜。只是宦囊羞澀，那賈府上上下下都是一雙富貴眼睛，〔甲〕爲天下讀書人一哭、寒素人一哭。容易拿不出來，又恐誤了兒子的終身大事，〔甲〕原來讀書是終身大事。〔蒙〕父母之恩，昊天罔極。〔甲〕四字可思，近之鄙薄師傅者來看。說不得東拼西湊的恭恭敬敬封了二十四兩贄見禮，〔甲〕可知「宦囊羞澀」與「東拼西湊」等樣，是特爲近日守錢虜而不使子弟讀書之輩一大哭。親自帶了秦鍾，來代儒家拜見了。然後聽寶玉上學之日，好一同入塾。〔甲〕不想浪酒閒茶一段金玉旖旎之文後，忽用此等寒瘦古拙之詞收住，亦行文之大變體處。《石頭記》多用此法，歷觀後文便知。

正是：

早知日後閒爭氣，豈肯今朝錯讀書。

〔甲〕這是隱語微詞，豈獨指此一事哉？◇余則謂讀書正爲爭氣。但此「爭氣」與彼「爭氣」不同。寫來一笑。

〔戚〕總評：一是先天啣來之玉，一是後天造就之金。金玉相合，是成萬物之象。再遇水而過寒，雖有酒漿，豈能助火？因生出黛玉之諷刺，李嬤嬤之嘮叨，晴雯、茜雪之嗔惱。故不得不收功靜息，涵養性天，以待再舉。識丹道者，當解吾意。

〔一〕回目，舒、列本同。己、庚、楊本作「比通靈金鶯微露意　探寶釵黛玉半含酸」，蒙、戚本作「攔酒興李奶母討厭　擲茶杯賈公子生嗔」，甲辰本作「賈寶玉奇緣識金鎖　薛寶釵巧合認通靈」，個別文字小異。

〔二〕「鑾絛」：己、庚、蒙本同，楊、列、舒本作「赤金絛」（當是誤把「鑾」拆作兩字），戚序、甲辰本則作「鸞絛」。按：「鑾」字本義爲「裝配于車、馬、刀、鑣等物上的鈴鐺」，古與「鸞」通。「鑾絛」後文也作「鸞絛」（第三十二回），其語源或與鈴鐺有關，後世則爲束腰絲帶的俗稱。

〔三〕「是個人」，己、庚、蒙、戚等本作「也是個人」。按：從説話語氣來看，添這個「也」字並無道理。

〔四〕「潗」，楊本改爲「送」，甲辰本刪去，餘本均同底本。據一九八八年五月出版的《漢語大字典》第三卷，「潗」字其中一項釋義爲：「用沸水泡（茶），猶今『沏』。」其依據即爲《紅樓夢》。按：「潗」和「沏」字古義都不包含「用沸水泡茶」，後世口語出現此義時，曹雪芹選用了「潗」字，而現代漢語已定型爲「沏」字。

〔五〕原作「便」，庚、列、舒、楊本作「到底」，蒙、戚本作「因」，甲辰本作「吩咐」，據己卯本改。按：「足的」一詞在本書中共出現八處，除己本外，諸抄本均有或多或少的異文，如「到底」「足足的」「鬧的」「總要」等等。此詞它書未見，語源不詳，從本書諸用例分析，其意義近於「一直、到底」。另，據成愛君先生調查，今江蘇揚、泰地區方言中有類似用法。

〔六〕「渥」，己本作「屋」，戚本及甲辰本作「握」，餘本同底本。按：渥，此處讀音烏（《集韻》：

「烏谷切」)。此字在本書中有二義：一是「用熱物接觸冷物使變暖」，如本例，此義今作「焐」；一是「遮蓋住或封閉起來」，如下文第十九回「命他蓋上被渥汗」，此義今作「捂」。另，此兩義均可寫作「握」，白話小説中常用。前者如《金瓶梅詞話》第七十五回：「你不信，摸我這手，恁半日還没握過來。」後者如本書所有「握」字的用法。

〔七〕「慪」，原作「謳」，己、庚、列、舒本同，蒙、楊本作「漚」，戚本作「摳」，後文出現多寫作「漚」或「嘔」。考慮到此義現已歸於「慪」字，故依甲辰本予以統一。各種字書所舉書證均不早於《紅樓夢》，此字義或爲曹雪芹最早記録使用，故用字並未定型。

〔八〕原誤作「只須郎看不進郎」。清李漁《十二樓・夏宜樓》：「從中悟得勾郎法，只許郎看不近郎。」

〔九〕「嬌」原作「驕」。「養」字爲墨筆描改，原字不可辨，疑爲「大」字。

秦鐘

第九回　戀風流情友入家塾　起嫌疑頑童鬧學堂

戚 君子愛人以道，不能減牽戀之情；小人圖謀以霸，何可逃侮慢之辱？幻境幻情，又造出一番曉妝新樣。

話説秦業父子專候賈家的人來送上學擇日之信。原來寶玉急於要和秦鍾相遇，戚 妙！不知是怎樣相遇。却顧不得别的，遂擇了後日一定上學。「後日一早，請秦相公先到我這裏，會齊了，一同前去。」——打發人送了信。

至日〔一〕一早，寶玉起來時，襲人早已把書筆文物包好，收拾〔二〕的停停妥妥，坐在床沿上發悶。[蒙]此等神理，方是此書的正文。[戚]神理可思，忽又寫小兒學堂中一篇文字，亦別書中之未有。見寶玉醒來，只得伏侍他梳洗。寶玉見他悶悶的，因笑問道：「好姐姐，[戚]開口斷不可少此三字。你怎麽又不自在了？難道怪我上學去丟的你們冷清了不成？」襲人笑道：「這是那裏話。[蒙]襲人方纔的悶悶，此時的正論，請教諸公，設身處地，亦必是如此方是，真是曲盡情理，一字也不可少者。讀書是極好的事，不然就潦倒一輩子，終久怎麽樣呢。但只一件，只是念書的時節想着書，不念的時節想着家些。別和他們一處玩鬧，[蒙]長亭之囑，不過如是。碰見老爺不是玩的。雖説是奮志要强，那功課寧可少些，一則貪多嚼不爛，二則身子也要保重。這就是我的苦心意思，你可要體諒。」[戚]書正語細囑一番。蓋襲卿心中，明知寶玉他並非真心奮志之人，襲人自別有説不出來之話。襲人説一句，寶玉答應一句。襲人又道：「大毛衣服我也包好了，交出給小子們去了。學裏冷，好歹想着添換，比不得家裏有人照顧。脚爐手爐的炭也交出去了，你可逼着他們添。那一起懶賊，你不説，他們樂得不動，白凍壞了你。」寶玉道：「你放心，出外頭我自己都會調停的。[蒙]無人體貼，自己扶持。你們也別悶死在這屋裏，長和林妹妹一處去頑笑纔好。」説着，俱已穿戴齊備，襲人催他去見賈母、賈政、王夫人等。寶玉且又囑咐了晴雯麝月等幾句，【蒙】這纔是寶玉的本來面目。方出來見賈母。賈母也未免有幾句囑咐的話。然後去見王夫人，又出來書房中見賈政。

偏生這日賈政回家早些，【戚】若俗筆則又云不在家矣。試思若再不見，則成何文字哉？所謂不敢作安逸苟且塞責文字。正在書房中與相公清客們閒談。忽見寶玉進來請安，回說上學裏去，賈政冷笑道：「你如果再提『上學』兩個字，連我也羞死了。【戚】這一句纔補出已往許多文字。是嚴父之聲。依我的話，你竟頑你的去是正理。仔細站髒了我這地，靠髒了我的門！」【戚】畫出寶玉的俯首挨壁之形象來。衆清客相公們都早起身笑道：「老世翁何必又如此。今日世兄一去，三二年就可顯身成名的了，斷不似往年仍作小兒之態了。天也將飯時，世兄竟快請罷。」

說着便有兩個年老的携了寶玉出去。

賈政因問：「跟寶玉的是誰？」只聽外面答應了兩聲，早進來三四個大漢，打千兒請安。賈政看時，認得是寶玉的奶母之子，名喚李貴。因向他道：「你們成日家跟他上學，【蒙】此等話似覺無味無理，然而作父母的，到無可如何處，每多用此等法術，所謂百計經營、心力俱瘁者。他到底念了些什麽書！倒念了些流言混話在肚子裏，學了些精緻的淘氣。等我閒一閒，先揭了你的皮，再和那不長進的算賬！」嚇的李貴忙雙膝跪下，摘了帽子，碰頭有聲，連連答應「是」，又回說：「哥兒已經念到第三本《詩經》，什麽『呦呦鹿鳴，荷葉浮萍』，小的不敢撒謊。」說的滿座哄然大笑起來。賈政也掌不住笑了，因說道：「那怕再念三十本《詩經》，也都是掩耳偷鈴，哄人而已。你去請學裏太爺的安，就說我說了：什麽《詩經》、古文，一概不用虛應故事，只是先把《四書》一氣講明背熟，是最要緊的。」李貴忙答應「是」，見賈政無話，方退出去。

此時寶玉獨站在院外屏聲静候，待他們出來，便忙忙的走了。李貴等一面彈衣服，一面說道：「哥兒可聽見了不曾？先要揭我們的皮呢！人家的奴才跟主子賺些好體面，我們這等奴才白陪挨打受駡的。【蒙】可以謂能達主人之意，不辱君命。從此後也可憐見些纔好。」寶玉笑道：「好哥哥，你別委曲，我明兒請你。」李貴道：「小祖宗，誰敢望你請？只求聽一句半句話就有了。」說着，又至賈母這邊，秦鍾已早來候着了，賈母正和他說話兒呢。【戚】此處便寫賈母愛秦鍾一如其孫，至後文方不突然。於是二人見過，辭了賈母。

寶玉忽想起未辭黛玉，〔戚：妙極！何頓挫之至！余已忘却，至此心神一暢，一絲不漏。〕因又忙至黛玉房中來作辭。彼時黛玉纔在窗下對鏡理妝，聽寶玉説上學去，因笑道：「好！這一去，可定是要『蟾宮折桂』去了。〔蒙：此寫黛玉，差强人意。《西廂》雙文，能不抱愧！〕我不能送你了。」寶玉道：「好妹妹，等我下學再吃晚飯。和胭脂膏子也等我來再製。」嘮叨了半日，方撤身去了。〔戚：如此總一句，更妙！〕黛玉忙又叫住問道：「你怎麽不去辭辭你寶姐姐來？」〔戚：必有是語，方是黛玉。此又係黛玉平生之病。〕寶玉笑而不答。〔蒙：黛玉之問，寶玉之笑，兩心一照，何等神工鬼斧文章。〕一逕同秦鍾上學去了。

原來這賈家義學離此也不甚遠，不過一里之遥，原係當日始祖所立，恐族中子弟有貧窮不能請師者，即入此中肄業。凡族中有官爵之人，皆供給銀兩，按俸之多寡幫助，爲學中之費。特共舉年高有德之人爲塾掌，〔蒙：創立者之用心，可謂至矣。〕專爲訓課子弟。如今寶秦二人來了，一一的都互相拜見過，讀起書來。自此以後，他二人同來同往，同起同坐，愈加親密。又兼賈母愛惜，也時常的留下秦鍾，住上三天五日，與自己的重孫一般疼愛。因見秦鍾不甚寬裕，更又助他些衣履等物。

不上一月之工，秦鍾在榮府便熟了。〔戚〕交待的清。寶玉終是不安分之人，〔戚〕寫寶玉總作如此筆。竟一味的隨心所欲，因此又發了癖性，又特向秦鍾悄説道：〔蒙〕悄説之時何時？捨尊就卑何心？隨心所欲何癖？相親愛密何情？「咱們兩個人一樣的年紀，況又是同窗，以後不必論叔侄，只論弟兄朋友就是了。」先是秦鍾不肯，當不得寶玉不依，只叫他「兄弟」，或叫他的表字「鯨卿」，秦鍾也只得混着亂叫起來。

原來這學中雖都是本族人丁與些親戚家的子弟，俗語説的好：「一龍生九種，九種各別。」未免人多了，就有龍蛇混雜，下流人物在内。〔戚〕伏一筆。自寶、秦二人來了，都生的花朵兒一般的模樣，又見秦鍾靦腆温柔，未語面先紅，怯怯羞羞，有女兒之風；寶玉又是天生成慣能做小服低，賠身下氣，性情體貼，話語綿纏，〔戚〕凡四語十六字，上用「天生成」三字，真正寫盡古今情種人也。因此二人更加親厚，也怨不得那起同窗人起了疑，背地裏你言我語，詬誶謠諑，佈滿書房内外。〔戚〕伏下文「阿獃爭風」一回。

原來薛蟠自來王夫人處住後，便知有一家學，學中廣有青年子弟，不免偶動了龍陽之興，因此也假來上學讀書，不過是三日打魚，兩日曬網，白送些束脩禮物與賈代儒，却不曾有一些兒進益，只圖結交些契弟。誰想這學內就有好幾個小學生，圖了薛蟠的銀錢吃穿，被他哄上手的，也不消多記。【戚】先虛寫幾個淫浪蠢物，以陪下文，方不孤不板。【辰】伏下金榮。更有兩個多情的小學生，【戚】此處用「多情」二字方妙。亦不知是那一房的親眷，亦未考真名姓，【戚】一併隱其姓名，所謂「具菩提之心，秉刀斧之筆」。只因生得嫵媚風流，滿學中都送了他兩個外號，一號「香憐」，一號「玉愛」。雖都有竊慕之意，「將不利於孺子」之心〔三〕，【戚】詼諧得妙，又似李笠翁書中之趣語。只是都懼薛蟠的威勢，不敢來沾惹。如今寶、秦二人一來了，見了他兩個，也不免繾綣羨愛，亦因知係薛蟠相知，故未敢輕舉妄動。香、玉二人心中，也一般的留情與寶、秦。因此四人心中雖有情意，只未發跡。每日一入學中，四處各坐，却八目勾留，或設言託意，或咏桑寓柳，遥以心照，却外面自爲避人眼目。【戚】小兒之態活現，掩耳偷鈴者亦然，世人亦復不少。不意偏又有幾個滑賊看出形景來，都背後擠眉弄眼，或咳嗽揚聲，【蒙】才子輩偏無不解之事。【戚】又畫出歷來學中一群頑皮來。這也非此一日。

可巧這日代儒有事，早已回家去了，又留下一句七言對聯，命學生對了，明日再來上書；將學中之事，又命賈瑞【戚】又出一賈瑞。暫且管理。妙在薛蟠如今不大來學中應卯了，因此秦鍾趁此和香憐擠眉弄眼，遞暗號兒，二人假裝出小恭，走至後院説體己話。秦鍾先問他：「家裏的大人可管你交朋友不管？」【戚】妙問，真真活跳出兩個小兒來。一語未了，只聽背後咳嗽了一聲。【戚】太急了些，該再聽他二人如何結局，正所謂小兒之態也，酷肖之極。二人唬的忙回頭看時，原來是窗友名金榮【戚】妙名，蓋云有金自榮，廉恥何益哉？者。香憐本有些性急，羞怒相激，問他道：「你咳嗽什麽？難道不許我兩個説話不成？」金榮笑道：「許你們説話，難道不許我咳嗽不成？我只問你們：有話不明説，許你們這樣鬼鬼祟祟的幹什麽故事？我可也拿住了，還賴什麽！先得讓我抽個頭兒，咱們一聲兒不言語，不然大家就奮起來。」秦、香二人急得飛紅的臉，便問道：「你拿住什麽了？」金榮笑道：「我現拿住了是真的。」説着，又拍着手笑嚷道：「貼的好燒餅！你們都不買一個吃去？」秦鍾、香憐二人又氣又急，忙進來向賈瑞前告金榮，説金榮無故欺負他兩個。

原來這賈瑞最是個圖便宜没行止的人，每在學中以公報私，【蒙】學中亦自有此輩，可爲痛哭。勒索子弟們請他；後又附助着薛蟠，圖些銀錢酒肉，一任薛蟠横行霸道，他不但不去管約，反助紂爲虐討好兒。偏那薛蟠本是浮萍心性，今日愛東，明日愛西，近來又有了新朋友，把香、玉二人丢開一邊。就連金榮亦是當日的好朋友，自有了香、玉二人，便棄了金榮。近日連香、玉亦已見棄。故賈瑞也無了提攜幫襯之人，不說薛蟠得新棄舊，只怨香、玉二人不在薛蟠前提攜幫補他，【戚】無恥小人，真有此心。因此賈瑞金榮等一干人，也正在醋妒他兩個。今兒見秦、香二人來告金榮，賈瑞心中便不自在起來，不好呵叱秦鍾，却拿着香憐作法，反說他多事，着實搶白了幾句。香憐反討了没趣，連秦鍾也訕訕的各歸坐位去了。金榮越發得了意，摇頭咂嘴的，口内還說許多閒話，玉愛偏又聽了不忿，兩個人隔座咕咕唧唧的角起口來。金榮只一口咬定說：「方纔明明的撞見他兩個在後院子裏親嘴摸屁股，兩個商議定了，一對一肏，【蒙】「怎麽長短」四字，何等韻雅，何等渾含！俚語得文人提來，便覺有金玉爲聲之象。撅草棍兒抽長短，[四]誰長誰先幹。」金榮只顧得意亂說，却不防還有別人。誰知早又觸怒了一個。你道這個是誰？

原來這一個名喚賈薔，【戚】新而艷，得空便入。亦係寧府中之正派玄孫，父母早亡，從小兒跟賈珍過活，如今長了十六歲，比賈蓉生的還風流俊俏。他兄弟二人最相親厚，常相共處。寧府人多口雜，那些不得志的奴僕們，專能造言誹謗主人，因此不知又有了什麽小人詬誶謠諑之辭。賈珍想亦風聞得些口聲不大好，自己也要避些嫌疑，〔蒙〕此等嫌疑不敢認真搜查，悄爲分計，皆以含而不露爲文，真是靈活至極之筆。如今竟分與房舍，命賈薔搬出寧府，自去立門户過活去了。這賈薔外相既美，〔戚〕亦不免招謗，難怪小人之口。内性又聰明，雖然應名來上學，亦不過虛掩眼目而已。仍是鬭鷄走狗，賞花玩柳。總恃上有賈珍溺愛，〔戚〕貶賈珍最重。下有賈蓉匡助，〔戚〕貶賈蓉次之。因此族中人誰敢來觸逆於他。他既和賈蓉最好，今見有人欺負秦鍾，如何肯依？如今自己要挺身出來報不平，心中却忖度一番，〔戚〕這一忖度，方是聰明人之心機，寫得最好看，最細緻。想道：「金榮賈瑞一干人，都是薛大叔的相知，向日我又與薛大叔相好，倘或我一出頭，他們告訴了老薛，〔戚〕先曰「薛大叔」，次曰「老薛」，寫盡驕侈紈袴。我們豈不傷和氣？待要不管，如此謡言，説的大家没趣。如今何不用計制服，又止息了口聲，又不傷了臉面。」想畢，也裝出小恭，走至外面，悄悄的把跟寶玉的書童名唤茗煙〔戚〕又出一茗煙。者唤到身邊，如此這般調撥他幾句。〔戚〕如此便好，不必細述。

這茗煙乃是寶玉第一個得用的，且又年輕不諳世事，如今聽賈薔説金榮如此欺負秦鍾，連他爺寶玉都干連在內，不給他個利害，下次越發狂縱難制了。這茗煙無故就要欺壓人的，如今得了這個信，又有賈薔助着，便一頭進來找金榮，也不叫金相公了，只說：「姓金的，你是什麼東西！」賈薔遂跺一跺靴子，故意整整衣服，看看日影兒說：「是時候了。」遂先向賈瑞說有事要早走一步。賈瑞不敢强他，只得隨他去了。蒙 豪奴輩，雖係主人親故亦隨便欺慢，即有一二不服氣者，而豪家多是偏護家人。理之所無，而事之盡有，不知是何心思，實非凡常可能測略。這裏茗煙先一把揪住金榮，問道：「我們肏屁股不肏屁股，管你毝毴相干？橫竪沒肏你爹去罷了！你是好小子，出來動一動你茗大爺！」嚇的滿屋中子弟都怔怔的痴望。賈瑞忙吆喝：「茗煙不得撒野！」金榮氣黄了臉，說：「反了！奴才小子都敢如此，我和你主子說。」便奪手要去抓打寶玉秦鍾。戚 好看之極！尚未去時，從腦後「颼」的一聲，早見一方硯瓦飛來，戚 好看好笑之極！並不知係何人打來的，幸未打着，却又打了旁人的座上，這座上乃是賈蘭、賈菌。

賈菌亦係榮府近派的重孫，戚 先寫一寧派，又寫一榮派，互相錯綜得妙。其母亦少寡，獨守着賈菌，這賈菌與賈蘭最好，所以二人同桌而坐。誰知賈菌年紀雖小，志氣最大，極是淘氣不怕人的。戚 要知没志氣小兒，必不會淘氣。

他在座上冷眼看見金榮的朋友暗助金榮，飛硯來打茗煙，偏沒打着茗煙，便落在他座上，正打在面前，將一個磁硯水壺打了個粉碎，濺了一書黑水。【戚】這等忙，有此閒處用筆。賈菌如何依得，便罵：「好囚攮的們，這不都動了手了麼！」【戚】好聽煞。罵着，也抓起硯磚來要飛。【戚】先瓦硯，次磚硯，轉換得妙極。賈蘭是個省事的，忙按住硯，極口勸道：「好兄弟，不與咱們相干。」【戚】是賈蘭口氣。賈菌如何忍得住，便兩手抱起書匣子來，照那邊掄了去。【戚】先「飛」後「掄」，用字得神，好看之極！終是身小力薄，却掄不到那裏，剛到寶玉秦鍾桌案上就落了下來，只聽「嘩啷啷」一聲，砸在桌上，書本紙片等至於筆硯之物撒了一桌，又把寶玉的一碗茶也砸得碗碎茶流。【戚】好看之極！不打着別個，偏打着二人，亦想不到文章也。此書此等筆法，與後文踢着襲人、誤打平兒，是一樣章法。賈菌便跳出來，要揪打那一個飛硯的。金榮此時隨手抓了一根毛竹大板在手，地狹人多，那裏經得舞動長板。茗煙早吃了一下，亂嚷：「你們還不來動手！」寶玉還有三個小廝：一名鋤藥，一名掃紅，一名墨雨。這三個豈有不淘氣的，一齊亂嚷：「小婦養的！動了兵器了！」【戚】好聽之極，好看之極！墨雨遂掇起一根門閂，掃紅鋤藥手中都是馬鞭子，蜂擁而上。賈瑞急攔一回這個，勸一回那個，誰聽他的話，肆行大鬧。衆頑童也有趁勢幫着打太平拳助樂的，也有膽小藏在一邊的，也有直立在桌上拍着手兒亂笑、喝着聲兒叫打的，[蒙]燕青打擂臺，也不過如此。登時間鼎沸起來。

外邊李貴等幾個大僕人聽見裏邊作反起來，忙都進來一齊喝住。問是何原故。衆聲不一，這一個如此説，那一個又如彼説。[戚]妙！如聞其聲。李貴且喝罵了茗煙四個一頓，[戚]處治的好。攆了出去。秦鍾的頭早撞在金榮的板上，打去一層油皮，寶玉正拿褂襟子替他揉呢，見喝住了衆人，便命：「李貴，收書！拉馬來，我回去回太爺去！我們被人欺負了，不敢説别的，守禮來告訴瑞大爺，瑞大爺反倒派我們不是，聽人家罵我們，還調唆他們打我們。茗煙見人欺負我，他豈有不爲我的；他們反打夥兒打了茗煙，連秦鍾的頭也打破了，還在這裏念什麼書！不如散了罷。」李貴勸道：「哥兒不要性急。太爺既有事回家去了，這會子爲這點子事去聒噪他老人家，倒顯的咱們没理。[蒙]勸的心思，有個太爺得知，未必然之。故巧爲輾轉以結其局，而不失其體。依我的主意，那裏的事那裏了結好，何必去驚動他老人家。這都是瑞大爺的不是，太爺不在這裏，你老人家就是這學裏的頭腦了，衆人看你行事。衆人有了不是，該打的打，該罰的罰，如何等鬧到這步田地不管？」賈瑞道：「我吆喝着都不聽。」[戚]如聞。李貴笑道：「不怕你老人家惱我，素日你老人家到底有些不正經，所以這些兄弟纔不聽。就鬧到太爺跟前去，連你老人家也脱不過的。還不快作主意撕羅開了罷。」寶玉道：「撕羅什麼？我必是回去的！」秦鍾哭道：「有金榮，我是不在這裏念書的。」寶玉道：「這是爲什麼？難道有人家來得的，咱們倒來不得？我必回明白衆人，攆了金榮去。」又問李貴：「金榮是那一房的親戚？」李貴想了一想：「也不用問了。若説起那一房的親戚，更傷了弟兄們的和氣了。」

茗煙在窗外道：「他是東胡同裏璜大奶奶的侄兒，那是什麼硬正仗腰子的，也來唬我們。璜大奶奶是他姑娘。你那姑媽只會打旋磨兒，給我們璉二奶奶跪着借當頭。[蒙]可憐！開口告人，終身是玷。我眼裏就看不起他那樣的主子奶奶！」李貴忙斷喝不止，説：「偏你這小狗肏的知道，有這些蛆嚼！」寶玉冷笑道：「我只當是誰的親戚，原來是璜嫂子的侄兒，我就去問問他來！」説着便要走，叫茗煙進來包書。茗煙包着書，又得意道：「爺也不用自己去見，等我去到他家，就説老太太有説的話問他呢，僱上一輛車拉進去，當着老太太問他，豈不省事？」〔戚：又以賈母欺壓，更妙！〕李貴忙喝道：「你要死！仔細回去我好不好先捶了你，然後再回老爺太太，就説寶玉全是你調唆的。我這裏好容易勸哄的好了一半了，你又來生個新法子。你鬧了學堂，不説變法兒壓息了纔是，倒要往大裏奮〔五〕！」茗煙方不敢作聲兒了。

此時賈瑞也怕鬧大了，自己也不乾净，只得委曲着來央告秦鍾，又央告寶玉。先是他二人不肯。後來寶玉説：「不回去也罷了，只叫金榮賠不是便罷。」金榮先是不肯，後來禁不得賈瑞也來逼他去賠不是，李貴等只得好勸金榮説：「原來是你起的端，你不這樣，怎得了局？」金榮强不得，只得與秦鍾作了揖。寶玉還不依，偏定要磕頭。

賈瑞只要暫息此事，又悄悄的勸金榮説：「俗語説得好：『殺人不過頭點地。』你既惹出事來，少不得下點氣兒，磕個頭就完事了。」金榮無奈，只得進前來與秦鍾磕頭。且聽下回分解。〔六〕

戚總評：此篇寫賈氏學中，非親即族，且學乃大衆之規範，人倫之根本。首先悖亂，以至於此極，其賈家之氣數，即此可知。挾用襲人之風流，群小之惡逆，一揚一抑，作者自必有所取。

〔一〕「至日」，蒙戚本作「是日」，餘本同底本，今本多依底本旁添之「是」字校作「至是日」，不必。「至日」二字在舊小説如《水滸》《聊齋》中多用。

〔二〕「收拾」，底本原作「收什」，己、楊本同。按：「收什」即「收拾」，在庚本中大多爲「收拾」，約有二十處抄作「收什」；在甲戌本中全部作「收拾」，其餘諸本亦多作「收拾」。可見系抄手隨意爲之，並無區分之必要，故本書統一爲「收拾」。

〔三〕「將不利於孺子」語出上古史書《尚書》，是周成王時周公攝政，管蔡諸叔造謡周公將篡奪成王之位時説的話。孺子，意爲「小孩子」，也特指王侯的繼承人，此處指年幼的周成王。這段歷史很有名，「將不利於孺子」六字遂爲後世熟知。清李漁（笠翁）小説《無聲戲》第十二回：「碧蓮口中不説，心上思量道：『二人將不利於孺子，爲程嬰、杵臼者，非我而誰？』」用了「將不利於孺子」的字面意思，與原典無關，屬於趣引。而此處引用該語，謂滿學中人都存心要對香憐、玉愛兩人「不利」，語境與前兩者均不同。「不利」二字歪解原意，含義曖昧，細思讓人忍俊不禁，所以批語説「詼諧得妙」。有研究者認爲「將不利於孺子之心」句爲批語混入正文，非是。

〔四〕蒙、戚本正文金榮的話删去了髒字，作「方纔明明的撞見他兩個在後院裏商議着什麽長短。」

按：此處金榮就是要挑事的，以他的性格，説話如何會如此「韻雅」「渾含」？該系抄本的整理者時有這種擅改文字後還自稱自讚的情況。

〔五〕此語各本異文較多，列本作「往大裏奮」，己、庚、楊本同作「往大裏鬧」，戚、蒙本作「邁火坑」，甲辰本作「往火裏奮」，舒本作「往火裏奔」，而程甲本則作「往火裏奔查」。從這些異文看，原文當是「往大裏奮」，而在傳抄過程中，分化成兩種情況：一種是己、庚、楊本一系因疑「奮」字不通而改爲「鬧」字。另一種先是「大」字形訛爲「火」字（如甲辰本），因「奮」字費解而校改爲音、形兼近的「奔」字（如舒本、程甲本。程甲本的「奔查」校改痕跡明顯：「查」字當係被點改的「奮」字的誤認加重抄）；戚、蒙本改動更隨意，僅保留了「火」字。「往大裏奮」的「奮」字，可能是方言，準確意思未詳。但其本義就有振作、鼓氣之意，用在此處也還可解。前文金榮有「不然大家就奮起來」一語，可與此處互證。

〔六〕此回結尾文字各本存在較大差異，筆者認爲舒本文字更接近原貌（參見附録「校讀札記」）。但爲了與下回銜接，此處暫依戚本。

第十回　金寡婦貪利權受辱　張太醫論病細窮源

戚 新樣幻情欲收拾，可卿從此世無緣。和肝益氣渾閒事，誰識今朝尋病源？

話説金榮因人多勢衆，又兼賈瑞勒令，賠了不是，給秦鍾磕了頭，寶玉方纔不吵鬧了。大家散了學，金榮回到家中，越想越氣，説：「秦鍾不過是賈蓉的小舅子，又不是賈家的子孫，附學讀書，也不過和我一樣。他因仗着寶玉和他好，他就目中無人。他既是這樣，就該行些正經事，人也没的説。他素日又和寶玉鬼鬼祟祟的，只當我們都是瞎子，看不見。

蒙偏是鬼鬼祟祟者，多以爲人不見其行，不知其心。

今日他又去勾搭人，偏偏的撞在我眼裏。就是鬧出事來，我還怕什麽不成？」

他母親胡氏聽見他咕咕嘟嘟的説，因問道：「你又要增什麽『鬧事』？〔二〕蒙「好容易」三字，寫盡天下迎逢要便宜苦惱。好容易我望你姑媽説了，你姑媽千方百計的纔向他們西府裏的璉二奶奶跟前説了，你纔得了這個念書的地方。若不是仗着人家，咱們家裏還有力量請的起先生？况且人家學裏，茶也是現成的，飯也是現成的。你這二年在那裏念書，家裏也省好大的嚼用呢。省出來的，你又愛穿件鮮明衣服。再者，不是因你在那裏念書，你就認得什麽薛大爺了？那薛大爺一年不給不給，己因何無故給許多銀子？金母亦當細思之。〔二〕蒙可憐！婦人愛子，每每如此。自知所得者多，而不知所失者大，可勝嘆者！這二年也幫了咱們有七八十兩銀子。你如今要鬧出了這個學房，再要找這麼個地方，我告訴你説罷，比登天還難呢！己如此弄銀，若有金榮在，亦可得。你給我老老實實的頑一會子睡你的覺去，好多着呢。」於是金榮忍氣吞聲，不多一時他自去睡了。次日仍舊上學去了。不在話下。

且説他姑娘，原聘給的是賈家玉字輩的嫡派，名喚賈璜。但其族人那裏皆能像寧榮二府的富勢，原不用細説。這賈璜夫妻守着些小的産業，又時常到寧榮二府裏去請請安，又會奉承鳳姐兒並尤氏，所以鳳姐兒（蒙 原來根由如此，大與秦鍾不同。）尤氏也時常資助資助他，方能如此度日。今日正遇天氣晴明，又值家中無事，遂帶了一個婆子，坐上車，來家裏走走，瞧瞧寡嫂並侄兒。

閒話之間，金榮的母親偏提起昨日賈家學房裏的那事，從頭至尾，一五一十都向他小姑子説了。這璜大奶奶不聽則已，聽了，一時怒從心上起，説道：「這秦鍾小崽子是賈門的親戚，難道榮兒（己 這「賈門的親戚」比那「賈門的親戚」！）不是賈門的親戚？人都別忒勢利了，況且都作的是什麽有臉的好事！就是寶玉，也犯不上向着他到這個樣。等我去到東府瞧瞧我們珍大奶奶，再向秦鍾他姐姐説説，（己 未必能如此説。）（蒙 狗仗人勢者，開口便有多少必勝之談，事要三思，免勞後悔。）叫他評評這個理。」這金榮的母親聽了這話，急的了不得，忙説道：「這都是我的嘴快，告訴了姑奶奶了，求姑奶奶別去，（己蒙 不論誰是誰非，有錢就可矣。胡氏可謂善哉！）別管他們誰是誰非。倘或鬧起來，怎麽在那裏站得住。若是站不住，家裏不但不能請先生，反倒在他身上添出許多嚼用來呢。」璜大奶奶聽了，説道：「那裏管得許多，你等我説了，看是怎麽樣！」（蒙 何等氣派，何等聲勢，真有射石飲羽之力，動天摇地，如項羽喑咤。）也不容他嫂子勸，一面叫老婆子瞧了車，就坐上往寧府裏來。

到了寧府，進了車門，到了東邊小角門前下了車，進去見了賈珍之妻尤氏。也未敢氣高，殷殷勤勤叙過寒温，說了些閒話，方問道：「今日怎麼没見蓉大奶奶？」〔己〕何不叫「秦鍾的姐姐」？〔蒙〕何故興致索然？尤氏說道：「他這些日子不知怎麼着，經期有兩個多月没來。叫大夫瞧了，又說並不是喜。那兩日，到了下半天就懶待動，話也懶待說，眼神也發眩。我說他：『你且不必拘禮，早晚不必照例上來，你就好生養養罷。就是有親戚一家兒來，有我呢。就有長輩們怪你，等我替你告訴。』連蓉哥我都囑咐了，我說：『你不許累掯他，不許招他生氣，叫他静静的養養就好了。〔蒙〕只一絲不露。他要想什麼吃，只管到我這裏取來。倘或我這裏没有，只管望你璉二嬸子那裏要去。倘或他有個好和歹，你再要娶這麼一個媳婦，這麼個模樣兒，這麼個性情的人兒，打着燈籠也没地方找去。』〔己〕還有這麼個好小舅子。他這爲人行事，那個親戚，那個一家的長輩不喜歡他？所以我這兩日好不煩心，焦的我了不得。偏偏今日早晨他兄弟來瞧他，誰知那小孩子家不知好歹，看見他姐姐身上不大爽快，就有事也不當告訴他，别說是這麼一點子小事，就是你受了一萬分的委曲，也不該向他說纔是。

【己】眼前竟像不知者。【蒙】文筆之妙，妙至於此。本是璜大奶奶不忿來告，又偏從尤氏口中先出，確是秦鍾之語，且是情理必然，形勢逼近。孫悟空七十二變，未有如此靈巧活跳。

誰知他們昨兒學房裏打架，不知是那裏附學來的一個人欺侮了他了。裏頭還有些不乾不净的話，都告訴了他姐姐。嬸子，你是知道那媳婦的：雖則見了人有說有笑，會行事兒，他可心細，心又重，不拘聽見個什麼話兒，都要度量個三日五夜纔罷。這病就是打這個秉性上頭思慮出來的。今兒聽見有人欺負了他兄弟，又是惱，又是氣。惱的是那群混賬狐朋狗友的扯是搬非、調三惑四那些人；氣的是他兄弟不學好，不上心念書，以致如此學裏吵鬧。他聽了這事，今日索性連早飯也沒吃。我聽見了，我方到他那邊安慰了他一會子，又勸解了他兄弟一會子。我叫他兄弟到那府裏去找寶玉去了，我纔看着他吃了半盞燕窩湯，我纔過來了。【蒙】這會子金氏聽了這話，心裏當如何料理？實在令人悔殺從前高興。天下事不得不預爲三思，先爲防漸。嬸子，你說我心焦不心焦？況且如今又沒個好大夫，我想到他這病上，我心裏倒像針扎似的。【蒙】作無意相問語，是逼近一分，非有此一句，則金氏猶不免當爲分訴。一逼之下，實無可贅之詞。你們知道有什麼好大夫沒有？」

金氏聽了這半日話，把方纔在他嫂子家的那一團要向秦氏理論的盛氣，早嚇的都丢在爪窪國去了。【己】又何必爲金母着急。聽見尤氏問他有知道好大夫的話，連忙答道：「我們這麼聽着，實在也沒見人說有個好大夫。如今聽起大奶奶這個來，定不得還是喜呢。嫂子倒別教人混治。倘或認錯了，這可是了不得的。」尤氏道：「可不是呢。」正是説話間，賈珍從外進來，見了金氏，便向尤氏問道：「這不是璜大奶奶麽？」金氏向前給賈珍請了安。賈珍向尤氏説道：「讓這大妹妹吃了飯去。」賈珍説着話，就過那屋裏去了。金氏此來，原要向秦氏説説秦鍾欺負了他侄兒的事，聽見秦氏有病，不但不能説，亦且不敢提了。况且賈珍尤氏又待的很好，反轉怒爲喜，又説了一會子話兒，方家去了。

〔蒙〕金氏何面目再見江東父老？然而如金氏者，世不乏其人。

金氏去後，賈珍方過來坐下，問尤氏道：「今日他來，有什麽説的事情麽？」尤氏答道：「倒没説什麽。一進來的時候，臉上倒像有些着了惱的氣色似的，及説了半天話，又提起媳婦這病，他倒漸漸的氣色平定了。你又叫讓他吃飯，他聽見媳婦這麽病，也不好意思只管坐着，又説了幾句閒話兒就去了，倒没求什麽事。如今且説媳婦這病，你到那裏尋一個好大夫來與他瞧瞧要緊，可別耽誤了。現今咱們家走的這群大夫，〔蒙〕醫毒。非止近世，從古有之。那裏要得？一個個都是聽着人的口氣兒，人怎麽説，他也添幾句文話兒説一遍。可倒殷勤的很，三四個人一日輪流着倒有四五遍來看脉。他們大家商量着立個方子，吃了也不見效，倒弄得一日換四五遍衣裳，坐起來見大夫，其實於病人無益。」賈珍説道：「可是。這孩子也糊塗，何必脱脱換換的，倘再着了凉，更添一層病，那還了得。衣裳任憑是什麽好的，可又值什麽，孩子的身子要緊，就是一天穿一套新的，也不值什麽。我正進來要告訴你：方纔馮紫英來看我，他見我有些抑鬱之色，問我是怎麽了。我纔告訴他説，媳婦忽然身子有好大的不爽快，因爲不得個好太醫，斷不透是喜是病，又不知有妨礙無妨礙，所以我這兩日心裏着實着急。馮紫英因説起他有一個幼時從學的先生，姓張名友士，學問最淵博的，更兼醫理極深，［己蒙］未必能如此。舉薦人的通套，多是如此説。且能斷人的生死。今年是上京給他兒子來捐官，現在他家住着呢。這麽看來，竟是合該媳婦的病在他手裏除災亦未可知。我即刻差人拿我的名帖請去了。［蒙］父母之心，昊天罔極。今日倘或天晚了不能來，明日想必一定來。况且馮紫英又即刻回家親自去求他，務必叫他來瞧瞧。等這個張先生來瞧了再説罷。」

尤氏聽了，心中甚喜，因説道：「後日是太爺的壽日，到底怎麼辦？」賈珍説道：「我方纔到了太爺那裏去請安，兼請太爺來家來受一受一家子的禮。太爺因説道：『我是清净慣了的，我不願意往你們那是非場中去鬧去。你們必定説是我的生日，要叫我去受衆人些頭，莫過你把我從前註的《陰騭文》給我令人好好的寫出來刻了，比叫我無故受衆人的頭還强百倍呢。倘或後日這兩日一家子要來，你就在家裏好好的款待他們就是了。也不必給我送什麼

蒙 將寫可卿之好事多慮。至於天生之文中，轉出好清静之一番議論，清新醒目，立見不凡。

東西來，連你後日也不必來，你要心中不安，你今日就給我磕了頭去。倘或後日你要來，又跟隨多少人來鬧我，我必和你不依。』如此説了又説，後日我是再不敢去的了。且叫來昇來，吩咐他預備兩日的筵席。」尤氏因叫人叫了賈蓉來：「吩咐來昇照舊例預備兩日的筵席，要豐豐富富的。你再親自到西府裏去請老太太、大太太、二太太和你璉二嬸子來逛逛。你父親今日又聽見一個好大夫，業已打發人請去了，想必明日必來。你可將他這些日子的病症細細的告訴他。」

賈蓉一一的答應着出去了。正遇着方纔去馮紫英家請那先生的小子回來了，因回道：「奴才方纔到了馮大爺家，拿了老爺的名帖請那先生去。那先生説道：『方纔這裏大爺也向我説了。但是今日拜了一天的客，纔回到家，此時精神實在不能支持，就是去到府上也不能看脉。』[蒙 醫生多是推三阻四，拿腔作調。]他説等調息一夜，明日務必到府。他又説，他『醫學淺薄，本不敢當此重薦，因我們馮大爺和府上的大人既已如此説了，又不得不去，你先替我回明大人就是了。大人的名帖實不敢當。』仍叫奴才拿回來了。哥兒替奴才回一聲兒罷。」賈蓉轉身復進去，回了賈珍尤氏的話，方出來叫了來昇來，吩咐他「預備兩日的筵席」的話。來昇聽畢，自去照例料理。不在話下。

且説次日午間，人回道：「請的那張先生來了。」賈珍遂延入大廳坐下。茶畢，方開言道：「昨承馮大爺示知老先生人品學問，又兼深通醫學，小弟不勝欽仰之至。」張先生道：「晚生粗鄙下士，本知見淺陋，昨因馮大爺示知，大人家第謙恭下士，又承呼喚，敢不奉命。」

但毫無實學，倍增顔汗。」賈珍道：「先生何必過謙。就請先生進去看看兒婦，仰仗高明，以釋下懷。」於是，賈蓉同了進去。到了賈蓉居室，見了秦氏，向賈蓉説道：「這就是尊夫人了？」賈蓉道：「正是。請先生坐下，讓我把賤内的病症説一説再看脉如何？」那先生道：「依小弟的意思，竟先看過脉再説的爲是。我是初造尊府的，本也不曉得什麼，但是我們馮大爺務必叫小弟過來看看，小弟所以不得不來。如今看了脉息，看小弟説的是不是，再將這些日子的病勢講一講，大家斟酌一個方兒，可用不可用，那時大爺再定奪。」賈蓉道：「先生實在高明，如今恨相見之晚。就請先生看一看脉息，可治不可治，以便使家父母放心。」於是家下媳婦們捧過大迎枕來，一面給秦氏拉着袖口，露出脉來。先生方伸手按在右手脉上，調息了至數，寧神細診了有半刻的工夫，方换過左手，亦復如是。診畢脉息，説道：「我們外邊坐罷。」

賈蓉於是同先生到外間房裏床上坐下，一個婆子端了茶來。賈蓉道：「先生請茶。」於是陪先生吃了茶，遂問道：「先生看這脉息，還治得治不得？」先生道：「看得尊夫人這脉息：左寸沉數，左關沉伏，右寸細而無力，右關需而無神。其左寸沉數者，乃心氣虛而生火；左關沉伏者，乃肝家氣滯血虧。右寸細而無力者，乃肺經氣分太虛；右關需而無神者，乃脾土被肝木尅制。心氣虛而生火者，應現經期不調，夜間不寐。肝家血虧氣滯者，必然肋下疼脹，月信過期，心中發熱。肺經氣分太虛者，頭目不時眩暈，寅卯間必然自汗，如坐舟中。脾土被肝木尅制者，必然不思飲食，精神倦怠，四肢酸軟。據我看這脉息，應當有這些症候纔對。或以這個脉爲喜脉，則小弟不敢從其教也。」旁邊一個貼身伏侍的婆子道：「何嘗不是這樣呢。真正先生説的如神，倒不用我們告訴了。如今我們家裏現有好幾位太醫老爺瞧着呢，都不能的當真切的這麽説。有一位説是喜，有一位説是病，這位説不相干，那位説怕冬至，總沒有個準話兒。求老爺明白指示指示。」

〔蒙〕説是了，不覺笑，描出神情跳躍，如見其人。

那先生笑道：「大奶奶這個症候，可是那衆位耽擱了。要在初次行經的日期就用藥治起來，不但斷無今日之患，而且此時已全愈了。如今既是把病耽誤到這個地位，也是應有此災。依我看來，這病尚有三分治得。吃了我的藥看，若是夜裏睡的着覺，那時又添了二分拿手了。據我看這脉息：大奶奶是個心性高强聰明不過的人。聰明忒過，則不如意事常有；不如意事常有，則思慮太過。此病是憂慮傷脾，肝木忒旺，經血所以不能按時而至。大奶奶從前的行

蒙 恐不合其方，又加一番議論，一爲合方藥，一爲夭亡症，無一字一句不前後照應者。

經的日子問一問，斷不是常縮，必是常長的。是不是？」這婆子答道：「可不是，從沒有縮過，或是長兩日三日，以至十日都長過。」先生聽了道：「妙啊！這就是病源了。從前若能够以養心調經之藥服之，何至於此。這如今明顯出一個水虧木旺的症候來。待用藥看看。」於是寫了方子，遞與賈蓉，上寫的是：

益氣養榮補脾和肝湯

人參二錢　白朮二錢土炒　雲苓三錢　熟地四錢

歸身二錢酒洗　白芍二錢　川芎錢半　黃芪三錢

香附米二錢製　醋柴胡八分　懷山藥二錢炒　真阿膠二錢蛤粉炒

延胡索錢半酒炒　炙甘草八分

引用建蓮子七粒去心　紅棗二枚

賈蓉看了，說：「高明的很。還要請教先生，這病與性命終久有妨無妨？」先生笑道：「大爺是最高明的人。人病到這個地位，非一朝一夕的症候，吃了這藥也要看醫緣了。依小弟看來，今年一冬是不相干的。總是過了春分，就可望全愈了。」賈蓉也是個聰明人，也不往下細問了。

於是賈蓉送了先生去了，方將這藥方子並脉案都給賈珍看了，說的話也都回了賈珍並尤氏了。尤氏向賈珍說道：「從來大夫不像他說的這麼痛快，想必用的藥也不錯。」賈珍道：「人家原不是混飯吃、久慣行醫的人。因爲馮紫英我們好，他好容易求了他來了。既有這個人，媳婦的病或者就能好了。他那方子上有人參，就用前日買的那一斤好的罷。」賈蓉聽畢話，方出來叫人打藥去煎給秦氏吃。不知秦氏服了此藥病勢如何，下回分解。

戚總評：欲速可卿之死，故先有惡奴之兇頑，而後及以秦鍾來告，層層尅入，點露其用心過當，種種文章逼之。雖貧女得居富室，諸凡遂心，終有不能不夭亡之道。我不知作者於着筆時何等妙心繡口，能道此無礙法語，令人不禁眼花撩亂。

〔一〕增什麼鬧事：「增」，底本旁改爲「做」，蒙、戚本作「争」，楊本及甲辰本作「管」，舒本作「生」，餘本同底本。「鬧事」，蒙、戚本作「閒氣」，餘本作「閒事」。按：胡氏口中「鬧事」二字，是承接金榮「就是鬧出事來」一語而來的，勸他不要多事。旁改之「做」字，大謬。此句今人校本多依蒙、戚本校作「争什麼閒氣」，意思雖通，恐離原貌較遠。

〔二〕本回十條己卯本側批，爲此本獨有，且係後人所補入。其是否脂批尚有疑問。下文第十七回有一條二字批「不板」屬同樣情況。

貫蓉

第十一回　慶壽辰寧府排家宴　見熙鳳賈瑞起淫心

戚 幻景無端換境生，玉樓春暖述乖情。鬧中尋静渾閒事，運得靈機屬鳳卿。

話説是日賈敬的壽辰，賈珍先將上等可吃的東西，稀奇些的果品，裝了十六大捧盒，着賈蓉帶領家下人等與賈敬送去，向賈蓉説道：「你留神看太爺喜歡不喜歡，你就行了禮來。你説：『我父親遵太爺的話未敢來，在家裏率領合家都朝上行了禮了。』」賈蓉聽罷，即率領家人去了。

這裏漸漸的就有人來了。先是賈璉賈薔到來，先看了各處的座位，並問：「有什麽頑意兒没有？」家人答道：「我們爺原算計請太爺今日來家來，所以未敢預備頑意兒。前日聽見太爺又不來了，現叫奴才們找了一班小戲兒並一檔子打十番的，都在園子裏戲臺上預備着呢。」

次後邢夫人、王夫人、鳳姐兒、寶玉都來了，賈珍並尤氏接了進去。尤氏的母親已先在這裏呢。大家見過了，彼此讓了坐。賈珍尤氏二人親自遞了茶，因説道：「老太太原是老祖宗，我父親又是侄兒，這樣日子，原不敢請他老人家，但是這個時候，天氣正涼爽，滿園的菊花又盛開，請老祖宗過來散散悶，看着衆兒孫熱鬧熱鬧，是這個意思。誰知老祖宗又不肯賞臉。」鳳姐兒未等王夫人開口，先説道：「老太太昨日還説要來着呢，因爲晚上看着寶兄弟他們吃桃兒，老人家又嘴饞，吃了有大半個，五更天的時候就一連起來了兩次，今日早晨略覺身子倦些。因叫我回大爺，今日斷不能來了，說有好吃的要幾樣，還要很爛的。（蒙）是。」（蒙）此一問一答，即景生情，請教是真是假？非身經其事者，想不到，寫不出。賈珍聽了笑道：「我説老祖宗是愛熱鬧的，今日不來，必定有個原故，若是這麽着就是了。」

王夫人道：「前日聽見你大妹妹説，蓉哥兒媳婦兒身上有些不大好，到底是怎麽樣？」尤氏道：「他這個病得的也奇。上月中秋還跟着老太太、太太們頑了半夜，回家來好好的。到了二十後，一日比一日覺懶，也懶待吃東西，這將近有半個月了。經期又有兩個月没來。」邢夫人接着説道：蒙此書總是一幅《雲龍圖》。「别是喜罷？」

正説着，外頭人回道：「大老爺，二老爺並一家子的爺們都來了，在廳上呢。」賈珍連忙出去了。這裏尤氏方説道：「從前大夫也有説是喜的。昨日馮紫英薦了他從學過的一個先生，醫道很好，瞧了説不是喜，竟是很大的一個症候。昨日開了方子，吃了一劑藥，今日頭眩的略好些，别的仍不見怎麽樣大見效。」鳳姐兒道：「我説他不是十分支持不住，今日這樣的日子，再也不肯不扎掙着上來。」尤氏道：「你是初三日在這裏見他的，他强扎掙了半天，也是因你們娘兒兩個好的上頭，他纔戀戀的捨不得去。」鳳姐兒聽了，眼圈兒紅了半天，半日方説道：蒙揣摩的極平常言語來寫無涯之幻景幻情，反作了悟之意，且又轉至别處，真是月下梨花，幾不能辨。「真是『天有不測風雲，人有旦夕禍福』。這個年紀，倘或就因這個病上怎麽樣了，人還活着有甚麽趣兒！」蒙大英雄多在此等處悟得，每能超凡入聖。正説話間，賈蓉進來，給邢夫人、王夫人、鳳姐兒前都請了安，方回尤氏道：「方纔我去給太爺送吃食去，並回説我父親在家中伺候老爺們，款待一家子的爺們，遵太爺的話未敢來。太爺聽了甚喜歡，説：『這纔是。』叫告訴父親母親好生伺候太爺太太們，叫我好生伺候叔叔嬸子們並哥哥們。還説那《陰騭文》，叫急急的刻出來，印一萬張散人。我將此話都回了我父親了。我這會子得快出去打發太爺們並合家爺們吃飯。」鳳姐兒説：「蓉哥兒，你且站住。你媳婦今日到底是怎麽着？」賈蓉皺皺眉説道：「不好麽！嬸子回來瞧瞧去就知道了。」蒙伏綫自然。於是賈蓉出去了。

這裏尤氏向邢夫人、王夫人道：「太太們在這裏吃飯，阿〔一〕還是在園子裏吃去好？小戲兒現預備在園子裏呢。」王夫人向邢夫人道：「我們索性吃了飯再過去罷，也省好些事。」邢夫人道：「很好。」於是尤氏就吩咐媳婦婆子們：「快送飯來。」門外一齊答應了一聲，都各人端各人的去了。不多一時，擺上了飯。尤氏讓邢夫人、王夫人並他母親都上了坐，他與鳳姐兒、寶玉側席坐了。邢夫人、王夫人道：「我們來原爲給大老爺拜壽，這不竟是我們來過生日來了麽？」鳳姐兒說道：「大老爺原是好養静的，已經修煉成了，也算得是神仙了。太太們這麽一說，這就叫作『心到神知』了。」蒙 此等趣語，亦不肯無着落。一句話說的滿屋裏的人都笑起來了。

於是，尤氏的母親並邢夫人、王夫人、鳳姐兒都吃畢飯，漱了口，净了手，纔說要往園子裏去，賈蓉進來向尤氏說道：「老爺們並衆位叔叔、哥哥、兄弟們也都吃了飯了。大老爺說家裏有事，二老爺是不愛聽戲又怕人鬧的慌，都纔去了。別的一家子爺們都被璉二叔並蔷兄弟讓過去聽戲去了。方纔南安郡王、東平郡王、西寧郡王、北静郡王四家王爺，並鎮國公牛府等六家，忠靖侯史府等八家，都差人持了名帖送壽禮來，俱回了我父親，先收在賬房裏了，禮單都上上檔子了。老爺的領謝的名帖都交給各來人了，各來人也都照舊例賞了，衆來人都讓吃了飯纔去了。蒙 人送壽禮，是爲園子；回人去的去了在的在，是爲可以過園子裏坐；園子裏坐，可以轉入正文中之幻情；幻情裏有乖情，而乖情初寫，偏不乖。真是慧心神手！母親該請二位太太、老娘、嬸子都過園子裏坐着去罷。」尤氏道：「也是纔吃完了飯，就要過去了。」

鳳姐兒説：「我回太太，我先瞧瞧蓉哥兒媳婦，我再過去。」王夫人道：「很是，我們都要去瞧瞧他，倒怕他嫌鬧的慌，〔蒙〕爲下文留地步。説我們問他好罷。」尤氏道：「好妹妹，媳婦聽你的話，你去開導開導他，我也放心。你就快些過園子裏來。」寶玉也要跟了鳳姐兒去瞧秦氏去，王夫人道：「你看看就過去罷，那是侄兒媳婦。」於是尤氏請了邢夫人、王夫人並他母親都過會芳園去了。

鳳姐兒、寶玉方和賈蓉到秦氏這邊來。進了房門，悄悄的走到裏間房門口，秦氏見了，就要站起來，鳳姐兒説：「快别起來，看起猛了頭暈。」〔蒙〕知心每每如此。於是鳳姐兒就緊走了兩步，拉住秦氏的手，説道：「我的奶奶！怎麽幾日不見，就瘦的這麽着了！」於是就坐在秦氏坐的褥子上。寶玉也問了好，坐在對面椅子上。賈蓉叫：「快倒茶來，嬸子和二叔在上房還未喝茶呢。」

秦氏拉着鳳姐兒的手，强笑道：「這都是我没福。這樣人家，公公婆婆當自己的女孩兒

蒙 正寫幻情，偏作錐心刺骨語。呼渡河者三，是一意。

似的待。嬸娘的侄兒雖説年輕，却也是他敬我，我敬他，從來没有紅過臉兒。就是一家子的長輩同輩之中，除了嬸子倒不用説了，別人也從無不疼我的，也無不和我好的。這如今得了這個病，把我那要强的心一分也没了。公婆跟前未得孝順一天，就是嬸娘這樣疼我，我就有十分孝順的心，如今也不能够了。我自想着，未必熬的過年去呢。」

寶玉正眼瞅着那《海棠春睡圖》並那秦太虛寫的「嫩寒鎖夢因春冷，芳氣籠人是酒香」的對聯，不覺想起在這裏睡晌覺夢到「太虛幻境」的事來。正自出神，聽得秦氏説了這些話，如萬箭攢心，那眼淚不知不覺就流下來了。鳳姐兒心中雖十分難過，但恐怕病人見了衆人這個樣兒反添心酸，倒不是來開導勸解的意思了。見寶玉這個樣子，因説道：「寶兄弟，你忒婆婆媽媽的了。他病人不過是這麽説，那裏就到得這個田地了？況且能多大年紀的人，略病一病兒就這麽想那麽想的，這不是自己倒給自己添病了麽？」賈蓉道：「他這病也不用別的，

蒙 各人是各人伎倆，一絲不亂，一毫不遺。

只是吃得些飲食就不怕了。」鳳姐兒道：「寶兄弟，太太叫你快過去呢。你別在這

裏只管這麼着，倒招的媳婦也心裏不好。太太那裏又惦着你。」因向賈蓉說道：「你先同你寶叔叔過去罷，我還略坐一坐兒。」賈蓉聽說，即同寶玉過會芳園來了。

〔蒙〕爲本。

這裏鳳姐兒又勸解了秦氏一番，又低低的說了許多衷腸話兒，尤氏打發人請了兩三遍，鳳姐兒纔向秦氏說道：「你好生養着罷，我再來看你。合該你這病要好，所以前日就有人薦了這個好大夫來，再也是不怕的了。」秦氏笑道：「任憑神仙也罷，治得病治不得命。嬸子，我知道我這病不過是挨日子。」鳳姐兒說道：「你只管這麼想着，病那裏能好呢？總要想開了纔是。況且聽得大夫說，『若是不治，怕的是春天不好』，如今纔九月半，還有四五個月的工夫，什麼病治不好〔二〕呢？咱們若是不能吃人參的人家，這也難說了。你公公婆婆聽見治得好你，別說一日二錢人參，就是二斤也能够吃的起。好生養着罷，我過園子裏去了。」秦氏又道：「嬸子，恕我不能跟過去了。閒了時候還求嬸子常過來瞧瞧我，咱們娘兒們坐坐，多說幾遭話兒。」鳳姐兒聽了，不覺得又眼圈兒一紅，遂說道：「我得了閒兒必常來看你。」於是鳳姐兒帶領跟來的婆子丫頭並寧府的媳婦婆子們，蒙偏不獨行，用此等反尅文字。從裏頭繞進園子的便門來。但只見：

黃花滿地，白柳橫坡。小橋通若耶之溪，曲徑接天台之路。蒙點明題目。石中清流激湍，籬落飄香；樹頭紅葉翩翻，踈林如畫。西風乍緊，初罷鶯啼；暖日當暄，又添蛩語。遙望東南，建幾處依山之榭；縱觀西北，結三間臨水之軒。笙簧盈耳，別有幽情；羅綺穿林，倍添韻致。

鳳姐兒正自看園中景致，一步步行來讚賞。猛然從假山石後走過一個人來，向前對鳳姐兒說道：「請嫂子安。」鳳姐兒猛然見了，將身子望後一退，說道：「這是瑞大爺不是？」賈瑞說道：「嫂子連我也不認得了？不是我是誰！」鳳姐兒道：蒙作者何等心思，能在此等事想到如此出言。漸入之妙，無過於此。「不是不認得，猛然一見，不想到是大爺到這裏來。」賈瑞道：「也是合該我與嫂子有緣。我方纔偷出了席，在這個清净地方略散一散，不想就遇見嫂子也從這裏來。蒙重點「有緣」二字，方是筆力。這不是有緣麼？」一面說着，一面拿眼睛不住的覷着鳳姐兒。

鳳姐兒是個聰明人，見他這個光景，如何不猜透八九分呢，因向賈瑞假意含笑道：「怨不得你哥哥時常提你，説你很好。今日見了，聽你説這幾句話兒，就知道你是個聰明和氣的人了。這會子我要到太太們那裏去，不得和你説話兒，等閒了咱們再説話兒罷。」賈瑞道：「我要到嫂子家裏去請安，又恐怕嫂子年輕，不肯輕易見人。」鳳姐兒假意笑道：「一家子骨肉，説什麽年輕不年輕的話。」賈瑞聽了這話，再不想到今日得這個奇遇，那神情光景亦發不堪難看了。鳳姐兒説道：「你快入席去罷，仔細他們拿住罰你酒。」賈瑞聽了，身上已木了半邊，慢慢的一面走着，一面回過頭來看。鳳姐兒故意的把脚步放遲了些兒，見他去遠了，心裏暗忖道：蒙 大英雄氣概。作者以此命鳳，其有爲耶？「這纔是知人知面不知心呢，那裏有這樣禽獸的人呢！他如果如此，幾時叫他死在我的手裏，他纔知道我的手段！」

於是鳳姐兒方移步前來。將轉過了一重山坡，見兩三個婆子慌慌張張的走來，見了鳳姐兒，蒙 別者必將遇賈瑞的事聲張一番，以表清節。此文偏若無事，一則可以見熙鳳非凡，一則可以見熙鳳包含廣大。笑説道：「我們奶奶見二奶奶只是不來，急的了不得，叫奴才們又來請奶奶來了。」鳳姐兒説道：「你們奶奶就是這麽急脚鬼似的。」鳳姐兒慢慢的走着，問：「戲唱了幾齣了？」那婆子回道：「有八九齣了。」説話之間，已來到了天香樓的後門，見寶玉和一群丫頭們在那裏玩呢。鳳姐兒説道：「寶兄弟，別忒淘氣了。」〔蒙：照應前文。〕有一個丫頭説道：「太太們都在樓上坐着呢，請奶奶就從這邊上去罷。」

鳳姐兒聽了，款步提衣上了樓，見尤氏已在樓梯口等着呢。尤氏笑説道：「你們娘兒兩個忒好了，見了面總捨不得來了。你明日搬來和他住着罷。你坐下，我先敬你一鍾。」於是鳳姐兒在邢、王二夫人前告了坐，又在尤氏的母親前周旋了一遍，仍同尤氏坐在一桌上吃酒聽戲。尤氏叫拿戲單來，讓鳳姐兒點戲，鳳姐兒説道：「太太們〔三〕在這裏，我如何敢點。」邢夫人、王夫人説道：「我們和親家太太都點了好幾齣了，你點兩齣好的我們聽。」鳳姐兒立起身來答應了一聲，方接過戲單，從頭一看，點了一齣《還魂》，一齣《彈詞》，遞過戲單去説：「現在唱的這《雙官誥》，〔蒙：點下文。〕唱完了，再唱這兩齣，也就是時候了。」王夫人道：「可不是呢，也該趁早叫你哥哥嫂子歇歇，他們又心裏不静。」尤氏説道：「太太們又不常過來，娘兒們多坐一會子去，纔有趣兒，天還早呢。」鳳姐兒立起身來望樓下一看，説：「爺們都往那裏去了？」旁邊一個婆子道：「爺們纔到凝曦軒，帶了打十番的那裏吃酒去了。」鳳姐兒説道：「在這裏不便宜，背地裏又不知幹什麽去了！」〔蒙〕偏是愛吃酸醋。尤氏笑道：「那裏都像你這麽正經人呢。」

於是説説笑笑，點的戲都唱完了，方纔撤下酒席，擺上飯來。吃畢，大家纔出園子來，到上房坐下，吃了茶，方纔叫預備車，向尤氏的母親告了辭。尤氏率同衆姬妾並家下婆子媳婦們方送出來，賈珍率領衆子侄都在車旁侍立，等候着呢，見了邢夫人、王夫人道：「二位嬸子明日還過來逛逛。」王夫人道：「罷了，我們今日整坐了一日，也乏了，明日歇歇罷。」於是都上車去了。〔蒙〕無有不足不盡處。賈瑞猶不時拿眼睛覷着鳳姐兒。賈珍等進去後，李貴纔拉過馬來，寶玉騎上，隨了王夫人去了。這裏賈珍同一家子的弟兄子侄吃過了晚飯，方大家散了。

次日，仍是衆族人等鬧了一日，不必細説。此後，鳳姐兒不時親自來看秦氏。秦氏也有幾日好些，也有幾日仍是那樣。賈珍、尤氏、賈蓉好不焦心。蒙陪襯補足。

且說賈瑞到榮府來了幾次，偏都遇見鳳姐兒往寧府那邊去了。這年正是十一月三十日冬至。到交節的那幾日，賈母、王夫人、鳳姐兒日日差人去看秦氏，回來的人都說：「這幾日也沒見添病，也不見甚好。」王夫人向賈母說：「這個症候，遇着這樣大節不添病，就有好大的指望了。」賈母說：「可是呢，好個孩子，要是有些原故，可不叫人疼死。」說着，一陣心酸，叫鳳姐兒說道：「你們娘兒兩個也好了一場，明日大初一，過了明日，你後日再去看一看他去。你細細的瞧瞧他那光景，倘或好些兒，你回來告訴我，我也喜歡喜歡。那孩子素日愛吃的，你也常叫人做些給他送過去。」鳳姐兒一一的答應了。

到了初二日，吃了早飯，來到寧府，看見秦氏的光景，雖未甚添病，但是那臉上身上的肉全瘦乾了。於是和秦氏坐了半日，說了些閒話兒，又將這病無妨的話開導了一遍。秦氏説道：「好不好，春天就知道了。如今現過了冬至，又没怎麼樣，或者好的了也未可知。

蒙 文字一變。人於將死時也應有一變。

嬸子回老太太、太太放心罷。昨日老太太賞的那棗泥餡的山藥糕，我倒吃了兩塊，倒像尅化的動似的。」鳳姐兒説道：「明日再給你送來。我到你婆婆那裏瞧瞧，就要趕着回去回老太太的話去。」秦氏道：「嬸子替我請老太太、太太安罷。」

鳳姐兒答應着就出來了，到了尤氏上房坐下。尤氏道：「你冷眼瞧媳婦是怎麼樣？」鳳姐兒低了半日頭，説道：「這實在没法兒了。你也該將一應的後事用的東西給他料理料

蒙 伏下文代辦理喪事。

理，沖一沖也好。」尤氏道：「我也叫人暗暗的預備了。就是那件東西不得好木頭，暫且慢慢的辦罷。」於是鳳姐兒吃了茶，説了一會子話兒，説道：「我要快回去回老太太的話去呢。」尤氏道：「你可緩緩的説，别唬着老太太。」鳳姐兒道：「我知道。」於是鳳姐兒就回來了。到了家中，見了賈母，説：「蓉哥兒媳婦請老太太安，給老太太磕頭，説他好些了，求老祖宗放心罷。他再略好些，還要給老祖宗磕頭請安來呢。」賈母道：「你看他是怎麼樣？」鳳姐

兒說：「暫且無妨，精神還好呢。」（蒙「精神還好呢」五字，寫得出神入化。）賈母聽了，沉吟了半日，因向鳳姐兒說：「你換換衣服歇歇去罷。」

鳳姐兒答應着出來，見過了王夫人，到了家中，平兒將烘的家常的衣服給鳳姐兒換了。鳳姐兒方坐下，問道：「家裏没有什麽事麽？」平兒方端了茶來，遞了過去，說道：「没有什麽事。就是那三百銀子的利銀，旺兒媳婦送進來，我收了。（蒙陪。）再有瑞大爺使人來（蒙正。）打聽奶奶在家没有，他要來請安說話。」鳳姐兒聽了，「哼」了一聲，說道：「這畜生合該作死，看他來了怎麽樣！」平兒因問道：「這瑞大爺是因什麽只管來？」鳳姐兒遂將九月裏寧府園子裏遇見他的光景，他說的話，都告訴了平兒。平兒說道：「癩蝦蟆想天鵝肉吃，没人倫的混賬東西，起這個念頭，叫他不得好死！」鳳姐兒道：「等他來了，我自有道理。」不知賈瑞來時作何光景，且聽下回分解。

【戚】總評：將可卿之病將死，作幻情一劫；又將賈瑞之遇唐突，作幻情一變。下回同歸幻境，真風馬牛不相及之談。同範並趨，毫無滯礙，靈活之至，飄飄欲仙。默思作者其人之心，其人之形，其人之神，其人之文，必宋玉、子建一般心性，一流人物。

〔一〕「阿」，己、戚本同，蒙、列本作「呢」，舒本作「呵」，楊本、甲辰本無。按：阿，口語，表示選擇。今吴語、閩南語還有類似用法。

〔二〕「如今纔九月半，還有四五個月的工夫，什麼病治不好」二十一字，底本與己本同缺，據蒙、戚、列、舒本補。

〔三〕「太太們」，蒙本作「親家太太和太太們」。

第十二回　王熙鳳毒設相思局　賈天祥正照風月鑑

戚 反正從來總一心，鏡光至意兩相尋。有朝敲破蒙頭甕，綠水青山任好春。

話說鳳姐正與平兒說話，只見有人回說：「瑞大爺來了。」鳳姐急命：（庚 立意追命。）「快請進來。」賈瑞見往裏讓，心中喜出望外，急忙進來，見了鳳姐，滿面陪笑，（庚 如蛇。）連連問好。鳳姐兒也假意殷勤，讓坐讓茶。

賈瑞見鳳姐如此打扮，亦發酥倒，因餳了眼問道：「二哥哥怎麼還不回來？」鳳姐道：

「不知什麼原故。」賈瑞笑道：「別是路上有人絆住了腳了，【蒙】旁敲遠引。捨不得回來也未可知？」鳳姐道：「也未可知。男人家見一個愛一個也是有的。」【蒙】這是鈎。賈瑞笑道：【己】如聞其聲。「嫂子這話錯了，我就不這樣。」【己】漸漸入港。鳳姐笑道：「像你這樣的人能有幾個呢，十個裏也挑不出一個來。」【蒙】游魚雖有入釜之志，無鈎不能上岸；一上鈎來，欲去亦不可得。賈瑞聽了，喜的抓耳撓腮，又道：「嫂子天天也悶的很？」鳳姐道：「正是呢，只盼個人來說話解解悶兒。」賈瑞笑道：「我倒天天閒着，天天過來替嫂子解解悶可好不好？」鳳姐笑道：「你哄我呢，你那裏肯往我這裏來？」賈瑞道：「我在嫂子跟前，若有一點謊話，天打雷劈！只因素日聞得人說，嫂子是個利害人，在你跟前一點也錯不得，所以唬住了我。如今見嫂子最是個有說有笑極疼人的，【己】奇妙！我怎麼不來，——死了也願意！【庚】這倒不假。」鳳姐笑道：「果然你是個明白人，比賈蓉兩個強遠了。我看他那樣清秀，只當他們心裏明白，誰知竟是兩個糊塗蟲，【庚】反文，着眼。一點不知人心。」

賈瑞聽這話，越發撞在心坎兒上，由不得又往前湊了一湊，【蒙】寫獃人痴性活現。覷着眼看鳳姐帶的荷包，然

【庚】勿作正面看爲幸。畸笏。

後又問戴着什麽戒指。鳳姐悄悄道：「放尊重着，別叫丫頭們看了笑話。」賈瑞如聽綸音佛語一般，忙往後退。鳳姐笑道：「你該去了。」〔己 叫「去」，正是叫「來」也。〕賈瑞道：「我再坐一坐兒。——好狠心的嫂子。」鳳姐又悄悄的道：「大天白日，人來人往，你就在這裏也不方便。你且去，等着晚上起了更你來，悄悄的在西邊穿堂兒等我。」賈瑞聽了，如得珍寶，忙問道：「你別哄我。但只那裏人過的多，怎麽好躲的？」鳳姐道：「你只放心。我把上夜的小厮們都放了假，兩邊門一關，再没別人了。」賈瑞聽了，喜之不盡，忙忙的告辭而去，心内以爲得手。〔庚 未必。〕

〔蒙 凡人在平静時，物來言至，無不照見。若迷於一事一物，雖風雷交作，有所不聞。即「穿堂兒等」之一語，府第非比凡常，關啓門户，必要查看，且更夫僕婦，勢必往來，豈容人藏過於其間？只因色迷，聞聲連諾，不能有回思之暇，信可悲夫！〕

盼到晚上，果然黑地裏摸入榮府，趁掩門時，鑽入穿堂。果見漆黑無人，往賈母那邊去的門户已鎖，倒只有向東的門未關。賈瑞側耳聽着，半日不見人來，忽聽「咯登」一聲，東邊的門也倒關了。〔庚 平平略施小計。〕賈瑞急的也不敢則聲，只得悄悄的出來，將門撼了撼，關得鐵桶一般。〔蒙 此大抵是鳳姐調遣。不先爲點明者，可以少許多事故，又可以藏拙。〕此時要求出去，亦不能够。南北皆是大房墻，要跳亦無攀援。這屋内又是過門風，空落落；現是臘月天氣，夜又長，朔風凜凜，侵肌裂骨，〔蒙 教導之法、慈悲之心盡矣，無奈迷徒不悟何！〕一夜幾乎不曾凍死。好容易盼到早晨，只見一

〔庚 先寫穿堂，只知房舍之大，豈料有許多用處。〕

〔庚 可爲偷情一戒。〕

〔庚〕教訓最嚴，奈其心何！一嘆。

〔庚〕處處點父母痴心、子孫不肖。此書係自愧而成。

〔庚〕苦海無邊，回頭是岸。若個能回頭也？嘆嘆！壬午春。畸笏。

個老婆子先將東門開了，進去又叫西門。賈瑞瞅他背着臉，一溜煙抱着肩跑了出來，幸而天氣尚早，人都未起，從後門一逕跑回家去。

原來賈瑞父母早亡，只有他祖父代儒教養。那代儒素日教訓最嚴，不許賈瑞多走一步，生怕他在外吃酒賭錢，有誤學業。今忽見他一夜不歸，只料定他在外非飲即賭，〔庚〕展轉靈活，一人不放，一筆不肖。嫖娼宿妓，〔庚〕世人萬萬想不到，況老學究乎！那裏想到這段公案，因此氣了一夜。賈瑞也捻着一把汗，少不得回來撒謊，只說：「往舅舅家去了，天黑了，留我住了一夜。」代儒道：「自來出門，非稟我不敢擅出，如何昨日私自去了？據此亦該打，何況是撒謊！」因此，發狠到底打了三四十板，不許吃飯，令他跪在院內讀文章，定要補出十天工課來方罷。賈瑞直凍了一夜，今又遭了苦打，且餓着肚子跪〔蒙〕教令何嘗不好，孽種故此不同。在風地裏念文章，其苦萬狀。〔己〕禍福無門，唯人自招。

此時賈瑞前心猶是未改，〔庚〕四字是尋死之根。再想不到是鳳姐捉弄他。過後兩日，得了空，便仍來找鳳姐。鳳姐故意抱怨他失信，賈瑞急的賭身發誓。鳳姐因見他自投羅網，〔庚〕可謂因人而使。少不得再尋别計令他知改，〔庚〕四字是作者明阿鳳身分，勿得輕輕看過。故又約他道：「今日晚上，你別在那裏了。你在我這房後小過道子裏那間空屋裏等我，可別冒撞了。」【己】伏的妙！賈瑞道：「果真？」鳳姐道：「誰可哄你，你不信就別來。」【庚】緊一句。【蒙】大士心腸。賈瑞道：「來，來，來。死也要來！」【己】不差。鳳姐道：「這會子你先去罷。」賈瑞料定晚間必妥，【庚】未必。此時先去了。鳳姐在這裏便點兵派將，【庚】四字用得新，必有新文字好看。【蒙】（剩）〔新〕文，最妙！設下圈套。

那賈瑞只盼不到晚上，偏生家裏親戚又來了，【己】專能忙中寫閒，狡猾之甚！直等吃了晚飯纔去，那天已有掌燈時候。又等他祖父安歇了，方溜進榮府，直往那夾道中屋子裏來等着，【蒙】有心人記着，其實苦惱。熱鍋上的螞蟻一般，只是乾轉。左等不見人影，右聞也沒聲音，心下自思：「別是又不來了，又凍我一夜不成？」【蒙】似醒非醒語。正自胡猜，【庚】真到了。只見黑魆魆的來了一個人，賈瑞便意定是鳳姐，不管皂白，餓虎一般，等那人剛至門前，便如猫兒捕鼠的一般，抱住叫道：「親嫂子，等死我了。」說着，抱到屋裏炕上就親嘴扯褲子，滿口裏「親娘」「親爹」的亂叫起來。【蒙】醜態可笑。那人只不做聲，【庚】好極！賈瑞拉了自己褲子，硬幫幫的就想頂入。【庚】將到矣。忽然燈光一閃，只見賈薔舉着個捻子照道：「誰在屋裏？」只見炕上那人笑道：「瑞大叔要臊我呢。」賈瑞一見，却是賈蓉，[己]奇絶！真臊的無地可入，[庚]亦未必真。不知要怎麽樣纔好，回身就要跑，被賈薔一把揪住道：「别走！如今璉二嬸已經告到太太跟前，[庚]好題目。說你無故調戲他。他暫用了個脱身計，哄你在這邊等着，太太氣死過去，[庚]好大題目。因此叫我來拿你。剛纔你又攔住他，没的說，跟我去見太太！」

賈瑞聽了，魂不附體，只說：「好侄兒，只說没有見我，明日我重重的謝你。」賈薔道：「你若謝我，放你不值什麽，只不知你謝我多少？况且口說無憑，寫一文契來。」賈瑞道：[庚]也知寫不得。一嘆！「這如何落紙呢？」賈薔道：「這也不妨，寫一個賭錢輸了外人賬目，借頭家銀若干兩便罷。」賈瑞道：「這也容易。只是此時無紙筆。」賈薔道：「這也容易。」説罷，翻身出來，紙筆現成，[庚]二字妙！拿來命賈瑞寫。他兩個作好作歹，只寫了五十兩，然後畫了押，賈薔收起來。[蒙]可憐至此！好事者當自度。然後撕羅賈蓉。賈蓉先咬定牙不依，只說：「明日告訴族中的人評評理。」賈瑞急的至於叩頭。賈薔做好做歹的，[蒙]此是加一倍法。也寫了一張五十兩欠契纔罷。賈薔又道：「如今要放你，我就擔着不是。[己]又生波瀾。老太太那

[庚]調戲還有「有故」？一笑。

【庚】瑞奴實當如是報之。◇此一節可入《西廂記》批評内十大快中。畸笏。

【庚】此刻還不回頭，真自尋死路矣。

邊的門早已關了，老爺正在廳上看南京的東西，那一條路定難過去，如今只好走後門。若這一走，倘或遇見了人，連我也完了。等我們先去哨探哨探，再來領你。這屋你還藏不得，少時就來堆東西。等我尋個地方。」說畢，拉着賈瑞，仍熄了燈，【己】細。出至院外，摸着大臺磯底下，說道：「這窩兒裏好，你只蹲着，別哼一聲，等我們來再動。」【庚】未必如此收場。說畢，二人去了。

賈瑞此時身不由己，只得蹲在那裏。心下正盤算，只聽頭頂上一聲響，嗶拉拉一净桶尿糞【蒙】這也未必不是預爲埋伏者。總是慈悲設教，遇難教者，不得不現三頭六臂，並吃人心、喝人血之相，以警戒之耳。從上面直潑下來，可巧澆了他一頭一身，賈瑞掌不住「噯喲」了一聲，忙又掩住口，【己】更奇。不敢聲張，【庚】余料必［有］新奇解恨文字收場，方是《石頭記》筆力。滿頭滿臉渾身皆是尿屎，冰冷打戰。只見賈薔跑來叫：「快走，快走！」賈瑞如得了命，三步兩步從後門跑到家裏，天已三更，只得叫門。開門人見他這般光景，問是怎的。少不得撒謊說：「黑了，失脚掉在茅厠裏了。」一面到自己房中更衣洗濯，心下方想到是鳳姐頑他，因此發一回恨；【庚】慾根未斷。再想想鳳姐的模樣兒，【蒙】孫行者非有緊箍兒，雖老君之爐、五行之山，何嘗屈其一二？又恨不得一時摟在懷内，一夜竟不曾合眼。

自此滿心想鳳姐，只不敢往榮府去了。賈蓉兩個常常的來索銀子，他又怕祖父知道，正是相思尚且難禁，更又添了債務；日間工課又緊，他二十來歲之人，尚未娶親，邇來想着鳳姐，未免有那指頭告了消乏等事；更兼兩回凍惱奔波，〔己〕寫得歷歷病源，如何不死？因此三五下裏夾攻，〔庚〕所謂步步緊。不覺就得了一病：心内發膨脹，口内無滋味，脚下如綿，眼中似醋，黑夜作燒，白晝常倦，下溺連精，嗽痰帶血。諸如此症，不上一年，都添全了。〔庚〕簡捷之至！於是不能支持，一頭睡倒，合上眼還只夢魂顛倒，滿口亂説胡話，驚怖異常。百般請醫治療，諸如肉桂、附子、鱉甲、麥冬、玉竹等藥，吃了有幾十斤下去，也不見個動静。〔己〕説得有趣。

倏又臘盡春回，這病更又沉重。代儒也着了忙，各處請醫療治，皆不見效。因後來吃「獨參湯」，代儒如何有這力量，只得往榮府來尋。王夫人命鳳姐秤二兩給他，〔己〕王夫人之慈若是。鳳姐回説：「前兒新近都替老太太配了藥，那整的太太又説留着送楊提督的太太配藥，偏生昨兒我已送了去了。」王夫人道：「就是咱們這邊没了，你打發個人往你婆婆那邊問問，或是你珍大哥哥那府裏再尋些來，凑着給人家。吃好了，救人一命，也是你的好處。」〔己〕夾寫王夫人。鳳姐聽了，也不遣人去尋，只得將些渣末泡鬚湊了幾錢，命人送去，[蒙]「只說」。只說：「太太送來的，再也沒了。」然後回王夫人說：「都尋了來，共湊了有二兩多送去。」[己]然便有二兩獨參湯，賈瑞固亦不能好，又豈能望好，但鳳姐之毒何如是耶？終是瑞之自失。(二)

那賈瑞此時要命心勝，無藥不吃，只是白花錢，不見效。忽然這日有個跛足道人[己]自甄士隱隨君一去，別來無恙否？來化齋，口稱專治冤業之症。賈瑞偏生在內就聽見了，直着聲叫喊[己]如聞其聲，吾不忍聽也。說：「快請進那位菩薩來救我！」一面叫，一面在枕上叩首。[己]如見其形，吾不忍看也。衆人只得帶了那道士進來。賈瑞一把拉住，連叫：「菩薩救我！」[己]人之將死，其言也哀，作者如何下筆？那道士嘆道：「你這病非藥可醫！我有個寶貝與你，你天天看時，此命可保矣。」說畢，從褡褳中[己]妙極！此褡褳猶是士隱所搶背者乎？取出一面鏡子來[己]凡看書者從此細心體貼，方許你看，否則此書哭矣。——兩面皆可照人，[己]此書表裏皆有喻也。鏡把上面鏨着「風月寶鑑」四字[己]明點。——遞與賈瑞道：「這物出自太虛幻境空靈殿上，警幻[庚]與「紅樓夢」呼應。仙子所製，[己]言此書原係空虛幻設。專治邪思妄動之症，[己]畢真。有濟世保生之功。[己]畢真。所以帶他到世上，單與那些聰明俊傑、風雅王孫等看照。[己]所謂無能紈袴是也。千萬不可照正面，[庚]誰人識得此句！[己]觀者記之，不要看這書正面，方是會看。只照他的背面，[己]記之。要緊，要緊！三日後吾來收取，管叫你好了。」説畢，佯常而去，衆人苦留不住。

賈瑞收了鏡子，想道：「這道士倒有些意思，我何不照一照試試。」想畢，拿起「風月鑑」來，向反面一照，只見一個骷髏立在裏面，[己]所謂「好知青塚骷髏骨，就是紅樓掩面人」是也。作者好苦心思。唬得賈瑞連忙掩了，罵：「道士混賬，如何嚇我！我倒再照照正面是什麽。」想着，又將正面一照，只見鳳姐站在裏面招手叫他。[庚]可怕是「招手」二字。[己]奇絶！賈瑞心中一喜，蕩悠悠的覺得進了鏡子，[己]寫得奇峭，真好筆墨。與鳳姐雲雨一番，鳳姐仍送他出來。到了床上，「噯喲」了一聲，一睜眼，鏡子從手裏掉過來，仍是反面立着一個骷髏。[蒙]此一句力如龍象，意謂：正面你方纔已自領略了，你也當思想反面纔是。賈瑞自覺汗津津的，底下已遺了一灘精。心中到底不足，又翻過正面來，只見鳳姐還招手叫他，他又進去。如此三四次。到了這次，剛要出鏡子來，只見兩個人走來，拿鐵[蒙]這是作者之立意，要寫情種，故於此試一深寫之。在賈鎖把他套住，拉了就走。[己]所謂醉生夢死也。賈瑞叫道：「讓我拿了鏡子再走！」[己]可憐！大衆齊來看此。——只説瑞則是求仁而得仁，未嘗不含笑九泉，雖死後亦不解脱者，悲矣！了這句，就再不能説話了。

旁邊伏侍賈瑞的衆人，只見他先還拿着鏡子照，落下來，仍睜開眼拾在手内，末後鏡子落下來便不動了。衆人上來看看，已没了氣，身子底下冰凉漬濕一大灘精，這纔忙着穿衣抬床。代儒夫婦哭的死去活來，大駡道士：「是何妖鏡！〔己〕此書不免腐儒一謗。若不早毁此物，〔己〕凡野史俱可毁，獨此書不可毁。遺害於世不小。」〔己〕腐儒。遂命架火來燒，只聽鏡内哭道：「誰叫你們瞧正面了！你們自己以假爲真，何苦來燒我？」〔己〕觀者記之。正哭着，只見那跛足道人從外跑來，喊道：「誰毁『風月鑑』，吾來救也！」説着，直入中堂，搶入手内，飄然去了。

當下，代儒料理喪事，各處去報喪。三日起經，七日發引，寄靈於鐵檻寺，〔己〕所謂「鐵門限」是也。先安一開路之人，以備秦氏仙柩有方也。日後帶回原籍。當下賈家衆人齊來弔問，榮府賈赦贈銀二十兩，賈政亦是二十兩，寧國府賈珍亦有二十兩，別者族中人貧富不等，或三兩五兩，不可勝數。另有各同窗家分資，也凑了二三十兩。代儒家道雖然淡薄，倒也豐豐富富完了此事。

誰知這年冬底〔二〕，林如海的書信寄來，却爲身染重疾，寫書特來接林黛玉回去。蒙須要林黛玉長住，偏要暫離。賈母聽了，未免又加憂悶，只得忙忙的打點黛玉起身。寶玉大不自在，争奈父女之情，也不好攔勸。於是賈母定要賈璉送他去，仍叫帶回來。一應土儀盤纏，不消煩説，自然要妥貼。作速擇了日期，賈璉與林黛玉辭别了賈母等，帶領僕從，登舟往揚州去了。要知端的，且聽下回分解。

庚此回忽遣黛玉去者，正爲下回可兒之文也。若不遣去，只寫可兒、阿鳳等人，却置黛玉於榮府，成何文哉？故必遣去，方好放筆寫秦，方不脱節。况黛玉乃書中正人，秦爲陪客，豈因陪而失正耶？後大觀園方是寶玉、寶釵、黛玉等正緊文字，前皆係陪襯之文也。

戚總評：儒家正心，道者煉心，釋輩戒心。可見此心無有不到，無不能入者，獨畏其入於邪而不反，故用心煉戒以縛之。請看賈瑞一起念，及至於死，專誠不二，雖經兩次警教，毫無反悔，可謂痴子，可謂愚情。相乃可思，不能相而獨欲思，豈逃傾頽？作者以此作一新樣情種，以助解者生笑，以爲痴者設一棒喝耳！

〔一〕己、庚、蒙、戚本同有此批，文字大同小異。惟「又豈能望好」五字，爲庚本獨有。

〔二〕按：「冬底」，各本均同，但與上下文時間不銜接。吴克歧《犬窩譚紅》假託古本作「八月底」，林冠夫《紅樓夢縱横談》理校爲「五月底」，可參考。

可卿

第十三回　秦可卿死封龍禁尉　王熙鳳協理寧國府

甲 賈珍尚奢，豈有不請父命之理？因敬〔老修煉〕要緊，不問家事，故得恣意放爲。

若明指一州名，似落《西遊》□□□□□□□地，不待言可知，是光天□□□□□□□矣。不云國名更妙，□□□□□□□□□□義之鄉也。直與……

今秦可卿托□□□□□□□□□□□□理寧府亦□□□□□□□□□□□□□鳳□□□□□□□□□□□□□□□□在封龍禁尉，寫乃褻中之貶，隱去天香樓一節，是不忍下筆也。〔一〕

庚 此回可卿〔託〕夢阿鳳，蓋作者大有深意存焉。可惜生不逢時，奈何奈何！然必寫出自可卿之意也，則又有他意寓焉。榮、寧世家，未有不尊家訓者。雖賈珍尚奢，豈明逆父哉？故寫敬老不管，然後恣意，方見筆筆週到〔二〕。

戚 生死窮通何處真？英明難過是精神。微密久藏偏自露，幻中夢裏語驚人。

詩云：

一步行來錯，回頭已百年。古今風月鑑，多少泣黄泉！〔三〕

話説鳳姐自賈璉送黛玉往揚州去後，心中實在無趣，每到晚間，不過和平兒説笑一回，就胡亂睡了。甲「胡亂」二字奇。

這日夜間，正和平兒燈下擁爐倦繡，早命濃熏繡被，二人睡下，屈指算行程該到何處，甲 所謂「計程今日到梁州」是也。不知不覺已交三鼓。平兒已睡熟了。鳳姐方覺星眼微朦，恍惚只見秦氏從外走了進來，含笑說道：「嬸嬸好睡！我今兒回去，你也不送我一程。因娘兒們素日相好，我捨不得嬸嬸，故來別你一別。還有一件心願未了，非告訴嬸子，甲 一語貶盡賈家一族空頂冠束帶者。別人未必中用。」

鳳姐聽了，恍惚問道：「有何心願？你只管託我就是了。」秦氏道：「嬸嬸，你是個脂粉隊内的英雄，庚 稱得起。連那些束帶頂冠的男子也不能過你，你如何連兩句俗語也不曉得？常言『月滿則虧，水滿則溢』；又道是『登高必跌重』。如今我們家赫赫揚揚，已將百載，一日倘或甲「倘或」二字酷肖婦女口氣。樂極悲生，若應了那句『樹倒猢猻散』的俗語，豈不虛稱了一世的詩書舊族了！」鳳姐聽了此話，心胸大快，十分敬畏，忙問道：「這話慮的極是，甲 非阿鳳不明，蓋今古名利場中患失之同意也。但有何法可以永保無虞？」秦氏冷笑道：「嬸嬸好痴也！否極泰來，榮辱自古週而復始，豈是人力能可保常的。但如今能於榮時籌畫下將來衰時的世業，亦可謂常保永全了。即如今日諸事都妥，只有兩件事未妥，若把此事如此

甲「樹倒猢猻散」之語，（全）〔余〕猶在耳，屈指三十五年矣。哀哉傷哉，寧不慟殺！

一行，則日後可保永全。」

鳳姐便問何事。秦氏道：「目今祖塋雖四時祭祀，只是無一定的錢糧；第二，家塾雖立，無一定的供給。依我想來，如今盛時固不缺祭祀、供給，但將來敗落之時，此二項有何出處？莫若依我定見，趁今日富貴，將祖塋附近多置田莊、房舍、地畝，以備祭祀供給之費皆出自此處，將家塾亦設於此。合同族中長幼，大家定了則例，日後按房掌管這一年的地畝、錢糧、祭祀、供給之事。如此週流，又無爭競，亦不有典賣諸弊。便是有了罪，凡物可入官，這祭祀產業連官也不入的。便敗落下來，子孫回家讀書務農，也有個退步，戚 幻情文字中忽入此等警句，提醒多少熱心人。祭祀又可永繼。若目今以爲榮華不絕，不思日後，終非長策。眼見不日又有一件非常喜事，真是烈火烹油、鮮花着錦之盛。要知道，也不過是瞬息的繁華，一時的歡樂，萬不可忘了那『盛筵必散』[四]的俗語。蒙「瞬息繁華，一時歡樂」二語，可共天下有志事業功名者同來一哭。但天生人非無所爲，遇機會，成事業，留名於後世者，亦必有奇傳奇遇，方能成不世之功。此亦皆蒼天暗中扶助，雖有波瀾，而無甚害，反覺其錚錚有聲。其不成也，亦由天命。其奸人傾險之計，亦非天命不能行。其繁華歡樂，亦自天命。人於其間，知天命而存好生之心，盡己力以周旋其間，不計其功之成與否，所謂心安而理盡，又何患乎？一時瞬息，隨緣遇緣，烏乎不可！甲 伏的妙！此時若不早爲後慮，臨期只恐後悔無益矣。」鳳姐忙問：「有何喜事？」秦氏道：「天機不可泄漏。只是我與嬸子好了一場，臨別贈你兩句話，須要記着。」因

甲 語語見道，字字傷心，讀此一段，幾不知此身爲何物矣。松齋。

【甲】不必看完，見此二句，即欲墮淚。梅溪。

【庚】可從此批。

【甲】九個字寫盡天香樓事，是不寫之寫。

【庚】松齋云：好筆力。此方是文字佳處。

【庚】如（在）［此］總是淡描輕寫，全無痕跡，方見得有生以來，天分中自然所賦之性如此，非因色所（感）［惑］也。

念道：

三春去後諸芳盡，各自須尋各自門。【甲】此句令批書人哭死。

鳳姐還欲問時，只聽二門上傳事雲牌連叩四下，【甲】正是喪音。〔五〕將鳳姐驚醒。人回：「東府蓉大奶奶沒了。」鳳姐聞聽，嚇了一身冷汗，出了一回神，只得忙忙的穿衣服，往王夫人處來。

彼時合家皆知，無不納罕，都有些疑心。那長一輩的想他素日孝順，平一輩的想他素日和睦親密，下一輩的想他素日慈愛，以及家中僕從老小想他素日憐貧惜賤、【庚】八字乃爲上人（之）［者］當銘於五衷。慈老愛幼之恩，莫不悲嚎痛哭者。【庚】老健。

閒言少叙，却説寶玉因近日林黛玉回去，【甲】與鳳姐反對。◇淡淡寫來，方是二人自幼氣味相投，可知後文皆非突然文字。剩得自己孤悽，也不和人頑耍，每到晚間，便索然睡了。如今從夢中聽見説秦氏死了，連忙翻身爬起來，【甲】寶玉早已看定，可繼家務事者可卿也，今聞死了，大失所望。急火攻心，焉得不有此血？爲玉一嘆！只覺心中似戳了一刀的，不忍「哇」的一聲，噴出一口血來。襲人等慌慌忙忙來搊扶，問是怎麽樣，又要回賈母來請大夫。寶玉笑道：「不用忙，（庚：又淡淡抹去。）不相干，（甲：如何自己說出來了？）這是急火攻心，血不歸經。」說着便爬起來，要衣服換了，來見賈母，即時要過去。襲人見他如此，心中雖放不下，又不敢攔，只是由他罷了。賈母見他要去，因說：「纔咽氣的人，那裏不乾净；二則夜裏風大，明早再去不遲。」寶玉那裏肯依。賈母命人備車，多派跟從人役，擁護前來。

一直到了寧國府前，只見府門洞開，兩邊燈籠照如白晝，亂烘烘人來人往，裏面哭聲（甲：寫大族之喪，如此起緒。）搖山振嶽。寶玉下了車，忙忙奔至停靈之室，痛哭一番。然後見過尤氏。（甲：妙！非此何以出阿鳳！）（庚：緊處愈緊，密處愈密。）誰知尤氏正犯了胃疼舊疾，睡在床上。然後又出來見賈珍。彼時賈代儒帶領賈敕、賈效、賈敦、賈赦、賈政、賈琮、賈㻞、賈珩、賈珖、賈琛、賈瓊、賈璘、賈薔、賈菖、賈菱、賈芸、賈芹、賈蓁、賈萍、（庚：將賈族約略一總，觀者方不惑。）賈藻、賈蘅、賈芬、賈芳、賈蘭、賈菌、賈芝等都來了。（甲：可笑。如喪考妣，此作者刺心筆也。）賈珍哭的淚人一般，正和賈代儒等說道：「合家大小，遠親近友，誰不知我這媳婦比兒子還强十倍。如今伸腿去了，可見這長房內絕滅無人了。」說着又哭起來。衆人忙勸道：「人已辭世，哭也無益，（庚：淡淡一句，勾出賈珍多少文字來。）且商議如何料理要緊。」

（庚：所謂層巒叠翠之法也。野史中從無此法。即觀者到此，亦（爲）[謂]寫秦氏未必全到，豈料更又寫一尤氏哉！）

賈珍拍手道：「如何料理，不過盡我所有罷了！」戚「盡我所有」，爲媳婦是非禮之談，父母又將何以待之？故前此有惡奴酒後狂言，及今復見此語，含而不露，吾不能爲賈珍隱諱。

正説着，只見秦業、秦鍾並尤氏的幾個眷屬尤氏姊妹也都來了。甲伏後文。賈珍便命賈瓊、賈琛、賈璘、賈薔四個人去陪客，一面吩咐去請欽天監陰陽司來擇日，推准停靈七七四十九日，三日後開喪送訃聞。這四十九日，單請一百單八衆禪僧在大廳上拜大悲懺，超度前亡後化諸魂，以免亡者之罪；另設一壇於天香樓上，甲删。却是未删之筆。是九十九位全真道士，打四十九日解冤洗業醮。然後停靈於會芳園中，靈前另有五十衆高僧、五十衆高道，對壇按七作好事。那賈敬聞得長孫媳婦死了，庚可笑可嘆。古今之儒，中途多惑老佛。王梅隱云：「若能再加東坡十年壽，亦能跳出這圈子來。」斯言信矣。蒙「就要飛昇」的「要」，用得的當。凡「要」者，則身心急切；急切之者，百事無成。正爲後文作引綫。因自爲早晚就要飛昇，如何肯又回家染了紅塵，將前功盡棄呢，因此並不在意，只憑賈珍料理。

賈珍見父親不管，亦發恣意奢華。看板時，幾副杉木板皆不中用。可巧薛蟠來弔問，因見賈珍尋好板，便説道：「我們木店裏有一副，叫做什麼檣木，甲所謂迷津易墮，塵網難逃也。出在潢海鐵網山上，作了棺

甲檣者，舟具也。所謂「人生若泛舟」而已，寧不可嘆！

材，萬年不壞。這還是當年先父帶來，原係義忠親王老千歲要的，因他壞了事，就不曾拿去。〔蒙〕「壞了事」等字毒極，寫盡勢利場中故套。現今還封在店裏，也没人出價敢買。你若要，就抬來罷了。」賈珍聽了，喜之不禁，即命人抬來。大家看時，只見幫底皆厚八寸，紋若檳榔，味若檀麝，以手扣之，玎璫如金玉。大家都奇異稱賞。賈珍笑道：「價值幾何？」薛蟠笑道：「拿一千兩銀子來，只怕也没處買去。什麽價不價，賞他們幾兩工銀就是了。」〔甲〕的是阿獃兄口氣。賈珍聽説，忙謝不盡，即命解鋸糊漆。賈政因勸道：「此物恐非常人可享者，〔甲〕政老有深意存焉。殮以上等杉木也就是了。」〔甲〕夾寫賈政。此時賈珍恨不能代秦氏之死，〔蒙〕「代秦氏死」等句，總是填實前文。這話如何肯聽。

因忽又聽得秦氏之丫鬟名喚瑞珠者，見秦氏死了，他也觸柱而亡。〔甲〕補天香樓未删之文。此事可罕，合族中人也都稱讚。賈珍遂以孫女之禮殯殮，一併停靈於會芳園之登仙閣。小丫鬟名寶珠者，因見秦氏身無所出，乃甘心願爲義女，誓任摔喪駕靈之任。賈珍喜之不禁，即時傳下：從此皆呼寶珠爲小姐。〔甲〕非恩惠愛人，那能如是？惜哉可卿，惜哉可卿！那寶珠按未嫁女之喪，在靈前哀哀欲絶。於是，合族人丁並家下諸人，都各遵舊制行事，〔甲〕兩句寫盡大家。自不敢紊亂。〔辰〕轉疊法，叙前文未及。

〔甲〕寫個個皆知，全無安逸之筆，深得《金瓶》壺奥！

賈珍因想着賈蓉不過是個黌門監，〔庚 又起波瀾，却不突然。〕靈幡經榜上寫時不好看，便是執事也不多，因此心下甚不自在。〔甲 善起波瀾。〕可巧這日正是首七第四日，早有大明宮掌宮内相戴權，〔甲 妙！大權也。〕先備了祭禮遣人抬來，次後坐了大轎，打傘鳴鑼，親來上祭。賈珍忙接着，讓至逗蜂軒獻茶。〔甲 軒名可思。〕賈珍心中打算定了主意，因而趁便就説要與賈蓉蠲個前程的話。戴權會意，因笑道：「想是爲喪禮上風光些？」〔甲 得内相機括之快如此。〕賈珍忙笑道：「老内相所見不差。」戴權道：「事倒凑巧，正有個美缺。如今三百員龍禁尉短了兩員，昨兒襄陽侯的兄弟老三來求我，現拿了一千五百兩銀子，送到我家裏。你知道，咱們都是老相與，不拘怎麽樣，看着他爺爺的分上，胡亂應了。〔甲 忙中寫閒。〕還剩了一個缺，誰知永興節度使馮胖子來求，要與他孩子蠲，我就没工夫應他。〔甲 奇談，畫盡閹官口吻。〕既是咱們的孩子要蠲，快寫個履歷來。」賈珍聽説，忙吩咐：「快命書房裏人恭敬寫了大爺的履歷來。」小厮不敢怠慢，去了一刻，便拿了一張紅紙來與賈珍。賈珍看了，忙送與戴權。戴權看時，上面寫道：

江南江寧府江寧縣監生賈蓉，年二十歲。曾祖，原任京營節度使世襲一等神威將軍賈代化；祖，乙卯科進士賈敬；父，世襲三品爵威烈將軍賈珍。

戴權看了，回手便遞與一個貼身的小廝收了，說道：「回來送與户部堂官老趙，說我拜上他，起一張五品龍禁尉的票，再給個執照，就把那履歷填上，明兒我來兑銀子送去。」小廝答應了，戴權也就告辭了。賈珍十分款留不住，只得送出府門。臨上轎，賈珍因問：「銀子還是我到部兑，還是一併送入老内相府中？」戴權道：「若到部裏，你又吃虧了。不如平準一千二百銀子，送到我家裏就完了。」賈珍感謝不盡，只說：「待服滿後，親帶小犬到府叩謝。」於是作別。

接着，又聽喝道之聲，原來是忠靖侯史鼎的夫人來了。〔甲〕史小姐湘雲消息也。〔戚〕伏史湘雲一筆。[六] 〔辰〕伏下文史湘雲。王夫人、邢夫人、鳳姐等剛迎至上房，又見錦鄉侯、川寧侯、壽山伯三家祭禮擺在靈前。少時，三家下轎，賈政等忙接上大廳。如此親朋你來我去，也不能勝數。〔庚〕就簡去繁。只這四十九日，寧國府街上一條白漫漫人來人往，〔甲〕是有服親友並家下人丁之盛。花簇簇宦去官來。〔甲〕是來往祭弔之盛。

賈珍命賈蓉次日換了吉服，領憑回來。靈前供用執事等物，俱按五品職例。靈牌疏上皆寫「天朝誥授賈門秦氏恭人之靈位」。會芳園的臨街大門洞開，現在兩邊起了鼓樂廳，兩班青衣按時奏樂，一對對執事擺的刀斬斧齊。更有四面朱紅銷金大字牌對竪在門外，上面大書：

防護内廷紫禁道　御前侍衛龍禁尉。

對面高起着宣壇，僧道對壇榜文，榜上大書：

〔庚〕賈珍是亂費，可卿却實如此。

世襲寧國公冢孫婦、防護内廷御前侍衛龍禁尉賈門秦氏恭人之喪。四大部州至中之地，奉天承運太平之國，總理虚無寂静教門僧録司正堂萬虚、總理元始三一教門道録司正堂葉生等，敬謹修齋，朝天叩佛。

〔庚〕奇文。若明指一州名，似落《西遊》之套，故曰至中之地，不待言可知是光天化日、仁風德雨之下矣。不云國名更妙，可知是堯街舜巷、衣冠禮義之鄉矣。直與第一回呼應相接。

以及——

恭請諸伽藍、揭諦、功曹等神，聖恩普錫，神威遠鎮，四十九日消災洗業平安水陸道場。

諸如等語，餘者亦不消煩記。

只是賈珍雖然心意滿足，【蒙】可笑。但裏頭尤氏又犯了舊疾，不能料理事務，惟恐各誥命來往，虧了禮數，怕人笑話，因此心中不自在。當下正憂慮時，【甲】余正思如何高擱起玉兄了。因寶玉在側問道：「事事都算安貼了，大哥哥還愁什麼？」賈珍見問，忙將裏面無人的話說了出來。寶玉聽說笑道：「這有何難，【甲】薦鳳姐須得寶玉，俱龍華會上人也。我薦一個人與你權理這一個月的事，管必妥當。」賈珍忙問：「是誰？」寶玉見座間還有許多親友，不便明言，走至賈珍耳邊說了兩句。賈珍聽了喜不自禁，連忙起身笑道：「果然安貼，如今就去。」說着拉了寶玉，辭了衆人，便往上房裏來。

可巧這日非正經日期，親友來的少，裏面不過幾位近親堂客，邢夫人、王夫人、鳳姐並合族中的內眷陪坐。有人報說：「大爺進來了。」唬的衆婆娘「呼」的一聲，往後藏之不迭，【甲】（數）〔素〕日行止可知。作者自是筆筆不空，批者亦字字留神之至矣。獨鳳姐款款站了起來。【庚】又寫鳳姐。賈珍此時也有些病症在身，二則過於悲痛了，因拄了拐踱了進來。邢夫人等因說道：「你身上不好，又連日事多，該歇歇纔是，又進來做什麼？」【庚】一絲不亂。賈珍一面扶拐，扎挣着要蹲身跪下請安道乏。邢夫人等忙叫寶玉攙住，命人挪椅子來與他坐。賈珍斷不肯坐，因勉强陪笑道：「侄兒進來有一件事要懇求二位嬸嬸並大妹妹。」邢夫人等忙問：「什麼事？」賈珍忙笑道：「嬸嬸自然知道，如今孫子媳婦没了，侄兒媳婦偏又病倒，我看裏頭着實不成個體統。【庚】不見突然。怎麼屈尊大妹妹一個月，在這裏料理料理，我就放心了。」【庚】阿鳳此刻心癢矣。邢夫人笑道：「原來爲這個。你大妹妹現在你二嬸子家，只和你二嬸子説就是了。」王夫人忙道：「他一個小孩子家，【庚】三字愈令人可愛可憐。何曾經過這樣事，倘或料理不清，反叫人笑話，倒是再煩别人好。」賈珍笑道：「嬸子的意思侄兒猜着了，是怕大妹妹勞苦了。若説料理不開，我包管必料理的開，便是錯一點兒，别人看着還是不錯的。從小兒大妹妹頑笑着就有殺伐決斷，【庚】阿鳳身分。如今出了閣，又在那府裏辦事，越發歷練老成了。我想了這幾日，除了大妹妹再無人了。嬸嬸不看侄兒、侄兒媳婦的分上，只看死了的分上罷！」説着滾下淚來。【庚】有筆力。

王夫人心中怕的是鳳姐兒未經過喪事，怕他料理不清，惹人笑話。今見賈珍苦苦的説到這步田地，心中已活了幾分，却又眼看着鳳姐出神。那鳳姐素日最喜攬事辦，好賣弄才幹，雖然當家妥當，也因未辦過婚喪大事，恐人還不服，巴不得遇見這事。今日見賈珍如此一來，他心中早已歡喜。先見王夫人不允，後見賈珍說的情真，王夫人有活動之意，便向王夫人道：「大哥哥說的這麽懇切，太太就依了罷。」王夫人悄悄的道：「你可能麽？」鳳姐道：「有什麽不能的。外面的大事大哥哥已經料理清了，不過是裏頭照管照管，便是我有不知道的，問問太太就是了。」〔甲〕胸中成見已有之語。〔庚〕王夫人是悄言，鳳姐是響應，故稱「大哥哥」。〔庚〕已得三昧矣。王夫人見說的有理，便不則聲。賈珍見鳳姐允了，又陪笑道：「也管不得許多了，横竪要求大妹妹辛苦辛苦。我這裏先與妹妹行禮，等事完了，我再到那府裏去謝。」說着，就作揖下去，鳳姐兒還禮不迭。

賈珍便向袖中取了寧國府對牌出來，命寶玉送與鳳姐，又說：「妹妹愛怎麽樣就怎麽樣，要什麽只管拿這個取去，也不必問我。只别存心替我省錢，只要好看爲上；二則也要與那府裏一樣待人纔好，不要存心怕人抱怨。只這兩件外，我再没不放心的了。」鳳姐不敢就接牌，只看着王夫人。戚凡有本領者斷不越禮。接牌小事而必待命於王夫人也，誠家道之規範，亦天下之規範也。看是書者不可草草從事。王夫人道：「你哥哥既這麼説，你就照看照看罷了。只是别自作主意，有了事，打發人問你哥哥、嫂子要緊。」寶玉早向賈珍手裏接過對牌來，强遞與鳳姐了。賈珍又問：「妹妹還是住在這裏，還是天天來呢？若是天天來，越發辛苦了。不如我這裏趕着收拾出一個院落來，妹妹住過這幾日倒安穩。」鳳姐笑道：「不用。甲二字句，有神。那邊也離不得我，倒是天天來的好。」賈珍聽説，只得罷了。然後又説了一回閒話，方纔出去。

一時女眷散後，王夫人因問鳳姐：「你今兒怎麽樣？」鳳姐兒道：「太太只管請回去，我須得先理出一個頭緒來，纔回去得呢。」王夫人聽説，便先同邢夫人等回去，不在話下。

這裏鳳姐兒來至三間一所抱厦内坐了，因想：頭一件是人口混雜，遺失東西；第二件，事無專執，臨期推委；第三件，需用過費，濫支冒領；第四件，任無大小，苦樂不均；第五件，家人豪縱，有臉者不服鈐束，無臉者不能上進。此五件實是寧國府中風俗。不知鳳姐如

甲舊族後輩受此五病者頗多，余家更甚。三十年前事見書於三十年後，令余悲慟血淚盈面。

庚讀五件事未完，余不禁失聲大哭，三十年前作書人在何處耶？

甲 此回只十頁，因刪去「天香樓」一節，少却四五頁也。

何處治，且聽下回分解。正是：戚 五件事若能如法整理得當，豈獨家庭，國家天下治之不難。

金紫萬千誰治國，裙釵一二可齊家。

甲 「秦可卿淫喪天香樓」，作者用史筆也。老朽因有魂託鳳姐賈家後事二件，嫡是安富尊榮坐享人能想得到處。其事雖未漏，其言其意則令人悲切感服，姑赦之，因命芹溪刪去。

庚 通回將可卿如何死故隱去，是大發慈悲心也，嘆嘆！壬午春。〔七〕

戚 總評：借可卿之死，又寫出情之變態，上下大小，男女老少，無非情感而生情。且又藉鳳姐之夢，更化就幻空中一片貼切之情，所謂寂然不動，感而遂通。所感之象，所動之萌，深淺誠僞，隨種必報。所謂幻者此也，情者亦此也。何非幻，何非情？情即是幻，幻即是情，明眼者自見。

〔一〕按：底本此頁被對角撕去，缺字較多，因與庚辰本相關批語内容類似，可參看，缺字不補。

〔二〕以上二條庚辰本批語及題詩，原在第二册目録後加頁上，參照甲戌本回前評移此。

〔三〕底本自此回至第十六回，回前均有「詩云（曰）」字樣而無詩。此詩據庚辰本補。

〔四〕原作「盛筵不散」，除戚本「不」改爲「必」外，餘本均同。一般認爲，「不」是「必」之訛，本書及其他古籍均有誤例。按：此語疑爲類似「盛筵不散，終須一散」的俗語的半句，與下文第七十二回寫司棋與表弟相約「不娶不嫁」用法相近（「不娶不嫁」顯爲「非卿不娶非君不嫁」的省略，並非打算獨身）。因別無佐證，暫依戚本改。

〔五〕「正是喪音」，己、庚、戚、蒙等本無此語，當係批語混入正文。

〔六〕己、庚本作「伏史湘雲」並混入正文。

〔七〕甲、庚本這兩條批語，均批於回末空白處，但其性質並非總評，而屬於側批或眉批一類。

北静王

第十四回　林如海捐館揚州城　賈寶玉路謁北静王

甲 鳳姐用彩明，因自識字不多，且彩明係未冠之童。

寫鳳姐之珍貴，寫鳳姐之英氣，寫鳳姐之聲勢，寫鳳姐之心機，寫鳳姐之驕大。

昭兒回，並非林文、璉文，是黛玉正文。

牛，丑也。清屬水，子也。柳拆卯字。彪拆虎字，寅字寓焉。陳即辰。翼火爲蛇，巳字寓焉。馬，午也。魁拆鬼，鬼，金羊，未字寓焉。侯、猴同音，申也。曉鳴，鷄也，酉字寓焉。石即豕，亥字寓焉。其祖曰守業，即守夜也，犬字寓焉。此所謂十二支寓焉。

路謁北静王，是寶玉正文。

戚 家書一紙千金重，勾引難防囑下人。任你無雙肝膽烈，多情念起自眉顰。

詩云：……

話説寧國府中都總管來昇聞得裏面委請了鳳姐，因傳齊同事人等説道：「如今請了西府裏璉二奶奶管理内事。倘或他來支取東西或是説話，我們須要比往日小心些。每日大家早來晚散，寧可辛苦這一個月，過後再歇着，不要把老臉面丢了。庚 此是都總管的話頭。那是個有名的烈貨，臉酸心硬，一時惱了不認人的。」衆人都道：「有理。」又有一個笑道：「論理，我們裏面也須得他來整治整治，都特不像了。」庚 伏綫在二十板之誤差婦人。正説着，只見來旺媳婦拿了對牌，來領取呈文、京榜紙札，票上批着數目。衆人連忙讓坐倒茶，一面命人按數取紙來抱着，同來旺媳婦一路行來，

〔甲〕寧府如此大家，阿鳳如此身分，豈有使貼身丫頭與家裏男人答話交事之理呢？此作者忽略之處。

〔庚〕彩明係未冠小童，阿鳳便於出入使令者。老兄並未前後看明是男是女，亂加批駁。可笑。

〔庚〕且明寫阿鳳不識字之故。壬午春。

至儀門口，方交與來旺媳婦自己抱進去了。

鳳姐即命彩明定造簿冊。即時傳來昇媳婦，兼要家口花名冊來查看，又限於明日一早傳齊家人媳婦進來聽差等話。大概點了一點數目單冊，〔甲〕已有成見。問了來昇媳婦幾句話，便坐了車回家。一宿無話。

至次日，卯正二刻便過來了。那寧國府中婆娘媳婦聞得到齊，只見鳳姐正與來昇媳婦分派，衆人不敢擅入，只在窗外聽覷。〔甲〕傳神之筆。只聽鳳姐與來昇媳婦道：「既託了我，我就說不得要討你們嫌了。〔甲〕先站地步。我可比不得你們奶奶好性兒，由着你們去，〔甲〕此話聽熟了。一嘆！〔蒙〕「不要說『原是這樣』的話」，破盡痼弊根底。再不要說你們這府裏『原是這樣的』，這如今可要依着我，〔甲〕婉轉得妙！行錯我半點兒，管不得誰是有臉的，誰是沒臉的，一例現清白處治！」說着，便吩咐彩明念花名冊，按名一個一個的喚進來看視。〔庚〕量才而用之意。

一時看完了，便又吩咐道：「這二十個分作兩班，一班十個，每日在裏頭單管人來客往倒茶，別的事不用他們管。這二十個也分兩班，每日單管本家親戚茶飯，別的事也不用他們管。這四十個人也分作兩班，單在靈前上香添油、掛幔守靈、供飯供茶、隨起舉哀，别的事也不與他們相干。這四個人單在内茶房收管杯碟茶器，若少一件，便叫他四個人描賠。這四個人單管酒飯器皿，少一件，也是他四個人描賠。這八個人單管監收祭禮。這八個人單管各處燈油、蠟燭、紙札，我總支了來，交與你八個，然後按我的定數再往各處去分派。這三十個每日輪流各處上夜，照管門户，監察火燭，打掃地方。這下剩的按着房屋分開，某人守某處，某處所有桌椅、古董起，至於痰盒撣帚，一草一苗，或丢或壞，就和守這處的人算賬描賠。來昇家的每日攬總查看，或有偷懶的，賭錢吃酒的，打架拌嘴的，立刻來回我。你要徇情，經我查出，三四輩子的老臉就顧不成了。如今都有了定規，以後那一行亂了，只和那一行説話。素日跟我的，隨身自有鐘錶，不論大小事，我是皆有一定的時辰。横竪你們上房裏也有時辰鐘。卯正二刻我來點卯，巳正吃早飯，凡有領牌、回事的，只在午初刻。戌初燒過黄昏紙，我親到各處查一遍，回來上夜的交明鑰匙。第二日還是卯正二刻過來。説不得咱們大家辛苦這幾日，〔甲〕是協理口氣，好聽之至！〔庚〕所謂先禮後兵是也。事完，你們家大爺自然賞你們。〔庚〕滑賊，好收煞。」

說畢，又吩咐按數發與茶葉、油燭、鷄毛撣子、笤帚等物。一面又搬取傢伙——桌圍、椅搭、坐褥、毡蓆、痰盒、脚踏之類，一面交發，一面提筆登記，某人管某處，某人領某物，開得十分清楚。衆人領了去，也都有了投奔，不似先時只揀便宜的做，剩下苦差没個招攬。各房中也不能趁亂失迷東西。便是人來客往，也都安靜了，不比先前正擺茶又去端飯，正陪舉哀又顧接客。如這些無頭緒、荒亂、推託、偷閒、竊取等弊，次日一概都蠲了。

鳳姐兒見自己威重令行，心中十分得意。因見尤氏犯病，賈珍又過於悲哀，不大進飲食，自己每日從那府裏煎了各色細粥、精緻小菜，命人送來勸食。賈珍也另外吩咐每日送上等菜到抱厦内，單與鳳姐吃。那鳳姐不畏勤勞，〔戚〕不畏勤勞者，一則任專而易辦，一則技癢而莫遏。士爲知己者死。不過勤勞，有何可畏？天天於卯正二刻就過來點卯理事，獨在抱厦内起坐，不與衆妯娌合群，便有堂客來往，也不迎會。

這日，正五七正五日上，那應佛僧正開方破獄，傳燈照亡，參閻君，拘都鬼，延請地藏

〔庚〕寫鳳之心機。

〔庚〕寫鳳之珍貴。

〔庚〕寫鳳之英勇。

〔庚〕寫鳳之驕大。

〔庚〕如此寫得可嘆可笑。

王，開金橋，引幢幡；那道士們正伏章申表，朝三清，叩玉帝；禪僧們行香，放焰口，拜水懺；又有十三衆青年尼僧，搭繡衣，靸紅鞋，在靈前默誦接引諸咒，十分熱鬧。那鳳姐必知今日人客不少，在家中歇宿一夜，至寅正，平兒便請起來梳洗。及收拾完備，更衣盥手，吃了兩口奶子糖粳粥，漱口已畢，已是卯正二刻了。來旺媳婦率領諸人伺候已久。鳳姐出至廳前，上了車，前面打了一對明角燈，大書「榮國府」三個大字，款款來至寧府。大門上門燈朗掛，兩邊一色戳燈照如白晝，白茫茫穿孝僕從兩邊侍立。請車至正門上，小廝等退去，衆媳婦上來揭起車簾。鳳姐下了車，一手扶着豐兒，兩個媳婦執着手把燈罩，簇擁着鳳姐進來。寧府諸媳婦迎來請安接待。鳳姐緩緩走入會芳園中登仙閣靈前，一見了棺材，那眼淚恰似斷綫珍珠滚將下來。院中許多小斯垂手伺候燒紙。鳳姐吩咐得一聲：「供茶，燒紙。」只聽得一棒鑼鳴，諸樂齊奏，早有人端過一張大圈椅來，放在靈前，鳳姐坐了，放聲大哭。於是裏外男女上下，見鳳姐出聲，都忙接聲嚎哭。

庚 誰家行事？寧不墮淚！

一時賈珍、尤氏遣人來勸，鳳姐方纔止住。來旺媳婦獻茶漱口畢，鳳姐方起身，别過族中諸人，自入抱厦内來，按名查點，各項人數都已到齊，〔庚〕須得如此，方見文章妙用。余前批非謬。只有迎送親客上的一人未到。即命傳到。那人已張惶愧懼。鳳姐冷笑道：〔甲〕凡鳳姐惱時，偏偏用「笑」字，是章法。〔庚〕四字有神，是有名姓上等人口氣。「我説是誰誤了，原來是你！你原比他們有體面，所以纔不聽我的話。」那人道：「小的天天來的早，只有今日醒了覺得早些，因又睡迷了，來遲了一步，求奶奶饒過這次。」正説着，〔甲〕慣起波瀾，慣能忙中寫閒，又慣用曲筆，又慣綜錯，真妙！〔庚〕偏用這等閒文間住。只見榮國府中的王興媳婦來了，在前面探頭。

〔庚〕的是鳳姐作（仿）[派]。鳳姐且不發放這人，却先問：「王興媳婦作什麽？」王興媳婦巴不得先問他完了事，連忙進來説：「領牌取綫，〔庚〕是喪事中用物，閒閒寫却。打車轎網絡。」説着，將個帖兒遞上去。鳳姐命彩明念道：「大轎兩頂，小轎四頂，車四輛，共用大小絡子若干根，用珠兒綫若干斤。」鳳姐聽了，數目相合，便命彩明登記，取榮府對牌擲下。王興家的去了。

鳳姐方欲説話時，只見榮府四個執事人進來，都是要支取東西領牌來的。鳳姐命彩明要了帖兒念過，聽了共四件，鳳姐因指兩件説道：「這兩件開銷錯了，再算清了來取。」〔庚〕好看煞，這等文字。説着擲下帖子來。那二人掃興而去。

鳳姐因見張材家的在旁，〔庚〕又一頓挫。因問道：「你有什麼事？」張材家的忙取帖兒回説道：「就是方纔車轎圍做成，領取裁縫工銀若干兩。」鳳姐聽了，便收了帖子，命彩明登記，待王興家的交過牌，得了買辦的回押，相符，然後方與張材家的去領。一面又命念那一個，是爲寶玉外書房完竣，支買紙料糊裱。〔庚〕却從閒中又引出一件關係文字乎？鳳姐聽了，即命收帖兒登記，待張材家的繳清，又發與這人去了。

鳳姐便説道：〔甲〕接上文，一點痕跡俱無，且是仍與方纔諸人説話神色口角。〔庚〕接得緊，且無痕跡，是山斷雲連法也。「明兒他也睡迷了，後兒我也睡迷了，將來都没有人了。本來要饒你，只是我頭一次寬了，下次人就難管，不如開發的好。」登時放下臉來，喝命：「帶出去，打二十大板！」一面又擲下寧府對牌：「出去説與來昇，革他一月銀米！」衆人聽了，又見鳳姐眉立，〔庚〕二字如神。知是惱了，不敢怠慢，拖人的出去拖人，執牌傳諭的忙去傳諭。那人身不由己，已拖出去挨了二十大板，還要進來叩謝。鳳姐道：「明兒再有誤的打四十，後日的六十，有不怕打的只管誤！」說着，吩咐：「散了罷。」窗外衆人聽說，方各自執事去了。彼時榮國、寧國兩處執事領牌交牌的人來往不絶，那抱愧被打之人含羞去了，〔甲〕又伏下文，非獨爲阿鳳之威勢費此一段筆墨。這纔知道鳳姐的利害。衆人不敢偷安，自此兢兢業業，〔庚〕收拾得好。執事保守，不在話下。

〔庚〕忙中閒筆。如今且說寶玉因見今日人衆，恐秦鍾受了委曲，因默與他商議，要同他往鳳姐處來坐。秦鍾道：「他的事多，況且不喜人去，咱們去了，他豈不煩膩？」〔甲〕純是體貼人情。寶玉道：「他怎好膩我們，不相干，只管跟我來。」說着，便拉了秦鍾，直至抱厦。鳳姐纔吃飯，見他們來了，便笑道：「好長腿子，快上來罷。」〔庚〕家常戲言，畢肖之至！寶玉道：「我們偏了。」鳳姐道：「在這邊外頭吃的，還是那邊吃的？」寶玉道：「這邊同那些渾人吃什麼！〔甲〕奇稱。試問誰是清人？原是那邊，我們兩個同老太太吃了來的。」一面歸座。

鳳姐吃畢飯，就有寧國府中的一個媳婦來領牌，爲支取香燈事。鳳姐笑道：「我算着你們今日該來支取，總不見來，想是忘了。這會子到底來取，要忘了，自然是你們包出來，都便宜了我。」那媳婦笑道：〔甲〕此婦亦善迎合。〔庚〕下人迎合湊趣，畢真。「何嘗不是忘了，方纔想起來。再遲一步，也領不成了。」說畢，領牌而去。

一時登記交牌。秦鍾因笑道：「你們兩府裏都是這牌，倘或別人私弄一個，支了銀子跑了，怎樣？」〔庚〕小人語。鳳姐笑道：「依你說，都没王法了。」寶玉因道：「怎麽咱們家没人來領牌子做東西？」〔庚〕寫不理家務公子之語。鳳姐道：「人家來領的時候，你還做夢呢。〔庚〕言甚是也。我且問你，你們這夜書多早晚纔念呢？」〔庚〕補前文之未到。寶玉道：「巴不得這如今就念纔好，他們只是不快收拾出書房來，這也没法。」鳳姐笑道：「你請我一請，包管就快了。」寶玉道：「你要快也不中用。他們該作到那裏的，自然就有了。」鳳姐笑道：「便是他們作，也得要東西去，擱不住我不給對牌是難的。」寶玉聽說，便猴向鳳姐〔庚〕詩中知有煉字一法，不期於《石頭記》中多得其妙。身上立刻要牌，說：「好姐姐，給出牌子來，叫他們要東西去。」鳳姐道：「我乏的身上生疼，還擱的住你揉搓。你放心罷，今兒纔領了紙裱糊去了。他們該要的，還等叫去呢，可不

【甲】顰兒方可長居榮府之文。

傻了？」寶玉不信，鳳姐便叫彩明查册子與寶玉看了。

正鬧着，人回：「蘇州去的人昭兒來了。」【甲】接得好！鳳姐急命喚進來。昭兒打千請安。鳳姐兒便問：「回來做什麼？」昭兒道：「二爺打發回來的。林姑老爺是九月初三日巳時没的。二爺帶了林姑娘【庚】暗寫黛玉。同送林姑老爺的靈到蘇州，大約趕年底就回來了。二爺打發小的來報個信請安，討老太太示下，還瞧瞧奶奶家裏好，叫把大毛衣服帶幾件去。」鳳姐道：「你見過别人了没有？」昭兒道：「都見過了。」説畢，連忙退出。【庚】此係無意中之有意，妙！鳳姐向寶玉笑道：「你林妹妹可在咱們家住長了。」寶玉道：「了不得！想來這幾日他不知哭的怎麼樣呢！」説着蹙眉長嘆。

鳳姐見昭兒回來，因當着人未及細問賈璉，心中自是記掛。待要回去，争奈事情繁雜，一時去了恐有延遲失誤，惹人笑話。少不得耐到晚上回來，復命昭兒進來，細問一路平安信息。連夜打點大毛衣服，和平兒親自檢點包裹，再細細追想所需何物，【蒙】「追想所需」四字，寫盡能事者之所以[爲]能事者之底藴。一併包藏交付。又細細吩咐昭兒「在外好生小心伏侍，不要惹你二爺生氣；時時勸他少吃酒，別勾引他認得混賬女人，【甲】切心事耶。回來打折你的腿」【甲】此一句最要緊。等語。趕亂完了，【庚】此爲病源伏綫。後文方不突然。天已四更將盡，縱睡下，又走了睏，不覺又是天明鷄唱，忙梳洗過寧府中來。

那賈珍因見發引日近，親自坐了車，帶了陰陽司吏，往鐵檻寺來踏看寄靈所在。又一一囑咐住持色空，好生預備新鮮陳設，多請名僧，以備接靈使用。色空忙看晚齋。賈珍也無心茶飯，因天晚不得進城，就在净空處〔一〕胡亂歇了一夜。次日早，便進城料理出殯之事，一面又派人往鐵檻寺，連夜另外修飾停靈之處，並厨茶等項接靈人。

裏面鳳姐見日期在限〔二〕，也預先逐細分派料理，一面又派榮府中車轎人從跟王夫人送殯，又顧自己送殯去佔下處。目今正值繕國公誥命亡故，王、邢二夫人又去打祭送殯；西安郡王妃華誕送壽禮；鎮國公誥命生了長男預備賀禮；又有胞兄王仁連家眷回南，一面寫家信禀叩父母並帶往之物；又有迎春染疾，每日請醫服藥，看醫生啓帖、症源、藥案〔三〕等事，亦難盡述。又兼發引在邇，因此忙的鳳姐茶飯也没工夫吃得，坐卧不能清净。剛到了榮府，寧府的

【庚】總得好。

人又跟到榮府；既回到寧府，榮府的人又找到寧府。鳳姐見如此，心中倒十分歡喜，並不偷安推託，恐落人褒貶，因此日夜不暇，籌畫得十分的整肅。於是合族上下無不稱讚者。

這日伴宿之夕，裏面兩班小戲並耍百戲的，與親朋、堂客伴宿，尤氏猶卧於内寢，一應張羅款待，都是鳳姐一人週全承應。合族中雖有許多妯娌，但或有羞口的，或有羞脚的，或有不慣見人的，或有懼貴怯官的，種種之類，都不及鳳姐舉止舒徐，言語慷慨，珍貴寬大；因此也不把衆人放在眼内，揮霍指示，任其所爲，目若無人。〔甲〕寫秦氏之喪，却只爲鳳姐一人。一夜中燈明火彩，客送官迎，那百般熱鬧自不用説的。至天明，吉時已到，一班六十四名青衣請靈，前面銘旌上大書「奉天洪建兆年不易之朝誥封一等寧國公冢孫婦、防護内廷紫禁道御前侍衛龍禁尉、享强壽賈門秦氏恭人之靈柩」。一應執事陳設，皆係現趕着新做出來的，一色光艷奪目。寶珠自行未嫁女之禮外，摔喪駕靈，十分哀苦。

〔庚〕「兆年不易之朝，永治太平之國」，奇甚妙甚！

那時，官客送殯的，有鎮國公牛清之孫現襲一等伯牛繼宗、理國公柳彪之孫現襲一等子

〔庚〕牛，丑也。清屬水，

子也。柳折卯字。彪折虎字，寅字寓焉。陳即辰。翼火爲蛇，巳字寓焉。馬，午也。魁折鬼字，鬼，金羊，未字寓焉。侯、猴同音，申也。曉鳴，鷄也，酉字寓焉。石即豕，亥字寓焉。其祖曰守業，即守鎮也，犬字寓焉。所謂十二支寓焉。

柳芳、齊國公陳翼之孫世襲三品威鎮將軍陳瑞文、治國公馬魁之孫世襲三品威遠將軍馬尚、修國公侯曉明之孫世襲一等子侯孝康；繕國公誥命亡故，其孫石光珠守孝不曾來得。這六家與寧榮二家，當日所稱「八公」的便是。餘者更有南安郡王之孫、西寧郡王之孫、忠靖侯史鼎、平原侯之孫世襲二等男蔣子寧、定城侯之孫世襲二等男兼京營遊擊謝鯨、襄陽侯之孫世襲二等男戚建輝、景田侯之孫五城兵馬司裘良。餘者錦鄉伯公子韓奇、神威將軍公子馮紫英、陳也俊、衛若蘭等諸王孫公子，不可枚數。堂客算來亦有十來頂大轎，三四十頂小轎，連家下大小轎車輛，不下百十餘乘。連前面各色執事、陳設、百耍，浩浩蕩蕩，一帶擺三四里遠。

走不多時，路旁彩棚高搭，設席張筵，和音奏樂，俱是各家路祭。第一座是東平王府祭棚，第二座是南安郡王祭棚，第三座是西寧郡王祭棚，第四座是北静郡王祭棚。原來這四王當日惟北静王功高，及今子孫猶襲王爵。現今北静王水溶年未弱冠，生得形容秀美，情性謙和。近聞寧國府冢孫婦告殂，因想當日彼此祖父相遇之情，同難同榮，未以異姓相視，因此不以王位自居，上日也曾探喪上祭，如今又設路奠，命麾下各官在此伺候。自己五更入朝，公事已畢，便換了素服，坐大轎鳴鑼張傘而來，至棚前落轎。手下各官兩旁擁侍，軍民人衆不得往還。

〔庚〕數字道盡聲勢。壬午春。畸笏老人。

一時，只見寧府大殯浩浩蕩蕩、壓地銀山一般從北而至。早有寧府開路傳事人看見，連忙回去報與賈珍。賈珍急命前面駐紮，同賈赦、賈政三人連忙迎來，以國禮相見。水溶在轎内欠身含笑答禮，仍以世交稱呼接待，並不妄自尊大。賈珍道：「犬婦之喪，累蒙郡駕下臨，蔭生輩何以克當？」水溶笑道：「世交之誼，何出此言。」遂回頭命長府官主祭代奠。賈赦等一旁還禮畢，復身又來謝恩。

〔庚〕忙中閒筆。點綴玉兄，方不失正文中之正人。作者良苦。壬午春。畸笏。

水溶十分謙遜，因問賈政道：「那一位是啣玉而誕者？幾次要見一見，都爲雜冗所阻，想今日是來的，何不請來一會？」賈政聽説，忙回去，急命寶玉脱去孝服，領他前來。那寶玉素日就曾聽得父兄親友人等説閒話時，〔蒙〕寶玉見北静王水溶，是爲後文之伏綫。常讚水溶是個賢王，且生得才貌雙全，風流瀟洒，每不以官俗國體所縛。每思相會，只是父親拘束嚴密，無由得會，今見反來叫他，自是歡喜。一面走，一面早瞥見那水溶坐在轎内，好個儀表人才。不知近看時又是怎樣，下回便知。

庚 此回將大家喪事詳細剔畫，如見其氣概，如聞其聲音，絲毫不錯，作者不負大家後裔。寫秦死之盛，賈珍之奢，實是却寫得一個鳳姐。

戚 總評：大抵事之不理，法之不行，多因偏於愛惡，幽柔不斷。請看鳳姐無私，猶能整齊喪事。况丈夫輩受職於廟堂之上，倘能奉公守法，一毫不苟，承上率下，何有不行？

〔一〕「净空處」，己、庚等本或作「净室」，意思是一樣的。净空當然不是指和尚的法號。

〔二〕「在限」，列、舒本作「在即」，當係後改。

〔三〕「看醫生啓帖、症源、藥案」九字，除楊本外，諸本均存，疑爲草稿誤衍。楊本删去是對的。

智能

第十五回　王熙鳳弄權鐵檻寺　秦鯨卿得趣饅頭庵

甲 寶玉謁北静王辭對神色，方露出本來面目，迥非在閨閣中之形景。

北静王問玉上字果驗否，政老對以未曾試過，是隱却多少捕風捉影閒文。

北静王論聰明伶俐，又年幼時爲溺愛所累，亦大得病源之語。

鳳姐中火，寫紡綫村姑，是寶玉閒花野景一得情趣。

鳳姐另住，明明係秦、玉、智能幽事，却是爲净虚鑽營鳳姐大大一件事作引。

秦、智幽情，忽寫寶、秦事云：「不知算何賬目，未見真切，不曾記得，此係疑案，不敢纂創。」是不落套中，且省却多少累贅筆墨。昔安南國使有題一丈紅句云：「五尺墻頭遮不得，留將一半與人看。」

戚 欲顯錚錚不避嫌，英雄每入小人緣。鯨卿些子風流事，膽落魂銷已可憐。

詩云：……

話説寶玉舉目見北静郡王水溶頭上戴着潔白簪纓銀翅王帽，穿着江牙海水五爪坐龍白蟒袍，繫着碧玉紅鞓帶，面如美玉，目似明星，真好秀麗人物。寶玉忙搶上來參見，水溶連忙從轎内伸出手來挽住。見寶玉戴着束髮銀冠，勒着雙龍出海抹額，穿着白蟒箭袖，圍着攢珠銀帶，面若春花，甲 又换此一句，如見其形。目如點漆。水溶笑道：「名不虚傳，果然如『寶』似『玉』。」因問：「啣的那寶貝在那裏？」寶玉見問，連忙從衣内取了遞與過去。水溶細細的看了，又念了那上頭

（庚）八字道盡玉兄，如此等方是玉兄正文寫照。壬午季春。

的字，因問：「果靈驗否？」賈政忙道：「雖如此説，只是未曾試過。」水溶一面極口稱奇道異，一面理好彩縧，親自與寶玉戴上，（甲）鍾愛之至。又携手問寶玉幾歲，讀何書。寶玉一一答應。

水溶見他言語清楚，談吐有致，一面又向賈政笑道：「令郎真乃龍駒鳳雛，非小王在世翁前唐突，將來（甲）妙極！開口便是西崑體，寶玉聞之，寧不刮目哉？『雛鳳清於老鳳聲』，未可量也。」賈政忙陪笑道：「犬子豈敢謬承金獎。賴藩郡餘禎，果如是言，亦蔭生輩之幸矣。」（庚）謙的得體。水溶又道：「只是一件，令郎如是資致，想老太夫人、夫人輩自然鍾愛極矣；但吾輩後生，甚不宜鍾溺，鍾溺則未免荒失學業。昔小王曾蹈此轍，想令郎亦未必不如是也。若令郎在家難以用功，不妨常到寒第。小王雖不才，却多蒙海上衆名士凡至都者，未有不另垂青目，是以寒第高人頗聚。令郎常去談會談會，則學問可以日進矣。」賈政忙躬身答應。

水溶又將腕上一串念珠卸了下來，遞與寶玉道：「今日初會，倉促竟無敬賀之物，此係前日聖上親賜鶺鴒香〔一〕念珠一串，權爲賀敬之禮。」寶玉連忙接了，回身奉與賈政。（庚）轉出没調教。賈政與寶玉一齊謝過。於是賈赦、賈珍等一齊上來請回輿，水溶道：「逝者已登仙界，非碌碌你我塵寰中之人也。小王雖上叩天恩，虛邀郡襲，豈可越仙輀而進也？」賈赦等見執意不從，只得告辭謝恩回來，命手下掩樂停音，庚 有層次，好看煞。滔滔然將殯過完，方讓水溶回輿去了。不在話下。

且說寧府送殯，一路熱鬧非常。剛至城門前，又有賈赦、賈政、賈珍等諸同僚屬下各家祭棚接祭，一一的謝過，然後出城，竟奔鐵檻寺大路行來。彼時賈珍帶賈蓉來到諸長輩前，讓坐轎上馬，因而賈赦一輩的各自上了車轎，賈珍一輩的也將要上馬。甲 千百件忙事内不漏一絲。庚 細心人自應如是。鳳姐因記掛着寶玉，怕他在郊外縱性逞强，不服家人的話，賈政管不着這些小事，惟恐有個閃失，難見賈母，因此便命小厮來喚他。寶玉只得來到他的車前。鳳姐笑道：「好兄弟，你是個尊貴人，女孩兒一樣的人品，甲 非此一句寶玉必不依，阿鳳真好才情。別學他們猴在馬上。下來，咱們姐兒兩個坐車，豈不好？」寶玉聽説，便忙下了馬，爬入鳳姐車上，二人説笑前進。

不一時，只見從那邊兩騎馬壓地飛來，庚有氣有聲，有形有影。離鳳姐車不遠，一齊躥下來，扶車回說：「這裏有下處，奶奶請歇息、更衣。」鳳姐急命請邢夫人、王夫人的示下，庚有次序。那人回來說：「太太們說不用歇了，叫奶奶自便罷。」鳳姐聽了，便命歇歇再走。衆小厮聽了，一帶轅馬，岔出人群，往北飛走。寶玉在車内急命請秦相公。那時秦鍾正騎馬隨着他父親的轎，忽見寶玉的小厮跑來，請他去打尖。秦鍾看時，只見鳳姐兒的車往北而去，後面拉着寶玉的馬，搭着鞍籠，便知寶玉同鳳姐坐車，自己也便帶馬趕上來，同入一莊門内。早有家人將衆莊漢攆盡。那村莊人家無多房舍，婆娘們無處迴避，只得由他們去了。那些村姑、莊婦見了鳳姐、寶玉、秦鍾的人品衣服、禮數款段，豈有不愛看的？

一時鳳姐進入茅堂，因命寶玉等先出去頑頑。寶玉等會意，因同秦鍾出來，帶着小厮們各處遊玩。凡莊農動用之物，皆不曾見過。庚真，畢真！寶玉一見了鍬、鋤、钁、犁等物，皆以爲奇，不知何項所使，其名爲何。甲凡膏粱子弟齊來着眼。小厮在旁一一的告訴了名色，甲也蓋因未見之故也。說明原委。寶玉聽了，因點頭嘆道：

庚 寫玉兄正文總於此等處，作者良苦。壬午季春。

庚 一「忙」字，二「陪笑」字，寫玉兄是在女兒分上。壬午季春。

庚 若説話，便不是《石頭記》中文字也。

「怪道古人詩上説，『誰知盤中餐，粒粒皆辛苦』，（甲 聰明人自是一喝即悟。）正爲此也。」一面説，一面又至一間房前，只見炕上有個紡車，寶玉又問小廝們：「這又是什麽？」小廝們又告訴他原委。寶玉聽説，便上來擰轉作耍，自爲有趣。只見一個約有十七八歲的村莊丫頭跑了來亂嚷：「別動壞了！」（庚 天生地設之文。）衆小廝忙斷喝攔阻，寶玉忙丢開手，陪笑説道：「我因爲没見過這個，所以試他一試。」那丫頭道：（甲 如聞其聲，見其形。）（庚 三字如聞。）（蒙 這丫頭是技癢，是多情，是自己生活恐至損壞？寶玉此時一片心神，另有主張。）「你們那裏會弄這個，站開了，我紡與你瞧。」秦鍾暗拉寶玉笑道：「此卿大有意趣。」（庚 忙中閒筆，却伏下文。）寶玉一把推開，笑道：（甲庚 玉兄身分，本心如此。的是寶玉生性之言。）「該死的！再胡説，我就打了！」説着，只見那丫頭紡起綫來。寶玉正要説話時，只聽那邊老婆子叫道：「二丫頭，快過來！」那丫頭聽見，丢下紡車，一逕去了。

（甲 處處點「情」，又伏下一段後文。）寶玉悵然無趣。只見鳳姐打發人來叫他兩個進去。鳳姐洗了手，換衣服，抖灰土，問他們換不換。寶玉不換，只得罷了。家下僕婦們將帶着行路的茶壺茶杯、十錦屜盒、各樣小食端來，鳳姐等吃過茶，待他們收拾完備，便起身上車。外面旺兒預備下賞封，賞了本村主人，莊婦等來叩賞。鳳姐並不在意，寶玉却留心看時，内中並無二丫頭。（庚 妙在不見。）一時上了車，出來走不多遠，只見迎頭二丫頭懷裏抱着他小兄弟，【庚】妙在此時方見，錯綜之妙如此！同着幾個小女孩子説笑而來。寶玉恨不得下車跟了他去，料是衆人不依的，少不得以目相送，争奈車輕馬快，一時展眼無踪。【甲】四字有文章。人生離聚亦未嘗不如此也。

走不多時，仍又跟上了大殯。早有前面法鼓金鐃，幢幡寶蓋，鐵檻寺接靈衆僧齊至。少時，到入寺中，另演佛事，重設香壇。安靈於内殿偏室之中，寶珠安理寢室相伴。外面賈珍款待一應親友，也有擾飯的，也有不吃飯而辭的，一應謝過乏，從公侯伯子男一起一起的散去，至未末時分方纔散盡了。裏面的堂客，皆是鳳姐張羅接待，先從顯官誥命散起，也到晌午大錯時方散盡了。只有幾個親戚是至近的，等做過三日安靈道場方去。那時邢、王二夫人知鳳姐必不能回家，也便就要進城。王夫人要帶寶玉去，寶玉乍到郊外，那裏肯回去，只要跟鳳姐住着。王夫人無法，只得交與鳳姐便回來了。

原來這鐵檻寺原是寧榮二公當日修造，現今還是有香火地畝佈施，以備京中老了人口，在此便宜寄放。其中陰陽兩宅俱已預備妥貼，【甲】大凡創業之人，無有不爲子孫深謀至細。奈後輩仗一時之榮顯，猶自不足，另生枝葉，雖華麗過先，奈不常保，亦足可庚《石頭記》總於没要緊處，閒閒一二筆，寫正文筋骨。看官當用巨眼，不爲彼瞞過方好。壬午季春。

嘆，爭及先人之常保其樸哉！近世浮華子弟齊來着眼。甲祖宗爲子孫之心細到如此！好爲送靈人口寄居。不想如今後輩人口繁盛，其中貧富不一，或性情參商，甲所謂「源遠水則濁，枝繁果則稀」。余爲天下痴心祖宗爲子孫謀千年業者痛哭。有那家業艱難安分的，甲妙在艱難就安分，富貴則不安分矣。便住在這裏了；有那尚排場有錢勢的，只説這裏不方便，一定另外或村莊或尼庵尋個下處，甲真真辜負祖宗體貼子孫之心。爲事畢宴退之所。即今秦氏之喪，族中諸人皆權在鐵檻寺下榻，甲不用説，阿鳳自然不肯將就一刻的。獨有鳳姐嫌不方便，因而早遣人來和饅頭庵的姑子净虛説了，騰出兩間房子來作下處。

原來這饅頭庵就是水月寺，因他廟裏做的饅頭好，就起了這個渾號，離鐵檻寺不遠。甲前人詩云：「縱有千年鐵門限，終須一個土饅頭。」是此意。故「不遠」二字有文章。當下和尚工課已完，奠過晚茶，賈珍便命賈蓉請鳳姐歇息。鳳姐見還有幾個妯娌陪着女親，自己便辭了衆人，帶了寶玉、秦鍾往水月庵來。原來秦業年邁多病，甲伏一筆。不能在此，只命秦鍾等待安靈罷了。那秦鍾便只跟着鳳姐、寶玉，一時到了水月庵，净虛帶領智善、智能兩個徒弟出來迎接，大家見過。鳳姐等來至净室更衣净手畢，因見智能兒越發長高了，模樣兒越發出息了，因説道：「你們師徒怎麼這些日子也不往我們那裏去？」净虚道：「可是，這幾天都没工夫，（甲 虚陪一個胡姓，妙！言是糊塗人之所爲也。）因胡老爺府裏産了公子，太太送了十兩銀子來這裏，叫請幾位師父念三日《血盆經》，忙的無個空兒，就無來請奶奶的安。」

不言老尼陪着鳳姐。且説秦鍾、寶玉二人正在殿上頑耍，因見智能過來，寶玉笑道：「能兒來了。」秦鍾道：「理那個東西作什麽？」寶玉笑道：「你别弄鬼，那一日在老太太屋裏，一個人没有，（甲 補出前文未到處，細思秦鍾近日在榮府所爲，可知矣。）你摟着他作什麽？這會子還哄我。」秦鍾笑道：「這可是没有的話。」寶玉笑道：「有没有也不管你，你只叫住他倒碗茶來我吃，就丢開手。」秦鍾笑道：「這又奇了，你叫他倒去，還怕他不倒？何必要我説呢。」寶玉道：「我叫他倒的是無情意的，不及你叫他倒的是有情意的。」（甲 總作如是等奇語。）秦鍾只得説道：「能兒，倒碗茶來給我。」那智能兒自幼在榮府走動，無人不識，因常與寶玉、秦鍾頑耍。他如今大了，漸知風月，便看上了秦鍾人物風流，那秦鍾也極愛他妍媚，（甲 不愛寶玉，却愛秦鍾，亦是各有情孽。）二人雖未上手，却已情投意合了。今智能見了秦鍾，心眼俱開，走去倒了茶來。秦鍾笑説：（甲 如聞其聲。）「給我。」寶玉叫：「給我！」智能兒抿嘴笑道：「一碗茶

[甲]一語畢肖，如聞其語，觀者已自酥倒，不知作者從何着想。也來争，我難道手裏有蜜！」寶玉先搶得了，吃着，方要問話，只見智善來叫智能去擺茶碟子，一時來請他兩個去吃茶果點心。他兩個那裏吃這些東西？坐一坐，仍出來頑耍。

鳳姐也略坐片時，便回至净室歇息，老尼相送。此時衆婆娘媳婦見無事，皆陸續散了，自去歇息，跟前不過幾個心腹常侍小婢，老尼便趁機説道：「我正有一事，要到府裏求太太，先請奶奶一個示下。」鳳姐因問何事。老尼道：[甲]開口稱佛，畢肖。可嘆可笑！「阿彌陀佛！只因當日我先在長安縣内善才[甲]「才」字妙。庵内出家的時節，那時有個施主姓張，是大財主。[甲]俱從「財」一字上發生。他有個女兒小名金哥，那年都往我廟裏來進香，不想遇見了長安府府太爺的小舅子李衙内。那李衙内一心看上，要娶金哥，打發人來求親，不想金哥已受了原任長安守備的公子的聘禮。張家若退親，又怕守備不依，因此説有了人家。誰知李公子執意不依，定要娶他女兒。張家正無計策，兩處爲難。不想守備家聽了此信，也不管青紅皂白，便來作踐辱駡，説一個女兒許幾家，偏不許退定禮，就要打官司告狀起來。[甲]守備一聞便（問）[鬧][二]，斷無此理。此不過張家懼府尹之勢，必先退定禮，守備方不從，或有之。此時老尼只欲與張家完事，故將此言遮飾，以便退親，受張家之賄也。那張家急了，[甲]如何便急了，話無頭緒，可知張家理缺。此係作者巧摹老尼無頭緒之語，莫認作者無頭緒，正是神處奇處。摹一人，一人必到紙上活現。只得着人上京來尋門路，賭氣偏要退定禮。〔甲〕如何？的是張家要與府尹攀親！我想如今長安節度雲老爺與府上最契，可以求太太與老爺説聲，打發一封書去，求雲老爺和那守備説一聲，不怕那守備不依。若是肯行，張家連傾家孝敬，也都情願。」〔甲〕壞極，妙極！若與府尹攀了親，何惜張財不能再得？小人之心如此，良民遭害如此！

鳳姐聽了笑道：〔甲〕五字是阿鳳心跡。「這事倒不大，只是太太再不管這樣的事。」老尼道：「太太不管，奶奶也可以主張了。」鳳姐聽説笑道：「我也不等銀子使，也不作這樣的事。」〔庚〕口是心非，如聞如見。净虛聽了，打去妄想，半晌嘆道：〔庚〕一嘆轉出多少至惡不畏之文來。「雖如此説，只是張家已知我來求府裏，如今不管這事，張家不知道沒工夫管這事，不希罕他的謝禮〔三〕，倒像府裏連這點子手段也沒有的一般。」

鳳姐聽了這話，便發了興頭，説道：「你是素日知道我的，從來不信什麼陰司地獄報應的，〔庚〕批書人深知卿有是心，嘆嘆！憑是什麼事，我説要行就行。你叫他拿三千兩銀子來，我就替他出這口氣。」老尼聽説，喜之不盡，忙説：「有，有，有！這個不難。」鳳姐又道：「我比不得他們扯篷拉縴的圖銀子。〔庚〕欺人太甚。這

〔庚〕閨閣營謀説事，往往被此等語惑了。

〔庚〕對如是之奸尼，阿鳳不得不如是語。

〔庚〕實表姦淫，尼庵之事如此。壬午季春。

三千銀子，不過是給打發説去的小厮作盤纏，使他賺幾個辛苦錢，我一個錢也不要他的。便是三萬兩，我此刻還拿得出來。〔甲〕阿鳳欺人如此。」老尼連忙答應，又説道：「既如此，奶奶明日就開恩也罷了。」鳳姐道：「你瞧瞧我忙的，那一處少了我？既應了你，自然快快的了結。」老尼道：「這點子事，在别人跟前就忙的不知怎麽樣，若是奶奶跟前，再添上些也不够奶奶一發揮的。〔蒙〕「若是奶奶」等語，陷害殺無窮英明豪烈者。譽而不喜，毁而不怒，或可逃此等術法。只是俗語説的『能者多勞』，太太因大小事見奶奶妥貼，越性〔四〕都推給奶奶了，奶奶也要保重金體纔是。」一路話奉承的鳳姐越發受用了，也不顧勞乏，〔甲〕總寫阿鳳聰明中的痴人。更攀談起來。

誰想秦鍾趁黑無人，來尋智能。剛到後面房中，只見智能獨在房中洗茶碗，秦鍾跑來便摟着親嘴。智能急的跺脚説：「這算什麽呢！再這麽我就叫喚了。」秦鍾求道：「好人，我已急死了。你今兒再不依，我就死在這裏。」智能道：「你想怎樣？除非等我出了這個牢坑，離了這些人，纔依你。」秦鍾道：「這也容易，只是遠水救不得近渴。」説着，一口吹了燈，滿〔庚〕此處寫小小風流事，亦在人意外。誰知爲小秦伏綫，大有根據。屋漆黑，將智能抱到炕上，就雲雨起來。那智能百般掙挫不起，〔庚〕還是不肯叫？又不好叫的，少不得依他了。

正在得趣，只見一人進來，將他二人按住，也不則聲。二人不知是誰，唬的不敢動一動。庚 請掩卷細思此刻形景，真可噴飯。歷來風月文字可有如此趣味者？只聽那人「嗤」的一聲，掌不住笑了，二人聽聲，方知是寶玉。秦鍾連忙起身，抱怨道：「這算什麽？」寶玉笑道：「你倒不依，咱們就叫喊起來。」羞的智能趁黑地跑了。寶玉拉了秦鍾出來道：「你可還和我强？」蒙 請問此等光景，是强是順？一片兒女之態，自與凡常不同。細極，妙極！秦鍾笑道：「好人，庚 前以二字稱智能，今又稱玉兄，看官細思。你只別嚷的衆人知道，你要怎麽樣我都依你。」寶玉笑道：「這會子也不用說，等一會睡下，再細細的算賬。」一時寬衣安歇的時節，鳳姐在裏間，秦鍾、寶玉在外間，滿地下皆是家下婆子，打鋪坐更。鳳姐因怕通靈玉失落，便等寶玉睡下，命人拿來塞在自己枕邊。寶玉不知與秦鍾算何賬目，未見真切，未曾記得，此係疑案，不敢纂創。甲 忽又作如此評斷，似自相矛盾，却是最妙之文。若不如此隱去，則又有何妙文可寫哉？這方是世人意料不到之大奇筆。若通部中萬萬件細微之事俱備，《石頭記》真亦太覺死板矣。故特用此二三件隱事，借石之未見真切，淡淡隱去，越覺得雲煙渺茫之中，無限丘壑在焉。

庚 若歷寫完，則不是《石頭記》文字了。壬午季春。

一宿無話，至次日一早，便有賈母王夫人打發人來看寶玉，又命多穿兩件衣服，無事寧可回去。寶玉那裏肯回去，又有秦鍾戀着智能，調唆寶玉求鳳姐再住一天。鳳姐想了一想：甲 一想便有許多好處。

（真好阿鳳！）凡喪儀大事雖妥，還有一半點小事未曾安插，可以指此再住一天，豈不又在賈珍跟前送了滿情；二則又可以完净虛的那事；三則順了寶玉的心，賈母聽見，豈不歡喜？因有此三益，便（甲：世人只云一舉兩得，獨阿鳳一舉更添一［得］。）向寶玉道：「我的事都完了，你要在這裏逛，少不得越性辛苦一日罷了，明日可是定要走的了。」寶玉聽說，千姐姐萬姐姐的央求：「只住一天，明日必回去的。」於是又住了一夜。

鳳姐便命悄悄將昨日老尼姑之事，說與來旺兒。來旺兒心中俱已明白，急忙進城找着主文的相公，假託賈璉所囑，修書一封，（甲：不細。）連夜往長安縣來，不過百里路程，兩日工夫俱已妥協。那節度使名喚雲光，久見賈府之情，這一點小事，豈有不允之理，給了回書，旺兒回來。且不在話下。（甲：一語過下。）

却說鳳姐等又過了一日，次日方別了老尼，着他三日後往府裏去討信。（甲：過至下回。）那秦鍾與智能百般不忍分離，背地裏多少幽期密約，俱不用細述，只得含淚而別。鳳姐又至鐵檻寺中照望一番。寶珠執意不肯回家，賈珍只得派婦女相伴。後文再見。

戚總評：請看作者寫勢利之情，亦必因激動；寫兒女之情，偏生含蓄不吐，可謂細針密縫。其述說一段，言語形跡，無不逼真，聖手神文，敢不熏沐拜讀？

〔一〕「葕苓香」，下回又作「鶺鴒香」。按：「葕」「苓」是香草名，「鶺鴒」則是水鳥名，也可代指兄弟。「葕苓香」或「鶺鴒香」有無深意，紅學界意見莫衷一是。另甲辰本改爲「蔆苓香」，「蔆苓香」即零陵香，也是香草。

〔二〕「問」字有「責問、追究」之義，但老尼說「守備家聽了此信，也不管青紅皂白，便來作踐辱罵」，顯然已超出「責問」的程度，茲依俞平伯輯評本校「問」爲「鬧」。

〔三〕「希罕」，原作「罕稀」，據諸本改。按：此詞在書中出現多次，諸抄本多作「希罕」，個別作「稀罕」，現統一為「希罕」。

〔四〕「越性」，己、庚、蒙本同，舒、列本作「索性」，楊本作「素性」，戚本作「率性」，甲辰本作「越發」。後文此詞出現時，諸本異文情況類似。按：「越性」一詞在本書中出現三十六次，其義有二：一是「索性、乾脆」，如本例及另外三十四處；一是「越發、更加」，僅見第七十四回「如今越性了不得了」一例。此詞與書中更常用的「越發」一詞義項全同，但在使用中各有側重。「越發」在書中出現一百六十餘次，有兩處義爲「索性、乾脆」，即第八回「越發吃了晚飯去」和第五十六回「還有一句至小的話，越專用發説破了」，其餘均爲「更加」義。由此看來，曹雪芹似有意將兩詞進行分工，各司其義：「越發」專用於「更加」，「越性」專用於「索性、乾脆」。甲辰本將大部分「越性」改爲「越發」，義雖可通，卻是違背作者本意的。

第十六回　賈元春才選鳳藻宫　秦鯨卿夭逝黄泉路

甲 幼兒小女之死，得情之正氣，又爲痴貪輩一針灸。

鳳姐惡跡多端，莫大於此件者：受贓婚以致人命。

賈府連日鬧熱非常，寶玉無見無聞，却是寶玉正文。夾寫秦、智數句，下半回方不突然。

黛玉回，方解寶玉爲秦鍾之憂悶，是天然之章法。平兒借香菱答話，是補菱姐近來着落。

趙嫗討情閒文，却引出通部脉絡。所謂由小及大，譬如登高必自卑之意。細思大觀園一事，若從如何奉旨起造，又如何分派衆人，從頭細細直寫將來，幾千樣細事，如何能順筆一氣寫清？又將落於死板拮据之鄉，故只用璉鳳夫妻二人一問一答，上用趙嫗討情作引，下文蓉薔來説事作收，餘者隨筆順筆略一點染，則耀然洞徹矣。此是避難法。

大觀園用省親事出題，是大關鍵處，方見大手筆行文之立意。

借省親事寫南巡，出脱心中多少憶昔感今。

極熱鬧極忙中寫秦鍾夭逝，可知除「情」字，俱非寶玉正文。

大鬼小鬼論勢利興衰，罵盡攢炎附勢之輩。

戚 請看財勢與情根，萬物難逃造化門。曠典傳來空好聽，那如知己解温存？

詩曰：……

却説寶玉見收拾了外書房，約定與秦鍾讀夜書。偏那秦鍾秉性最弱，因在郊外受了些風霜，又與智能兒偷期綣繾，【庚】勿笑。這樣無能，却是寫與人看。未免失於調養，回來時便咳嗽傷風，懶進飲食，大有不勝之態，遂不敢出門，只在家中養息。【甲】爲下文伏綫。寶玉便掃了興頭，只得付於無可奈何，【甲】所謂「好事多磨」也。〔脂硯。〕〔一〕且自靜候大愈時再約。

那鳳姐兒已是得了雲光的回信，俱已妥協。老尼達知張家，果然那守備忍氣吞聲的收了前聘之物。誰知那個張財主雖如此愛勢貪財，【庚】所謂「老鴰窩裏出鳳凰」，此女是在十二釵之外副者。却養了一個知義多情的女兒，聞得父母退了親事，他便一條繩索悄悄的自縊了。那守備之子聞得金哥自縊，他也是個極多情的，遂也投河而死。【庚】不〔成〕雙美滿夫妻！只落得張李兩家没趣，真是人財兩空。【庚】如何消繳？造業者不知，自有知者。這裏鳳姐却坐享了三千兩，王夫人等連一點消息也不知道。自此鳳姐膽識愈壯，以後有了這樣的事，便恣意的作爲起來，也不消多記。

【甲】一段收拾過。阿鳳心機膽量，真與雨村是一對亂世之奸雄。後文不必細寫其事，則知其平生之作爲。回首時，無怪乎其慘痛之態，使天下痴心人同來一警，或可期共入於恬然自得之鄉矣。〔脂硯。〕

一日，正是賈政的生辰，寧榮二處人丁都齊集慶賀，熱鬧非常。忽有門吏忙忙進來，至席前報說：「有六宮都太監夏老爺來降旨。」嚇得賈赦、賈政等一干人不知是何消息，忙止了戲文，撤去酒席，擺香案啓中門跪接。早見六宮都監夏守忠乘馬而至，前後左右又有許多內監跟從。那夏守忠也不曾負詔捧敕，至檐前下馬，滿面笑容，走至廳上，南面而立，口內說：「特旨：立刻宣賈政入朝，在臨敬殿陛見。」說畢，也不及吃茶，便乘馬去了。賈政等不知是何兆頭，只得急忙更衣入朝。

〔庚〕潑天喜事却如此開宗。出人意料外之文也。壬午季春。

〔庚〕「日暮倚廬仍悵望」，南漢先生句也。

賈母等合家人等心中皆惶惶不定，不住的使人飛馬來往報信。有兩個時辰工夫，忽見賴大等三四個管家喘吁吁跑進儀門報喜，又說「奉老爺命，速請老太太帶領太太等進朝謝恩」等語。那時賈母正心神不定，在大堂廊下佇立，〔庚〕慈母愛子寫盡。迴廊下佇立，與「日暮倚廬仍悵望」對景，余掩卷而泣。邢夫人、王夫人、尤氏、李紈、鳳姐、迎春姊妹以及薛姨媽等皆在一處。聽如此信至，賈母便喚進賴大來細問端的。賴大稟道：「小的們只在臨敬門外伺候，裏頭的信息一概不能得知。後來還是夏太監出來道喜，說咱家大小姐晉封爲鳳藻宮尚書，加封賢德妃。後來老爺出來亦如此吩咐小的。如今老爺又往東宮去了，速請老太太領着太太們去謝恩。」賈母等聽了方心神安定，不免又都洋洋喜氣盈腮。〔庚〕字眼，留神。亦人之常情。於是都按品大妝起來。賈母帶領邢夫人、王夫人、尤氏，一共四乘大轎入朝。賈赦、賈珍亦換了朝服，

[甲]忽然接水月庵，似大脱泄。及讀至後，方知爲緊收。此大段有如歌急調迫之際，忽聞戛然檀板截斷，真見其大力量處，却便於寫寶玉之文。

[庚]凡用寶玉收拾，俱是大關鍵。

帶領賈蓉、賈薔奉侍賈母大轎前往。於是寧榮二處，上下裏外，莫不欣然踴躍，[辰]秦氏生魂先告鳳姐矣。個個面上皆有得意之狀，言笑鼎沸不絕。

誰知近日水月庵的智能私逃進城，[甲]好筆仗，好機軸。找至秦鍾家下看視秦鍾，不意被秦業知覺，將智能逐出，將秦鍾打了一頓，自己氣的老病發作，三五日的光景嗚呼死了。秦鍾本自怯弱，又值帶病未愈，受了笞打，今見老父氣死，此時悔痛無及，更又添了許多症候。因此寶玉心中悵然如有所失。雖聞得元春晋封之事，亦未解得愁悶。[甲]眼前多少［熱鬧］文字不寫，却從萬人意外撰出一段悲傷，是別人不屑寫者，亦別人之不能處。賈母等如何謝恩，如何回家，親朋如何來慶賀，寧榮兩處近日如何熱鬧，衆人如何得意，獨他一個皆視有如無，[庚]的的真真寶玉。毫不曾介意。因此衆人嘲他越發獃了。[庚]（欲）［越］發獃了。[甲]大奇至妙之文，却用寶玉一人，連用五「如何」，隱過多少繁華勢利等文。試思若不如此，必至種種寫到，其死板拮据、瑣碎雜亂，何可勝哉？故只借寶玉一人如此一寫，省却多少閒文，却有無限煙波。

且喜賈璉與黛玉回來，先遣人來報信，明日就可到家，寶玉聽了，方略有些喜意。[甲]不如此，後文秦鍾死去，將何以慰寶玉？細問原由，方知賈雨村也進京陛見，皆由王子騰累上保本，此來候補京缺，與賈璉是同宗弟兄，又與黛玉有師徒之誼，故同路作伴而來。林如海已葬入祖墳了，諸事停妥，賈璉方進京的。本該出月到家，因聞得元春喜信，遂晝夜兼程而進，一路俱各平安。寶玉只問得黛玉「平安」二字，餘者也就不在意了。〔甲〕又從天外寫出一段離合來，總爲掩過寧、榮二處許多瑣細閒筆。處處交代清楚，方好起大觀園也。〔庚〕三字是寶玉心中。好容易盼至明日午錯，果報：「璉二爺和林姑娘進府了。」見面時彼此悲喜交接，未免又大哭一陣，後又致喜慶之詞。〔甲〕世界上亦如此，不獨書中瞬息。觀此便可省悟。寶玉心中品度黛玉，越發出落的超逸了。黛玉又帶了許多書籍來，忙着打掃卧室，安插器具，又將些紙筆等物分送寶釵、迎春、寶玉等人。寶玉又將北静王所贈鶺鴒香串珍重取出來，轉贈黛玉。黛玉說：「什麼臭男人拿過的！我不要他。」遂擲而不取。寶玉只得收回，暫且無話。〔甲〕略一點黛玉性情，趕忙收住，正留爲後文地步。

且說賈璉自回家參見過衆人，回至房中。正值鳳姐近日多事之時，無片刻閒暇之工，〔甲〕補阿鳳二句，最不可少。見賈璉遠路歸來，少不得撥冗接待，〔庚〕寫得尖利刻薄。房内無外人，便笑道：「國舅老爺大喜！〔甲〕嬌音如聞，俏態如見，少年夫妻常事，的確有之。國舅老爺一路風塵辛苦。小的聽見昨日的頭起報馬來報，說今日大駕歸府，略預備了一杯

甲 此等文字，作者盡力寫來，欲諸公認識阿鳳，好看後文，勿爲泛泛看過。

庚 却是爲下文作引。水酒撣塵，不知可賜光謬領否？」賈璉笑道：「豈敢豈敢，多承多承！」庚 一言答不上，蠢才蠢才！一面平兒與衆丫鬟參拜畢，獻茶。賈璉遂問別後家中的事，又謝鳳姐操持勞碌。鳳姐道：「我那裏照管得這些事！見識又淺，口角又夯，心腸又直率，人家給個棒槌，我就認做針。臉又軟，擱不住人給兩句好話，心裏就慈悲了。況且又無經歷過大事，膽子又小，太太略有些不自在，就嚇得我連覺也睡不着了。我苦辭了幾回，太太又不容辭，倒反説我圖受用了，不肯習學了。殊不知我是捻着一把汗兒呢。一句也不敢多説，一步也不敢多走。你是知道的，咱們家所有的這些管家奶奶們，甲 獨這一句不假。〔脂硯。〕那一位是好纏的？錯一點兒他們就笑話打趣，偏一點兒他們就指桑説槐的抱怨。『坐山觀虎』『借劍殺人』『引風吹火』『站乾岸兒』『推倒油瓶不扶』，都是全掛子的武藝。況且我年紀輕，頭等不壓衆，怨不得不放我在眼裏。庚 三字是得意口氣。更可笑那府裏忽然蓉兒媳婦死了，珍大哥又再三再四的在太太跟前跪着討情，只要請我幫他幾日；我是再四推辭，太太斷不依，只得從命。依舊被我鬧了庚 得意之至口氣。個馬仰人翻，更不成個體統，至今珍大哥還抱怨後悔呢。你這一來了，

[甲] 阿鳳之待璉兄如弄小兒，可畏之至。

明兒你見了他，好歹描補描補，[庚] 阿鳳之弄璉兄如弄小兒，可怕可畏！若生於小户，落在貧家，璉兄死矣！ 就説我年紀小，原沒見過世面，誰叫大爺錯委他的。」

正説着，[甲] 又用斷法方妙。蓋此等文斷不可無，亦不可太多。 只聽外間有人説話，鳳姐便問：「是誰？」平兒進來回道：「姨太太打發香菱妹子來問我一句話，我已經説了，打發他回去了。」賈璉笑道：「正是呢，方纔我見姨媽去，不防和一個年輕的小媳婦子撞了個對面，生的好齊整模樣。[庚] 酒色之徒。 我疑惑咱家並無此人，説話時因問姨媽，誰知就是上京來買的那小丫頭，名叫香菱的，竟與薛大傻子作了房裏人，開了臉，越發出挑的標緻了。那薛大傻子真玷辱了他。」[甲] 垂涎如見。試問兄，寧不有玷平兒乎？［脂硯。］

[甲] 用平兒口頭謊言，寫補菱卿一項實事，並無一絲痕跡，而作者有多少機括。

鳳姐道：[庚] 如聞。 「噯！往蘇杭走了一趟回來，也該見些世面了，[甲] 這「世面」二字，單指女色也。 還是這麽眼饞肚飽的。你要愛他，不值什麽，我去拿平兒換了他來如何？[甲] 奇談，是阿鳳口中方有此等語句。 那薛老大也是[甲] 又一樣稱呼，各得神理。『吃着碗裏望着鍋裏』的，[甲] 補前文之未到，且並將香菱身分寫出。［脂硯。］ 這一年來的光景，他爲要香菱不能到手，和姨媽打了多少饑荒。也因姨媽看着香菱的模樣兒好還是末則，其爲人行事，却又比別的女孩兒不同，温柔安静，差不多的主子姑娘也跟他不上呢，[甲] 何曾不是主子姑娘？蓋卿不知來歷也。作者必用阿鳳一讚，方知蓮卿尊重不虛。 故此擺酒請客的費事，明堂正道的與他作了妾。

過了没半月，也看的馬棚風一般了，我倒心裏可惜了的。」（甲：一段納寵之文，偏於阿鳳口中補出，亦奸猾幻妙之至！）一語未了，二門上小厮傳報：「老爺在大書房等二爺呢。」賈璉聽了，忙忙整衣出去。

這裏鳳姐乃問平兒：「方纔姨媽有什麼事，巴巴的打發香菱來？」（甲：必有此一問。）平兒笑道：「那裏來的香菱，（甲：卿何嘗謊言？的是補菱姐正文。）是我借他暫撒個謊。奶奶說說，旺兒嫂子越發連個成算也没了。」（辰：此處係平兒搗鬼。）説着，又走至鳳姐身邊，悄悄説道：（庚：如聞如見。）「奶奶的那利錢銀子，遲不送來，早不送來，這會子二爺在家，他且送這個來了。（甲：總是補遺。）幸虧我在堂屋裏撞見，不然時走了來回奶奶，二爺倘或問奶奶是什麼利錢，奶奶自然不肯瞞二爺的，（甲：平姐欺看書人了。）（庚：可兒可兒，鳳姐竟被他哄了。）少不得照實告訴二爺。我們二爺那脾氣，油鍋裏的錢還要找出來花呢，聽見奶奶有了這個梯己，他還不放心的花了呢？所以我趕着接了過來，叫我説了他兩句。誰知奶奶偏聽見了問，我就撒謊説香菱了。」（甲：一段平兒的見識作用，不枉阿鳳生平刮目，又伏下多少後文，補盡前文未到。）鳳姐聽了笑道：「我説呢，姨媽知道你二爺來了，忽喇八的反打發個房裏人來了？原來你這蹄子肏鬼。」（庚：疼極反駡。）

説話時，賈璉已進來，鳳姐便命擺上酒饌來，夫妻對坐。鳳姐雖善飲，却不敢任興，

〔甲〕百忙中又點出大家規範，所謂無不週詳，無不貼切。只陪着賈璉。一時賈璉的乳母趙嬤嬤走來，賈璉與鳳姐忙讓他一同吃酒，令其上炕去。趙嬤嬤執意不肯。平兒等早已炕沿下設下一杌子，又有一小腳踏，趙嬤嬤在腳踏上坐了。賈璉向桌上揀兩盤餚饌，與他放在杌上自吃。鳳姐又道：「媽媽很咬不動那個，〔庚〕何處着想，却是自然有的。倒没的矼了他的牙。」因向平兒道：「早起我説那一碗火腿燉肘子很爛，正好給媽媽吃，你怎麽不取去趕着叫他們熱來？」又道：「媽媽，〔庚〕補點不到之文，像極！你嚐一嚐你兒子帶來的惠泉酒。」趙嬤嬤道：「我喝呢，奶奶也喝一鍾。怕什麽，只不要過多了就是了。〔甲〕寶玉之李嬤，此處偏又寫一趙嬤，特犯不犯。先有梨香院一回，今又寫此一回，兩兩遥對，却無一筆相重，一事合掌。我這會子跑來，倒也不爲酒飯，倒有一件正緊事，奶奶好歹記在心裏，疼顧我些罷。我們的爺，只是嘴裏説的好，到了跟前就忘了我們。幸虧我從小兒奶了你這麽大。我也老了，有的是那兩個兒子，你就另眼照看他們些，别人也不敢呲牙兒的。〔庚〕爲薔、蓉作引。我還再四的求了你幾遍，你答應的倒好，到如今還是燥屎。〔庚〕有是乎？這如今又從天上跑出這樣一件大喜事來，那裏用不着人？所以倒是來求奶奶是正緊。靠着我們爺，只怕我還餓死了呢。」

鳳姐笑道：「媽媽你放心，兩個奶哥哥都交給我。你從小兒奶的，你還有什麼不知道他那脾氣的？拿着皮肉倒往那不相干的外人身上貼。可是現放着奶哥哥，那一個不比人强？你疼顧照看他們，誰敢說個『不』字兒？【庚】會送情。沒的白便宜了外人。——我這話也說錯了，我們看着是『外人』，你却是看着是『內人』一樣呢。」【庚】可兒可兒！說的滿屋裏人都笑了。趙嬤嬤也笑個不住，又念佛道：「可是屋子裏跑出青天來了！若說『內人』『外人』【甲】千真萬真，是沒有。一笑。【庚】有是語，像極，畢肖。乳母護子。這些混賬事，我們爺是沒有，不過是臉軟心慈，擱不住人求兩句罷了。」鳳姐笑道：「可不是呢，有『內人』求的他纔慈軟呢，他在咱們娘兒們跟前纔是剛硬呢！」趙嬤嬤笑道：「奶奶說的太盡情了，我也樂了。再吃一杯好酒。從此我們奶奶作了主，我就沒的愁了。」

賈璉此時沒好意思，只是訕笑吃酒，說「胡說」二字，「快盛飯來，吃碗子還要往珍大爺那邊去商議事呢。」鳳姐道：「可是。別誤了正事。纔剛老爺叫你說什麼？」【己】一段趙嫗討情閒文，却引出通部脉絡。所謂由小及大，譬如登高必自卑之意。細思大觀園一事，若從如何奉旨起造，又如何分派衆人，從頭細細直寫將來，幾千樣細事，如何能順筆一氣寫清？又將落於死板拮据之鄉，故只用璉鳳夫妻二人一問一答，上用趙嫗討情作引，下用蓉薔來說事

【庚】大觀園用省親事出題，是大關鍵事，方見大手筆行文之立意。畸笏。

【甲】趙嬤一問，是文章家進一步門庭法則。

【庚】自政老生日，用降旨截住，賈母等進朝如此熱鬧，用秦業死岔開，只寫幾個「如何」，將潑天喜事交代完了。緊接黛玉回，璉、鳳閒話，以老嫗勾出省親事來。其千頭萬緒，合榫貫

作收，餘者隨筆順筆略一點染，則耀然洞徹矣。此是避難法。賈璉道：「就爲省親。」【甲】二字醒眼之極，却只如此寫來。鳳姐忙問道：【甲】「忙」字最要緊，特於阿鳳口中出此字，可知事關巨要，非同淺細，是此書中正眼矣。「省親的事竟準了不成？」【甲】問得珍重，可知是萬人意外之事。［脂硯。］賈璉笑道：「雖不十分準，也有八分準了。」【甲】如此故頓一筆，更妙！見得事關重大，非一語可了者，亦是大篇文章，抑揚頓挫之至。鳳姐笑道：「可見當今的隆恩。歷來聽書看戲，古時從來未有的。」【甲】於閨閣中作此語，直與《擊壤》同聲。［脂硯。］趙嬤嬤又接口道：「可是呢，我也老糊塗了。我聽見上上下下吵嚷了這些日子，什麼省親不省親，我也不理論他去；【甲】補近日之事，啓下回之文。如今又說省親，到底是怎麼個原故？」【甲】大觀園一篇大文，千頭萬緒，從何處寫起？今故用賈璉夫妻問答之間，閒閒敘出，觀者已省大半。後再用蓉、薔二人重一渲染。使省却多少贅瘤筆墨。此是避難法。賈璉道：「如今當今體貼萬人之心，世上至大莫如『孝』字，想來父母兒女之性，皆是一理，不是貴賤上分別的。當今自爲日夜侍奉太上皇、皇太后，尚不能略盡孝意，因見宮裏嬪妃、才人等皆是入宮多年，以致拋離父母音容，豈有不思想之理？在兒女，思想父母是分所應當。想父母在家，若只管思念兒女，竟不能一見，倘因此成疾致病，甚至死亡，皆由朕躬禁錮，不能使其遂天倫之願，亦大傷天和之事。故啓奏上皇、太后，每月逢二六日期，准其椒房眷屬入宮請候看視。於是太上皇、皇太后大喜，深讚當今至孝純仁，體天格物。

連，無一毫痕跡，如此等，是書多多，不能枚舉。想兄在青埂峰上，經煅煉後，參透重關至恒河沙數。如否，余曰萬不能有此機括，有此筆力，恨不得面問果否。嘆嘆！丁亥春。畸笏叟。

因此二位老聖人又下旨意，說椒房眷屬入宮，未免有國體儀制，母女尚不能愜懷。竟大開方便之恩，特降諭諸椒房貴戚，除二六日入宮之恩外，凡有重宇別院之家，可以駐蹕關防之處，不妨啓請內廷鑾輿入其私第，庶可略盡骨肉私情、天倫中之至性。此旨一下，誰不踴躍感戴？現今周貴人的父親已在家裏動了工了，修蓋省親別院呢。又有吳貴妃的父親吳天佑家，也往城外踏看地方去了。甲 又一樣佈置。這豈不有八九分了？」

趙嬤嬤道：「阿彌陀佛！原來如此。這樣說，咱們家也要預備接咱們大小姐了？」庚 文忠公之嬤。賈璉道：甲 一段閒談中補出多少文章。真是賈長房「壺中天地」也。「這何用說呢！不然，這會子忙的是什麼？」鳳姐笑道：「若果如此，我可也見個大世面了。可恨我小幾歲年紀，若早生二三十年，甲 忽接入此句，不知何意？似屬無謂。庚 不用忙，往後看。如今這些老人家也不薄我沒見世面了。說起當年太祖皇帝仿舜巡的故事，庚 既知舜巡而又說熱鬧，此婦人女子口頭也。比一部書還熱鬧，我偏沒造化趕上。」趙嬤嬤道：「噯喲喲，那可是千載希逢的！那時候我纔記事兒，咱們賈府正在姑蘇、揚州一帶監造海舫，修理海塘，只預備接駕一次，庚 又要瞞人。把銀子都花的淌海水似的！說起來……」甲 又截得好。◇「忙」字妙！上文「說起來」必未完，粗心看去鳳姐忙接道：「我們王府也預備過則説疑闕，殊不知正傳神處。一次。那時我爺爺單管各國進貢朝賀的事，凡有的外國人來，〔甲〕點出阿鳳所有外國奇玩等物。都是我們家養活。粵、閩、滇、浙所有的洋船貨物，都是我們家的。」

趙嬤嬤道：「那是誰不知道的？如今還有個口號兒呢，〔庚〕應前「葫蘆案」。説『東海少了白玉床，龍王來請江南王』，這説的就是奶奶府上了。〔甲〕甄家正是大關鍵、大節目，勿作泛泛口頭語看。還有如今現在江南的甄家，〔庚〕口氣如聞。噯喲喲，好勢派！獨他家接〔庚〕點正題正文。駕四次。若不是我們親眼看見，告訴誰誰也不信的。〔庚〕極力一寫，非誇也，可想而知。別講銀子成了土泥，憑是世上所有的，沒有不是堆山塞海的，『罪過可惜』四個字，〔庚〕真有是事，經過見過。竟顧不得了。」鳳姐道：「我常聽見我們太爺們也這樣説，豈有不信的。〔庚〕對證。只納罕他家怎麼就這麼富貴呢？」趙嬤嬤道：「告訴奶奶一句話，也不過是拿着皇帝家的銀子〔甲〕是不忘本之言。往皇帝身上使罷了！〔甲〕最要緊語。人苦不自知。能作是語者吾未嘗見。誰家有那些錢買這個虛熱鬧去？」

正説的熱鬧，王夫人又打發人來瞧鳳姐吃了飯不曾。鳳姐便知有事等他，忙忙的吃了半碗飯，〔庚〕好頓挫。漱口要走，又有二門上小厮們回：「東府裏蓉、薔二位哥兒來了。」賈璉纔漱了口，平兒捧着盆盥手，見他二人來了，便問：「什麼話？快説。」鳳姐且止步稍候，聽他二人回些什麼。賈蓉先回說：「我父親打發我來回叔叔：老爺們已經議定了，〔庚：簡净之至！〕從東邊一帶，〔庚：園基乃一部之主，必當如此寫清。〕借着東府裏的花園起，轉至北邊，一共丈量準了，三里半大，可以蓋造省親别院了。〔庚：後一圖伏綫。大觀園係玉兄與十二釵之太虛幻境，豈可草率？〕已經傳人畫圖樣去了，明日就得。叔叔纔回家，未免勞乏，不用過我們那邊去，〔庚：應前賈璉口中。〕有話明日一早再請過去面議。」賈璉笑着說道：「多謝大爺費心體諒，我就從命不過去了。正緊是這個主意纔省事，蓋的也容易；若採置别處地方去，那更費事，且倒不成體統。你回去說，這樣很好，若老爺們再要改時，全仗大爺諫阻，萬不可另尋地方。明日一早我給大爺請安去，再議細話。」賈蓉忙應幾個「是」。〔庚：園已定矣。〕

賈薔又近前回說：「下姑蘇割聘教習，〔庚：「畫薔」一回伏綫。〕〔庚：凡各物事，工價重大兼伏隱着情字者，莫如此件。故園定後便先寫此一件，餘便不必細寫矣。〕採買女孩子，置辦樂器行頭等事，大爺派了侄兒，帶領着來管家兩個兒子，還有單聘仁、卜固修兩個清客相公，一同前往，所以命我來見叔叔。」賈璉聽了，將賈薔打量了打量，〔庚：有神。〕笑道：「你能在這一行麽？〔庚：勾下文。〕這個事雖不甚大，〔甲：射利人微露心跡。〕〔庚：射利語，可嘆！是親侄。〕裏頭大有藏掖的。」賈薔笑道：「只好學習着辦罷了。」

賈蓉在身旁燈影下悄拉鳳姐的衣襟，鳳姐會意，因笑道：「你也太操心了，難道大爺比咱們還不會用人〔二〕？偏你又怕他不在行了。誰都是在行的？孩子們已長的這麼大了，『没吃過猪肉，也看見過猪跑』。大爺派他去，原不過是個坐纛旗兒，難道認真的叫他去講價錢、會經紀去呢！依我説就很好。」賈璉道：「自然是這樣。並不是我駁回，少不得替他籌算籌算。」因問：「這項銀子動那一處的？」賈薔道：「纔也議到這裏。（甲 此等稱呼，令人酸鼻。）（庚 好稱呼。）賴爺爺説，竟不用從京裏帶下去，江南甄家還收着我們五萬銀子。明日寫一封書信，會票我們帶去，先支三萬，下剩二萬存着，等置辦花燭彩燈並各色簾櫳帳幔的使費。」賈璉點頭道：「這個主意好。」

（庚 《石頭記》中多作心傳神會之文，不必道明。一道明白，便入庸俗之套。）

鳳姐便向賈薔道：（甲 再不略讓一步，正是阿鳳一生短處。〔脂硯。〕）「既這樣，我有兩個在行妥當人，你就帶他們去辦，這個便宜了你呢。」賈薔忙陪笑道：「正要和嬸子討兩個人呢，（甲 寫賈薔乖處。〔脂硯。〕）這可巧了。」因問名字。鳳姐便問趙嬷嬷。彼時趙嬷嬷已聽獃了話，（蒙 真是强將手下無弱兵。至精至細。）平兒忙笑推他，他纔醒悟過來，忙説：「一個叫趙天梁，一個叫趙天棟。」鳳姐道：「可別忘了，我可幹我的去了。」説着便出去了。賈蓉忙趕出來，又悄悄向鳳姐道：「嬸子要帶什麽東西？」〔三〕鳳姐笑道：（庚 有神。）「（庚 像極，的是阿鳳。）別放你娘的屁！我的東西還没處撂呢，希

[庚]從頭至尾細看阿鳳之待蓉、薔，可謂一體一黨，然尚作如此語欺蓉，其待他人可知矣。

[甲]阿鳳欺人處如此。◇忽又寫到利弊，真令人一嘆。〔脂硯。〕

罕你們鬼鬼祟祟的？」說着一逕去了。

這裏賈薔也悄問賈璉：「要什麽東西？順便織來孝敬叔叔。」賈璉笑道：「你別興頭。纔學着辦事，倒先學會這把戲。我短了什麽，[庚]又作此語，不犯阿鳳。少不得寫信去告訴你，且不要論到這裏。」說畢，打發他二人去了。接着回事的人來，不止三四次，賈璉害乏，便傳與二門上，一應不許傳報，俱等明日料理。[庚]好文章，一句内隱兩處若許事情。鳳姐至三更時分方下來安歇，一宿無話。

次日早賈璉起來，見過賈赦、賈政，便往寧府中來，合同老管事人等，並幾位世交門下清客相公，審察兩府地方，繕畫省親殿宇，一面參度辦理人丁。自此後，各行匠役齊集，金銀銅錫以及土木磚瓦之物，搬運移送不歇。[蒙]一總。先令匠役拆寧府會芳園墻垣樓閣，直接入榮府東大院中。榮府東邊所有下人一帶群房盡已拆去。當日寧榮二宅，[甲]補明，使觀者如身臨足到。雖有一小巷界斷不通，然這小巷亦係私地，並非官道，故可以連屬。[甲]園中諸景，最要緊是水，亦必寫明方妙。◇余最鄙近之修造園亭者，徒以頑石土堆爲佳，不知引泉一道。甚至丹青，唯知亂作山石樹木，不知畫泉之法，亦是恨事。〔脂硯齋。〕會芳園本是從北角墻下引來一股活水，今亦無煩再引。其山石樹木雖不敷用，賈赦住的乃是榮府舊園，其中竹樹山石以及亭榭欄杆等物，皆可挪就前來。如此兩處又甚近，湊來一處，省得許多財力，縱亦不敷，所添亦有限。全虧一個老明公號山子野者，一一籌畫起造。

〔甲〕妙號，隨事生名。

〔庚〕這也少不得的一節文字，省下筆來好作別樣。

賈政不慣於俗務，只憑賈赦、賈珍、賈璉、賴大、來昇、林之孝、吳新登、詹光、程日興等幾人安插擺佈。凡堆山鑿池、起樓竪閣、種竹栽花一應點景之事，又有山子野制度。下朝閒暇，不過各處看望看望，最要緊處和賈赦商議商議便罷了。賈赦只在家高臥，有芥荳之事，賈珍等或自去回明，或寫略節；或有話說，便傳呼賈璉、賴大等來領命。賈蓉單管打造

〔蒙〕好差。

金銀器皿。賈薔已起身往姑蘇去了。賈珍、賴大等又點人丁，開冊籍，監工等事，一筆不能寫到，不過是喧鬨熱鬧非常而已。暫且無話。

且說寶玉近因家中有這等大事，賈政不來問他的書，

〔庚〕一筆不漏。

心中是件暢事。無奈秦鍾之病一日重

〔甲〕「天下本無事，庸人自擾之」，世上人各各如此，又非此情鍾意切。

似一日，也着實懸心，不能樂業。這日一早起來，纔梳洗完畢，意欲回了賈母去望候秦鍾，忽見

〔甲〕偏於大熱鬧處寫出大不得意之文，却無絲毫牽强，且有許多令人

笑不了、哭不了、嘆不了、悔不了，惟以大白酬我作者。〔壬午季春。畸笏。〕

茗煙在二門照壁前探頭縮腦，寶玉忙出來問他：「作什麽？」茗煙道：〔甲〕從茗煙口中寫出，省却多少閒文。「秦相公不中用了！」寶玉聽説，唬了一跳，忙問道：「我昨兒纔瞧了他來了，〔庚〕點常去。還明明白白的，怎麽就不中用了？」茗煙道：「我也不知道，纔剛是他家的老頭子特來告訴我的。」寶玉聽了，忙轉身回明賈母。賈母吩咐：「好生派妥當人跟去，到那裏盡一盡同窗之情就回來，不許多耽擱了。」寶玉聽了，忙忙的更衣出來，車猶未備，〔甲〕頓一筆，方不板。急的滿廳亂轉。一時催促的車到，忙上了車，李貴、茗煙等跟隨。來至秦鍾門首，〔甲〕目睹蕭條景况。悄無一人，遂蜂擁至內室，唬的秦鍾的兩個遠房嬸子並幾個弟兄都藏之不迭。〔甲〕妙！這嬸母、兄弟是特來等分絶户家私的，不表可知。

此時，秦鍾已發過兩三次昏了，移床易簀多時矣。寶玉一見，便不禁失聲。〔甲〕余亦欲哭。李貴忙勸道：「不可，不可，秦相公是弱症，未免炕上挺扛的骨頭不受用，〔庚〕李貴亦能道此等語。所以暫且挪下來鬆散些。哥兒如此，豈不反添了他的病。」寶玉聽了，方忍住。近前見秦鍾面如白蠟，寶玉叫道：「鯨兄！寶玉來了。」連叫三聲，秦鍾不睬。寶玉又道：「寶玉來了！」

那秦鍾早已魂魄離身，只剩得一口悠悠餘氣在胸，正見許多鬼判持牌提索來捉他。

庚《石頭記》一部中，皆是近情近理必有之事，必有之言。又如此等荒唐不經之談，間亦有之，是作者故意遊戲之筆，聊以破色取笑，非如別書認真說鬼話也。

庚 可想鬼不讀書，信矣哉！

甲 世人見「寶玉」而不動心者爲誰？

甲 看至此一句令人失望，再看至後面數語，方知作者故意借世俗愚談愚論設譬，喝醒天下迷人，翻成千古未見之奇文奇筆。那秦鍾魂魄那裏就肯去，又記念着家中無人掌管家務，甲 扯淡之極，令人發一大笑。◇余謂諸公莫笑，且請再思。又記掛着父母還有留積下的三四千兩銀子，甲 更屬可笑，更可痛哭。又記掛着智能尚無下落，甲 忽從死人心中補出活人原由，更奇更奇。因此百般求告鬼判。無奈這些鬼判都不肯徇私，反叱咤秦鍾道：「虧你還是讀過書的人，豈不知俗語說的：『閻王叫你三更死，誰敢留你到五更。』我們陰間，上下都是鐵面無私的，不比你們陽間，庚 寫殺了。瞻情顧意，有許多的關礙處。」

正鬧着，那秦鍾的魂魄忽聽見「寶玉來了」四字，又央求道：「列位神差，略發慈悲，讓我回去，和這一個好朋友說一句話就來的。」衆鬼道：「又是什麽好朋友？」秦鍾道：「不瞞列位，就是榮國公孫子，小名寶玉的。」都判官聽了，先就唬慌起來，忙喝罵鬼使道：「我說你們放回了他去走走罷，你們斷不依我的話，如今只等他請出個運旺時盛的人來纔罷。」甲 如聞其聲。試問誰曾見都判來，觀此則又見一都判跳出來。調侃世情固深，然遊戲筆墨一至於此，真可壓倒古今小說。◇這纔算是小說。衆鬼見都判如此，也都忙了手脚，一甲 調侃「寶玉」二字，極妙！［脂硯。］面又抱怨道：「你老人家先是那等雷霆電雹，原來見不得『寶玉』二字。辰 大可發笑。依我們

【庚】觀者至此，必料秦鍾另有異樣奇語，然却只以此二語爲囑。試思若不如此爲囑，不但不近人情，亦且太露穿鑿。讀此則知全是悔遲之恨。

愚見，他是陽間，我們是陰間，怕他也無益於我們。【甲】神鬼也講有益無益。」【列】此章無非笑趨勢之人。都判道：「放屁！俗語説的好，『天下的官管天下的事』，陰陽本無二理。〔四〕【己】更妙！愈不通愈妙，愈錯會意愈奇。脂硯。別管他陰也罷，陽也罷，敬着點沒錯了的。【庚】名曰搗鬼。」衆鬼聽説，只得將秦魂放回……「哼」了一聲，微開雙目，見寶玉在側，乃勉强嘆道：「【庚】千言萬語只此一句。怎麽不肯早來？再遲一步也不能見了。」寶玉忙携手垂淚道：「有什麽話，留下兩句。」【己】只此句便足矣。秦鍾道：「並無别話。以前你我見識自爲高過世人，我今日纔知自誤。【己】誰不悔遲！以後還該立志功名，【庚】此刻無此二語，亦非玉兄之知己。以榮耀顯達爲是。」説畢，便長嘆一聲，蕭然長逝。【己】若是細述一番，則不成《石頭記》之文矣。下回分解。

【戚】總評：大凡有勢者未嘗有意欺人。奈群小蜂起，浸潤左右，伏首下氣，奴顔婢膝，或激或順，不計事之可否，以要一時之利。有勢者自任豪爽，鬪露才華，未審利害，高下其手，偶有成就，一試再試，習以爲常，則物理人情皆所不論。又財貨豐餘，衣食無憂，則所樂者必曠世所無。要其必獲，一笑百萬，是所不惜。其不知排場已立，收斂實難，從此勉强，至成蹇窘，時衰運敗，百計顛翻。昔年豪爽，今朝指背。此千古英雄同一慨嘆者。大抵作者發大慈大悲願，欲諸公開巨眼，得見毫微，塞本窮源，以成無礙極樂之至意也。

〔一〕己、庚本也有此批（墨筆夾批）且有批者署名，庚本「磨」作「魔」。按本書多次出現此成語，除此處外，均作「好事多魔」（第一回正文、第四回甲眉、第二十回庚側）。按：「魔」原爲譯經出現之外來詞「魔羅」（梵文mara，意譯爲擾亂、破壞、障礙等）之略稱，據《正字通・鬼部》引譯經論云「魔，古從石作磨，梁武帝改從鬼」，故後世在表達「磨難」「障礙」等意思時，「磨」「魔」常混用，如「磨難」「魔難」、「磨障」「魔障」等。「好事多魔」「好事多磨」也屬這種情況。

另，方括號內的署名表示此署名甲戌本没有但己、庚本有，據補。下同。

〔二〕原作「難道你父親比你還不會用人」，據諸本改。

〔三〕諸本此後有：「分付我，開個賬給薔兄弟帶了去，叫他按賬置辦了來。」按：賈蓉並非如此囉嗦之人，此處當以底本點到爲止較勝。

〔四〕庚本此句前另有「自古人鬼之道却是一般」一句，語意與本句重複，且前面衆鬼也只説「陰間」「陽間」，不提「人」「鬼」，則該語當爲後人所增，或係批語混入正文。

第十七回　大觀園試才題對額　榮國府歸省慶元宵

己 此回宜分二回方妥。〔一〕

寶玉係諸艷之冠，故大觀園對額必得玉兄題跋，且暫題燈匾聯上，再請賜題。此千妥萬當之章法。

詩曰：

豪華雖足羨，離別却難堪。博得虛名在，誰人識苦甘？己 好詩，全是諷刺。近之諺云：「又要馬兒好，又要馬兒不吃草。」

真罵盡無厭貪痴之輩。

話説秦鍾既死，寶玉痛哭不已，李貴等好容易勸解半日方住，歸時猶是悽惻哀痛。賈母幫了幾十兩銀子，外又另備奠儀，寶玉去弔紙。七日後便送殯掩埋了，別無述記。只有寶玉日日思慕感悼，然亦無可如何了。〔己〕每於此等文後便用此語作結，是板定大章法，亦是此書大旨。又不知歷幾何時，〔庚〕慣用此等章法。〔己〕年表如此寫，亦妙！這日賈珍等來回賈政：「園內工程俱已告竣，大老爺已瞧過了，只等老爺瞧了，或有不妥之處，再行改造，好題匾額對聯的。」賈政聽了，沉思一回，説道：「這匾額對聯倒是一件難事。論理該請貴妃賜題纔是，然貴妃若不親睹其景，大約亦必不肯妄擬；若直待貴妃遊幸過再請題，偌大景致，若干亭榭，無字標題，也覺寥落無趣，任有花柳山水，也斷不能生色。」衆清客在旁笑答道：「老世翁所見極是。如今我們有個愚

〔庚〕政老情字如此寫。壬午季春。畸笏。

見：各處匾額對聯斷不可少，亦斷不可定名。如今且按其景致，或兩字、三字、四字，虛合其意，擬了出來，暫且做出燈匾聯懸了。待貴妃遊幸時，再請定名，豈不兩全？」賈政等聽了，都道：「所見不差。我們今日且看看去，只管題了，若妥當便用；不妥時，然後將雨村請來，令他再擬。」〔己〕點雨村，照應前文。衆人笑道：「老爺今日一擬定佳，何必又待雨村。」賈政笑道：「你們不知，我自幼於花鳥山水題咏上就平平；〔庚〕是紗帽頭口氣。如今上了年紀，且案牘勞煩，於這怡情悦性文章上更生踈了，縱擬了出來，不免迂腐古板，反不能使花柳園亭生色，似不妥協，反没意思。」衆清客笑道：「這也無妨。我們大家看了公擬，各舉其長，優則存之，劣則删之，未爲不可。」賈政道：「此論極是。且喜今日天氣和暖，大家去逛逛。」〔己〕音光，字去聲，出《諧聲字箋》。説着起身，引衆人前往。

賈珍先去園中知會衆人。可巧近日寶玉因思念秦鍾，憂戚不盡，〔庚〕現成榫楔，一絲不費力。賈母常命人帶他到園若特喚出寶玉來，則成何文字？中來戲耍。此時亦纔進去，忽見賈珍走來，向他笑道：「你還不出去，老爺就來了。」寶玉

【庚】不肖子弟來看形容。余初看之，不覺怒焉，蓋謂作者形容余幼年往事，因思彼亦自寫其照，何獨余哉？信筆書之，供諸大衆同一發笑。

聽了，帶着奶娘小廝們，一溜煙就出園來。方轉過彎，頂頭賈政引衆客來了，躲之不及，只得一邊站了。賈政近日因聞得塾掌稱讚寶玉專能對對聯，雖不喜讀書，偏倒有些歪才情似的，【蒙】如此順筆寫來，然却是寶玉正傳。今日偶然撞見這機會，便命他跟來。【己】如此偶然方妙，若特特喚來題額，真不成文矣。寶玉只得隨往，尚不知何意。

賈政剛至園門前，只見賈珍帶領許多執事人來，一旁侍立。賈政道：「你且把園門都關上，我們先瞧了外面再進去。」【庚】是行家看法。賈珍聽説，命人將門關了。賈政先秉正看門。只見正門五間，上面桶瓦泥鰍脊，那門欄窗槅，皆是細雕新鮮花樣，並無朱粉塗飾；一色水磨群墻，【己】門雅，墻雅，不落俗套。下面白石臺磯，鑿成西番草花樣。左右一望，皆雪白粉墻，下面虎皮石，隨勢砌去，果然不落富麗俗套，自是歡喜。遂命開門，只見迎門一帶翠嶂擋在前面。【己】掩隱的好。衆清客都道：「好山，好山！」賈政道：「非此一山，一進來園中所有之景悉入目中，則有何趣。」衆人道：「極是。非胸中大有邱壑，焉想及此。」説畢，往前一望，見白石崚嶒，【己】想入其中，一時難辯方向。用「前」「後」「這邊」「那邊」等字，正是不辨東西。或如鬼怪，或如猛獸，縱横拱立，上面苔蘚成斑，藤蘿掩映，〔己〕曾用兩處舊有之園所改，故如此寫方可，細極。其中微露羊腸小徑，〔己〕好景界，山子野精於此技。◇此是小徑，非行車輦道，今賈政原欲遊覽其景，故將此等處寫之。想其通路大道，自是堂堂冠冕氣象，無庸細寫者也。後於省親之時已得知矣。賈政道：「我們就從此小徑遊去，回來由那一邊出去，方可遍覽。」

說畢，命賈珍在前引導，自己扶了寶玉，〔庚〕寶玉此刻已料定吉多凶少。逶迤進入山口。〔己〕此回乃一部之綱緒，不得不細寫，尤不可不細批註。蓋後文十二釵書，出入來往之境，方不能錯亂，觀者亦如身臨足到矣。今賈政雖進的是正門，却行的是僻路，按此一大園，羊腸鳥道不止幾百十條，穿東度西，臨山過水，萬勿以今日賈政所行之徑，考其方向基址。故正殿反於末後寫之，足見未由大道而往，乃逶迤轉折而經也。抬頭忽見山上有鏡面白石一塊，〔庚〕新奇。正是迎面留題處。〔己〕留題處便精，不必限定鑿金鏤銀一色惡俗，賴及棗梨之力。賈政回頭笑道：「諸公請看，此處題以何名方妙？」眾人聽說，也有說該題「疊翠」二字，也有說該題「錦嶂」的，又有說「賽香爐」的，又有說「小終南」的，種種名色，不止幾十個。原來眾客心中早知賈政要試寶玉的功業進益何如，只將些俗套來敷衍。寶玉亦料定此意。〔己〕補明好。賈政聽了，便回頭命寶玉擬來。寶玉道：「嘗聞古人有云：『編新不如述舊，刻古終勝雕今。』〔己〕未聞古人說此兩句，却又似有者。況此處並非主山正景，原無可題之處，不過是探景一進步耳。〔己〕此論却是。莫如直書『曲徑通幽處』這句舊詩在上，倒還大方氣派。」眾人聽了，都讚道：「是極！二世兄天分高，才情遠，不似我們讀腐了書的。」賈政笑道：「不當謬獎。他年小，不過以一知充十用，取笑罷了。再俟選擬。」

說着，進入石洞來，只見佳木蘢葱，奇花爛灼，一帶清流，從花木深處曲折瀉於石隙之下。〔己〕這水是人力引來做的。再進數步，漸向北邊，〔己〕細極。後文所以云進賈母臥房後之角門，是諸釵日相來往之境也。後文又云，諸釵所居之處，只在西北一帶，最近賈母臥室之後，皆從此「北」字而來。平坦寬豁，兩邊飛樓插空，雕甍繡檻，皆隱於山坳樹杪之間。俯而視之，則清溪瀉雪，石磴穿雲，〔己〕前已寫山至寬處，此則由低處至高處，各景皆遍。白石爲欄，環抱池沿，石橋三港，獸面啣吐。橋上有亭。〔己〕前已寫山寫石，今則寫池寫樓，各景皆遍。賈政與諸人上了亭子，倚欄坐了，〔己〕此亭大抵四通八達，爲諸小徑之咽喉要路。因問：「諸公以何題此？」諸人都道：「當日歐陽公《醉翁亭記》有云：『有亭翼然。』就名『翼然』。」賈政笑道：「『翼然』雖佳，但此亭壓水而成，還須偏於水題方稱。依我拙裁，歐陽公之『瀉出於兩峰之間』，竟用他這一個『瀉』字。」有一客道：「是極，是極。竟是『瀉玉』二字妙。」賈政拈髯尋思，因抬頭見寶玉侍側，便笑命他也擬一個來。寶玉聽說，連忙回道：「老爺方

〔庚〕六字是嚴父大露悦容也。壬午春。

纔所議已是。但是如今追究了去，似乎當日歐陽公題釀泉用一『瀉』字則妥，今日此泉若亦用『瀉』字，則覺不妥。況此處雖爲省親駐蹕別墅，亦當入於應制之例，用此等字眼，亦覺粗陋不雅。求再擬較此蘊藉含蓄者。」賈政笑道：「諸公聽此論若如？方纔衆人編新，你又説不如述古；如今我們述古，你又説粗陋不妥。你且説你的來我聽。」寶玉道：「有用『瀉玉』二字，則莫若『沁芳』〔庚 真新雅。〕二字，〔己 果然。〕豈不新雅？」賈政拈髯點頭不語。衆人都忙迎合，讚寶玉才情不凡。賈政道：「匾上二字容易，再作一副七言對聯來。」寶玉聽説，立於亭上，四顧一望，便機上心來，乃念道：

繞堤柳借三篙翠，〔己 要緊，貼切水字。〕

隔岸花分一脈香。〔己 恰極，工極！綺靡秀媚，香奩正體。〕

賈政聽了，點頭微笑。衆人先稱讚不已。

於是出亭過池，一山一石，一花一木，莫不着意觀覽。〔己 渾寫兩句，已見經行處愈遠，更至北一路矣。〕忽抬頭看見前面一帶粉垣，裏面數楹修舍，有千百竿翠竹遮映。衆人都道：【庚】此方可爲顰兒之居。「好個所在！」於是大家進入，只見入門便是曲折遊廊，【己】不犯超手遊廊。堦下石子漫成甬路。上面小小兩三間房舍，一明兩暗，裏面都是合着地步打就的床几椅案。從裏間房內又得一小門，出去則是後院，有大茉莉花〔二〕兼着芭蕉。又有兩間小小退步。後院墻下忽開一隙，得泉一派，開溝僅尺許，灌入墻內，繞堦緣屋至前院，盤旋竹下而出。

賈政笑道：【庚】一處。「這一處還罷了。若能月夜坐此窗下讀書，不枉虛生一世。」說畢，看着寶玉，唬的寶玉忙垂了頭。【己】點一筆。衆客忙用話開釋，【己】客不可不有。又說道：「此處的匾該題四個字。」賈政笑問：「那四字？」一個道是「淇水遺風」。賈政道：「俗。」【己】余亦如此。又一個是「睢園雅跡」。賈政道：「也俗。」賈珍笑道：「還是寶兄弟擬一個來。」賈政道：「他未曾作，先要議論人家的好歹，可見就是個輕薄人。」【庚】知子者莫如父。衆客道：「議論的極是，其奈他何。」賈政忙道：「休如此縱了他。」因命他道：「今日任你狂爲亂道，先設議論來，然後方許你作。

【庚】又换一章法。壬午春。

【庚】於作詩文時，雖政老亦有如此令旨，可知嚴父亦無可奈何也。不學紈袴來看。畸笏。

【己】又一格式，不然，不獨死板，且亦大失嚴父素體。方纔衆人説的，可有使得的？」寶玉見問，答道：「都似不妥。」【己】明知是故意要他搬駁議論，落得肆行施展。賈政冷笑道：「怎麽不妥？」寶玉道：「這是第一處行幸之處，必須頌聖方可。若用四字的匾，又有古人現成的，何必再作。」賈政道：「難道『淇水』『睢園』不是古人的？」寶玉道：「這太板腐了。莫若『有鳳來儀』四字。」【己】果然，妙在雙關暗合。衆人都哄然叫妙。賈政點頭道：「畜生，畜生，可謂『管窺蠡測』矣。」因命：「再題一聯來。」寶玉便念道：

寶鼎茶閒煙尚緑，【己】「尚」字妙極！不必説竹，然恰恰是竹中精舍。

幽窗棋罷指猶凉。【己】「猶」字妙！「尚緑」「猶凉」四字，便如置身於森森萬竿之中。

賈政摇頭説道：「也未見長。」説畢，引衆人出來。

方欲走時，忽又想起一事來，【己】不板。因問賈珍道：「這些院落房宇並几案桌椅都算有了，【庚】此一頓少不得。還有那些帳幔簾子並陳設玩器古董，可也都是一處一處合式配就的？」【己】大篇長文，不如此頓，則成何話説？賈珍回道：「那陳設的東西早已添了許多，自然臨期合式陳設。帳幔簾子，昨日聽見璉兄弟説，還不全。那原是一起工程之時就畫了各處的圖樣，量準尺寸，就打發人辦去的。想必昨日得了一半。」〔己〕補出近日忙冗，千頭萬緒景况。賈政聽了，便知此事不是賈珍的首尾，便令人去喚賈璉。

一時賈璉趕來。〔己〕寫出忙冗景况。賈政問他共有幾種，現今得了幾種，尚欠幾種。賈璉見問，忙向靴桶内取靴掖内裝的一個紙折略節來，〔己〕細極！從頭至尾，誓不作一筆逸安苟且之筆。看了一看，回道：「妝〔己〕一字一句。、蟒、繡、堆，刻絲、彈墨〔己〕二字一句。，並各色綢綾大小幔子一百二十架，昨日得了八十架，下欠四十架。簾子二百掛，昨日俱得了。外有猩猩毡簾二百掛〔三〕，金絲藤紅漆竹簾二百掛，墨漆竹簾二百掛，五彩綫絡盤花簾二百掛，每樣得了一半，也不過秋天都全了。椅搭、桌圍、床裙、桌套，每分一千二百件，也有了。」

一面走，一面説，〔己〕是極！倏爾青山斜阻。〔己〕「斜」字細，不必拘定方向。諸釵所居之處，若稻香村、瀟湘館、怡紅院、秋爽齋、蘅蕪苑等，都相隔不遠，究竟只在一隅。然處置得巧妙，使人見其千丘萬壑，恍然不知所窮，所謂會心處不在乎遠。大抵一山一水，一木一石，全在人之穿插佈置耳。轉過山懷中，隱隱露出一帶黃泥築就矮墻，墻頭上皆用稻莖掩護。〔己〕配的好！有幾百株杏花，如噴火蒸霞一般。裏面數楹茅屋。外面却是桑、榆、槿、柘，各色樹稚新條，隨其曲折，編就兩溜青籬。籬外山坡之下，有一土井，旁有桔槔轆轤之屬。下面分畦列畝，佳蔬菜花，漫然無際。【己】閱至此，又笑別部小説中，一萬個花園中，皆是牡丹亭、芍藥圃、雕欄畫棟、瓊榭朱樓，略不見差別。

賈政笑道：「倒是此處有些道理。固然係人力穿鑿，此時一見，未免勾引起我歸農之意。【己】極熱中偏以冷筆點之，所以爲妙。我們且進去歇息歇息。」説畢，方欲進籬門去，忽見路旁有一石碣，亦爲留題之備。【庚】真妙真新。【己】更恰當。若有懸額之處，或再用鏡面石，豈復成文哉？忽想到「石碣」二字，又託出許多郊野氣色來，一肚皮千丘萬壑，只在這石碣上。衆人笑道：「更妙，更妙！此處若懸匾待題，則田舍家風一洗盡矣。立此一碣，又覺生色許多，【庚】讚得是，這個簑翁有些意思。非范石湖田家之咏不足以盡其妙。」【己】客不可不養。賈政道：「諸公請題。」衆人道：「方纔世兄有云，『編新不如述舊』，此處古人已道盡矣，莫若直書『杏花村』妙極。」賈政聽了，笑向賈珍道：「正虧提醒了我。此處都妙極，只是還少一個酒幌，明日竟作一個，不必華麗，就依外面村莊的式樣作來，用竹竿挑在樹梢。」賈珍答應了，又回道：「此處竟還不可養別的雀鳥，只是買些鵝鴨鷄類，纔都相稱了。」賈政與衆人都道：「更妙。」賈政又向衆人道：「『杏花村』固佳，只是犯了正名，村名直待請名方可。」衆客都道：「是呀。如今虛的，便是什麼字樣好？」大家想着，寶玉却等不得了，〔己〕又換一格方不板。也不等賈政的命，〔己〕忘情有趣。便説道：「舊詩有云：『紅杏梢頭掛酒旗。』如今莫若『杏帘在望』〔己〕妙在一「在」字。四字。」衆人都道：「好個『在望』！又暗合『杏花村』意。」寶玉冷笑道：〔己〕忘情最妙。「村名若用『杏花』二字，則俗陋不堪了。又有古人詩云：『柴門臨水稻花香。』何不就用『稻香村』的妙？」衆人聽了，亦發哄聲拍手道：「妙！」賈政一聲喝斷：「無知的業障！你能知道幾個古人，能記得幾首熟詩，也敢在老先生前賣弄！你方纔那些胡説的，不過是試你的清濁，取笑而已，你就認真了！」説着，引衆人步入茆堂，裏面紙窗木榻，富貴氣象一洗皆盡。賈政心中自是喜歡，却瞅寶玉道：「此處如何？」衆人見問，都忙悄悄的推寶玉，教他説好。寶玉不聽人言，便應聲道：「不及『有鳳來儀』多矣。」〔己〕公然自定名，妙！賈政聽了道：「無知的蠢物！你只知朱樓畫棟，惡賴富麗爲

〔庚〕愛之至，喜之至，故作此語。◇作者至此，寧不笑殺？壬午春。

佳，那裏知道這清幽氣象。終是不讀書之過！」寶玉忙答道：「老爺教訓的固是，但古人常云『天然』二字，不知何意？」

衆人見寶玉牛心，都怪他獃痴不改。今見問「天然」二字，衆人忙道：「别的都明白，爲何連『天然』不知？『天然』者，天之自然而有，非人力之所成也。」寶玉道：「却又來！此處置一田莊，分明見得人力穿鑿扭捏而成。遠無鄰村，近不負郭，背山山無脉，臨水水無源，高無隱寺之塔，下無通市之橋，峭然孤出，似非大觀。争似先處有自然之理，得自然之氣，雖種竹引泉，亦不傷於穿鑿。古人云『天然圖畫』四字，正畏非其地而强爲其地，非其山而强爲其山，雖百般精而終不相宜……」未及説完，賈政氣的喝命：「叉出去！」剛出去，

又喝命：「回來！」命再題一聯：「若不通，一併打嘴！」寶玉只得念道：

新漲緑添浣葛處，【庚】採《詩》頌聖最恰當。

好雲香護採芹人。【庚】採《風》採《雅》都恰當。然冠冕中又不失香奩格調。

【庚】所謂「奈何他不得」也，呵呵！畸笏。

賈政聽了，搖頭說：「更不好。」一面引人出來，轉過山坡，穿花度柳，撫石依泉，過了荼蘼架，再入木香棚，越牡丹亭，度芍藥圃，入薔薇院，出芭蕉塢，盤旋曲折。【己】略用套語一束，與前頓破格不板。忽聞水聲潺湲，瀉出石洞，上則蘿薜倒垂，下則落花浮蕩。【己】仍是沁芳溪矣，究竟基址不大，全是曲折掩隱之巧可知。眾人都道：「好景，好景！」賈政道：「諸公題以何名？」眾人道：「再不必擬了，恰恰乎是『武陵源』三個字。」賈政笑道：「又落實了，而且陳舊。」眾人笑道：「不然就用『秦人舊舍』四字也罷了。」寶玉道：「這越發過露了。『秦人舊舍』說避亂之意，如何使得？莫若『蓼汀花漵』四字。」賈政聽了，更批胡說。

於是要進港洞時，又想起有船無船。賈珍道：「採蓮船共四隻，座船一隻，如今尚未造成。」賈政笑道：「可惜不得入了。」賈珍道：「從山上盤道亦可進去。」說畢，在前導引，大家攀藤撫樹過去。只見水上落花愈多，其水愈清，溶溶蕩蕩，曲折縈紆。池邊兩行垂柳，雜着桃杏，遮天蔽日，真無一些塵土。忽見柳陰中又露出一個折帶朱欄板橋來，

〖己〗此處纔見一朱粉字樣。綠柳紅橋，此等點綴亦不可少。後文寫蘆雪广則曰蜂腰板橋，都施之得宜，非一幅死稿也。度過橋去，諸路可通，〖己〗補四字，細極！不然後文寶釵來往，則將日日爬山越嶺矣。記清此處，則知後文寶玉所行常徑，非此處也。便見一所清涼瓦舍，一色水磨磚牆，清瓦花堵。那大主山所分之脉，〖己〗兩見大主山，稻香村又云懷中，不寫主山，而主山處處映帶連絡不斷可知矣。皆穿墻而過。〖己〗好想。

賈政道：「此處這所房子，無味的很。」〖己〗先故頓此一筆，使後文愈覺生色，未揚先抑之法。蓋釵、顰對峙有甚難寫者。因而步入門時，忽迎面突出插天的大玲瓏山石來，四面群繞各式石塊，竟把裏面所有房屋悉皆遮住，而且一株花木也無。〖己〗更奇妙！只見許多異草：或有牽藤的，或有引蔓的，或垂山巔，或穿石隙，甚至垂檐繞柱，縈砌盤堦，〖己〗更妙！或如翠帶飄搖，或如金繩盤屈，或實若丹砂，或花如金桂，味芬氣馥，非花香之可比。〖己〗前三處皆還在人意之中，此一處則今古書中未見之工程也。連用幾「或」字，是從昌黎《南山詩》中學得。賈政不禁道：「有趣！〖己〗前有「無味」二字，及云「有趣」二字，更覺生色，更覺重大。只是不大認識。」有的說：「是薜荔藤蘿。」賈政道：「薜荔藤蘿不得如此異香。」寶玉道：「果然不是。這些之中也有藤蘿薜荔，那香的是杜若蘅蕪，那一種大約是茝蘭，這一種大約是清葛，那一種是金䔲草，這一種是玉蕗藤，紅的自然是紫芸，緑的定是青芷。〔己〕金簦草，見《字彙》。玉蕗，見《楚辭》「菎蕗雜於黀蒸」。茝、葛、芸、芷，皆不必註，見者太多。此書中異物太多，有人生之未聞未見者，然實係所有之物，或名差理同者亦有之。想來《離騷》《文選》等書上所有的那些異草，也有叫作什麽藿蒳薑蕁〔四〕的，也有叫什麽綸組紫絳的，還有石帆、水松、扶留等樣，〔己〕左太沖《吴都賦》。又有叫什麽緑荑的，還有什麽丹椒、蘼蕪、風連。〔己〕以上《蜀都賦》。如今年深歲改，人不能識，故皆像形奪名，漸漸的唤差了，也是有的。」〔己〕自實註一筆，妙！未及説完，賈政喝道：「誰問你來！」〔己〕又一樣止法。唬的寶玉倒退，不敢再説。

賈政因見兩邊俱是超手遊廊，便順着遊廊步入。只見上面五間清厦連着捲棚，四面出廊，緑窗油壁，更比前幾處清雅不同。賈政嘆道：「此軒中煮茶操琴，亦不必再焚名香矣。〔己〕前二處，一曰「月下讀書」，一曰「勾引起歸農之意」，此則「操琴煮茶」，斷語皆妙。此造已出意外，諸公必有佳作新題以顔其額，方不負此。」衆人笑道：「再莫若『蘭風蕙露』貼切了。」賈政道：「也只好用這四字。其聯若何？」一人道：「我倒想了一對，大家批削改正。」念道是：

麝蘭芳靄斜陽院，

杜若香飄明月洲。

衆人道：「妙則妙矣，只是『斜陽』二字不妥。」那人道：「古人詩云：『蘼蕪滿手泣斜暉。』」衆人道：「頹喪，頹喪。」又一人道：「我也有一聯，諸公評閱評閱。」因念道：

三徑香風飄玉蕙，

一庭明月照金蘭。[己]此二聯皆不過爲釣寶玉之餌，不必認真批評。

賈政拈髯沉吟，意欲也題一聯。忽抬頭見寶玉在旁不敢則聲，因喝道：「怎麽你應説話時又不説了？還要等人請教你不成！」寶玉聽説，便回道：「此處並没有什麽『蘭麝』『明月』『洲渚』之類，若要這樣着跡説來，就題二百聯也不能完。」賈政道：「誰按着你的頭，叫你必定説這些字樣呢？」寶玉道：「如此説，匾上則莫若『蘅芷清芬』四字。對聯則是：

吟成荳蔻才猶艷，

睡足酴醾夢也香。」[己]實佳。

賈政笑道：「這是套的『書成蕉葉文猶緑』，不足爲奇。」衆客道：「李太白『鳳凰臺』之作，[庚] 這一位篾翁更有意思。全套『黄鶴樓』，只要套得妙。如今細評起來，方纔這一聯，竟比『書成蕉葉』尤覺幽嫻活潑。視『書成』之句，竟似套此而來。」賈政笑説：「豈有此理！」

説着，大家出來。行不多遠，則見崇閣巍峨，層樓高起，面面琳宫合抱，迢迢複道縈紆，青松拂檐，玉欄繞砌，金輝獸面，彩焕螭頭。賈政道：「這是正殿了。[己] 想來此殿在園之正中。按園不是殿方之基，西北一帶通賈母卧室後，可知西北一帶是多寬出一帶來的，諸釵始便於行也。只是太富麗了些。」衆人都道：「要如此方是。雖然貴妃崇節尚儉，[庚] 寫出賈妃身分天性。天性惡繁悦樸，然今日之尊，禮儀如此，不爲過也。」一面説，一面走，只見正面[己] 正面，細。現出一座玉石牌坊來，上面龍蟠螭護，玲瓏鑿就。賈政道：「此處書以何文？」衆人道：「必是『蓬萊仙境』方妙。」賈政摇頭不語。寶玉見了這個所在，心中忽有所動，尋思起來，倒像那裏曾見過的一般，却一時想不起那年月日的事了。[己] 仍歸於葫蘆一夢之太虚玄境。賈政又命他作題，寶玉只顧細思前景，全無心於此了。衆人不知其意，只當他受了這半日的折磨，精神耗散，才盡

[庚] 一路順順逆逆，已成千丘萬壑之景，若不有此一段大江截住，直成一盆景矣。作者從何落筆着想！

辭窮了，再要考難逼迫，着了急，或生出事來，倒不便。遂忙都勸賈政：「罷，罷，明日再題罷了。」賈政心中也怕賈母不放心，〔己〕一筆不漏。遂冷笑道：「你這畜生，也竟有不能之時了。也罷，限你一日，明日若再不能，我定不饒。這是要緊之處，更要好生作來！」

說着，引人出來，再一觀望，原來自進門起，所行至此，纔遊了十之五六。〔己〕總住，妙！伏下後文所補等處。若都入此回寫完，不獨太繁，使後文冷落，亦且非《石頭記》之筆。又值人來回，有雨村處遣人來回話。〔己〕又一緊收，不能終局也。此處漸漸寫雨村親切，正爲後文地步。伏脉千里，橫雲斷嶺法。賈政笑道：「此數處不能遊了。雖如此，到底從那一邊出去，縱不能細觀，也可稍覽。」說着，引衆客行來，至一大橋前，水如晶簾一般奔入。原來這橋便是通外河之閘，引泉而入者。〔己〕寫出水源，要緊之極！近之畫家着意於山，若不講水。又造園圃者，唯知弄莽憨頑石、壅笨塚，輒謂之景，皆不知水爲先着。此園大概一描，處處未嘗離水，蓋又未寫明水之從來，今終補出，精細之至！賈政因問：「此閘何名？」寶玉道：「此乃沁芳泉之正源，就名『沁芳閘』。」〔己〕究竟只一脉，賴人力引導之功，園不易造，景非泛寫。賈政道：「胡說！偏不用『沁芳』二字。」〔己〕此以下皆係文終之餘波，收的方不突。

於是一路行來，或清堂茅舍，或堆石爲垣，或編花爲牖，或山下得幽尼佛寺，或林中藏女道丹房，或長廊曲洞，或方廈圓亭，賈政皆不及進去。[己]伏下櫳翠庵、蘆雪广、凸碧山莊、凹晶溪舘、暖香塢等諸處，於後文一段一段補之，方得雲龍作雨之勢。因説半日腿酸，未嘗歇息，忽又見前面又露出一所院落來，賈政笑道：「到此可要進去歇息歇息了。」説着，一逕引人繞着碧桃花，[己]怡紅院如此寫來，用無意之筆，却是極精細文字。穿過一層竹籬花障編就的月洞門，[己]未寫其居，先寫其境。俄見粉墻環護，緑柳週垂。[己]與「萬竿修竹」遥映。賈政與衆人進去，一入門，兩邊都是遊廊相接。院中點襯幾塊山石，一邊種着數本芭蕉；那一邊乃是一顆西府海棠，其勢若傘，絲垂翠縷，葩吐丹砂。衆人讚道：「好花，好花！從來也見過許多海棠，那裏有這樣妙的。」賈政道：「這叫作『女兒棠』，[己]妙名。乃是外國之種。俗傳係出『女兒國』中，[庚]出自政老口中，奇特之至！云彼國此種最盛，[庚]政老應如此語。亦荒唐不經之説罷了。」衆人笑道：「然雖不經，如何此名傳久了？」寶玉道：「大約騷人咏士，以花之色紅暈若施脂，輕弱似扶病，[己]體貼的切，形容的妙。故大近乎閨閣風度，所以以『女兒』命名。想因被世間俗惡聽了，他便以野史纂入爲證，以俗傳俗，以訛傳訛，都認真了。」[己]不獨此花，近之謬傳者不少，不能悉道，只借此花數語駁盡。衆人都摇身讚妙。

[庚]問卿此居，比大荒山若何？

[庚]十字若海棠有知，必深深謝之。

一面説話，一面都在廊外抱厦下打就的榻上坐了。（己：至堦又至檐，不肯輕易寫過。）賈政因問：「想幾個什麼新鮮字來題此？」一客道：「『蕉鶴』二字最妙。」又一個道：「『崇光泛彩』方妙。」賈政與衆人都道：「好個『崇光泛彩』！」寶玉也道：「妙極。」又嘆：「只是可惜了。」衆人問：「如何可惜？」寶玉道：「此處蕉棠兩植，其意暗蓄『紅』『緑』二字在内。若只説蕉，則棠無着落；若只説棠，蕉亦無着落。固有蕉無棠不可，有棠無蕉更不可。」賈政道：「依你如何？」寶玉道：「依我，題『紅香緑玉』四字，方兩全其妙。」賈政摇頭道：「不好，不好！」

説着，引人進入房内。（庚：特爲青埂峰下凄涼與别處不同耳。）只見這幾間房内收拾的與别處不同，竟分不出間隔來的，（己：新奇希見之式。）原來四面皆是雕空玲瓏木板，或「流雲百蝠」，或「歲寒三友」，或山水人物，或翎毛花卉，或集錦，或博古，（己：花樣週全之極！然必用下文者，正是作者無聊，撰出新異筆墨，使觀者眼目一新。所謂集小説之大成，遊戲筆墨，雕蟲之技，無所不備，可謂善戲者矣。又供諸人同同一戲，妙極！）或卍畐卍壽，（己：前金、玉篆文是可考正篆，今則從俗花樣，真是醒睡魔。其中詩詞雅謎以及各種風俗學問，一概不必究，只據此等處便是一絶。）各種花樣，皆是名手雕鏤，五彩銷金嵌寶的。〔己〕至此方見一朱彩之處，亦必如此式方可。可笑近之園庭，行動便以粉油從事。一槅一槅，或有貯書處，或有設鼎處，或安置筆硯處，或供花設瓶、安放盆景處，其槅各式各樣，或天圓地方，或葵花蕉葉，或連環半璧。真是花團錦簇，剔透玲瓏。倏爾五色紗糊就，竟係小窗；倏爾彩綾輕覆，竟係幽户。〔己〕精工之極！且滿墻滿壁，皆係隨依古董玩器之形摳成的槽子。諸如琴、劍、懸瓶、〔己〕懸於壁上之瓶也。桌屏之類，雖懸於壁，却都是與壁相平的。〔己〕皆係人意想不到、目所未見之文。若云擬編虛想出來，焉能如此？◇一段極清極細。後文鴛鴦瓶、紫瑪瑙碟、西洋酒、（令）〔金〕自行船等文，不必細表。衆人都讚：「好精緻想頭！難爲怎麼想來？」〔己〕誰不如此讚？

原來賈政等走了進來，未進兩層，便都迷了舊路，左瞧也有門可通，右瞧又有窗暫隔，及到了跟前，又被一架書擋住。回頭再走，又有窗紗明透，門徑可行；及至門前，忽見迎面也進來了一群人，都與自己形相一樣，——却是一架玻璃大鏡相照。〔庚〕石兄迷否？〔庚〕所謂「（投投）〔頭頭〕是道」是也。及轉過鏡去，一發見門子多了。賈珍笑道：「老爺隨我來。從這門出去，便是後院，從後院出去，倒比先近了。」説着，又轉了兩層紗厨錦槅，果得一門出去，〔庚〕此方便門也。院中滿架薔薇、寶相。轉過花障，則見清溪前阻。〔己〕又寫水。

衆人咤異：「這股水又是從何而來？」賈珍遙指道：「原從那閘起流至那洞口，從東北山坳裏引到那村莊裏，又開一道岔口，引到西南上，〔庚〕於怡紅院總一園之水，是書中大立意。共總流到這裏，仍舊合在一處，從那墻下出去。」衆人聽了，都道：「神妙之極！」説着，忽見大山阻路。衆人都道：「迷了路了。」賈珍笑道：「隨我來。」仍在前導引，衆人隨他，直由山脚邊忽一轉，〔庚〕衆善歸緣，自然有平坦大道。便是平坦寬闊大路，豁然大門前見。〔己〕可見前進來是小路徑，此云忽一轉，便是平坦寬闊之正甬路也，細極！衆人都道：「有趣，有趣，真搜神奪巧之至！」於是大家出來。〔庚〕以上可當《大觀園記》。

那寶玉一心只記掛着裏邊，又不見賈政吩咐，少不得跟到書房。賈政忽想起他來，方喝道：「你還不去？難道還逛不足！〔庚〕冤哉冤哉！也不想逛了這半日，老太太必懸掛着。快進去，疼你也白疼了。」〔己〕如此去法，大家嚴父風範，無家法者不知。寶玉聽説，方退了出來。

戚總評：好將富貴回頭看，總有文章如意難。零落機緣君記去，黄金萬斗大觀攤。

〔一〕按：己、庚本第十七至十八回未分回，直接題爲「第十七回至十八回」，其餘諸本則均已分回。已分回諸本的本回回目，列本、甲辰本沿用己、庚本回目，蒙、戚本作「大觀園試才題對額　怡紅院迷路探曲折」，楊本作「會芳園試才題對額　賈寶玉機敏動諸賓」，舒序本作「大觀園試才題對額　榮國府奉旨賜歸寧」。爲兼顧戚、蒙本的回前回後批，本校本仍予分回。

〔二〕原作「大抹梨花」（「抹」被後筆添改爲「株」），己、蒙本作「大茉梨花」，均欠通。南圖本作「大茉莉花」，其餘諸本作「大株梨花」，或均係後改。按：「梨花」意象較佳，但「抹梨」「茉梨」更像是「茉莉」的音訛，暫從南圖本改。

〔三〕列、舒、辰、楊諸本此處多「湘妃竹簾二百掛」一句。

〔四〕《文選·左思〈吴都賦〉》「薑蕁」作「薑彙」。但本書引用古籍多有改動者，此處作「薑蕁」亦通，故不校改。

元春

第十八回　大觀園試才題對額　榮國府歸省慶元宵（續）

戚 一物珍藏見至情，豪華每向鬧中争。黛林寶薛傳佳句，豪宴仙緣留趣名。爲剪荷包綰兩意，屈從優女結三生。可憐轉眼皆虚話，雲自飄飄月自明。

［話説寶玉來］至院外〔一〕，就有跟賈政的幾個小廝上來攔腰抱住，都説：「今兒虧我們，老爺纔喜歡，老太太打發人出來問了幾遍，都虧我們回説喜歡；庚 下人口氣畢肖。不然，若老太太叫你進去，就不得展才了。人人都説，你纔那些詩比世人的都强。今兒得了這樣的彩頭，該賞我們了。」

寶玉笑道：「每人一吊錢。」衆人道：「誰没見那一吊錢！【庚】錢亦有没用處。把這荷包賞了罷。」説着，一個上來解荷包，那一個就解扇囊，不容分説，將寶玉所佩之物盡行解去。又道：「好生送上去罷。」一個抱了起來，幾個圍繞，送至賈母二門前。【庚】好收煞。那時賈母已命人看了幾次。衆奶娘丫鬟跟上來，見過賈母，知不曾難爲着他，心中自是喜歡。

少時襲人倒了茶來，【庚】襲人在玉兄一身，無時不照察到。見身邊佩物一件無存，因笑道：「帶的東西又是那起没臉的東西們解了去了。」林黛玉聽説，走來瞧瞧，果然一件無存，因向寶玉道：「我給你的那個荷包也給他們了？【庚】又起樓閣。你明兒再想我的東西，可不能彀了！」説畢，賭氣回房，將前日寶玉所煩他作的那個香袋兒——纔做了一半——賭氣拿過來就鉸。寶玉見他生氣，便知不妥，忙趕過來，早剪破了。寶玉已見過這香囊，雖尚未完，却十分精巧，費了許多工夫，今見無故剪了，却也可氣。因忙把衣領解了，從裏面紅襖襟上將黛玉所給的那荷包解了下來，遞與黛玉瞧道：「你瞧瞧，這是什麽！我那一回把你的東西給人了？」林黛玉見他如此珍重，帶在裏面，

〔己〕按理論之，則是「天下本無事，庸人自擾之」。若以兒女子之情論之，則是必有之事，必有之理。又係今古小說中不能寫到寫得，談情者亦不能說出講出，情痴之至文也！可知是怕人拿去之意，因此又自悔莽撞，未見皂白就剪了香袋，〔己〕情痴之至！若無此悔，便是一庸俗小性之女子矣。因此又愧又氣，低頭一言不發。寶玉道：「你也不用剪，我知道你是懶待給我東西。我連這荷包奉還，何如？」說着，擲向他懷中便走。〔己〕這却難怪。黛玉見如此，越發氣起來，聲咽氣堵，又汪汪的滾下淚來，〔己〕怒之極，正是情之極。拿起荷包來又剪。寶玉見他如此，忙回身搶住，笑道：「好妹妹，饒了他罷！」〔己〕這方是寶玉。黛玉將剪子一摔，拭淚說道：「你不用同我好一陣歹一陣的，要惱，就撂開手。這當了什麼！」說着，賭氣上床，面向裏倒下拭淚。禁不住寶玉上來「妹妹」長「妹妹」短賠不是。

前面賈母一片聲找寶玉。衆奶娘丫鬟們忙回說：「在林姑娘房裏呢。」賈母聽說道：「好，好，好！讓他姊妹們一處頑頑罷。纔他老子拘了他這半天，讓他開心一會子罷。只別叫他們拌嘴，不許扭了他。」衆人答應着。黛玉被寶玉纏不過，只得起來道：「你的意思不叫我安生，我就離了你。」說着往外就走。寶玉笑道：「你到那裏，我跟到那裏。」一面仍拿起荷包來帶上。黛玉伸手搶道：「你說不要了，這會子又帶上，我也替你怪臊的！」說着，「嗤」的一聲笑了。寶玉道：「好妹妹，明兒另替我作個香袋兒罷。」黛玉道：「那也只瞧我高興罷了。」一面說，一面二人出房，到王夫人上房中去了，〔己〕一段點過近日二玉公案，斷不可少。可巧寶釵亦在那裏。

此時王夫人那邊熱鬧非常。〔己〕四字特補近日千忙萬冗，多少花團錦簇文字。原來賈薔已從姑蘇採買了十二個女孩子，並聘了教習，以及行頭等事來了。那時薛姨媽另遷於東北上一所幽靜房舍居住，將梨香院早已騰挪出來，另行修理了，就令教習在此教演女戲。又另派家中舊有曾演學過歌唱的衆女人們，如今皆已皤然老嫗了，〔己〕又補出當日寧、榮在世之事，所謂此是末世之時也。着他們帶領管理。就令賈薔總理其日用出入銀錢等事，以及諸凡大小所需之物料賬目。〔己〕補出女戲一段，又伏一案。又有林之孝家的來回：「採訪聘買得十個小尼姑、小道姑都有了，連新作的二十分道袍也有了。外有一個帶髮修行的，本是蘇州人氏，祖上也是讀書仕宦之家。因生了這位姑娘自小多病，買了許多替身兒皆不中用，

庚 妙玉世外人也，故筆筆帶寫，妙極妥極！畸笏。

庚（樹處）〔副冊〕引十二釵總未的確，皆係漫擬也。至末回警幻情榜，方知正副、再副及三四副芳諱。壬午季春。畸笏。〔二〕

足的這位姑娘親自入了空門，方纔好了，所以帶髮修行，今年纔十八歲，法名妙玉。己 妙卿出現。至此細數十二釵，以賈家四艷再加薛林二冠有六，添秦可卿有七，再鳳有八，李紈有九，今又加妙玉，僅得十人矣。後有史湘雲與熙鳳之女巧姐兒者，共十二人，雪芹題曰「金陵十二釵」，蓋本宗《紅樓夢》十二曲之義。後寶琴、岫煙、李紋、李綺皆陪客也，《紅樓夢》中所謂副十二釵是也。又有又副冊三段詞，乃晴雯、襲人、香菱三人而已，餘未多及，想爲金釧、玉釧、鴛鴦、茜雪、平兒等人無疑矣。觀者不待言可知，故不必多費筆墨。如今父母俱已亡故，身邊只有兩個老嬤嬤，一個小丫頭伏侍。文墨也極通，經文也不用學了，模樣兒又極好。因聽見長安都中有觀音遺跡並貝葉遺文，去歲隨了師父上來，己 因此方使妙卿入都。現在西門外牟尼院住着。他師父極精演先天神數，於去冬圓寂了。妙玉本欲扶靈回鄉的，他師父臨寂遺言，說他『衣食起居不宜回鄉，在此靜居，後來自然有你的結果』。所以他竟未回。」王夫人不等回完，便說：「既這樣，我們何不接了他來。」林之孝家的回道：「請他，他說：『侯門公府，必以貴勢壓人，我再不去的。』」己 補出妙卿身世不凡，心性高潔。王夫人笑道：「他既是官宦小姐，自然驕傲些，就下個帖子請他何妨。」林之孝家的答應了出去，命書啓相公寫請帖去請妙玉。次日遣人備車轎去接等後話，暫且擱過，此時不能表白。己 補尼道一段，又伏一案。〔三〕

當下又有人回，工程上等着糊東西的紗綾，請鳳姐去開樓揀紗綾；又有人來回，請鳳姐開庫，收金銀器皿。連王夫人並上房丫鬟等衆，皆一時不得閒的。寶釵便説：「咱們别在這裏礙手礙脚，找探丫頭去。」説着，同寶玉黛玉往迎春等房中來閒頑，無話。

王夫人等日日忙亂，直到十月將盡，幸皆全備：各處監管都交清賬目；各處古董文玩，皆已陳設齊備；採辦鳥雀的，自仙鶴、孔雀以及鹿、兔、鷄、鵝等類，悉已買全，交於園中各處像景飼養；賈薔那邊也演出二十齣雜戲來；小尼姑、道姑也都學會了念幾卷經咒。賈政方略心意寬暢，〔己〕好極！可見智者居心無一時弛怠！又請賈母等進園，色色斟酌，點綴妥當，再無一些遺漏不當之處了。於是賈政方擇日題本。〔己〕至此方完大觀園工程公案。觀者則爲大觀園費盡精神，余則爲若許筆墨，却只因一個葬花塚。本上之日，奉硃批准奏：次年正月十五日上元之日，恩准貴妃省親。賈府領了此恩旨，亦發晝夜不閒，年也不曾好生過的。〔己〕一語帶過。是以「歲首祭宗祠，元宵開家宴」一回留在後文細寫。

展眼元宵在邇，自正月初八日，就有太監出來先看方向：何處更衣，何處燕坐，何處受禮，何處開宴，何處退息。又有巡察地方總理關防太監等，帶了許多小太監出來，各處關防，擋圍幕，指示賈宅人員何處退，何處跪，何處進膳，何處啓事，種種儀注不一。外面又有工部官員並五城兵備道打掃街道，攆逐閒人。賈赦等督率匠人紮花燈煙火之類，至十四日，俱已停妥。這一夜，上下通不曾睡。

至十五日五鼓，自賈母等有爵者，俱各按品服大妝。園內各處，帳舞蟠龍，簾飛彩鳳，金銀煥彩，珠寶爭輝，（己）是元宵之夕，不寫燈月而燈光月色滿紙矣。鼎焚百合之香，瓶插長春之蕊，（己）抵一篇大賦。靜悄無人咳嗽。（己）有此句方足。賈赦等在西街門外，賈母等在榮府大門外。街頭巷口，俱係圍幕擋嚴。正等的不奈煩，忽一太監坐大馬而來，（己）有是禮。賈母忙接入，問其消息。太監道：「早多着呢！未初刻用過晚膳，未正二刻還到寶靈宮拜佛，（己）暗貼王夫人，細。酉初刻進大明宮領宴看燈方請旨，只怕戌初纔起身呢。」鳳姐聽了道：（庚）自然當家人先説話。「既是這麼着，老太太、太太且請回房，等是時候再來也不遲。」於是賈母等暫且自便，園中悉賴鳳姐照理。又命執事人帶領太監們去吃酒飯。

一時傳人一擔一擔的挑進蠟燭來，各處點燈。方點完時，忽聽外邊馬跑之聲。〔己〕靜極故聞之。細極。一時，有十來個太監都喘吁吁跑來拍手兒。〔己〕畫出內家風範。《石頭記》最難之處，別書中摸不着。〔庚〕難得他［寫］的出，是經過之人也。這些太監會意，都知道是「來了，來了」，各按方向站住。賈赦領合族子侄在西街門外，賈母領合族女眷在大門外迎接。半日靜悄悄的。忽見一對紅衣太監騎馬緩緩的走來，〔己〕形容畢肖。至西街門下了馬，將馬趕出圍幕之外，便垂手面西站住。〔己〕形容畢肖。半日又是一對，亦是如此。少時便來了十來對，方聞得隱隱細樂之聲。一對對龍旌鳳翣，雉羽夔頭，又有銷金提爐焚着御香；然後一把曲柄七鳳黃金傘過來，便是冠袍帶履。又有隨事太監捧着香珠、繡帕、漱盂、拂塵等類。一隊隊過完，後面方是八個太監抬着一頂金頂金黃繡鳳版輿，緩緩行來。賈母等連忙路旁跪下。〔庚〕一絲不亂。早飛跑過幾個太監來，扶起賈母、邢夫人、王夫人來。那版輿抬進大門、入儀門往東，去到一所院落門前，有執拂太監跪請下輿更衣。於是抬輿入門，太監等散去，只有昭容、彩嬪等引領元春下輿。只見院內各色花燈爛灼，〔庚〕元春目中。皆係紗綾紮成，精緻非常。上面有一匾燈，寫着「體仁沐德」

〔庚〕如此繁華盛極、花團錦簇之文，忽用石兄自語截住，是何筆力！令人安得不拍案叫絶。試閱歷來諸小説中有如此章法乎？

四字。元春入室，更衣畢復出，上輿進園。只見園中香煙繚繞，花彩繽紛，處處燈光相映，時時細樂聲喧，説不盡這太平景象、富貴風流。此時自己回想當初在大荒山中，青埂峰下，那等淒涼寂寞；若不虧癩僧、跛道二人携來到此，又安能得見這般世面。本欲作一篇《燈月賦》《省親頌》，以志今日之事，但又恐入了别書的俗套。按此時之景，即作一賦一讚，也不能形容得盡其妙；即不作賦讚，其豪華富麗，觀者諸公亦可想而知矣。所以倒是省了這工夫紙墨，且説正緊的爲是。〔己〕自「此時」以下皆石頭之語，真是千奇百怪之文。

且説賈妃在轎内看此園内外如此豪華，因默默嘆息奢華過費。忽又見執拂太監跪請登舟。賈妃乃下輿。只見清流一帶，勢如游龍，兩邊石欄上，皆係水晶玻璃各色風燈，點的如銀光雪浪；上面柳杏諸樹雖無花葉，然皆用通草綢綾紙絹依勢作成，黏於枝上的，每一株懸燈數盞；更兼池中荷荇鳧鷺之屬，亦皆係螺蚌羽毛之類作就的。諸燈上下争輝，真係玻璃世界，珠寶乾坤。船上亦係各種精緻盆景諸燈，珠簾繡幕，桂楫蘭橈，自不必説。已而入一石港，

【庚】駁得好！

【庚】《石頭記》慣用特犯不犯之筆，讀之真令人驚心駭目。

港上一面匾燈，明現着「蓼汀花溆」四字。按此四字，並「有鳳來儀」等處，皆係上回賈政偶然一試寶玉之課藝才情耳，何今日認真用此匾聯？況賈政世代詩書，來往諸客屏侍坐陪者，悉皆才技之流，豈無一名手題撰，竟用小兒一戲之辭苟且搪塞？真似暴發新榮之家，濫使銀錢，一味抹油塗朱，畢則大書「前門緑柳垂金鎖，後户青山列錦屏」之類，則以爲大雅可觀，豈《石頭記》中通部所表之寧榮賈府所爲哉！據此論之，竟大相矛盾了。諸公不知，待蠢物【己】石兄自謙，妙！可代答云：「豈敢！」將原委説明，大家方知。

當日這賈妃未入宮時，自幼亦係賈母教養。後來添了寶玉，賈妃乃長姊，寶玉爲弱弟，賈妃之心上念母年將邁，始得此弟，是以憐愛寶玉，與諸弟待之不同。且同隨賈母，刻未暫離。那寶玉未入學堂之先，三四歲時，【庚】批書人領過此教，故批至此竟放聲大哭，俺先姊仙逝太早，不然余何得爲廢人耶？已得賈妃手引口傳，教授了幾本書、數千字在腹内了。其名分雖係姊弟，其情狀有如母子。自入宮後，時時帶信出來與父母説：「千萬好生扶養，不嚴不能成器，過嚴恐生不虞，且致父母之憂。」眷念切愛之心，刻未能忘。前日賈政聞塾師背後讚寶玉偏才盡有，賈政未信，適巧遇園已落成，令其題撰，聊一試其情思之清濁。其所擬之匾聯雖非妙句，在幼童爲之，亦或可取。即另使名公大筆爲之，固不費難，然想來倒不如這本家風味有趣。〔庚〕轉得好。更使賈妃見之，知係其愛弟所爲，亦或不負其素日切望之意。〔庚〕有是論。〔己〕一駁一解，跌宕搖曳之至，且寫得父母兄弟體貼戀愛之情，淋漓痛切，真是天倫至情。因有這段原委，故此竟用了寶玉所題之聯額。那日雖未曾題完，後來亦曾補擬。〔己〕一句補前文之不暇，啓後文之苗裔。至後文凹晶館黛玉口中又一補，所謂「一擊空谷，八方皆應」。

閑文少叙，且說賈妃看了四字，笑道：「『花溆』二字便妥，何必『蓼汀』？」侍座太監聽了，忙下小舟登岸，飛傳與賈政。賈政聽了，即忙移換。〔己〕換的週到可悦。一時，舟臨内岸，復棄舟上輿，便見琳宮綽約，桂殿巍峨。石牌坊上明顯「天仙寶境」四字，〔己〕不得不用俗。賈妃忙命換「省親別墅」四字。〔己〕妙！是特留此四字與彼自命。於是進入行宮。但見庭燎燒空，〔己〕「庭燎」最恰。香屑佈地，火樹琪花，金窗玉檻。說不盡簾捲蝦鬚，毯鋪魚獺，鼎飄麝腦之香，屏列雉尾之扇。真是：

金門玉户神仙府，桂殿蘭宮妃子家。

賈妃乃問：「此殿何無匾額？」隨侍太監跪啓曰：「此係正殿，外臣未敢擅擬。」賈妃點頭不語。禮儀太監跪請升座受禮，兩陛樂起。禮儀太監二人引賈赦、賈政等於月臺下排班，殿上昭容傳諭曰：「免。」太監引賈赦等退出。又有太監引榮國太君及女眷等自東階升月臺上排班，〔己〕一絲不亂，精緻大方。有如歐陽公九九。昭容再諭曰：「免。」於是引退。

茶已三獻，賈妃降座，樂止。退入側殿更衣，方備省親車駕出園。至賈母正室，欲行家禮，賈母等俱跪止不迭。賈妃滿眼垂淚，方彼此上前厮見，一手攙賈母，一手攙王夫人，三個人滿心裏皆有許多話，只是俱說不出，只管嗚咽對泣。〔己〕《石頭記》得力擅長，全是此等地方。邢夫人、李紈、王熙鳳、迎、探、惜三姊妹等，俱在旁圍繞，垂淚無言。半日，賈妃方忍悲强笑，安慰賈母、王夫人道：「當日既送我到那不得見人的去處，好容易今日回家娘兒們一會，不說說笑笑，反倒哭起來。一會子我去了，又不知多早晚纔來！」說到這句，不禁又哽咽起來。〔己〕追魂攝魄。《石頭記》傳神摹影，全在此等地方，他書中不得有此見識。邢夫人等忙上來解勸。〔己〕說完不可，不先說不可，說之不痛不可，最難說者是此時賈妃口中之語。只如此一說，方千貼萬妥，

〔庚〕非經歷過如何寫得出！壬午春。

一字不可更改，一字不可增減，入情入神之至！賈母等讓賈妃歸座，又逐次一一見過，又不免哭泣一番。然後東西兩府掌家執事人丁等在廳外行禮，及兩府掌家執事媳婦領丫鬟等行禮畢。賈妃因問：「薛姨媽、寶釵、黛玉因何不見？」〔辰〕諒前信息皆知，故有此問。王夫人啓曰：「外眷無職，未敢擅入。」〔己〕所謂詩書世家，守禮如此。偏是暴發，驕妄自大。賈妃聽了，忙命快請。〔己〕又謙之如此，真是世界好人物。一時薛姨媽等進來，欲行國禮，亦命免過，上前各叙闊別寒温。又有賈妃原帶進宮去的丫鬟抱琴等〔己〕前所謂賈家四釵之鬟，暗以琴棋書畫排行，至此始全。上來叩見，賈母等連忙扶起，命人別室款待。執事太監及彩嬪、昭容各侍從人等，寧國府及賈赦那宅兩處自有人款待，只留三四個小太監答應。母女姊妹深叙些離別情景，〔己〕「深」字妙！及家務私情。

又有賈政至簾外問安，賈妃垂簾行參等事。又隔簾含淚謂其父曰：「田舍之家，雖齏鹽布帛，終能聚天倫之樂；今雖富貴已極，骨肉各方，然終無意趣！」賈政亦含淚啓道：「臣草莽寒門，鳩群鴉屬之中，豈意得徵鳳鸞之瑞。〔庚〕此語猶在耳。今貴人上錫天恩，下昭祖德，此皆山川日月之精奇、祖宗之遠德鍾於一人，幸及政夫婦。且今上啓天地生物之大德，垂古今未有之曠恩，雖肝腦塗地，臣子豈能得報於萬一！惟朝乾夕惕，忠於厥職外，願我君萬壽千秋，乃天下蒼生之同幸也。貴妃切勿以政夫婦殘犁爲念，懑憤金懷，更祈自加珍愛。惟業業兢兢，勤慎恭肅以侍上，庶不負上體貼眷愛如此之隆恩也。」賈妃亦囑「只以國事爲重，暇時保養，切勿記念」等語。賈政又啓：「園中所有亭臺軒舘，皆係寶玉所題。如果有一二稍可寓目者，請別賜名爲幸。」元妃聽了寶玉能題，便含笑說：「果進益了。」賈政退出。賈妃見寶、林二人亦發比別姊妹不同，真是姣花軟玉一般。因問：「寶玉爲何不進見？」〔己〕至此方出寶玉。賈母乃啓：「無諭，外男不敢擅入。」元妃命快引進來。小太監出去引寶玉進來，先行國禮畢，元妃命他進前，攜手攬於懷內，〔庚〕作書人將批書人哭壞了。又撫其頭頸，笑道：「比先竟長了好些……」一語未終，淚如雨下。

〔己〕只此一句，便補足前面許多文字。

尤氏、鳳姐等上來啓道：「筵宴齊備，請貴妃遊幸。」元妃等起身，命寶玉導引，遂同諸人步至園門前。早見燈光火樹之中，諸般羅列非常。進園來先從「有鳳來儀」「紅香緑玉」

「杏帘在望」「蘅芷清芬」等處，登樓步閣，涉水緣山，百般眺覽徘徊。一處處鋪陳不一，一樁樁點綴新奇。賈妃極加獎讚，又勸：「以後不可太奢，此皆過分之極。」已而至正殿，諭免禮歸座，大開筵宴。賈母等在下相陪，尤氏、李紈、鳳姐等親捧羹把盞。

元妃乃命傳筆硯伺候，親搦湘管，擇其幾處最喜者賜名。按其書云：

「顧恩思義」匾額

天地啓宏慈，赤子蒼頭同感戴；

古今垂曠典，九州萬國被恩榮。此一匾一聯書於正殿。[己]是貴妃口氣。

「大觀園」園之名

「有鳳來儀」賜名曰「瀟湘館」。

「紅香緑玉」改作「怡紅快緑」。即名曰「怡紅院」。

「蘅芷清芬」賜名曰「蘅蕪苑」。

「杏帘在望」賜名曰「浣葛山莊」。

正樓曰「大觀樓」，東面飛樓曰「綴錦閣」，西面斜樓曰「含芳閣」；更有「蓼風軒」「藕香榭」[己]雅而新。「紫菱洲」「荇葉渚」等名；又有四字的匾額十數個，諸如「梨花春雨」「桐剪秋風」「荻蘆夜雪」等名，此時悉難全記。[己]故意留下秋爽齋、凸碧山堂、凹晶溪館、暖香塢等處爲後文另換眼目之地步。又命舊有匾聯俱不必摘去。於是先題一絶云：

啣山抱水建來精，多少工夫築始成。

天上人間諸景備，芳園應錫大觀名。[己]詩却平平，蓋彼不長於此也，故只如此。

寫畢，向諸姊妹笑道：「我素乏捷才，且不長於吟咏，妹輩素所深知。今夜聊以塞責，不負斯景而已。異日少暇，必補撰《大觀園記》並《省親頌》等文，以記今日之事。妹輩亦各題一匾一詩，隨才之長短，亦暫吟成，不可因我微才所縛。且喜寶玉竟知題咏，是我意外之想。此中『瀟湘館』『蘅蕪苑』二處，我所極愛，次之『怡紅院』『浣葛山莊』，此四大處，必得別有章句題咏方妙。前所題之聯雖佳，如今再各賦五言律一首，使我當面試過，方不負我自幼教授之苦心。」寶玉只得答應了，下來自去構思。

迎、探、惜三人之中，要算探春又出於姊妹之上，然自忖亦難與薛林爭衡，〔己〕只一語，便寫出寶黛二人，又寫出探卿知己知彼，伏下後文多少地步。只得勉强隨衆塞責而已。李紈也勉强湊成一律。〔己〕不表薛、林可知。賈妃先挨次看姊妹們的，寫道是：

曠性怡情　匾額　迎春

園成景備特精奇，奉命羞題額曠怡。

誰信世間有此境，遊來寧不暢神思？

萬象爭輝　匾額　探春

名園築出勢巍巍，奉命何慚〔四〕學淺微。

精妙一時言不出，果然萬物生光輝。

文章造化 匾額 惜春

山水横拖千里外，樓臺高起五雲中。

園修日月光輝裏，景奪文章造化功。[己]更牽强。三首之中還算探卿略有作意，故後文寫出許多意外妙文。

文采風流 匾額 李紈

秀水明山抱復回，風流文采勝蓬萊。[己]起好！

緑裁歌扇迷芳草，紅襯湘裙舞落梅。[己]湊成。

珠玉自應傳盛世，神仙何幸下瑶臺。

名園一自邀遊賞，未許凡人到此來。[己]此四詩列於前，正爲滃托下韻也。

凝輝鍾瑞 匾額 [己]便有含蓄。 薛寶釵

芳園築向帝城西，華日祥雲籠罩奇。

高柳喜遷鶯出谷，修篁時待鳳來儀。[己]恰極！

文風已著宸遊夕，孝化應隆歸省時。

睿藻仙才盈彩筆，自慚何敢再爲辭？【己】好詩！此不過頌聖應制耳，猶未見長，以後漸知。

世外仙源　匾額　【己】落想便不與人同。　林黛玉

名園築何處，仙境別紅塵。

借得山川秀，添來景物新。【己】所謂「信手拈來無不是」。◇阿顰自是一種心思。

香融金谷酒，花媚玉堂人。

何幸邀恩寵，宮車過往頻？【己】末二首是應制詩。◇余謂寶、林此作未見長，何也？蓋後文別有驚人之句也。在寶卿有生不屑爲此，在黛卿實不足一爲。

賈妃看畢，稱賞一番，又笑道：「終是薛林二妹之作與衆不同，非愚姊妹可同列者。」原來林黛玉安心今夜大展奇才，將衆人壓倒，【己】這却何必，然尤物方如此。不想賈妃只命一匾一咏，倒不好違諭多作，只胡亂作一首五言律應景罷了。【己】請看前詩，却云是胡亂應景。

彼時寶玉尚未作完，只剛做了「瀟湘館」與「蘅蕪苑」二首，正作「怡紅院」一首，起

草内有「綠玉春猶捲」一句。寶釵轉眼瞥見，便趁衆人不理論，急忙回身悄推他道：「他（己：此「他」字指貴妃。）因不喜『紅香綠玉』四字，改了『怡紅快綠』；你這會子偏用『綠玉』二字，豈不是有意和他争馳了？況且蕉葉之説也頗多，再想一個字改了罷。」寶玉見寶釵如此説，便拭汗道：（己：想見其構思之苦，方是至情。最厭近之小説中滿紙「神童」「天分」等語。）「我這會子總想不起什麽典故出處來。」寶釵笑道：「你只把『綠玉』的『玉』字改作『蠟』字就是了。」寶玉道：「『綠蠟』（庚：好極！）可有出處？」寶釵見問，悄悄的咂嘴點頭笑道：（庚：媚極！韻極！）「虧你今夜不過如此，將來金殿對策，你大約連『趙錢孫李』都忘了呢！（己：有得寶卿奚落。但（就）〔孰〕謂寶卿無情？只是較阿顰施之特正耳。）唐錢珝咏芭蕉詩頭一句『冷燭無煙綠蠟乾』，你都忘了不成？」（己：此等處便用硬證實處，最是大力量，但不知是何心思，是從何落想，穿插到如此玲瓏錦繡地步。）（辰：乃翁前何多敏捷，今見乃姐何反遲鈍，未免怯才，拘緊人所必有之耳。）寶玉聽了，不覺洞開心臆，笑道：「該死，該死！現成眼前之物偏倒想不起來了，真可謂『一字師』了。從此後我只叫你師父，再不叫姐姐了。」寶釵亦悄悄的笑道：「還不快作上去，只管姐姐妹妹的。誰是你姐姐？那上頭穿黃袍的纔是你姐姐，你又認我這姐姐來了。」一面説笑，因説

（庚：這樣章法，又是不曾見過的。）

（庚：如此穿插，安得不令人拍案叫絕！壬午季春。）

笑又怕他耽延工夫，遂抽身走開了。[己]一段忙中閒文，已是好看之極，出人意外。寶玉只得續成，共有了三首。

此時林黛玉未得展其抱負，自是不快。因見寶玉獨作四律，大費神思，何不代他作兩首，也省他些精神不到之處。[己]寫黛卿之情思，待寶玉却又如此，是與前文特犯不犯之處。想着，便也走至寶玉案旁，悄問：「可都有了？」寶玉道：「纔有了三首，只少『杏帘在望』一首了。」黛玉道：「既如此，你只抄録前三首罷。趕你寫完那三首，我也替你作出這首了。」説畢，低頭一想，早已吟成一律，[己]瞧他寫阿顰，只如此便妙極。便寫在紙條上，搓成個團子，擲在他跟前。[辰]姐姐做試官尚用槍手，難怪世間之代倩多耳。寶玉打開一看，只覺此首比自己所作的三首高過十倍，真是喜出望外，[己]這等文字，亦是觀書者望外之想。遂忙恭楷呈上。賈妃看道：

有鳳來儀　臣寶玉謹題

秀玉初成實，堪宜待鳳凰。[己]起便拿得住。

竿竿青欲滴，個個緑生凉。

迸砌防階水，穿簾礙鼎香。[己]妙句！古云「竹密何妨水過」，今偏翻案。

[庚]偏又寫一樣，是何心意構思而得？畸笏。

[庚]紙條送遞係應〔試〕童生秘訣，黛卿自何處學得？一笑。丁亥春。

莫摇清碎影，好夢晝初長。

蘅芷清芬

蘅蕪滿净苑，蘿薜助芬芳。〔己〕「助」字妙！通部書所以皆善煉字。

軟襯三春草，柔拖一縷香。〔己〕刻畫入妙。

輕煙迷曲徑，冷翠滴迴廊。〔己〕甜脆滿頰。

誰謂池塘曲，謝家幽夢長。

怡紅快緑

深庭長日静，兩兩出嬋娟。〔己〕雙起雙敲，讀此首始信前云「有蕉無棠不可，有棠無蕉更不可」等批，非泛泛妄批駁他人，到自己身上則無能爲之論也。

緑蠟〔己〕本是「玉」字，此遵寳卿改，似較「玉」字佳。春猶捲，〔己〕是蕉。紅妝夜未眠。〔己〕是海棠。

憑欄垂絳袖，〔己〕是海棠之情。倚石護青煙。〔己〕是芭蕉之神。何得如此工恰自然？真是好詩，却是好書。

對立東風裏，〔己〕雙收。主人應解憐。〔己〕歸到主人方不落空。◇王梅隱云：「咏物體又難雙承雙落，一味雙拿則不免牽强。」此首可謂詩題兩稱，極工、極切、極流離嫵媚。

杏帘在望

杏帘招客飲，在望有山莊。〔己〕分題作一氣呵成，格調熟練，自是阿顰口氣。

菱荇鵝兒水，桑榆燕子梁。〔己〕阿顰之心臆才情原與人別，亦不是從讀書中得來。

一畦春韭緑，十里稻花香。

盛世無飢餒，何須耕織忙。〔己〕以幻入幻，順水推舟，且不失應制，所以稱阿顰。

〔庚〕仍用玉兄前擬「稻香村」，却如此幻筆幻體，文章之格式，至矣盡矣！壬午春。

賈妃看畢，喜之不盡，說：「果然進益了！」又指「杏帘」一首爲前三首之冠。遂將「浣葛山莊」改爲「稻香村」。〔己〕如此服善，妙！又命探春另以彩箋謄録出方纔一共十數首詩，出令太監傳與外廂。賈政等看了，都稱頌不已。賈政又進《歸省頌》。元妃又命以瓊酥金膾等物，賜與寶玉並賈蘭。〔己〕百忙中點出賈蘭，一人不落。此時賈蘭極幼，未達諸事，只不過隨母依叔行禮，故無別傳。賈環從年内染病未痊，自有閒處調養，故亦無傳。〔己〕補明，方不遺失。

那時賈薔帶領十二個女戲，在樓下正等的不耐煩，只見一太監飛來説：「作完了詩，快拿戲目來！」賈薔急將錦册呈上，並十二個花名單子。少時，太監出來，只點了四齣戲：

第一齣《豪宴》；【己】《一捧雪》中。伏賈家之敗。

第二齣《乞巧》；【己】《長生殿》中。伏元妃之死。

第三齣《仙緣》；【己】《邯鄲夢》中。伏甄寶玉送玉。

第四齣《離魂》。【己】《牡丹亭》中。伏黛玉死。◇所點之戲劇伏四事，乃通部書之大過節、大關鍵。

賈薔忙張羅扮演起來。一個個歌欺裂石之音，舞有天魔之態。雖是妝演的形容，却作盡悲歡情狀。【己】二句畢矣。剛演完了，一太監執一金盤糕點之屬進來，問：「誰是齡官？」賈薔便知是賜齡官之物，喜的忙接了，【己】何喜之有？伏下後面許多文字，只用一「喜」字。命齡官叩頭。太監又道：「貴妃有諭，説：『齡官極好，再作兩齣戲，不拘那兩齣就是了。』」賈薔忙答應了，因命齡官做《遊園》《驚夢》二齣。齡官自爲此二齣原非本角之戲，執意不作，定要作《相約》《相罵》二齣。㊀《釵釧記》中。總隱後文不盡風月等文。◇按近之俗語云：「寧養千軍，不養一戲。」蓋甚言優伶之不可養之意也。大抵一班之中，此一人技業稍優出衆，此一人則拿腔作勢、轄衆恃能，種種可惡，使主人逐之不捨責之不可，雖欲不憐而實不能不憐，雖欲不愛而實不能不愛。余歷梨園子弟廣矣，個個皆然，亦曾與慣養梨園諸世家兄弟談議及此，衆皆知其事而皆不能言。今閱《石頭記》，至「原非本角之戲，執意不作」二語，便見其恃能壓衆、喬酸嬌妒，淋漓滿紙矣。復至「情悟梨香院」一回，更將和盤托出，與余三十年前目睹身親之人現形於紙上。使言《石頭記》之爲書，情之至極、言之至恰，然非領略過乃事、迷陷過乃情，即觀此，茫然嚼蠟，亦不知其神妙也。賈薔扭他不過，㊀如何反扭他不過？其中便隱許多文字。只得依他作了。賈妃甚喜，命「不可難爲了這女孩子，好生教習」，㊀可知尤物了。額外賞了兩匹宮緞、兩個荷包並金銀錁子、食物之類。㊀又伏下一個尤物，一段新文。然後撤筵，將未到之處復又遊頑。忽見山環佛寺，忙另盥手進去焚香拜佛，又題一匾云：「苦海慈航」。㊀寓通部人事。一篇熱文，却如此冷收。又額外加恩與一班幽尼女道。

少時，太監跪啓：「賜物俱齊，請驗等例。」乃呈上略節。賈妃從頭看了，俱甚妥協，即命照此遵行。太監聽了，下來一一發放。原來賈母的是金、玉如意各一柄，沉香拐拄一根，伽楠念珠一串，「富貴長春」宮緞四匹，「福壽綿長」宮綢四匹，紫金「筆錠如意」錁十錠，「吉慶有魚」銀錁十錠。邢夫人、王夫人二分，只減了如意、拐、珠四樣。賈敬、賈赦、賈政等，每分御製新書二部，寶墨二匣，金、銀爵各二隻，表禮按前。寶釵、黛玉諸姊妹等，每人新書一部，寶硯一方，新樣格式金銀錁二對。寶玉亦同此。〔己〕此中忽夾上寶玉，可思。賈蘭則是金銀項圈二個，金銀錁二對。尤氏、李紈、鳳姐等，皆金銀錁四錠，表禮四端。外表禮二十四端，清錢一百串，是賜與賈母、王夫人及諸姊妹房中奶娘衆丫鬟的。賈珍、賈璉、賈環、賈蓉等，皆是表禮一分，金錁一雙。其餘彩緞百端，金銀千兩，御酒華筵，是賜東西兩府凡園中管理工程、陳設、答應及司戲、掌燈諸人的。外有清錢五百串，是賜厨役、優伶、百戲、雜行人丁的。

衆人謝恩已畢，執事太監啓道：「時已丑正三刻，請駕回鑾。」賈妃聽了，不由的滿眼又滚下淚來。却又勉强堆笑，拉住賈母、王夫人的手，緊緊的不忍釋放，〔己〕使人鼻酸。再四叮嚀：「不須記掛，好生自養。如今天恩浩蕩，一月許進内省視一次，見面是盡有的，何必傷慘。倘明歲天恩仍許歸省，萬不可如此奢華靡費了。」〔己〕妙極之讖。試看別書中專能故用一不祥之語爲讖，今偏不然，只有如此現成一語，便是不再之讖。只看他用一「倘」字，便隱諱自然之至。賈母等已哭的哽噎難言了。賈妃雖不忍別，怎奈皇家規範，違錯不得，只得忍心

〔庚〕一回離合悲歡夾寫之文，真如山陰道上令人應接不暇，尚有許多忙中閒、閒中忙小波瀾，一絲不漏，一筆不苟。

上輿去了。這裏諸人好容易將賈母、王夫人安慰解勸，攙扶出園去了。正是——

戚 總評：此回鋪排，非身經歷、開巨眼、伸大筆，則必有所滯罣牽强，豈能如此觸處成趣，立後文之根，足本文之情者？且借象說法，學我佛闡經，代天女散花，以成此奇文妙趣，惟不得與四才子書之作者，同時討論臧否，爲可恨耳。

〔一〕按：己、庚本第十七至十八回未分回，其餘諸本已分回，但位置不同。此處依戚、蒙、列、楊等本分回，並補回首套語數字。本回回目，列本缺，蒙、戚本作「慶元宵賈元春歸省　助情人林黛玉傳詩」，楊本作「林黛玉誤剪香囊袋　賈元春歸省慶元宵」，舒序本作「隔珠簾父女勉忠勤　搦湘管姊弟裁題詠」，甲辰本作「皇恩重元妃省父母　天倫樂寶玉呈才藻」。從諸本異文紛出情況看，這些回目當均爲後人所擬，故不採用，試用一種新的處理方式。

〔二〕此批比較費解，存在多種不同解讀。尤其「樹處」二字如何校正衆說紛紜，莫衷一是，今暫依蔡義江說。如純從文通字順角度，當把「樹處引」校爲「前批副」。

〔三〕按：甲辰本及程甲、乙本在此分回。

〔四〕「何慚」，列、楊、舒本同。按：「何」字之單人旁似爲後添，己、蒙本此字正作「可」，則「可慚」或爲原稿文字。蔡義江《紅樓夢詩詞曲賦鑑賞》謂「何慚」切合探春的性格，今從其說。

第十九回　情切切良宵花解語　意綿綿静日玉生香〔一〕

戚 彩筆輝光若轉環，心情魔態幾千般。寫成濃淡兼深淺，活現痴人戀戀間。

辰 此回寫出寶玉閒闖書房偷看襲人，筆意隨機跳脱。復又襲人將欲贖身，揣情諷諫，以及寶玉在黛玉房中尋香嘲笑，文字新奇，傳奇之中殊所罕見。原本評註過多，未免旁雜，反擾正文。今删去，以俟後之觀者凝思入妙，愈顯作者之靈機耳。〔二〕

話説賈妃回宫，次日見駕謝恩，並回奏歸省之事，龍顔甚悦，又發内帑彩緞金銀等物，以賜賈政及各椒房等員，（己補這一句，細。方見省親不獨賈家一門也。）不必細說。

且說榮寧二府中因連日用盡心力，真是人人力倦，各各神疲，又將園中一應陳設動用之物收拾了兩三天方完。第一個鳳姐事多任重，别人或可偷安躲静，獨他是不能脱得的；二則本性要强，不肯落人褒貶，只扎挣着與無事的人一樣。（己伏下病源。）第一個寶玉是極無事最閒暇的。偏這日一早，襲人的母親又親來回過賈母，接襲人家去吃年茶，晚間纔得回來。（己一回一回各生機軸，總在人意想之外。）因此，寶玉只和衆丫頭們擲骰子趕圍棋作戲。（己寫出正月光景。）正在房内頑的没興頭，忽見丫頭們來回說：「東府珍大爺來請過去看戲、放花燈。」寶玉聽了，便命换衣裳。纔要去時，忽又有賈妃賜出糖蒸酥酪來；（己總是新正妙景。）寶玉想上次襲人喜吃此物，便命留與襲人了。自己回過賈母，過去看戲。

誰想賈珍這邊唱的是《丁郎認父》《黄伯央大擺陰魂陣》，更有《孫行者大鬧天宮》《姜子牙斬將封神》等類的戲文。【己】真真熱鬧。倏爾神鬼亂出，忽又妖魔畢露，甚至於揚幡過會，號佛行香，鑼鼓喊叫之聲遠聞巷外。【己】形容刻薄之至，弋陽腔能事畢矣。◇閱至此則有如耳內喧嘩、目中撩亂。後文至隔牆聞「裊晴絲」數曲，則有如魂隨笛轉、魄逐歌銷。形容一事，一事畢真，石頭是第一能手矣。滿街之人個個都讚：「好熱鬧戲，別人家斷不能有的。」【己】必有之言。寶玉見繁華熱鬧到如此不堪的田地，只略坐了一坐，便走開各處閒耍。先是進内去和尤氏和丫鬟姬妾説笑了一回，便出二門來。尤氏等仍料他出來看戲，遂也不曾照管。賈珍、賈璉、薛蟠等只顧猜枚行令，百般作樂，也不理論，縱一時不見他在座，只道在裏邊去了，故也不問。至於跟寶玉的小厮們，那年紀大些的，知寶玉這一來了，必是晚間纔散，因此偷空也有去會賭的，也有往親友家去吃年茶的，更有或嫖或飲的，都私散了，待晚間再來；那小些的，都鑽進戲房裏瞧熱鬧去了。

寶玉見一個人没有，因想：「這裏素日有個小書房，名……内曾掛着一軸美人，極畫的得神。今日這般熱鬧，想那裏自然冷静，那美人也自然是寂寞的，須得我去望慰他一回。」【蒙】天生一段痴情，所謂「情不情」也。

［己］極不通極胡説中寫出絶代情痴，宜乎衆人謂之瘋傻。想着，便往書房裏來。剛到窗前，聞得房内有呻吟之韻。寶玉倒唬了一跳：敢是美人活了不成？［己］又帶出小兒心意，一絲不落。乃乍着膽子，舔破窗紙，向内一看，那軸美人却不曾活，却是茗煙按着一個女孩子，也幹那警幻所訓之事。寶玉禁不住大叫：「了不得！」一脚踹進門去，將那兩個唬開了，抖衣而顫。

茗煙見是寶玉，忙跪求不迭。寶玉道：「青天白日，這是怎麽説。［己］開口便好。珍大爺知道，你是死是活？」一面看那丫頭，雖不標緻，倒還白净，些微亦有動人處，羞的面紅耳赤，低首無言。寶玉跺脚道：「還不快跑！」［己］此等搜神奪魄、至神至妙處，只在囫圇不解中得。一語提醒了那丫頭，飛也似去了。寶玉又趕出去叫道：「你别怕，我是不告訴人的。」［己］活寶玉，移之他人不可。急的茗煙在後叫：「祖宗，這是分明告訴人了！」寶玉因問：「那丫頭十幾歲了？」茗煙道：「大不過十六七歲了。」寶玉道：「連他的歲屬也不問問，别的自然越發不知了。可見他白認得你了。可憐，可憐！」［己］按此書中寫一寶玉，其寶玉之爲人，是我輩於書中見而知有此人，實未目曾親睹者。又寫寶玉之發言，每每令人不解；寶玉之生性，件件令人可笑；不獨於世上親見這樣的人不曾，即閲今古所有之小説傳奇中，亦未見這樣的文字。於顰兒處更爲甚。其囫圇不解之中實可解，可解之中又說不出理路。合目思之，却如真見一寶玉，真聞此言者，移至第二人萬不可，亦不成文字矣。余閱《石頭記》中至奇至妙之文，全在寶玉顰兒至痴至呆、囫圇不解之語中，其詩詞、雅謎、酒令、奇衣、奇食、奇玩等類固他書中未能，然在此書中評之，猶爲二着。又問：「名字叫什麽？」茗煙大笑道：「若説出名字來話長，真真新鮮奇文〔三〕，竟是寫不出來的。己若都寫的出來，何以見此書中之妙？脂硯。據他說，他母親養他的時節做了夢，己又一個夢，只是隨手成趣耳。夢見得了一匹錦，上面是五色富貴不斷頭卍字的花樣，己千奇百怪之想。所謂「牛溲馬渤皆至藥也，魚鳥昆蟲皆妙文也」，天地間無一物不是妙物，無一物不可不成文，但在人意拾取耳。此皆信手拈來隨筆成趣，大遊戲、大慧悟、大解脱之妙文也。所以他的名字叫作卍兒。」己音萬。寶玉聽了笑道：「真也新奇，想必他將來有些造化。」説着，沉思一會。

茗煙因問：「二爺爲何不看這樣的好戲？」寶玉道：「看了半日，怪煩的，出來逛逛，就遇見你們了。這會子作什麽呢？」茗煙⿰虫欠⿰虫欠〔四〕笑道：「這會子没人知道，我悄悄的引二爺往城外逛逛去，一會子再往這裏來，他們就不知道了。」己茗煙此時只要掩飾方纔之過，故設此以悦寶玉之心。寶玉道：「不好，仔細花子拐了去。便是他們知道了，又鬧大了，不如往熟近些的地方去，還可就來。」茗煙道：「熟近地方，誰家可去？這却難了。」寶玉笑道：「依我的主意，咱們竟找你花大姐

庚⿰虫欠，音希。⿰虫欠⿰虫欠，笑貌。

姐去，瞧他在家作什麼呢。」〔己〕妙！寶玉心中早安了這着，但恐茗煙不肯引去耳。恰遇茗煙私行淫媾，爲寶玉所脅，故以城外引以悦其心，寶玉始説出往花家去。非茗煙適有罪所脅，萬不敢如此私引出外。別家子弟尚不敢私出，况寶玉哉？况茗煙哉？文字榫楔，細極！茗煙笑道：「好，好！倒忘了他家。」又道：「若他們知道了，説我引着二爺胡走，要打我呢？」〔己〕必不可少之語。寶玉笑道：「有我呢。」茗煙聽説，拉了馬，二人從後門就走了。

幸而襲人家不遠，不過一半里路程，展眼已到門前。茗煙先進去，叫襲人之兄花自芳。〔己〕隨姓成名，隨手成文。彼時襲人之母接了襲人與幾個外甥女兒、〔己〕一樹千枝，一源萬派，無意隨手，伏脉千里。幾個侄女兒來家，正吃果茶。聽見外面有人叫「花大哥」，花自芳忙出去看時，見是他主僕兩個，唬的驚疑不止，連忙抱下寶玉來，在院内嚷道：「寶二爺來了！」別人聽見還可，襲人聽了，也不知爲何，忙跑出來迎着寶玉，一把拉着問：「你怎麼來了？」寶玉笑道：「我怪悶的，來瞧瞧你作什麼呢。」襲人聽了，纔放下心來，〔己〕精細週到。「嗐」了一聲，笑〔己〕轉至「笑」字，妙，神！道：「你也忒胡鬧了，〔己〕該説，説得是。可作什麼來呢！」一面又問茗煙：「還有誰跟來？」〔己〕細。茗煙笑道：「別人都不知，就只我們兩個。」襲人聽了，復又驚慌，〔己〕是必有之神理，非特故作頓挫。說道：「這還了得！倘或碰見了人，或是遇見了老爺，街上人擠車碰，馬轎紛紛的，若有個閃失，也是頑得的！你們的膽子比斗還大。都是茗煙調唆的，回去我定告訴嬤嬤們打你。」〔己〕該說，說的更是。脂硯。茗煙撅了嘴道：「二爺罵着打着，叫我引了來，這會子推到我身上。我説別來罷，不然我們還去罷。」〔己〕茗煙賊。

花自芳忙勸：「罷了，已是來了，也不用多説了。只是茅檐草舍，又窄又髒，爺怎麼坐呢？」

襲人之母也早迎了出來。襲人拉了寶玉進去。寶玉見房中三五個女孩兒，見他進來，都低了頭，羞慚慚的。花自芳母子兩個百般怕寶玉冷，又讓他上炕，又忙另擺果桌，又忙倒好茶。〔己〕連用三「又」字，上文一個「百般」，神理活現。脂硯。襲人笑道：「你們不用白忙，〔己〕妙！不寫襲卿忙，正是忙之至。若一寫襲人忙，便是庸俗小派了。我自然知道。果子也不用擺，也不敢亂給東西吃。」〔蒙〕至敬至情。〔己〕如此至微至小中便帶出家常情，他書寫不及此。〔世〕一面說，一面將自己的坐褥拿了鋪在一個杌子上，寶玉坐了；用自己的脚爐墊了脚，向荷包內取出兩個梅花香餅兒來，又將自己的手爐掀開焚上，仍蓋好，放與寶玉懷內；然後將自己的茶杯斟了茶，送與寶玉。[己]疊用四「自己」字，寫得寶襲二人素日如何親洽，如何尊榮，此時一盤托出。蓋素日身居侯府綺羅錦繡之中，其安富尊榮之寶玉，親密浹洽、勤慎委婉之襲人，是分所應當不必寫者也。今於此一補，更見其二人平素之情義，且暗透此回中所有母女兄長欲爲贖身角口等未到之過文。彼時他母兄已是忙另齊齊整整擺上一桌子果品來。襲人見總無可吃之物，[己]補明寶玉自幼何等嬌貴。以此一句留與下部後數十回「寒冬噎酸虀，雪夜圍破氈」等處對看，可爲後生過分之戒。嘆嘆！因笑道：「既來了，沒有空去之理，好歹嚐一點兒，也是來我家一趟。」[己]得意之態，是纔與母兄較爭以後之神理。最細。說着，便拈了幾個松子穰，[己]唯此品稍可一拈，別品便大錯了。吹去細皮，用手帕托着送與寶玉。

寶玉看見襲人兩眼微紅，粉光融滑，[己]八字畫出纔收淚之一女兒，是好形容，且是寶玉眼中意中。因悄問襲人：「好好的哭什麼？」襲人笑道：「何嘗哭，纔迷了眼揉的。」因此便遮掩過了。[己]伏下後文所補未到多少文字。當下寶玉穿着大紅金蟒狐腋箭袖，外罩石青貂裘排穗褂。襲人道：「你特爲往這裏來又換新服，他們[己]指晴雯麝月等。就不問你往那去的？」[己]必有是問。◇閱此則又笑盡小說中無故家常穿紅掛綠、綺繡綾羅等語，自謂是富貴語，究竟反是寒酸話。寶玉笑道：「珍大哥請過去看戲換的。」襲人點頭。又道：「坐一坐就回去罷，這個地方不是你來的。」寶玉笑道：「你就家去纔好呢，我還替你留着好東西呢。」[庚]「生員切己之事」〔五〕。襲人悄笑道：「悄悄的，叫他們聽着什麽意思。」〔蒙：追魂。〕〔己：想見二人素日情常。〕一面又伸手從寶玉項上將通靈玉摘了下來，向他姊妹們笑道：「你們見識見識。時常説起來都當希罕，〔蒙：不可少之文。〕恨不能一見，今兒可盡力瞧了。再瞧什麽希罕物兒，也不過是這麽個東西。」〔己：行文至此，固好看之極，且勿論。按此言固是襲人得意之語，蓋言你等所希罕不得一見之寶，我却常守常見，視爲平物。然余今窺其用意之旨，則是作者借此，正爲貶玉原非大觀者也。〕説畢，遞與他們傳看了一遍，仍與寶玉掛好。又命他哥哥去或僱一乘小轎，或僱一輛小車，送寶玉回去。花自芳道：「有我送去，騎馬也不妨了。」〔庚：只知保重耳。〕襲人道：「不爲不妨，爲的是碰見人。」〔己：細極！〕

〔庚：自「一把拉住」至此諸形景動作，襲卿有意徵露絳芸軒中隱事也。〕

花自芳忙去僱了一頂小轎來，衆人也不敢相留，只得送寶玉出去。襲人又抓果子與茗煙，又把些錢與他買花炮放，教他：「不可告訴人，連你也有不是。」〔蒙：細密。〕一直送寶玉至門前，看着上轎，放下轎簾。花、茗二人牽馬跟隨。來至寧府街，茗煙命住轎，向花自芳道：「須等我同二爺還到東府裏混一混，纔好過去的，不然人家就疑惑了。」花自芳聽説有理，忙將寶玉抱出轎來，送上馬去。寶玉笑説：「倒難爲你了。」〔庚：公子口氣。〕於是仍進後門來。俱不在話下。

却説寶玉自出了門，他房中這些丫鬟們都越性恣意的頑笑，也有趕圍棋的，也有擲骰抹牌的，磕了一地瓜子皮。偏奶母李嬷嬷拄拐進來請安，瞧瞧寶玉，見寶玉不在家，丫頭們只顧玩鬧，十分看不過。〔己〕人人都看不過，獨寶玉看得過。因嘆道：「只從我出去了，不大進來，你們越發没個樣兒了，〔己〕説得是，原該説。別的媽媽們越不敢説你們了。〔己〕補明好！寶玉雖不吃乳，豈無伴從之媼嫗哉？那寶玉是個丈八的燈檯——照見人家，照不見自家的。〔己〕用俗語入，妙！只知嫌人家髒，這是他的屋子，由着你們遭塌，越不成體統了。」〔己〕所以爲今古未有之一寶玉。這些丫頭們明知寶玉不講究這些，二則李嬷嬷已是告老解事出去的了，〔己〕調侃入微，妙妙！如今管他們不着。因此只顧頑，並不理他。那李嬷嬷還只管問「寶玉如今一頓吃多少飯」「什麽時辰睡覺」等語。〔己〕可嘆！丫頭們總胡亂答應。有的説：「好一個討厭的老貨！」〔庚〕實在有的。〔蒙〕入神。

李嬷嬷又問道：「這蓋碗裏是酥酪，怎不送與我去？我就吃了罷。」説畢，拿匙就吃。〔己〕寫龍鍾奶母，便是龍鍾奶母。一個丫頭道：「快別動！那是説了給襲人留着的，〔己〕過下無痕。回來又惹氣了。〔己〕照應茜雪楓露茶前案。你老人家自己承認，別帶累我們受氣。」〔己〕這等話語聲口，必是晴雯無疑。李嬷嬷聽了，又氣又愧，便說道：「我不信他這樣壞了。別說我吃了一碗牛奶，就是再比這個值錢的，也是應該的。難道待襲人比我還重？難道他不想想怎麼長大了？我的血變的奶，吃的長這麼大，如今我吃他一碗牛奶，他就生氣了？我偏吃了，看怎麼樣！你們看襲人不知怎樣，那是我手裏調理出來的毛丫頭，什麼阿物兒！」〔己〕雖暫委屈唐突襲卿，然亦怨不得李媼。一面說，一面賭氣將酥酪吃盡。又一丫頭笑道：「他們不會說話，怨不得你老人家生氣。寶玉還時常送東西孝敬你老去，豈有爲這個不自在的。」〔己〕聽這聲口，必是麝月無疑。李嬤嬤道：「你們也不必妝狐媚子哄我，打量上次爲茶攆茜雪的事我不知道呢。〔己〕照應前文，又用一「攆」，屈殺寶玉，然李媼心中口中畢肖。明兒有了不是，我再來領！」說着，賭氣去了。〔己〕過至下回。

少時，寶玉回來，命人去接襲人。只見晴雯躺在床上不動，〔己〕嬌態已慣。寶玉因問：「敢是病了？再不然輸了？」秋紋道：「他倒是贏的。誰知李老太太來了，混輸了，他氣的睡去了。」寶玉笑道：「你別和他一般見識，由他去就是了。」說着，襲人已來，彼此相見。襲人又問寶玉何處吃飯，多早晚回來，又代母妹問諸同伴姊妹好。一時換衣卸妝。寶玉命取酥酪來，丫鬟們回說：「李奶奶吃了。」寶玉纔要說話，襲人便忙笑說道：「原來是留的這個，多謝費心。前兒我吃的時候好吃，吃過了好肚子疼，足的吐了纔好。他吃了倒好，擱在這裏倒白遭塌了。己 與前文應失手碎鍾遥對，通部襲人皆是如此，一絲不錯。 我只想風乾栗子吃，你替我剥栗子，我去鋪炕。」己 必如此方是。

寶玉聽了信以爲真，方把酥酪丢開，取栗子來，自向燈前檢剥。一面見衆人不在房中，乃笑問襲人道：「今兒那個穿紅的是你什麽人？」己 若是見過女兒之後没有一段文字，便不是寶玉，亦非《石頭記》矣。 襲人道：「那是我兩姨妹子。」寶玉聽了，讚嘆了兩聲。己 這一讚嘆又是令人囫圇不解之語，只此便抵過一大篇文字。 襲人道：「嘆什麽？己 只一「嘆」字，便引出「花解語」一回來。 我知道你心裏的緣故，想是說他那裏配紅的。」己 補出寶玉素喜紅色，這是激語。 寶玉笑道：「不是，不是。那樣的不配穿紅的，誰還敢穿。己 活寶玉。 我因爲見他實在好的很，怎麽也得他在咱們家就好了。」己 妙談妙意。 襲人冷笑道：「我一個人是奴才命罷了，難道連我的親戚都是奴才命不成？定還要揀實在好的丫頭纔往你家來？」己 妙答。寶玉並未說「奴才」二字，襲人連補「奴才」二字最是勁節，怨不得作此語。 寶玉聽了，忙笑道：「你又多心了。我說往咱們家來，蒙 這樣妙文，何處得來？非目見身行，豈能如此的確？ 必定是奴才不成？己 勉强，如聞。 說親戚就使不得？」〔己〕更勉强。襲人道：「那也搬配不上。」〔己〕説的是。寶玉便不肯再説，只是剥栗子。襲人笑道：「怎麽不言語了？想是我纔冒撞沖犯了你？明兒賭氣花幾兩銀子買他們進來就是了。」〔己〕總是故意激他。寶玉笑道：「你説的話，怎麽叫我答言呢。我不過是讚他好，正配生在這深堂大院裏，没的我們這種濁物〔己〕妙號！後文又曰「鬚眉濁物」之稱，今古未有之一人始有此今古未有之妙稱妙號。倒生在這裏。」〔己〕這皆是寶玉意中心中確實之念，非前勉强之詞，所以謂今古未有之一人耳。聽其囫圇不解之言，察其幽微感觸之心，審其痴妄委婉之意，皆今古未見之人，亦是未見之文字。説不得賢，説不得愚，説不得不肖，説不得善，説不得惡，説不得正大光明，説不得混賬惡賴，説不得聰明才俊，説不得庸俗平凡，説不得好色好淫，説不得情痴情種，恰恰只有一顰兒可對，令他人徒加評論，總未摸着他二人是何等脱胎、何等心臆、何等骨肉。余閲此書，亦愛其文字耳，實亦不能評出此二人終是何等人物。後觀《情榜》評曰「寶玉情不情」，「黛玉情情」，此二評自在評痴之上，亦屬囫圇不解，妙甚襲人道：「他雖没這造化，倒也是嬌生慣養的呢，我姨爹姨娘的寶貝。如今十七歲，各樣的嫁妝都齊備了，明年就出嫁。」〔庚〕所謂不入耳之言也。

寶玉聽了「出嫁」二字，不禁又嗐了兩聲。〔己〕寶玉心思另是一樣，余前評可見。正不自在，又聽襲人嘆道：〔己〕襲人亦嘆，自有別論。「只從我來這幾年，姊妹們都不得在一處。如今我要回去了，他們又都去了。」寶玉聽這話内有文章，〔己〕余亦如此。不覺吃一驚，〔己〕余亦吃驚。忙丢下栗子，問道：「怎麽，你如今要回去了？」襲人道：「我今兒聽見我媽和哥哥商議，教我再耐煩一年，明年他們上來，就贖我出去的呢。」〔己〕即余今日猶難爲情，況當日之寶玉哉？寶玉聽了這話，越發怔了，因問：「爲什麼要贖你？」襲人道：「這話奇了！我又比不得是你這裏的家生子兒，一家子都在别處，獨我一個人在這裏，怎麼是個了局？」〔己〕説得極是。寶玉道：「我不叫你去也難。」〔己〕是頭一句駁，故用貴公子聲口，無理。襲人道：「從來没這道理。便是朝廷宫裏，也有個定例，或幾年一選，幾年一入，也没有個長遠留下人的理，别説你了！」〔己〕一駁，更有理。

寶玉想一想，果然有理。〔己〕自然。又道：「老太太不放你也難。」〔己〕第二層仗祖母溺愛，更無理。襲人道：「爲什麼不放？我果然是個最難得的，或者感動了老太太、太太，〔己〕寶玉並不提王夫人，襲人偏自補出，週密之至！必不放我出去的，設或多給我們家幾兩銀子，留下我，容或有之；〔蒙〕此等語言便是襲卿心事。其實我也不過是個平常的人，比我强的多而且多。自我從小兒來了，跟着老太太，先伏侍了史大姑娘幾年，〔己〕百忙中又補出湘雲來，真是七穿八達，得空便入。如今又伏侍了你幾年。如今我們家來贖，正是該叫去的，只怕連身價也不要，就開恩叫我去呢。若説爲伏侍的你好，不叫我去，斷然没有的事。那伏侍的好，是分内應當的，〔庚：這却是真心話。〕不是什麽奇功。我去了，仍舊有好的來了，不是没了我就不成事。〔蒙：反敲。〕」〔己：再一駁，更精細，更有理。〕寶玉聽了這些話，竟是有去的理，無留的理，〔己：自然。〕心内越發急了，〔己：原當急。〕因又道：「雖然如此説，我只一心留下你，不怕老太太不和你母親説。多多給你母親些銀子，他也不好意思接你了。〔蒙：三字入神。〕」〔己：急心腸，故入於霸道。無理。〕

襲人道：「我媽自然不敢强。且漫説和他好説，又多給銀子；就便不和他好説，一個錢也不給，安心要强留下我，他也不敢不依。但只是咱們家從没幹過這倚勢仗貴霸道的事。這比不得别的東西，因爲你喜歡，加十倍利弄了來給你，那賣的人不得吃虧，可以行得。如今無故平空留下我，於你又無益，反叫我們骨肉分離，這件事，老太太、太太斷不肯行的。」〔己：三駁，不獨更有理，且又補出賈府自家慈善寬厚等事。〕寶玉聽了，思忖半晌，〔己：正是思忖只有去理，實無留理。〕乃説道：「依你説，你是去定了？」〔己：自然。〕襲人道：「去定了。」〔庚：口氣像極。〕寶玉聽了，自思道：「誰知這樣一個人，這樣薄情無義。」〔己：余亦如此見疑。〕乃嘆道：「早知道都是要去的，〔己：「都是要去的」，妙！可謂觸類旁通，活是寶玉。〕〔蒙：上古至今及後世有情者，同聲一哭！〕我就不該弄了來，臨了剩了我一個孤鬼兒。」〔己〕可謂見首知尾，活是寶玉。說着，便賭氣上床睡去了。〔己〕又到無可奈何之時了。

原來襲人在家，聽見他母兄要贖他回去，〔己〕補前文。他就說至死也不回去的。又說：「當日原是你們没飯吃，就剩我還值幾兩銀子，若不叫你們賣，没有個看着老子娘餓死的理。〔庚〕孝女，義女。〔己〕補出襲人幼時艱辛苦狀，與前文之香菱、後文之晴雯大同小異，自是又副十二釵中之冠，故不得不補傳之。如今幸而賣到這個地方，〔己〕可謂不幸中之幸。吃穿和主子一樣，又不朝打暮罵。況且如今爺雖没了，你們却又整理的家成業就，復了元氣。若果然還艱難，把我贖出來，再多掏澄幾個錢，〔庚〕孝女，義女。也還罷了，其實又不難了。這會子又贖我作什麽？權當我死了，〔庚〕可憐可憐！再不必起贖我的念頭！〔蒙〕同心同志，更覺幸遇。〔庚〕我也要哭。」因此哭鬧了一陣。〔己〕以上補在家今日之事，與寶玉問哭一句針對。

他母兄見他這般堅執，自然必不出來的了。況且原是賣倒的死契，明仗着賈宅是慈善寬厚之家，不過求一求，只怕身價銀一併賞了，這是有的事呢。〔己〕又夾帶出賈府平素施爲來，與襲人口中針對。二則，賈府中從不曾作踐下人，〔蒙〕鐵檻寺鳳卿受賂，令人悵恨。只有恩多威少的。〔己〕伏下多少後文。且凡老少房中所有親侍的女孩子們，更比待家下衆人不同，平常寒薄人家的小姐，也不能那樣尊重的。〔己〕又伏下多少後文。先一句是傳中陪客，此一句是傳中本旨。因此，他母子兩個也就死心不贖了。〔己〕既如此，何得襲人又作前語以愚寶玉？不知何意，且看後文。次後忽然寶玉去了，他二個又是那般景況，〔己〕一件閒事一句閒文皆無，警甚。他母子二人心下更明白了，越發石頭落了地，而且是意外之想，彼此放心，再無贖念了。〔己〕一段情結。脂硯。

如今且說襲人自幼見寶玉性格異常，〔己〕四字好！所謂「說不得好，又說不得不好」也。其淘氣憨頑自是出於衆小兒之外，更有幾件千奇百怪口不能言的毛病兒。〔己〕只如此說更好。所謂「說不得聰明賢良，說不得痴呆愚昧」也。近來仗着祖母溺愛，父母亦不能十分嚴緊拘管，更覺放蕩弛縱，〔己〕四字妙評。脂硯。任性恣情，〔己〕四字更好。亦不涉於惡，亦不涉於淫，亦不涉於驕，不過一味任性耳。最不喜務正。〔己〕這還是小兒同病。每欲勸時，料不能聽，今日可巧有贖身之論，故先用騙詞，以探其情，以壓其氣，〔蒙〕以此法遊刃，有何不可解之牛？然後好下箴規。〔己〕原來如此。今見他默默睡去了，知其情有不忍，氣已餒墮。〔己〕不獨解語，亦且有智。自己原不想栗子吃的，只因怕爲酥酪又生事故，亦如茜雪之茶等事，〔己〕可謂賢而多智術之人。是以假以栗子爲由，混過寶玉不提就完了。於是命小丫頭子們將栗子拿去吃了，自己來推寶玉。〔蒙〕不知何故，我亦掩涕。只見寶玉淚痕滿面，〔己〕正是無可奈何之時。襲人便笑道：「這有什麼傷心的，你果然留我，我自然不出去了。」寶玉見這話有文章，[己]寶玉不愚。便說道：「你倒說說，我還要怎麼留你，我自己也難說了。」[己]二人素常情義。襲人笑道：「咱們素日好處，再不用說。但今日你安心留我，不在這上頭。我另說出兩三件事來，你果然依了我，就是你真心留我了，刀擱在脖子上，我也是不出去的了。」[蒙]以此等心，行此等事，昭昭蒼天，豈無明見。

寶玉忙笑道：「你說，那幾件？我都依你。好姐姐，好親姐姐，[己]疊二語，活見從紙上走一寶玉下來，如聞其呼，如見其笑。別說兩三件，就是兩三百件，我也依。[己]「兩三百」不成話，却是寶玉口中。只求你們同看着我，守着我，等我有一日化成了飛灰，[己]脂硯齋所謂「不知是何心思，始得口出此等不成話之至奇至妙之話」，諸公請如何解得，如何評論？◇所勸者正爲此，偏於勸時一犯，妙甚！——飛灰還不好，灰還有形有跡，還有知識。[己]灰還有「知識」，奇之不可勝言矣！余則謂人尚無知識者多多。——等我化成一股輕煙，風一吹便散了的時候，[蒙]人人皆以寶玉爲痴，孰不知世人比寶玉更痴。你們也管不得我，我也顧不得你們了。那時憑我去，我也憑你們愛那裏去就去了。」[己]是聰明，是愚昧，是小兒淘氣？余皆不知，只覺悲感難言，奇瑰愈妙。話未說完，急的襲人忙握他的嘴，說：「好好的，正爲勸你這些，倒更說的狠了。」寶玉忙說道：[庚]只說今日一次。呵呵，玉兄，玉兄，你到底哄的那一個？「再不說這話了。」襲人道：「這是頭一件要改的。」寶玉道：「改了。再要說，你就擰嘴。還有什麼？」

襲人道：「第二件，你真喜讀書也罷，〔庚〕新鮮，真新鮮！假喜也罷，只是在老爺跟前或在別人跟前，你別只管批駁誚謗，只作出個喜讀書的樣子來，〔庚〕所謂「開方便門」。〔己〕寶玉又誚謗讀書人？恨此時不能一見如何誚謗。也教老爺少生些氣，〔庚〕大家聽聽，可是丫鬟說的話。在人前也好說嘴。他心裏想着，我家代代讀書，只從有了你，不承望你不喜讀書，已經他心裏又氣又愧了。而且背前背後亂說那些混話，凡讀書上進的人，你就起個名字叫作『祿蠹』；〔己〕二字從古未見，新奇之至！難怨世人謂之可殺，余却最喜。又說只除『明明德』外無書，都是前人自己不能解聖人之書，便另出己意，混編纂出來的。〔己〕寶玉目中猶有「明明德」三字，心中猶有「聖人」二字，又素日皆作如是等語，宜乎人人謂之瘋傻不肖。這些話，怎麼怨得老爺不氣、不時時打你？叫別人怎麼想你？」寶玉笑道：「再不說了。那原是那小時不知天高地厚，信口胡說，如今再不敢說了。〔己〕又作是語，說不得不乖覺，然又是作者瞞人之處也。還有什麼？」

襲人道：「再不可毀僧謗道，〔己〕一件，是婦女心意。調脂弄粉。〔己〕二件，若不如此，亦非寶玉。還有更要緊的一件，〔己〕忽又作此一語。再不許吃人嘴上擦的胭脂了，〔己〕此一句是聞所未聞之語，宜乎其父母嚴責也。與那愛紅的毛病兒。」寶玉道：「都改，都改。再有什麼，快說。」襲人笑道：「再也没有了。只是百事檢點些，不任意任情

〔庚〕「花解語」一段，乃襲卿滿心滿意將玉兄爲終身得靠，千妥萬當，故有是（余）［語］。閱至此，余爲襲卿一嘆。丁亥春。畸笏叟。

的就是了。〔己〕總包括盡矣。其所謂「花解語」者，大矣！不獨冗冗爲兒女之分也。你若果都依了，便拿八人轎也抬不出我去了。」寶玉笑道：「你在這裏長遠了，不怕没八人轎你坐。」襲人冷笑道：「這我可不希罕的。有那個福氣，没有那個道理。縱坐了，〔蒙〕真正逼人。也没甚趣。」〔己〕調侃不淺，然在襲人能作是語，實可愛、可敬、可服之至，所謂「花解語」也。

二人正説着，只見秋紋走進來，説：「快三更了，該睡了。方纔老太太打發嬷嬷來問，我答應睡了。」寶玉命取錶來〔己〕照應前鳳姐之文。看時，果然針已指到亥正，〔己〕錶則是錶的寫法，前形容自鳴鐘則是自鳴鐘，各盡其神妙。方從新盥漱，寬衣安歇，不在話下。

至次日清晨，襲人起來，便覺身體發重，頭疼目脹，四肢火熱。先時還扎挣的住，次後捱不住，只要睡着，因而和衣躺在炕上。〔庚〕過下引綫。寶玉忙回了賈母，傳醫診視，説道：「不過偶感風寒，吃一兩劑藥踈散踈散就好了。」開方去後，令人取藥來煎好，剛服下去，命他蓋上被渥汗，寶玉自去黛玉房中來看視。〔己〕爲下文留地步。

彼時黛玉自在床上歇午，丫鬟們皆出去自便，滿屋内静悄悄的。寶玉揭起繡綫軟簾，進入裏間，只見黛玉睡在那裏，忙走上來推他道：「好妹妹，【己】纔住了「好姐姐」，又聞「好妹妹」，大約寶玉一日之中，一時之內，此六個字未曾暫離口角。纔吃了飯，又睡覺。」將黛玉喚醒。【己】若是別部書中寫此時之寶玉，一進來便生不軌之心，突萌苟且之念，更有許多賊形鬼狀等醜態邪言矣。此却反推喚醒他，妙甚！毫不在意，所謂「說不得淫蕩」是也。黛玉見是寶玉，因說道：「你且出去逛逛，我前兒鬧了一夜，今兒還沒有歇過來，【己】補出嬌怯態度。渾身酸疼。」寶玉道：「酸疼事小，睡出來的病大。我替你解悶兒，混過睏去就好了。」【己】寶玉又知養身。黛玉只合着眼，說道：「我不睏，只略歇歇兒，你且別處去鬧會子再來。」寶玉推他道：「我往那裏去呢，見了別人就怪膩的。」【己】所謂只有一顰可對，亦屬怪事。

黛玉聽了，「嗤」的一聲笑道：「你既要在這裏，那邊去老老實實的坐着，咱們說話兒。」寶玉道：「我也歪着。」黛玉道：「你就歪着。」寶玉道：「沒有枕頭，【己】綿纏密切入微。咱們在一個枕頭上。」【己】更妙！漸逼漸近，所謂「意綿綿」也。黛玉道：「放屁！【庚】如聞。外頭不是枕頭？拿一個來枕着。」寶玉出至外間，看了一看，回來笑道：「那個我不要，也不知是那個髒婆子的。」黛玉聽了，睜開眼，【己】睜眼。起身【己】起身。笑【己】笑。道：「真真你就是我命中的『天魔星』！【己】妙語，妙之至！想見其態度。請枕這一個。」説着，將自己枕的推與寶玉，又起身將自己的再拿了一個來，自己枕了，二人對面倒下。

黛玉因看見寶玉左邊腮上有鈕扣大小的一塊血漬，便欠身湊近前來，以手撫之細看，【己】想見其綿纏態度。又道：「這又是誰的指甲刮破了？」【己】妙極！補出素日。【庚】對「推醒」看。寶玉側身，一面躲，一面笑道：「不是刮的，只怕是纔剛替他們淘漉胭脂膏子，蹭上了一點兒。」【己】遥與後文平兒於怡紅院晚妝時對照。説着，便找手帕子要揩拭。黛玉便用自己的帕子替他揩拭了，【己】想見情之脉脉，意之綿綿。口内説道：「你又幹這些事了。【己】又是勸戒語。幹也罷了，【己】一轉，細極！這方是顰卿，不比别人一味固執死勸。必定還要帶出幌子來。便是舅舅看不見，别人看見了，又當奇事新鮮話兒去學舌討好兒，【己】補前文之未到，伏後文之綫脉。吹到舅舅耳朶裏，又該大家不乾净惹氣。」【己】「大家」二字，何妙之至、神之至、細膩之至！乃父責其子，縱加以笞楚，何能使「大家不乾净」哉？今偏「大家不乾净」，則知賈母如何管孫責子遷怒於衆，及自己心中多少抑鬱，難堪難禁，代憂代痛，一齊托出。

寶玉總未聽見這些話，【己】可知昨夜「情切切」之語亦屬行雲流水。只聞得一股幽香，却是從黛玉袖中發出，聞之令人醉魂酥骨。【己】却像似淫極，然究竟不犯一些淫意。寶玉一把便將黛玉的袖子拉住，要瞧籠着何物。黛玉笑道：【庚】口頭語，猶在寒冷之時。「冬寒十月，誰帶什麽香呢。」寶玉笑道：「既然如此，這香是那裏來的？」黛玉道：

【庚】一句描寫［寶］玉，刻骨刻髓，至矣盡矣。壬午春。

「連我也不知道。㊀正是。按諺云：「人在氣中忘氣，魚在水中忘水。」余今續之曰：「美人忘容，花則忘香。」此則黛玉不知自骨肉中之香同。想必是櫃子裏頭的香氣，衣服上熏染的也未可知。」㊀有理。寶玉摇頭道：「未必。這香的氣味奇怪，不是那些香餅子、香球子、香袋子的香。」㊀自然。黛玉冷笑㊀冷笑便是文章。道：「難道我也有什麽『羅漢』『真人』給我些香不成？便是得了奇香，也没有親哥哥親兄弟弄了花兒、朵兒、霜兒、雪兒替我炮製。㊀活顰兒，一絲不錯。我有的是那些俗香罷了！」

寶玉笑道：「凡我説一句，你就拉上這麽些，不給你個利害，也不知道，從今兒可不饒你了。」説着翻身起來，將兩隻手呵了兩口，㊫情景如畫。㊀活畫。便伸手向黛玉膈肢窩内兩脅下亂撓。黛玉素性觸癢不禁，寶玉兩手伸來亂撓，便笑的喘不過氣來，口裏説：「寶玉！你再鬧，我就惱了。」㊀如見如聞。寶玉方住了手，笑問道：「你還説這些不説了？」黛玉笑道：「再不敢了。」一面理鬢㊀畫。笑道：「我有奇香，你有『暖香』没有？」㊀奇問。

寶玉見問，一時解不來，㊀一時原難解，終遜黛卿一等，正在此等處。因問：「什麽『暖香』？」黛玉點頭嘆笑道：[己]畫。「蠢才，蠢才！你有玉，人家就有金來配你；人家有『冷香』，你就没有『暖香』去配？」寶玉方聽出來。[己]的是顰兒，活畫。然這是阿顰一生心事，故每不禁自及之。寶玉笑道：「方纔求饒，如今更説狠了。」説着，又去伸手。黛玉忙笑道：「好哥哥，我可不敢了。」寶玉笑道：「饒便饒你，只把袖子我聞一聞。」説着，便拉了袖子籠在面上，聞個不住。黛玉奪了手道：「這可該去了。」寶玉笑道：「去，不能。咱們斯斯文文的躺着説話兒。」説着，復又倒下。黛玉也倒下，用手帕子蓋上臉。[己]畫。寶玉有一搭没一搭的説些鬼話，[己]先一總。黛玉只不理。寶玉問他幾歲上京，路上見何景致古蹟，揚州有何遺跡故事、土俗民風。黛玉只不答。

寶玉只怕他睡出病來，[己]原來只爲此故，不暇旁人嘲笑，所以放蕩無忌處不特此一件耳。便哄他道：[庚]像個説故事的。「噯喲！你們揚州衙門裏有一件大故事，你可知道？」[庚]又哄我看書人。黛玉見他説的鄭重，且又正言厲色，只當是真事，因問：「什麽事？」寶玉見問，便忍着笑順口謅道：「揚州有一座黛山，山上有個林子洞。」黛玉笑道：「這就扯謊，[庚]山名洞名，顰兒已知之矣。自來也没聽見這山。」寶玉道：「天下山水多着呢，你那裏知道這些不成？[庚]不先了此句，可知此謊再謅不完的。等我説完了，你再批評。」黛玉道：「你且說。」寶玉又謅道：「林子洞裏原來有群耗子精。那一年臘月初七日，老耗子升座議事，（【己】耗子亦能升座且議事，自是耗子有賞罰有制度矣。何今之耗子猶穿壁嚙物，其升座者置而不問哉？）因說：『明日乃是臘八，世上人都熬臘八粥。（【庚】難道耗子也要臘八粥吃？一笑。）如今我們洞中果品短少，須得趁此打劫些來方妙。』（【己】議的是這事，宜乎爲鼠矣。）乃拔令箭一枝，遣一能幹的小耗（【己】原來能於此者便是小鼠。）前去打聽。一時小耗回報：『各處察訪打聽已畢，惟有山下廟裏果米最多。』（【己】廟裏原來最多，妙妙！）老耗問：『米有幾樣？果有幾品？』小耗道：『米豆成倉，不可勝記。果品有五種：一紅棗，二栗子，三落花生，四菱角，五香玉。』老耗聽了大喜，即時點耗前去。乃拔令箭問：『誰去偷米？』一耗便接令去偷米。又拔令箭問：『誰去偷豆？』又一耗接令去偷豆。然後一一的都各領令去了。（【庚】玉兄也知瑣碎，以抄近爲妙。）只剩了香玉一種，因又拔令箭問：『誰去偷香玉？』（【庚】玉兄，玉兄，唐突顰兒了！）只見一個極小極弱的小耗應道：『我願去偷香玉。』老耗並衆耗見他這樣，恐不諳練，且怯懦無力，都不准他去。小耗道：『我雖年小身弱，却是法術無邊，口齒伶俐，機謀深遠。（【己】凡三句暗爲黛玉作評，諷的妙！）此去管比他們偷的還巧呢。』衆耗忙問：『如何比他們巧呢？』

小耗道：『我不學他們直偷。【庚】不直偷，可畏可怕。我只摇身一變，也變成個香玉，【蒙】作意從此透露。滚在香玉堆裏，使人看不出，聽不見，却暗暗的用分身法搬運，【庚】可怕可畏。漸漸的就搬運盡了。豈不比直偷硬取的巧些？』【己】果然巧，而且最毒。直偷者可防，此法不能防矣。可惜這樣才情、這樣學術却只一耗耳。衆耗聽了，都道：『妙却妙，只是不知怎麽個變法？你先變個我們瞧瞧。』小耗聽了，笑道：『這個不難，等我變來。』説畢，摇身説『變』，竟變了一個最標緻美貌的一位小姐。【庚】奇文怪文。衆耗忙笑説：『變錯了，變錯了。原説變果子的，如何變出小姐來？』【己】余亦説變錯了。小耗現形笑道：『我説你們没見世面，只認得這果子是「香玉」〔六〕，却不知鹽課林老爺的小姐纔是真正的香玉呢。』」【己】前面有「試才題對額」，故緊接此一篇無稽亂話，前無則可，此無則不可，蓋前係寶玉之懶爲者，此係寶玉不得不爲者。世人誹謗無礙，獎譽不必。

黛玉聽了，翻身爬起來，按着寶玉笑道：「我把你爛了嘴的！我就知道你是編我呢。」説着，便擰的寶玉連連央告，説：「好妹妹，饒我罷，再不敢了！我因爲聞你香，忽然想起這個故典來。」黛玉笑道：「饒罵了人，還説是故典呢。」

【庚】「玉生香」是要與「小恙梨香院」對看，愈覺生動活潑，且前以黛玉，後以寶釵，特犯不犯，好看煞！丁亥春。畸笏叟。

一語未了，只見寶釵走來，【蒙】不犯梨香院。【己】妙！笑問：「誰說故典呢？我也聽聽。」黛玉忙讓坐，笑道：「你瞧瞧有誰！他饒罵了人，還說是故典。」寶釵笑道：「原來是寶兄弟，怨不得他，他肚子裏的故典原多。【己】妙諷。只是可惜一件，【己】妙轉。凡該用故典之時，他偏就忘了。【己】更妙！有今日記得的，前兒夜裏的芭蕉詩就該記得。眼面前的倒想不起來，別人冷的那樣，他急的只出汗。【己】與前「拭汗」二字針對，不知此書何妙至如此，有許多妙談妙語、機鋒詼諧，各得其時，各盡其理，前梨香院黛玉之諷則偏而趣，此則正而趣，二人真是對手，兩不相犯。這會子偏又有記性了。」黛玉聽了笑道：「阿彌陀佛！到底是我的好姐姐。你一般也遇見對子了。可知一還一報，不爽不錯的。」剛說到這裏，只聽寶玉房中一片聲嚷，吵鬧起來。正是——

【戚】總評：若知寶玉真性情者，當留心此回。其與襲人何等留連，其於畫美人事，何等古怪。其遇茗煙事何等憐惜，其於黛玉何等保護。再襲人之痴忠，畫人之惹事，茗煙之屈奉，黛玉之痴情，千態萬狀，筆力勁尖，有水到渠成之象，無微不至。真畫出一個上乘智慧之人，入於魔而不悟，甘心墮落。且影出諸魔之神通，亦非泛泛，有勢不能輕登彼岸之形。凡我衆生掩卷自思，或於身心少有補益。小子妄談，諸公莫怪。

〔一〕此回已、庚本缺回目，據諸本補。該回目各本一致，且本回己、庚本批語中多次提及，當係作者原擬。

〔二〕此批顯係後人所加。但因其説明了甲辰本删除批語的理由，對瞭解後出抄本（列藏、舒序、楊藏、鄭藏本等）因何均爲白文本，有其認識價值。姑存之。

〔三〕「奇文」二字，據文意當爲批語。庚本後人墨眉：「奇文句似應作註。」

〔四〕「欸欸」，己本同。按：此字古已有之，《説文解字》第八：「欸欸，戲笑貌。」其他諸本抄者因不識此字，遂有「歡歡」等五花八門的臆改。後第五十回「只見寶玉笑欸欸劻了一枝紅梅進來」，情況相似。

〔五〕金聖歎《貫華堂第六才子書西厢記》第二本第二折《請宴》【上小樓】：「秀才們聞道請，似得了將軍令，先是五臟神願隨鞭鐙。」批：「又嘲戲生員切己事情。」此處與「生員」無涉，乃係借用金批，有嘲諷寶襲關係的意味。

〔六〕以上七處「香玉」，諸本同，惟甲辰本改作「香芋」。按：果品「香玉」未見，而芋頭則是臘八粥的常用食材，故甲辰本改以「香芋」諧音影射林小姐「香玉」似更合理，所以幾乎爲所有新校註本所從。但這裏是寶玉的叙述，他一開始就是要借講故事調侃黛玉，雖在旁人聽來或許是説「香芋」，而在寶玉，他説的每一個都是「香玉」。作者的藝術構思，不是要讀者和黛玉一同蒙在鼓裏，等包袱抖開時恍然大悟，而是讓讀者預知寶玉意圖，冷眼旁觀，看黛玉如何受騙上當，從而會心一笑。

麝月
改琦

第二十回　王熙鳳正言彈妒意　林黛玉俏語謔嬌音

戚 智慧生魔多象，魔生智慧方深。智慧寂滅萬緣根，不解智魔作甚。

話説寶玉在林黛玉房中說「耗子精」，寶釵撞來，諷刺寶玉元宵不知「緑蠟」之典，三人正在房中互相譏刺取笑。那寶玉正恐黛玉飯後貪眠，一時存了食，或夜間走了睏，皆非保養身體之法；己 云寶玉亦知醫理，却只是在顰、釵等人前方露，亦如後回許多明理之語，只在閨前現露三分，越在雨村等經濟人前如痴如呆，實令人可恨。但雨村等視寶玉不是人物，豈知寶玉視彼等更不是人物，故不與接談也。寶玉之情痴，真乎？假乎？看官細評。幸而寶釵走來，大家談笑，那林黛玉方不欲睡，自己纔放了心。忽聽他房中嚷起來，大家側耳聽了一聽，林黛玉先笑道：「這是你媽媽和襲人叫嚷呢。那襲人也罷了，你媽媽再要認真排場他，可見老背晦了。」〔己〕襲卿能使顰卿一讚，愈見彼之爲人矣，觀者諸公以爲如何？

寶玉忙要趕過來，寶釵忙一把拉住道：〔庚〕的是寶釵行事。「你別和你媽媽吵纔是，他老糊塗了，倒要讓他一步爲是。」〔己〕寶釵如何？觀者思之。寶玉道：「我知道了。」說畢走來，只見李嬤嬤拄着拐棍，在當地罵襲人：〔庚〕活像過時奶媽罵丫頭。〔庚〕在襲卿身上却叫下撞天屈來。「忘了本的小娼婦！我抬舉起你來，這會子我來了，你大模大樣的躺在炕上，見我來也不理一理。一心只想妝狐媚子哄寶玉，〔庚〕看這句幾把批書人嚇殺了。哄的寶玉不理我，〔庚〕幸有此二句，不然我石兄襲卿掃地矣。聽你們的話。你不過是幾兩臭銀子買來的毛丫頭，這屋裏你就作耗，如何使得！〔庚〕雖寫得酷肖，然唐突我襲卿，實難爲情。好不好拉出去配一個小子，看你還妖精似的哄寶玉不哄！」〔庚〕若知「好事多魔」，方會作者之意。襲人先只道李嬤嬤不過爲他躺着生氣，少不得分辨說「病了，纔出汗，蒙着頭，原没看見你老人家」等語。後來只管聽他說「哄寶玉」「妝狐媚」，又說「配小子」等，由不得又愧又委屈，禁不住哭起來。

寶玉雖聽了這些話，也不好怎樣，少不得替襲人分辨病了吃藥等話，又說：「你不信，只問別的丫頭們。」李嬤嬤聽了這話，益發氣起來了，說道：「你只護着那起狐狸，那裏認得我了！叫我問誰去？〔庚〕真有是語。誰不幫着你呢，〔庚〕真有是事。誰不是襲人拿下馬來的！〔庚〕冤枉，冤哉！我都知道那些事。〔庚〕囫圇語，難解。我只和你在老太太、太太跟前去講了。把你奶了這麽大，〔庚〕奶媽拿手話。到如今吃不着奶了，把我丢在一旁，逞着丫頭們要我的强。」一面說，一面也哭起來。彼時黛玉、寶釵等也走過來勸說：「媽媽你老人家擔待他們一點子就完了。」〔庚〕四字，嬤嬤是看重二人身分。李嬤嬤見他二人來了，便拉住訴委屈，將當日吃茶，茜雪出去，與昨日酥酪等事，〔庚〕好極，妙極，畢肖極！嘮嘮叨叨說個不清。

可巧鳳姐正在上房算完輸贏賬，聽得後面聲嚷動，便知是李嬤嬤老病發了，排揎寶玉的人。——〔庚〕找上文。正值他今兒輸了錢，〔庚〕有是爭競事。遷怒於人。便連忙趕過來，拉了李嬤嬤，笑道：「好媽媽，別生氣。大節下老太太纔喜歡了一日，你是個老人家，別人高聲，你還要管他們呢，難道你反不知道規矩，在這裏嚷起來，〔庚〕阿鳳兩提「老太太」，是叫老嫗想襲卿是老太太的人，况又雙關大體，勿泛泛看去。叫老太太生氣不成？你只說誰不好，我替你打他。我家裏燒的滾熱的野鷄，〔庚〕何等現成，何等自然，的是鳳卿筆法。快來跟我吃酒去。」一面說，一面拉着走，又叫：「豐兒，替你李奶奶拿着拐棍

〔庚〕特爲乳母傳照，暗伏後文倚勢奶娘綫脉。《石頭記》無閒文並虚字在此。壬午孟夏。畸笏老人。

〔庚〕茜雪至「獄神廟」方呈正文。襲人正文標目曰「花襲人有始有終」，余只見有一次謄清時，與「獄神廟慰寶玉」等五六稿，被借閱者迷失，嘆嘆！丁亥夏。畸笏叟。

子，擦眼淚的手帕子。」庚一絲不漏。那李嬷嬷脚不沾地跟了鳳姐走了，一面還說：「我也不要這老命了，越性今兒没了規矩，鬧一場子，討個没臉，强如受那娼婦蹄子的氣！」後面寶釵、黛玉隨着，見鳳姐兒這般，都拍手笑道：「虧這一陣風來，把個老婆子撮了去了。」庚批書人也是這樣說。看官將一部書中人一一想來，收拾文字非阿鳳俱有瑣細引跡事。《石頭記》得力處俱在此。

寶玉點頭嘆道：「這又不知是那裏的賬，只揀軟的排揎。昨兒又不知是那個姑娘得罪了，上在他賬上。」一句未了，晴雯在旁笑道：「誰又不瘋了，得罪他作什麽。便得罪了他，就有本事承任，不犯着帶累别人！」襲人一面哭，一面拉寶玉道：「爲我得罪了一個老奶奶，你這會子又爲我得罪這些人，這還不够我受的，還只是拉别人。」寶玉見他這般病勢，又添了這些煩惱，連忙忍氣吞聲，安慰他仍舊睡下出汗。又見他湯燒火熱，自己守着他，歪在旁邊，勸他只養着病，别想着些没要緊的事生氣。襲人冷笑道：「要爲這些事生氣，這屋裏一刻還站不得了。庚實言，非謬語也。但只是天長日久，只管這樣，可叫人怎麽樣纔好呢？時常我勸你，别爲我們得罪人，你只顧一時爲我們那樣，他們都記在心裏，遇着坎兒，說的好說不好

庚 一段特爲怡紅襲人、晴雯、茜雪三鬟之性情見識身分而寫。己卯冬夜。

庚 麝月閒閒無語，令余酸鼻，正所謂對景傷情。丁亥夏。畸笏。

庚 從「狐媚子」等語來，實實好語，的是襲卿。聽，大家什麼意思。」一面説，一面禁不住流淚，又怕寶玉煩惱，只得又勉强忍着。

一時雜使的老婆子煎了二和藥來。寶玉見他纔有汗意，不肯叫他起來，自己便端着就枕與他吃了，即令小丫頭子們鋪炕。襲人道：「你吃飯不吃飯，到底老太太、太太跟前坐一會子，庚 心中時時刻刻正意語也。和姑娘們頑一會子再回來。我就静静的躺一躺也好。」寶玉聽説，只得替他去了簪環，看他躺下，自往上房來。同賈母吃畢飯，賈母猶欲同那幾個老管家嬷嬷鬭牌解悶，寶玉記着襲人，便回至房中，見襲人朦朦睡去。自己要睡，天氣尚早。彼時晴雯、綺霰、秋紋、碧痕都尋熱鬧，找鴛鴦、琥珀等耍戲去了，獨見麝月一個人在外間房裏燈下抹骨牌。寶玉笑問道：「你怎麼不同他們頑去？」麝月道：「没有錢。」寶玉道：「床底下堆着那麼些，還不够你輸的？」麝月道：「都頑去了，這屋裏交給誰呢？庚 正文。那一個又病了。滿屋裏上頭是燈，地下是火。庚 燈節。那些老媽媽子們，老天拔地，伏侍一天，也該叫他們歇歇，小丫頭子們也是伏侍了一天，這會子還不叫他們頑頑去。所以讓他們都去罷，我在這裏看着。」

寶玉聽了這話，公然又是一個襲人。〔庚 豈敢。〕因笑道：〔庚 每於如此等處，石兄何嘗輕輕放過不介意來？亦作者欲瞞看官，又被批書人看出，呵呵。〕「我在這裏坐着，你放心去罷。」麝月道：「你既在這裏，越發不用去了，〔庚 全是襲人口氣，所以後來代任。〕咱們兩個說話頑笑豈不好？」寶玉笑道：「兩個作什麼呢？怪沒意思的，也罷了，早上你說頭癢，這會子沒什麼事，我替你篦頭罷。」麝月聽了便道：「就是這樣。」說着，將文具鏡匣搬來，卸去釵釧，打開頭髮，寶玉拿了篦子替他一一的梳篦。〔庚 金閨細事如此寫。〕只篦了三五下，只見晴雯忙忙走進來取錢。一見了他兩個，便冷笑道：「哦，〔庚 雖謔語，亦少露怡紅細事。〕交杯盞還沒吃，倒上頭了！」寶玉笑道：「你來，我也替你篦一篦。」晴雯道：「我沒那麼大福。」說着，拿了錢，便摔簾子出去了。

寶玉在麝月身後，麝月對鏡，〔庚 此係石兄得意處。〕二人在鏡内相視。寶玉便向鏡内笑道：「滿屋裏就只是他磨牙。」麝月聽說，忙向鏡中擺手，〔庚 好看，趣。〕寶玉會意。忽聽「呼」一聲簾子響，〔庚 麝月搖手爲此，可兒可兒！〕晴雯又跑進來，問道：「我怎麼磨牙了？〔庚 好看煞！〕咱們倒得說說。」麝月笑道：「你去你的罷，又來問人了。」晴雯笑道：「你又護着。你們那瞞神弄鬼的，〔庚 找上文。〕我都知道。等我撈回本兒來再說話。」說着，一逕出去了。

〔己 閒閒一段兒女口舌，却寫麝月一人。(有)[在]襲人出嫁之後，寶玉、寶釵身邊還有一人，雖不及襲人週到，亦可免微嫌小弊等患，方不負寶釵之爲人也。故襲人出嫁後云「好歹留着麝月」一語，寶玉便依從此話。可見襲人出嫁，雖去實未去〕

〔庚 嬌憨滿紙，令人叫絶。壬午九月。〕

也。寫晴雯之疑忌，亦爲下文跌扇角口等文伏脉，却又輕輕抹去。正見此時都在幼時，雖微露其疑忌，見得人各禀天真之性，善惡不一，往後漸大漸生心矣。但觀者凡見晴雯諸人則惡之，何愚也哉！要知自古及今，愈是尤物，其猜忌嫉妒愈甚。若一味渾厚大量涵養，則有何可令人憐愛護惜哉？然後知寶釵、襲人等行爲，並非一味蠢拙古板以女夫子自居，當繡幕燈前、緑窗月下，亦頗有或調或妒、輕俏艷麗等説，不過一時取樂買笑耳，非切切一味妒才嫉賢也，是以高諸人百倍。不然，寶玉何甘心受屈於二女夫子哉？看過後文則知矣。故觀書諸君子不必惡晴雯，正該感晴雯金閨繡閣中生色方是。這裏寶玉通了頭，命麝月悄悄的伏侍他睡下，不肯驚動襲人。一宿無話。

至次日清晨起來，襲人已是夜間發了汗，覺得輕省了些，只吃些米湯静養。寶玉放了心，因飯後走到薛姨媽這邊來閒逛。彼時正月内，學房中放年學，閨閣中忌針，却都是閒時。因賈環也過來頑，正遇見寶釵、香菱、鶯兒三個趕圍棋作耍，賈環見了也要頑。寶釵素習看他亦如寶玉，並没他意，今兒聽他要頑，讓他上來坐了一處頑。一磊十個錢，頭一回自己贏了，心中十分歡喜。後來接連輸了幾盤，便有些着急。趕着這盤正該自己擲骰子，若擲個七點便贏，若擲個六點，下該鶯兒擲三點就贏了。因拿起骰子來，狠命一擲，一個作定了五，那一

庚 寫環兄先贏，亦是天生地設現成文字。己卯冬夜。

個亂轉。鶯兒拍着手只叫【庚】好看煞。「幺」,【己】嬌憨如此。賈環便瞪着眼,「六——七——八」混叫。那骰子偏生轉出幺來。賈環急了,伸手便抓起骰子來,【庚】更也好看。然後就拿錢,說是個六點。鶯兒便說:「分明是個幺!」寶釵見賈環急了,便瞅鶯兒說道:「越大越没規矩,難道爺們還賴你?【蒙】酷肖。還不放下錢來呢!」鶯兒滿心委屈,見寶釵說,不敢則聲,只得放下錢來,口内嘟囔說:「一個作爺的,還賴我們這幾個錢,【庚】酷肖。連我也不放在眼裏。前兒和寶玉頑,他輸了那些,【庚】倒捲簾法,實寫幼時往事。可傷。也没着急。下剩的錢,還是幾個小丫頭子們一搶,他一笑就罷了。」寶釵不等說完,連忙斷喝。賈環道:「我拿什麽比寶玉呢。你們怕他,都和他好,【庚】蠢驢!【庚】觀者至此,有不捲簾厭看者乎?余替寶卿實難爲情。都欺負我不是太太養的。」說着,便哭了。寶釵忙勸他:「好兄弟,快别説這話,人家笑話你。」又罵鶯兒。

正值寶玉走來,見了這般形況,問是怎麽了。賈環不敢則聲。寶釵素知他家規矩,凡作兄弟的,都怕哥哥,【己】大族規矩原是如此,一絲兒不錯。却不知那寶玉是不要人怕他的。他想着:「兄弟們一併都有父母教訓,何必我多事,反生踈了。況且我是正出,他是庶出,饒這樣還有人背後談論,【庚】此意不獃。

〔庚〕又用諱人語瞞着看官。己卯冬（辰）［夜］。

還禁得轄治他了。」更有個獃意思存在心裏。——你道是何獃意？因他自幼姊妹叢中長大，親姊妹有元春、探春，伯叔的有迎春、惜春，親戚中又有史湘雲、林黛玉、薛寶釵等諸人。他便料定，原來天生人爲萬物之靈，凡山川日月之精秀，只鍾於女兒，鬚眉男子不過是些渣滓濁沫而已。因有這個獃念在心，把一切男子都看成混沌濁物，可有可無。只是父親叔伯兄弟中，因孔子是亘古第一人説下的，不可忤慢，〔庚〕聽了這一個人之話，豈是獃子？由你自己説罷。我把你作極乖的人看。只得要聽他這句話。所以，弟兄之間不過盡其大概的情理就罷了，並不想自己是丈夫，須要爲子弟之表率。是以賈環等都不怕他，却怕賈母，纔讓他三分。如今寶釵恐怕寶玉教訓他，倒没意思，便連忙替賈環掩飾。寶玉道：「大正月裏哭什麽？這裏不好，你别處頑去。你天天念書，倒念糊塗了。比如這件東西不好，横竪那一件好，就棄了這件取那個。難道你守着這個東西哭一會子就好了不成？你原是來取樂頑的，既不能取樂，就往别處去尋樂頑去。哭一會子，難道算取樂頑了不成？倒招自己煩惱，〔庚〕獃子都會立這樣意，説這樣話？不如快去爲是。」賈環聽了，只得回來。

趙姨娘見他這般，因問：「又是那裏墊了踹窩來了？」〔庚 多事人等口[角]談吐。〕一問不答，〔庚 畢肖。〕再問時，賈環便説：「同寶姐姐頑的，鶯兒欺負我，賴我的錢，寶玉哥哥攆我來了。」趙姨娘啐道：「誰叫你上高臺盤〔一〕去了？下流没臉的東西！那裏頑不得？誰叫你跑了去討没意思！」

正説着，可巧鳳姐在窗外過，都聽在耳内，便隔窗説道：「大正月又怎麼了？環兄弟小孩子家，一半點兒錯了，你只教導他，説這些淡話作什麼！憑他怎麼去，還有太太老爺管他呢，就大口啐他！〔庚 反得了理了，所謂貶中褒，想趙姨即不畏阿鳳，亦無可回答。〕他現是主子，不好了，横豎有教導他的人，與你什麼相干！環兄弟，出來，跟我頑去。」賈環素日怕鳳姐比怕王夫人更甚，聽見叫他，忙唯唯的出來。趙姨娘也不敢則聲。〔庚「彈妒意」正文。〕鳳姐向賈環道：「你也是個没氣性的！時常説給你：要吃，要喝，要頑，要笑，只愛同那一個姐姐妹妹哥哥嫂子頑，就同那個頑。〔庚 借人發脱，好阿鳳！好口齒！句句正言正理。趙姨安得不抿翅低頭，靜聽發揮？批至此，不禁一大白又[一]大白矣！〕你不聽我的話，反叫這些人教的歪心邪意，狐媚子霸道的。自己不尊重，要往下流走，安着壞心，還只管怨人家偏心。〔庚 轉得好。〕輸了幾個錢？就這麼個樣兒！」賈環見問，只得諾諾的回説：「輸了一二百。」鳳姐道：「虧你還是爺，輸了一二百錢就這樣！」〔庚 作者(當)[尚]記一大百乎？(笑笑)[嘆嘆]。〕

〔庚 嫡嫡是彼親生，句句竟成正中貶，趙姨實難答言。至此方知題標用「彈」字甚妥協。己卯冬夜。〕

回頭叫豐兒：「去取一吊錢來，姑娘們都在後頭頑呢，把他送了頑去。〔庚〕收拾得好。你明兒再這麼下流狐媚子，我先打了你，打發人告訴學裏，皮不揭了你的！〔庚〕又一折筆，更覺有味。爲你這個不尊重，恨的你哥哥牙癢，不是我攔着，窩心脚把你的腸子窩出來了。」〔庚〕本來面目，斷不可少。喝命：「去罷！」賈環諾諾的跟了豐兒，得了錢，〔庚〕三字寫着環哥。自己和迎春等頑去。不在話下。〔己〕一段大家子奴妾吆呦，如見如聞，正爲下文五鬼作引也。余謂寶玉肯效鳳姐一點餘風，亦可繼榮、寧之盛，諸公當爲如何？

且說寶玉正和寶釵頑笑，忽見人說：「史大姑娘來了。」〔己〕妙極！凡寶玉、寶釵正閒相遇時，非黛玉來，即湘雲來，是恐泄漏文章之精華也。若不如此，則寶玉久坐忘情，必被寶卿見棄，杜絶後文成其夫婦時無可談舊之情，有何趣味哉？寶玉聽了，抬身就走。寶釵笑道：「等着，咱們兩個一齊走，瞧瞧他去。」説着，下了炕，同寶玉一齊來至賈母這邊。只見史湘雲大笑大説的，見他兩個來，忙問好厮見。〔己〕寫湘雲又一筆法，特犯不犯。正值林黛玉在旁，因問寶玉：「在那裏的？」寶玉便說：「在寶姐姐家的。」黛玉冷笑道：「我說呢，虧在那裏絆住，〔庚〕總是心中事語，故機括一動，隨機而出。不然早就飛了來了。」寶玉笑道：「只許同你頑，替你解悶兒。不過偶然去他那裏一趟，就說這話。」林黛玉道：「好沒意思的

〔庚〕「等着」二字大有神情。看官閉目熟思，方知趣味。非批書人漫擬也。己卯冬夜。

話！去不去管我什麽事，我又没叫你替我解悶兒。可許你從此不理我呢！」説着，便賭氣回房去了。

寶玉忙跟了來，問道：「好好的又生氣了？就是我説錯了，你到底也還坐在那裏，和别人説笑一會子。又來自己納悶。」林黛玉道：「你管我呢！」寶玉笑道：「我自然不敢管你，只没有個看着你自己作踐了身子呢。」林黛玉道：「我作踐壞了身子，我死，與你何干！」寶玉道：「何苦來，大正月裏，死了活了的。」林黛玉道：「偏説死！我這會子就死！你怕死，你長命百歲的，如何？」寶玉笑道：「要像只管這樣鬧，我還怕死呢？倒不如死了乾净。」黛玉忙道：「正是了，要是這樣鬧，不如死了乾净。」寶玉道：「我説我自己死了乾净，别聽錯了話賴人。」正説着，寶釵走來道：「史大妹妹等你呢。」説着，便推寶玉走了。己此時寶釵尚未知他二人心性，故來勸；後文察其心性，故擲之不聞矣。這裏林黛玉越發氣悶，只向窗前流淚。没兩盞茶的工夫，寶玉仍來了。己蓋寶玉亦是心中只有黛玉，見寶釵難却其意，故暫隨彼去，以完寶釵之情，故少坐仍來也。林黛玉見了，越發抽抽噎噎的哭個不住。寶玉見了這樣，知難挽回，打疊起千百樣的款語温言來勸慰。〔庚〕石頭慣用如此筆仗。不料自己未張口，只見黛玉先說道：「你又來作什麼？橫竪如今有人和你頑，比我又會念，又會作，又會寫，又會說笑，又怕你生氣拉了你去，你又作什麼來？死活憑我去罷了！」寶玉聽了忙上來悄悄的說道：「你這麼個明白人，難道連『親不間疎，〔庚〕八字足可消氣。先不僭後』也不知道？我雖糊塗，却明白這兩句話。頭一件，咱們是姑舅姊妹，寶姐姐是兩姨姊妹，論親戚，他比你疎。第二件，你先來，咱們兩個一桌吃，一床睡，長的這麼大了，他是纔來的，豈有個爲他疎你的？」林黛玉啐道：「我難道爲叫你疎他？我成了個什麼人了呢！我爲的是我的心。」寶玉道：「我也爲的是你的心。難道你就知你的心，不知我的心不成？」〔己〕此二語不獨觀者不解，料作者亦未必解；不但作者未必解，想石頭亦不解，不過述寶、林二人之語耳。石頭既未必解，寶、林此刻更自己亦不解，皆隨口說出耳。若觀者必欲要解，須自揣自身是寶、林之流，則洞然可解；若自料不是寶、林之流，則不必求解矣。萬不可（記）〔借〕此二句不解，錯謗寶、林及石頭、作者等人。林黛玉聽了，低頭一語不發，半日說道：「你只怨人行動嗔怪了你，你再不知道你自己慪人難受。就拿今日天氣比，分明今兒冷的這樣，你怎麼倒反把個青肷披風脫了呢？」〔己〕真真奇絶妙文，真如羚羊掛角，無跡可求。此等奇妙，非口中筆下可形容出者。

庚 明明寫湘雲來是正文，只用二三答言，反接寫玉、林小角口，又用寶釵岔開，仍不了局。再用千句柔言百般温態，正在情完未完之時，湘雲突至，「謔嬌音」之文纔見。真正「賣弄有家私」[二]之筆也。丁亥夏。畸笏叟。

庚 此作者放筆寫，非褒釵貶顰也。己卯冬夜。

寶玉笑道：「何嘗不穿着，見你一惱，我一炮燥就脱了。」黛玉嘆道：「回來傷了風，又該餓着吵吃的了。」己 一語仍歸兒女本傳，却又輕輕抹去也。

二人正説着，只見湘雲走來，笑道：「二哥哥，林姐姐，你們天天一處頑，我好容易來了，也不理我一理兒。」林黛玉笑道：「偏是咬舌子愛説話，連個『二』哥哥也叫不出來，只是『愛』哥哥『愛』哥哥的。回來趕圍棋兒，又該你鬧『幺愛三四五』了。」寶玉笑道：「你學慣了他，明兒連你還咬起來呢。」己 可笑近之野史中，滿紙羞花閉月、鶯啼燕語。殊不知真正美人方有一陋處，如太真之肥、飛燕之瘦、西子之病，若施於別個，不美矣。今見「咬舌」二字加之湘雲，是何大法手眼敢用此二字哉？不獨不見其陋，且更覺輕俏嬌媚，儼然一嬌憨湘雲立於紙上，掩卷合目思之，其「愛」「厄」嬌音如入耳內。然後將滿紙鶯啼燕語之字樣填糞窖可也。史湘雲道：「他再不放人一點兒，專挑人的不好。你自己便比世人好，也不犯着見一個打趣一個。指出一個人來，你敢挑他，我就伏你。」黛玉忙問是誰。湘雲道：「你敢挑寶姐姐的短處，就算你是好的。我算不如你，他怎麽不及你呢。」林黛玉聽了，冷笑道：「我當是誰，原來是他！我那裏敢挑他呢。」寶玉不等説完，忙用話岔開。湘雲笑道：「這一輩子我自然比不上你。我只保佑着明兒得一個咬舌的林姐夫，時時刻刻你可聽『愛』『厄』去。阿彌陀佛，那纔現在我眼裏！」説的衆人一笑，湘雲忙回身跑了。要知端詳，下回分解。

己 此回文字重作輕抹。得力處是鳳姐拉李嬤嬤去，借環哥彈壓趙姨。細緻處寶釵爲李嬤勸寶玉，安慰環哥，斷喝鶯兒。至急爲難處是寶、顰論心。無可奈何處是「就拿今日天氣比」，「黛玉冷笑道：『我當誰，原來是他！』」冷眼最好看處是寶釵、黛玉看鳳姐拉李嬤云「這一陣風」；玉、麝一節；湘雲到，寶玉就走，寶釵笑説「等着」；湘雲大笑大説；顰兒學咬舌；湘雲念佛跑了……數節，可使看官於紙上能耳聞目睹其音其形之文。

〔一〕「臺盤」，原作「抬攀」，己、蒙、程本同；戚、列本作「台攀」，楊本作「抬擺」。從諸本異文情況看，似乎原稿就作「抬攀」。下文第二十五回「上不得高臺盤」，諸本也是異文紛呈。考慮到更早的小説如《西遊記》《金瓶梅詞話》《儒林外史》《醒世姻緣傳》等已有「上臺盤」「上不得臺盤」的用法，兹從甲辰本改。按：「臺盤」指桌面、席面，比喻爲體面的場合。

〔二〕「賣」原誤「費」，參俞平伯輯評本改。「賣弄有家私」，語出元王實甫《西厢記》第三本第一折：「哎，你個饞窮酸倈没意兒，賣弄你有家私，莫不圖謀你東西來到此？」

襲人

第二十一回　賢襲人[庚]當得起。嬌嗔箴寶玉　俏平兒軟語救賈璉

[庚]有客題《紅樓夢》一律，失其姓氏，惟見其詩意駭警，故録於斯：

自執金矛又執戈，自相戕戮自張羅。
茜紗公子情無限，脂硯先生恨幾多。
是幻是真空歷遍，閒風閒月枉吟哦。
情機轉得情天破，情不情兮奈我何？

凡是書題者，不可［不以］此爲絶調。詩句警拔，且深知擬書底裏，惜乎失名矣！按此回之

文固妙，然未見後之卅回，猶不見此之妙。此曰「嬌嗔箴寶玉」「軟語救賈璉」，後曰「薛寶釵借詞含諷諫，王熙鳳知命强英雄」。今只從二婢說起，後則直指其主。然今日之襲人、之寶玉，亦他日之襲人、他日之寶玉也。今日之平兒、之賈璉，亦他日之平兒、他日之賈璉也。何今日之玉猶可箴，他日之玉已不可箴耶？今日之璉猶可救，他日之璉已不可救耶？箴與諫無異也，而襲人安在哉？寧不悲乎！救與强無別也，甚矣，今因平兒救，此日阿鳳英氣何如是也？他日之强，何身微運蹇，展眼何如彼耶？人世之變遷如此，光陰倏爾如此！

今日寫襲人，後文寫寶釵；今日寫平兒，後文寫阿鳳。文是一樣情理，景况光陰，事却天壤矣！多少恨淚洒出此兩回書。

此回襲人三大功，直與寶玉一生三大病映射。〔一〕

話說史湘雲跑了出來，怕林黛玉趕上，寶玉在後忙說：「仔細絆跌了！那裏就趕上了？」

林黛玉趕到門前，被寶玉叉手在門框上攔住，笑勸道：「饒他這一遭罷。」林黛玉搬着手說道：「我若饒過雲兒，再不活着！」湘雲見寶玉攔住門，料黛玉不能出來，（庚：寫得湘雲與寶玉又親厚之極，却不見踈遠黛玉，是何情思耶？）便立住脚笑道：「好姐姐，饒我這一遭罷。」恰值寶釵來在湘雲身後，也笑道：「我勸你兩個看寶兄弟分上，都丟開手罷。」（庚：好極，妙極！玉、顰、雲三人已難解難分，插入寶釵云「我勸你兩個看寶玉兄弟分上」，話只一句，便將四人一齊籠住，不知孰遠孰近，孰親孰踈，真好文字！）黛玉道：「我不依。你們是一氣的，都戲弄我不成！」（庚：話是顰兒口吻，雖屬尖利，真實堪愛堪憐。）寶玉勸道：「誰敢打趣你！你不打趣他，他焉敢說你？」（庚：好！二「你」字連二「他」字，華灼之至！）四人正難分解，（庚：好！前三人，今忽四人，俱是書中正眼，不可少矣。）有人來請吃飯，方往前邊來。（庚：好文章！正是閨中女兒口角之事。若只管諄諄不已，則成何文矣！）那天早又掌燈時分，王夫人、李紈、鳳姐、迎、探、惜等都往賈母這邊來，大家閒話了一回，各自歸寢。湘雲仍往黛玉房中安歇。（庚：前文黛玉未來時，湘雲、寶玉則隨賈母。今湘雲已去，黛玉既來，年歲漸成，寶玉各自有房，黛玉亦各有房，故湘雲自應同黛玉一處也。）

寶玉送他二人到房，那天已二更多時，襲人來催了幾次，方回自己房中來睡。次日天明時，便披衣靸鞋往黛玉房中來，不見紫鵑、翠縷二人，只見他姊妹兩個尚卧在衾內。那林黛玉〔庚〕（寫黛玉身分。）嚴嚴密密裹着一幅杏子紅綾被，安穩合目而睡。〔庚〕（一個睡態。）那史湘雲却一把青絲拖於枕畔，被只齊胸，一彎雪白的膀子掠於被外，又帶着兩個金鐲子。〔庚〕（又一個睡態。寫黛玉之睡態，儼然就是嬌弱女子，可憐。湘雲之態，則儼然是個嬌態女兒，可愛。真是人人俱盡，個個活跳，吾不知作者胸中埋伏多少裙釵。）寶玉見了，嘆道：〔庚〕（「嘆」字奇！除玉卿外，世人見之自曰喜也。）「睡覺還是不老實！回來風吹了，又嚷肩窩疼了。」一面說，一面輕輕的替他蓋上。林黛玉早已醒了，〔庚〕（不醒不是黛玉了。）覺得有人，就猜着定是寶玉，因翻身一看，果中其料。因説道：「這早晚就跑過來作什麽？」寶玉笑道：「這天還早呢！你起來瞧瞧。」黛玉道：「你先出去，讓我們起來。」〔庚〕（一絲不亂。）寶玉聽了，轉身出至外邊。

黛玉起來叫醒湘雲，二人都穿了衣服。寶玉復又進來，坐在鏡臺旁邊，只見紫鵑、雪雁進來伏侍梳洗。湘雲洗了面，翠縷便拿殘水要潑，寶玉道：「站着，我趁勢洗了就完了，省得又過去費事。」説着便走過來，彎腰洗了兩把。〔庚〕（妙在「兩把」。）紫鵑付過香皂去，寶玉道：「這盆裏的〔蒙〕（此等用心淫極，請看却自不淫，非世之凡夫俗子得夢見者，真雅極趣極。）就不少，不用搓了。」再洗了兩把，便要手巾。〔庚〕（在怡紅何其費事多多。）翠縷道：「還是這個毛病兒，多早晚纔改。」〔庚〕（冷眼人旁點，一絲不漏。）

【庚】「忘了」二字在嬌憨口中自是應聲而出，捉筆人却從何處設想而來，成此天然對答。壬午九月。

【庚】「倒便宜他」四字與「忘了」二字是一氣而來，將一侯府千金白描矣。畸笏。

寶玉也不理，忙忙的要過青鹽擦了牙，漱了口，完畢，見湘雲已梳完了頭，便走過來笑道：「好妹妹，替我梳上頭罷。」湘雲道：「這可不能了。」寶玉笑道：「好妹妹，你先時怎麼替我梳了呢？」湘雲道：「如今我忘了，怎麼梳呢？」寶玉道：「橫豎我不出門，又不帶冠子勒子，不過打幾根散辮子就完了。」說着，又千妹妹萬妹妹的央告。（【蒙】逼近情態。）湘雲只得扶他的頭過來，一一梳篦。在家不戴冠，並不總角，只將四圍短髮編成小辮，往頂心髮上歸了總，編一根大辮，紅縧結住。自髮頂至辮梢，一路四顆珍珠，下面有金墜脚。湘雲一面編着，（【庚】梳頭亦有文字，前已敘過，今將珠子一穿插，却天生有是事。）一面說道：「這珠子只三顆了，這一顆不是的。我記得是一樣的，怎麼少了一顆？」寶玉道：「丟了一顆。」湘雲道：「必定是外頭去掉下來，不防被人揀了去，倒便宜他。」（【蒙】是湘雲口氣。）（【庚】妙談！「倒便宜他」四字，是大家千金口吻。近日多用「可惜了的」四字。今失一珠，不聞此四字。妙極！是極！）黛玉一旁盥手，（【庚】純用畫家烘染法。）冷笑道：「也不知是真丟了，也不知是給了人鑲什麼戴去了！」（【蒙】是黛玉口氣。）寶玉不答，（【庚】有神理，有文章。）因鏡臺兩邊俱是妝奩等物，順手拿起來賞玩，（【庚】何賞玩也？寫來奇特。）不覺又順手拈了胭脂，意欲要往口邊送，（【庚】是襲人勸後餘文。）因又怕史湘雲說。

【庚】好極！的是寶玉也。正猶豫間，湘雲果在身後看見，一手掠着辮子，便伸手來「拍」的一下，從手中將胭脂打落，說道：「這不長進的毛病兒，多早晚纔改過！」【庚】前翠縷之言並非白寫。

一語未了，只見襲人進來，看見這般光景，知是梳洗過了，只得回來自己梳洗。忽見寶釵走來，因問：「寶兄弟那去了？」襲人含笑道：「寶兄弟那裏還有在家的工夫！」寶釵聽說，心中明白。又聽襲人嘆道：「姊妹們和氣，也有個分寸禮節，也沒個黑家白日鬧的！憑人怎麽勸，都是耳旁風。」寶釵聽了，心中暗忖道：「倒別看錯了這個丫頭，聽他說話，倒有些識見。」【庚】此是寶卿初試，以下漸成知己，蓋寶卿從此「留」心，察得襲人果賢女子也。寶釵便在炕上坐了，【庚】好！逐回細看，寶卿待人接物，不疏不親，不遠不近。可厭之人，亦未見「冷淡之態形諸聲色」；可喜之人，亦未見「醴密之情形諸聲色」。今日「便在炕上坐了」，蓋深取襲卿矣。二人文字，此回爲始。詳批於此，諸公請記之。慢慢的閒言中套問他年紀家鄉等語，留神窺察，其言語志量深可敬愛。【庚】四字包羅許多文章筆墨，不似近之開口便云「非諸女子之可比」者，此句大壞。然襲人故佳矣，不書此句是大手眼。

一時寶玉來了，寶釵方出去。【庚】奇文！寫得釵、玉二人形景較諸人皆近。何也？寶玉之心，凡女子前不論貴賤，皆親密之至，豈於寶釵前反生遠心哉？蓋寶釵之行止端肅恭嚴，不可輕犯，寶玉欲近之，而恐一時有瀆，故不敢狎犯也。寶釵待下愚尚且和平親密，何反於兄弟前有遠心哉？蓋寶玉之形景已泥於閨閣，近之則恐不遜，反成遠離之端也。故二人之遠，實相近之至也。至顰兒於寶玉實近之至矣，却遠之至也。不然，後文如何凡較勝角口諸事皆出於顰哉？以及寶玉砸玉，顰兒之淚枯，種種孽障，種種憂忿，皆情之所陷，更何辯哉？◇此一回將寶玉、襲人、釵、顰、雲等行止大概一描，已啓後大觀園中文字也。今詳批於此，後久不忘矣。◇釵與玉遠中近，顰與玉近中遠，是要緊兩大股，不可粗心看過。　寶玉便問襲人道：「怎麽寶姐姐和你説的這麽熱鬧，〔蒙〕〔庚〕此問必有。我則以寶釵之去、因襲人之言不得不去。見我進來就跑了？」問一聲不答，再問時，襲人方道：「你問我麽？我那裏知道你們的原故。」寶玉聽了這話，見他臉上氣色非往日可比，便笑道：「怎麽動了真氣？」〔庚〕寶玉如此。襲人冷笑道：「我那裏敢動氣！只是從今以後别再進這屋子了。横竪有人伏侍你，再别來支使我。我仍舊還伏侍老太太去。」〔蒙〕是醋？是諫？不敢擬定，似在可否之間！一面説，一面便在炕上合眼倒下。〔庚〕醋妒妍憨假態，至矣盡矣！觀者但莫認真此態爲幸。寶玉見了這般景况，深爲駭異，〔庚〕好！可知未嘗見襲人之如此技藝也！禁不住趕來勸慰。那襲人只管合了眼不理。〔庚〕與顰兒前番嬌態如何？愈覺可愛猶甚。寶玉無了主意，因見麝月進來，〔庚〕偏麝月來，好文章！便問道：「你姐姐怎麽了？」〔庚〕如見如聞。麝月道：「我知道麽？問你自己便明白了。」〔庚〕又好麝月！〔蒙〕溺入者每受侮謾而不顧。寶玉聽説，呆了一回，自覺無趣，便起身嘆道：「不理我？罷！我也睡去。」説着，便起身下炕，到自己床上歪下。〔庚〕真乎？詐乎？襲人聽他半日無動静，微微的打鼾，料他睡着，便起身拿一領斗篷來，替他剛壓上，〔蒙〕〔庚〕文是好文，唐突我襲卿，吾不忍也。不可少。只聽「忽」的一聲，寶玉便掀過去，也仍合目裝睡。庚寫得爛熳。襲人明知其意，便點頭冷笑道：「你也不用生氣，從此後我只當啞子，再不説你一聲兒，如何？」寶玉禁不住起身問道：「我又怎麽了？你又勸我。你勸我也罷了，纔剛又没見你勸我，一進來你就不理我，賭氣睡了。我還摸不着是爲什麽，庚這是委屈了石兄。蒙是神理。這會子你又説我惱了。我何嘗聽見你勸我什麽話了。」襲人道：庚亦是囫圇語，却從有生以來肺腑中出，千斤重。「你心裏還不明白，還等我説呢！」

正鬧着，賈母遣人來叫他吃飯，方往前邊來，胡亂吃了半碗，仍回自己房中。只見襲人睡在外頭炕上，麝月在旁邊抹骨牌。寶玉素知麝月與襲人親厚，一併連麝月也不理，揭起軟簾自往裏間來。麝月只得跟進來。寶玉便推他出去，説：「不敢驚動你們。」麝月只得笑着出來，喚了兩個小丫頭進來。寶玉拿一本書，歪着看了半天，蒙鬬凑得巧。因要茶，抬頭只見兩個小丫頭在地下站着。一個大些兒的生得十分水秀，庚二字奇絶！多少嬌態包括一盡。今古野史中無有此文也。寶玉便問：「你叫什麽名字？」那丫頭便説：「叫蕙香。」庚也好。寶玉便問：「是誰起的？」蕙香道：「我原叫芸香的，庚原俗。是花大姐姐改了蕙香。」寶玉道：「正經該叫『晦氣』罷了，什麽蕙香呢！」

庚《石頭記》每用囫圇語處，無不精絶奇絶，且總不覺相犯。壬午九月。畸笏。

〔庚〕好極！趣極！又問：「你姊妹幾個？」蕙香道：「四個。」寶玉道：「你第幾？」蕙香道：「第四。」寶玉道：「明兒就叫『四兒』，不必什麽『蕙香』『蘭氣』的。那一個配比這些花，没的玷辱了好名好姓。」〔庚〕「花襲人」三字在內，說的有趣。一面說，一面命他倒了茶來吃。襲人和麝月在外間聽了抿嘴而笑。〔庚〕一絲不漏，好精神！

這一日，寶玉也不大出房，〔蒙〕「不大出房」四字，見寶玉是真情種。〔庚〕此是襲卿第一功勞也。也不和姊妹丫頭等厮鬧，〔庚〕此是襲卿第二功勞也。自己悶悶的，只不過拿着書解悶，或弄筆墨，〔蒙〕可憐可愛。〔庚〕此雖未必成功，較往日終有微補小益，所謂襲卿有三大功也。也不使喚衆人，只叫四兒答應。誰知四兒是個聰敏乖巧不過的丫頭，〔庚〕又是一個有害無益者。作者一生爲此所誤，批者一生亦爲此所誤，於開卷凡見如此人，世人故爲喜，余反抱恨，蓋四字誤人甚矣。◇被誤者深感此批。見寶玉用他，他變盡方法籠絡寶玉。〔庚〕也好，但不知襲卿之心思何如？至晚飯後，寶玉因吃了兩杯酒，眼餳耳熱之際，若往日則有襲人等大家喜笑有興，今日却冷清清的一人對燈，好没興趣。待要趕了他們去，又怕他們得了意，以後越發來勸，〔庚〕寶玉惡勸，此是第一大病也。若拿出做上的規矩來鎮唬，似乎無情太甚。〔庚〕寶玉重情不重禮，此是第二大病也。說不得橫心只當他們死了，橫竪自然也要過的。便權當他們死了，〔蒙〕此是寶玉大智慧、大力量處，别個不能，我也不能。

毫無牽掛，反能怡然自悦。【庚】此意却好，但襲卿輩不應如此棄也。寶玉之情，今古無人可比，固矣。然寶玉有情極之毒，亦世人莫忍爲者，看至後半部則洞明矣。此是寶玉第三大病也。寶玉有此世人莫忍爲之毒，故後文方有「懸崖撒手」一回。若他人得寶釵之妻、麝月之婢，豈能棄而爲僧哉？玉一生偏僻處。因命四兒剪燈烹茶，自己看一回《南華經》。正看至《外篇·胠篋》一則，其文曰：

故絶聖棄知，大盜乃止；擿玉毁珠，小盜不起；焚符破璽，而民樸鄙；掊斗折衡，而民不争，殫殘天下之聖法，而民始可與論議。擢亂六律，鑠絶竽瑟，塞瞽曠之耳，而天下始人含其聰矣；滅文章，散五采，膠離朱之目，而天下始人含其明矣；毁絶鈎繩而棄規矩，攦工倕之指，而天下始人有其巧矣〔二〕。【庚】此上語本《莊子》。

看至此，意趣洋洋，趁着酒興，不禁提筆續曰：【蒙】敢續！

焚花散麝，而閨閣始人含其勸矣，【庚】奇。戕寶釵之仙姿，灰黛玉之靈竅，喪滅情意，而閨閣之美惡始相類矣。彼含其勸，則無參商之虞矣，戕其仙姿，無戀愛之心矣，灰其靈竅，無才思之情矣。彼釵、玉、花、麝者，皆張其羅而穴其隧，所以迷眩纏陷天下者也。【蒙】見得透徹，恨不守此，人人同病。

【庚】趁着酒興不禁而續，是作者自站地步處，謂余何人耶，敢續《莊子》？然奇極怪極之筆，從何設想，怎不令人叫絶？己卯冬夜。

【庚】這亦暗露玉兄閒窗净几、不（寂）〔即〕不離之（工）〔功〕業。壬午孟夏。

〔庚〕直似莊老，奇甚怪甚！

續畢，擲筆就寢。頭剛着枕便忽睡去，一夜竟不知所之，直至天明方醒。〔庚〕此猶是襲人餘功也。想每日每夜，寶玉自是心忙身忙口忙之極，今則怡然自適。雖此一刻，於身心無所補益，能有一時之閒閒自若，亦豈非襲卿之所使然耶？翻身看時，只見襲人和衣睡在衾上。〔庚〕神極之筆！試思襲人不來同卧亦不成文字，來同卧更不成文字。却云「和衣衾上」，正是來同卧不來同卧之間。何神奇文，妙絶矣！好襲人，真好！石頭記得真，真好！述者述得不錯，真好！批者批得出。寶玉將昨日的事已付與度外，〔庚〕更好！可見玉卿的是天真爛漫之人也！近之所謂獃公子，又曰「老好人」、又曰「無心道人」是也。殊不知尚古淳風。便推他說道：「起來好生睡，看凍着了。」

原來襲人見他無曉夜和姊妹們厮鬧，若直勸他，料不能改，故用柔情以警之，料他不過半日片刻仍復好了。不想寶玉一日一夜竟不回轉，自己反不得主意，直一夜没好生睡得。今忽見寶玉如此，料他心意回轉，便越性不睬他。寶玉見他不應，便伸手替他解衣，剛解開了鈕子，被襲人將手推開，〔庚〕好看煞！又自扣了。寶玉無法，只得拉他的手笑道：「你到底怎麼了？」連問幾聲，襲人睜眼說道：「我也不怎麼。你睡醒了，你自過那邊房裏去梳洗，再遲了就趕不庚趙香梗先生《秋樹根偶譚》內，兖州少陵臺有子美祠爲郡守毁爲己祠。先生嘆子美生遭喪亂，奔走無家，孰料千百年後數椽片瓦猶遭貪吏之毒手。甚矣，才人之厄也！因改公《茅屋爲秋風所破歌》數句，爲少陵解嘲：「少陵遺像太守欺無力，忍能對面爲盜賊，公然（折克非）［折去作］己祠，旁人有口呼不得，夢歸來兮聞嘆息，白日無光天地黑。安得曠宅千萬間，太守取之不盡生歡顔，公祠免毁安如山。」讀之令人感慨悲憤，心常耿耿。壬午九月。——因索書甚迫，姑志於此，非批《石頭記》也。◇爲續《莊子因》數句，真是打破胭脂陣，坐透紅粉關，另開生面之文，無可評處。

上。」庚說得好痛快。寶玉道：「我過那裏去？」庚問得更好。襲人冷笑道：庚三字如聞。「你問我，我知道？你愛往那裏去，就往那裏去。從今咱們兩個丢開手，省得鷄聲鵝鬭，叫別人笑。横竪那邊膩了過來，這邊又有個什麽『四兒』『五兒』伏侍。我們這起東西，可是『白玷辱了好名好姓』的。」寶玉笑道：「你今兒還記着呢！」庚非渾一純粹，那能至此！襲人道：「一百年還記着呢！比不得你，拿着我的話當耳旁風，夜裏說了，早起就忘了。」庚這方是正文，直勾起「花解語」一回文字。寶玉見他嬌嗔滿面，情不可禁，庚又用幻筆瞞過看官。便向枕邊拿起一根玉簪來，一跌兩段，說道：「我再不聽你說，就同這個一樣。」蒙迎頭一棒！襲人忙的拾了簪子，說道：「大清早起，這是何苦來！蒙撞心兒盟誓，教人聽了折柔腸，好些不忍。聽不聽什麽要緊，庚已留後文地步。也值得這種樣子。」寶玉道：「你那裏知道我心裏急！」襲人笑道：庚自此方笑。「你也知道着急麽！可知我心裏怎麽着？快起來洗臉去罷。」庚結得一星渣滓全無，且合怡紅常事。說着，二人方起來梳洗。

寶玉往上房去後，誰知黛玉走來，見寶玉不在房中，因翻弄案上書看，可巧翻出昨兒的《莊子》來。看至所續之處，不覺又氣又笑，不禁也提筆續書一絶云：

〔庚〕又借阿顰詩自相鄙駁，可見余前批不謬。己卯冬夜。

〔庚〕寶玉不見詩，是後文餘步也，《石頭記》得力所在。丁亥夏。畸笏叟。

無端弄筆是何人？作踐南華《莊子因》。
不悔自己無見識，却將醜語怪他人。〔庚〕罵得痛快，非顰兒不可。真好顰兒，真好顰兒！好詩！若云知音者，顰兒也。至此方完「箴玉」半回。

〔庚〕不用寶玉見此詩，若長若短，亦是大手法。寫畢，也往上房來見賈母，後往王夫人處來。

誰知鳳姐之女大姐病了，正亂着請大夫來診脉。大夫便説：「替夫人奶奶們道喜，姐兒發熱是見喜了，並非别病。」王夫人鳳姐聽了，忙遣人問：「可好不好？」醫生回道：〔庚〕在「子嗣艱難」化出。「病雖險，却順，倒還不妨。預備桑蟲猪尾要緊。」鳳姐聽了，登時忙將起來：一面打掃房屋供奉痘疹娘娘，一面傳與家人忌煎炒等物，一面命平兒打點鋪蓋衣服與賈璉隔房，一面又拿大紅尺頭與奶子丫頭親近人等裁衣。〔庚〕幾個「一面」，寫得如見其景。外面又打掃净室，款留兩個醫生，輪流斟酌診脉下藥，十二日不放家去。賈璉只得搬出外書房來齋戒，〔庚〕此二字內生出許多事來。鳳姐與平兒都隨着王夫人日日供奉娘娘。〔蒙〕寫盡母氏爲子之心。

那個賈璉，只離了鳳姐便要尋事，獨寢了兩夜，便十分難熬，便暫將小厮們內有清俊的選來出火。不想榮國府內有一個極不成器破爛酒頭厨子，名喚多官，〔庚〕今是多多也，妙名！人見他懦弱無能，都喚他作「多渾蟲」。〔庚〕更好！今之渾蟲更多也。因他自小父母替他在外娶了一個媳婦，今年方二十來往年紀，生得有幾分人才，見者無不羨愛。他生性輕浮，最喜拈花惹草，多渾蟲又不理論，只是有酒有肉有錢，便諸事不管了，所以榮寧二府之人都得入手。因這個媳婦美貌異常，輕浮無比，衆人都呼他作「多姑娘兒」。〔庚〕更妙！如今賈璉在外熬煎，往日也曾見過這媳婦，失過魂魄，只是內懼嬌妻，外懼孌寵，不曾下得手。那多姑娘兒也曾有意於賈璉，只恨没空。今聞賈璉挪在外書房來，他便没事也要走兩趟去招惹。惹的賈璉似飢鼠一般，少不得和心腹的小厮們計議，合同遮掩謀求，多以金帛相許。小厮們焉有不允之理，況都和這媳婦是好友，一説便成。是夜二鼓人定，多渾蟲醉昏在炕，賈璉便溜了來相會。進門

【庚】一部書中，只有此一段醜極太露之文，寫於賈璉身上，恰極當極！己卯冬夜。

【庚】看官熟思：寫珍、璉輩當以何等文方妥方恰也？壬午孟夏。

【庚】此段係書中情之瘕疵，寫爲阿鳳生日潑醋回及「夭風流」寶玉悄看晴雯回作引，伏綫千里外之筆也。丁亥夏。畸笏。

一見其態，早已魄飛魂散，也不用情談款叙，便寬衣動作起來。誰知這媳婦有天生的奇趣，一經男子挨身，便覺遍身筋骨癱軟，【庚】淫極！虧想的出！使男子如卧棉上，【庚】如此境界，自勝西方、蓬萊等處。更兼淫態【庚】總爲後文寶玉一篇作引。浪言，壓倒娼妓，諸男子至此豈有惜命者哉。【庚】凉水灌頂之句。那賈璉恨不得連身子化在他身上。【庚】親極之語，趣極之語。那媳婦故作浪語，在下説道：「你家女兒出花兒，供着娘娘，你也該忌兩日，倒爲我髒了身子。【庚】淫婦勾人，慣加反語，看官着眼。快離了我這裏罷。」賈璉一面大動，一面喘吁吁答道：「你就是娘娘！我那裏管【庚】亂語不倫，的是有之。什麽娘娘！」那媳婦越浪，賈璉越醜態畢露。【庚】可以噴飯！一時事畢，兩個又海誓山盟，難分難捨，【蒙庚】着眼，再從前看如何光景。此種文字亦不可少，請看者自度。此後遂成相契。【庚】趣文！「相契」作如此用，「相契」掃地矣。

一日大姐毒盡癍回，【庚】好快日子嚇！十二日後送了娘娘，合家祭天祀祖，還願焚香，慶賀放賞已畢，賈璉仍復搬進卧室。見了鳳姐，正是俗語云「新婚不如遠别」，更有無限恩愛，自不必煩絮。【庚】隱得好。

次日早起，鳳姐往上屋去後，平兒收拾賈璉在外的衣服鋪蓋，不承望枕套中抖出一綹青絲來。平兒會意，忙拽在袖内，【庚】好極！不料平兒大有襲卿之身分，可謂何地無材，蓋遭際有别耳。便走至這邊房内來，拿出頭髮來，向賈璉笑道：「這是什麼？」〔庚〕好看之極！賈璉看見着了忙，〔庚〕也有今日。搶上來要奪。平兒便跑，被賈璉一把揪住，按在炕上，掰手要奪，口内笑道：「小蹄子，你不趁早拿出來，〔蒙〕〔庚〕無情太甚！此等人口中只好説此等話。我把你膀子撅折了。」平兒笑道：「你就是没良心的。我好意瞞着他來問，你倒賭狠！你只賭狠，等他回來我告訴他，看你怎麼着。」〔庚〕有是語，恐卿口不應［心］。賈璉聽説，忙陪笑央求道：「好人，〔蒙〕彼此用强用霸。賞我罷，我再不賭狠了。」

〔庚〕好聽好看之極，迴不犯襲卿。

一語未了，〔庚〕《石頭記》大法小法累累如是，並不爲厭。只聽鳳姐聲音進來。〔庚〕驚天駭地之文！如何？不知下文怎樣了結，使賈璉及觀者一齊喪膽。賈璉聽見，鬆了手不是，還要搶又不是，只叫：「好人，别叫他知道。」平兒剛起身，鳳姐已走進來，命平兒「快開匣子，替太太找樣子」。平兒忙答應了找時，鳳姐見了賈璉，忽然想起來，便問平兒：「拿出去的東西都收進來了麼？」平兒道：「收進來了。」鳳姐道：「可少什麼没有？」平兒道：「我也怕丢下一兩件，細細的查了查，也不少。」鳳姐道：「不少就好，〔庚〕看至此，寧不拍案叫絶？只是别多出來罷？」〔庚〕奇！平兒笑道：〔庚〕可兒可兒，卿亦明知故説耳。「不丢萬幸，誰還添出來呢？」鳳姐冷笑道：「這半個月難保乾净，或者有相厚的丢下的東西：戒指、汗巾、香袋兒，再至於頭髮、指甲，都是東西。」〔蒙〕行文故犯，反覺別致。〔庚〕好阿鳳，令人膽寒。一席話，說的賈璉臉都黃了。賈璉在鳳姐身後，只望着平兒殺鷄抹脖使眼色兒。〔蒙〕作丈夫者，要當自重！〔庚〕余自有三分主意。平兒只裝着看不見，因笑道：「怎麽我的心就和奶奶的心一樣！我就怕有這些個，留神搜了一搜，竟一點破綻也没有。奶奶不信時，那些東西我還没收呢，奶奶親自翻尋一遍去。」〔庚〕好平兒！遍天下懼内者來感謝。鳳姐笑道：「傻丫頭，〔庚〕可嘆可笑，竟不知誰傻。他便有這些東西，那裏就叫咱們翻着了！」〔庚〕好阿鳳，好文字，雖係閨中女兒口角小事，讀之不無聰明、得失、痴心、真假之感。說着，尋了樣子又上去了。

平兒指着鼻子，〔庚〕好看煞。晃着頭笑道：〔庚〕可兒，可兒。「這件事怎麽回謝我呢？」〔庚〕姣俏如見，迥不犯襲卿麝月一筆。喜的個賈璉〔庚〕不但賈兄癢癢，即批書人此刻幾乎落筆。試問看官此際若何光景？身癢難撓，跑上來摟着，「心肝腸肉」亂叫亂謝。平兒仍拿了頭髮笑道：「這是我一生的把柄了。好就好，不好就抖露出這事來。」賈璉笑道：「你只好生收着罷，千萬別叫他知道。」〔庚〕畢肖。璉兄不分玉石，但負我平姐。奈何，奈何！口裏說着，瞅他不防，便搶了過來，笑道：「你拿着終是禍患，不如我燒了他完事了。」〔庚〕妙！設使平兒「收了，」再不致泄漏。故仍用賈璉搶回，後文遺失，「方能穿插」過脉也。一面說着，一面便塞於靴掖内。平兒咬牙道：「没良心的東西，過了河就拆橋，明兒還想我替你撒謊！」賈璉見他嬌俏動情，便摟着求歡，被平兒奪手跑了，急的賈璉彎着腰恨道：「死促狹小淫婦！一定浪上人的火來，他又跑了。」〔庚〕醜態如見，淫聲如聞，今古淫書未有之章法。平兒在窗外笑道：「我浪我的，誰叫你動火了？〔庚〕妙極之談。直是理學工夫，所謂不可正照風月鑑也。〔庚〕阿平「你」字作牽强，余不畫押。一笑。難道圖你受用一回，叫他知道了，又不待見我。」〔庚〕鳳姐醋妒，於平兒前猶如是，況他人乎！余謂鳳姐必是甚於諸人。觀者不信，今平兒說出，然乎？否乎？

賈璉道：「你不用怕他，等我性子上來，把這醋罐打個稀爛，他纔認得我呢！他防我像防賊的，只許他同男人說話，不許我和女人說話，我和女人略近些，他就疑惑，他不論小叔子侄兒，大的小的，〔蒙〕作者又何必如此想？亦犯此病也！說說笑笑，就不怕我吃醋了。以後我也不許他見人！」〔庚〕無理之甚，却是妙極趣談，天下懼內者背後之談皆如此。平兒道：「他醋你使得，你醋他使不得。他原行的正走的正，你行動便有個壞心，連我也不放心，別說他了。」賈璉道：「你兩個一口賊氣。都是你們行的是，我凡行動都存壞心。〔蒙〕一片俗氣！多早晚都死在我手裏！」

一句未了，鳳姐走進院來，因見平兒在窗外，就問道：「要說話兩個人不在屋裏說，怎麼跑出一個來，隔着窗子，是什麼意思？」賈璉在窗内接道：「你可問他，倒像屋裏有老虎吃他呢。」〔庚〕好！平兒道：「屋裏一個人没有，我在他跟前作什麼？」鳳姐兒笑道：「正是没人纔好呢。」平兒聽説，便説道：「這話是説我呢？」鳳姐笑道：〔庚〕「笑」字妙！平兒反正色，鳳姐反陪笑，奇極意外之文。「不説你説誰？」平兒道：「别叫我説出好話來了。」説着，也不打簾子讓鳳姐，自己先摔簾子進來，〔庚〕若在屋裏，何敢如此形景，不要加上許多小心？平兒平兒，有你説嘴的。往那邊去了。鳳姐自掀簾子進來，説道：「平兒瘋魔了。這蹄子認真要降伏我，仔細你的皮要緊！」賈璉聽了，已絶倒在炕上，〔庚〕懼内形景寫盡了。拍手笑道：「我竟不知平兒這麼利害，從此倒伏他了。」鳳姐道：「都是你慣的他，我只和你説！」賈璉聽説忙道：「你兩個不卯，又拿我來作人。我躲開你們。」鳳姐道：「我看你躲到那裏去。」〔蒙〕世俗之態熏人。賈璉道：「我就來。」鳳姐道：「我有話和你商量。」不知商量何事，且聽下回分解。〔庚〕收（後）［得］淡雅之至！正是：

淑女從來多抱怨，嬌妻自古便含酸。〔庚〕二語包盡古今萬萬世裙釵。

〔庚〕此等章法是在戲場上得來，一笑。畸笏。

[戚]總評：不惜恩愛爲良人，方是温存一脉真。俗子妒婦渾可笑，語言偏自涉風塵。

〔一〕以上批語，原録於一單頁上，並裝訂在第二十回後。參蒙戚諸本二十一回回前批語移於此。

〔二〕此段抄録《莊子》有幾個誤字，據《莊子》原書校正。